THREE GUINEAS

3기니

초판 1쇄 발행 2021년 9월 7일

지은이 버지니아 울프
옮긴이 김정아

펴낸이 이광호
주간 이근혜
편집 엄정원 김은주 박솔뫼
펴낸곳 ㈜문학과지성사
등록번호 제1993-000098호
주소 04034 서울시 마포구 잔다리로7길 18(서교동 377-20)
전화 02) 338-7224
팩스 02) 323-4180 (편집) 02) 338-7221 (영업)
전자우편 moonji@moonji.com
홈페이지 www.moonji.com

ISBN 978-89-320-3879-7 03840

THREE GUINEAS

3기니

✦

버지니아 울프 지음
김정아 옮김

문학과지성사

일러두기

1. 이 책은 Virginia Woolf, *Three Guineas*(1938)를 옮긴 것이다.
2. 미주는 울프의 주이며, 본문의 울프 각주['(울프의 각주)'로 표시함] 외 본문과 미주의 모든 각주는 옮긴이가 작성했다.
3. 모든 인용문의 번역은 옮긴이의 것이며, 성경 번역은 『새번역 성경』을 참고하고 비교가 필요한 경우 『개역개정 성경』을 함께 참조했다.
4. 내용상 필요한 경우 미국판(고딕체로 표시함)을 참고하여 본문에 추가하거나 각주를 달았다.

차례

하나

3년은 답장을 못 하고 있었다고 하기에는 긴 시간인데, 귀하의 편지가 여기서 답장도 못 받고 놓여 있은 지는 그 시간보다 훨씬 오래되었군요. 저는 귀하의 질문이 스스로 답을 찾을 것이라고, 제가 아니어도 귀하의 질문에 답할 사람들은 있을 것이라고 생각했거든요. 하지만 귀하의 질문(우리는 전쟁을 막고 싶다, 우리가 어떻게 해야 전쟁을 막을 수 있을지 당신의 의견을 말해달라)은 아직 답을 못 얻고 있네요.

사실은 답이 이미 많이 나와 있지만 하나같이 설명을 요하는 답뿐인데 설명을 하려면 시간이 필요합니다. 설명을 한다고 해도 오해를 사지 않기가 극히 어려운 데는 이유가 있습니다. 자격 미달, 능력 부족, 배움과 경험의 일천함을 변명하고 사과하는 이야기로 편지지 한 장을 가득 채울 수도 있을 테고 또 그 이야기는 다 사실일 테지만, 그런다고 해서 저희의 설명과 귀하의 이해가 가능해지느냐

하면 그렇지는 않을 것입니다. 귀하와 저희 사이에는 설명과 이해가 불가능하다는 증거라고 해도 좋을 만큼 극히 근본적인 어떤 어려움이 있습니다. 하지만 이렇게 놀라운 편지가 답장을 받지 못한다는 것은 바람직하지 않은 일이니(세상에 편지가 생긴 이래 유례가 없겠다 싶을 만큼 놀라운 편지잖습니까, 고학력 계급의 남자가 여자한테 어떻게 해야 전쟁을 막을 수 있을지 의견을 말해달라고 한 적이 전에 언제 있었겠습니까?), 그럼 저희가 한번 답장을 써보겠습니다. 실패할 수밖에 없다 해도 일단 써보겠습니다.

모든 편지 발신자는 편지 수신자를 어렴풋이나마 그려보게 됩니다. 체온이 있고 호흡이 있는 수신자가 존재하지 않는다면 편지를 쓸 필요도 없을 테니까요. 자, 어떻게 해야 전쟁을 막겠느냐고 묻는 귀하의 모습은, 관자놀이 쪽은 희끗희끗하고 정수리 쪽은 듬성듬성합니다. 법조계에서 중년을 맞은 분, 역경을 겪지 않은 것은 아니지만 전반적으로 유복한 삶을 살아온 분입니다. 귀하의 표정은 까칠함이나 옹졸함이나 불만족이 전혀 없습니다. 하지만 입에 발린 말이 아니라, 귀하는 그런 유복한 삶(아내, 자녀들, 집)을 누릴 자격이 있는 분입니다. 무엇보다도 귀하는 중년의 무사안일에 빠진 적이 없는 분입니다. 영지에 내려가 침대에서 꾸물거리거나 돼지들을 막대기로 쿡쿡 찌르거나 배나무에 가위질을 하는 대신(노퍽주에 몇 에이커의 영지가 있으시겠지요) 귓가에 울리는 포탄 소리와 함께 편지를 쓰고 회의에 가고 이 행사 저 행사 주관하고 질문을 하는 분이라는 것을 런던 중심부의 사무실에서 발송된 이 편지가 보여주고 있습니다. 게다가 귀하는 명문 남학교에 다닌 분, 그리고 대학교를 졸업한 분입니다.

귀하와 저희의 소통은 벌써 여기서부터 어려워집니다. 그 이유를 급하게나마 설명해보겠습니다. 혈통의 장벽이 없어졌음에도 계급의 장벽은 계속 공고하게 유지되는 이 혼성의 시대에, 귀하와 저희는 똑같은 계급, 편의상 고학력 계급이라고 통칭할 수 있는 계급에 속해 있습니다. 만나면 같은 억양으로 대화하고, 나이프와 포크를 같은 방법으로 사용하고, 하녀들에게 요리와 설거지를 일임합니다. 만찬 중에 별로 힘들이지 않고 정치와 국민, 전쟁과 평화, 야만과 문명(귀하의 편지가 시사하는 그야말로 모든 질문)을 화제로 삼을 수 있습니다. 게다가 귀하와 저희는 똑같이 자기 생활비를 벌고 있습니다. 그러나 …… 이렇게 찍히는 점들은 귀하와 저희 사이에 깊은 심연이 있다는 표시입니다. 심연이 이렇게 깊은데 이쪽에서 무슨 말을 한들 저쪽에 닿을까 하면서 3년이 넘도록 심연의 이쪽에 저는 그저 앉아 있습니다. 자, 그럼 다른 누군가(메리 킹즐리•)에게 저희를 대변해달라고 해보겠습니다. "독일어를 배워도 좋다는 허락이 내가 받은 유료 수업의 **전부**였다는 이야기를 내가 당신▲에게 털어놓은 적이 있었는지 모르겠습니다. 남동생◆에게 들어간 학비 2천 파운드가 쓸모없는 낭비가 아니었을 가능성은 아직 남아 있습니다."[1] 이것은 메리 킹즐리 혼자만의 말이 아니라 수많은 고학력 남성의 딸들을 대변해주는 말이고, 수많은 고학력 남성의 딸들을 대변해주는 말일 뿐 아니라 수많은 고학력 남성의 딸들과 관련된 대단히 중요한 한 가지 사실을 지적해주는 말입니다. 수많은 고학력 남성의 딸들

• Mary Henrietta Kingsley(1862 ~ 1900).

▲ George Augustin Macmillan(1855 ~ 1936).

◆ Charles Kingsley(? ~ 1909).

이 겪는 모든 일에 중대한 영향을 미칠 수밖에 없는 그 사실은 바로 아서의 학비AEF(Arthur's Education Fund)가 필요하다는 사실입니다. 귀하가 『펜더니스』•를 안 읽으셨을 리는 없으니 AEF가 가계부에서 얼마나 신비한 철자였는지를 떠올릴 수 있으시겠지요. 영국 가정들은 13세기 이래 AEF에 돈을 넣고 있습니다. 13세기▲부터 지금에 이르기까지, 패스턴 일가◆에서 펜더니스 일가까지 고학력 계급의 모든 가정이 AEF에 돈을 넣고 있습니다. 아무리 열심히 채워 넣어도 금방 비어버립니다. 교육시켜야 할 아들을 여러 명 둔 가정에서는 AEF를 충분하게 확보하기 위해 엄청난 노력을 경주해야 했습니다. 귀하의 교육은 책만으로 되는 것이 아니었으니까요. 신체를 단련한 것은 사냥감을 추적할 때였습니다. 책을 읽을 때나 사냥감을 추적할 때보다 더 많은 것을 배운 것은 친구들과 어울릴 때였습니다. 시야를 넓히고 생각을 넓힌 것은 친구들과 대화를 나눌 때였습니다. 방학에는 해외로 나가 예술적 안목을 기르고 정세를 익힐 수도 있었습니다. 지금 귀하가 이름 뒤에 KC■를 붙일 수 있게 된 것도 이 직업을 공부하는 동안 생활비를 벌게 되기까지 아버지에게 용돈을 받을 수 있었기 때문입니다. 이 모두를 가능하게 해준 것이 아서의 학

• 윌리엄 새커리William Thackeray(1811~1863)의 소설 『펜더니스 이야기 *The History of Pendennis*』(1848~50)를 가리킨다.

▲ 영국에서 가장 오래된 두 대학교인 옥스퍼드 대학교와 케임브리지 대학교가 각각 11세기와 13세기에 생겼다.

◆ 패스턴 일가가 1422년부터 1509년까지 주고받은 편지가 18세기 말에 발굴, 출간되었고, 1904년에는 전집 형태로 출간되었다. 울프, 「패스턴 일가와 초서The Pastons and Chaucer」 참조.

■ King's Counsel의 약자. 법정 소송에서 한 측을 대리할 자격이 있는 법조인을 가리킨다. 여왕 재위 기간에는 QC(Queen's Counsel)가 쓰인다. 일상적으로는 silk라는 용어가 더 많이 쓰이는 것 같다.

비였습니다. 메리 킹즐리도 지적했듯이, 여기에 귀하의 누이도 기여했습니다. 누이의 학비로 쓰였어야 하는 돈이 독일어 교습비 등의 푼돈을 제외하고는 전부 아서의 학비에 들어갔습니다. 여행, 사교, 방해받지 않는 시간, 혼자 쓸 수 있는 공간 등등 누이가 누렸어야 했던 혜택(알고 보면 학업의 필수 요소)에 쓰였어야 하는 돈도 전부 아서의 학비에 들어갔습니다. 아서의 학비는 아무리 열심히 채워 넣어도 금방 비어버리는 돈 통이기도 했지만 대단히 중대한 사실(눈앞의 풍경 전체에 그림자를 드리워버릴 만큼 중대한 사실)이기도 했습니다. 그러니 우리가 보고 있는 풍경은 같아도 우리의 눈에 보이는 풍경은 다른 것입니다. 교회를 비롯한 여러 건물들과 뛰어놀 수 있는 푸른 잔디밭이 있는 저곳, 수도원처럼 보이기도 하는 저곳은 어떤 곳일까요? 귀하에게 저곳은 귀하의 출신 남학교(이튼 아니면 해로)이자 귀하의 출신 대학교(옥스퍼드 아니면 케임브리지)이자 무수한 기억과 무수한 전통이 샘솟는 곳입니다. 하지만 아서의 학비라는 그림자를 통해 저곳을 보게 되는 저희에게 저곳은 교실 공동 책상이자 등굣길의 승합 마차이자 배운 것이 많지는 않지만 병든 어머니를 부양하기 위해 학생들을 가르쳐야 하는 붉은 코의 아가씨이자 어느 정도 자랐을 때부터 옷을 사거나 선물을 하거나 여행하는 데 쓰라고 받는 연간 50파운드•의 용돈입니다. 아서의 학비가 우리에게 이 정도로 큰 영향을 미치고 있다는 것입니다. 아서의 학비가 눈앞의 풍경을 이 정도로 바꾸어버리는 탓에 옥스퍼드와 케임브리지의 웅장한 사각형 안뜰이 고학력 남성의 딸[2]의 눈에는 해진 페티코트이기도 하고 차게 식은 양고기이기도 하고 출발하는 순간 코

• 실제로 울프가 10대 시절에 용돈으로 받은 액수.

앞에서 문짝이 쾅 닫히는 임항 열차이기도 하다는 것입니다.

아서의 학비가 눈앞의 풍경(저 건물들, 저 운동장들, 저 교회들)을 바꾸어버린다는 사실도 꽤 중요하지만, 이 사실은 일단 차후의 논의로 남겨두어야 하겠습니다. 저희가 어떻게 귀하가 전쟁을 막도록 도울 수 있는가라는 중요한 문제를 고려해야 하는 지금은 교육이 중요하리라는 자명한 사실 하나에만 주목하도록 하겠습니다. 전쟁이 왜 일어나는지 그 원인을 이해하려면 정치, 국제 관계, 경제에 대한 지식이 좀 있어야 할 것 같습니다. 철학에 대한 지식도 있으면 좋겠고, 신학에 대한 지식도 없는 것보다는 있는 것이 좋겠지요. 남자분이라고 해도 학력이 낮은 분, 공부가 안 돼 있는 분이라면 전쟁이 왜 일어나는가 하는 질문에 충분한 답변을 내놓지 못할 테니까요. 분명 전쟁에는 인간적 차원과 무관한 힘들로부터 비롯되는 면이 있습니다(귀하도 동의하시겠지만, 공부가 안 돼 있다면 그런 면을 파악하는 것 자체가 불가능한 일입니다). 하지만 전쟁에는 인간의 본성으로부터 비롯되는 면도 있습니다. 보통 남녀들의 생각과 감정이 전쟁의 원인이 된다는 것, 그것이 귀하의 견해가 아니었더라면, 귀하가 이렇게 편지로 저희의 도움을 청하지도 않으셨을 것입니다. 보통 남녀들도 각자의 시공간에서 본인의 의지를 행사할 수 있다, 그들은 체스의 말도 아니고 보이지 않는 손에 의해 움직여지는 꼭두각시도 아니다, 그들도 스스로 행동할 수 있고 스스로 생각할 수 있다, 그리고 어쩌면 다른 사람들의 생각과 행동에 영향을 미칠 수도 있으리라, 귀하는 그렇게 논의를 전개해보셨을 것이고, 그런 논의 끝에 저희를 찾으셨을 것입니다. 옹호할 만한 논의입니다. 교육에는 '무상 교육'으로 분류될 수 있는 일, 곧 인간을 이해하고 인간의 동기를 이해하는 일도 포함되는데(심리 연구라는 표현에서 학문과 관련된 연상들을 제거할 수 있다고 한다면 이 일을 심리 연구라고 불러도 좋을 듯합니다), 저희는 결혼이라는 직업(태초부터 1919년•까지 저희 계급에게 열려 있던 유일한 직업), 결혼이라는 기술(성공적인 삶의 반려자를 선택하는 기술)을 통해서 바로 이 분야의 실력을 길러온 사람들이니까 말입니다. 하지만 여기에서도 또 다른 난관이 우리의 소통을 가로막고 있습니다. 인간의 본능들 중에 남녀가 공유하는 본능이 많다 하더라도, 싸움은 지금껏 여자의 습성이 아닌 남자의 습성이었고, 법률과 관행이 이 차이를 (선천적 차이든, 후천적 차이든) 한층 더 심화시켰으니 말입니다. 유사 이래 여자의 소총에 맞고 쓰러진 사람은 거의 없고, 절대다수의 날짐승과 들짐승을 쏘아 죽인 것은 저희 같은 여자들이 아니라 귀하 같은 남자분들이잖습니까. 그러니 그런 본능을 공유하지 못하는 저희가 그런 본능에 대해 무슨 판단을 내리기는 어렵지 않겠습니까?[3]

그런 저희가 무슨 수로 귀하의 질문(어떻게 해야 전쟁을 막겠는가)을 이해하겠습니까? 질문을 이해하지도 못하는 저희가 무슨 수로 질문에 답변을 내놓겠습니까? 저희의 경험과 저희의 심리를 토대로 나오는 답변(그냥 안 싸우면 되잖아요?)은 아무 쓸모도 없는 답변입니다. 귀하에게는 싸운다는 것이 저희가 까맣게 모르는 어떤 명예로움, 어떤 필연성, 어떤 충족감을 안겨주는 모양입니다. 저희가 귀하를 철저히 이해할 방법은 혈액과 기억의 수혈밖에 없는 것 같은데, 그 방법은 아직 과학의 한계 너머의 기적입니다. 하지만 이

• '성차별금지법Sex Disqualification Removal Act'이 통과된 해.

시대를 사는 우리에게도 아쉬운 대로 혈액과 기억의 수혈을 대체할 방법이 전혀 없는 것은 아닙니다. 우리 시대에는 전기와 자서전이라는 자료, 계속 새로워지고 있지만 아직 별로 이용되지는 않고 있는 그 놀라운 자료가 인간의 동기를 이해하는 일을 도와주고 있습니다. 또한 신문은 가공되지 않는 역사 자료입니다. 그러니 실제 경험이라는 것이 아직 저희에게는 이토록 한정돼 있지만, 저희가 그 좁은 울타리에 갇혀 있을 이유는 없어졌습니다. 다른 사람들의 삶이 그려 보이는 그림을 살펴봄으로써 저희의 한정된 삶을 보충할 수 있게 되었습니다. 물론 그 그림이 지금은 그저 그림일 뿐이지만, 아무것도 없는 것보다는 낫습니다. 전쟁이 귀하에게 무엇을 의미하는가를 이해하기 위해 그럼 저희는 일단 얼른 짧게 전기 자료를 살펴보도록 하겠습니다. 여기서부터는 발췌문입니다.

우선, 한 군인의 전기•에는 이런 편지가 인용돼 있습니다.

> 나는 이날 이때까지 전쟁을 위해 훈련하면서 더없이 행복한 삶을 살아왔고, 이제 군인의 전성기를 맞아 가장 큰 전쟁에 나갑니다…… 주여, 한 시간 후면 출정입니다. 이렇게 훌륭한 군대가 있을까요! 훌륭한 기병들! 훌륭한 기마들! 우리 쌍둥이 기병이 독일군과 맞붙을 날이 이제 열흘도 안 남았습니다.[4]

전기 작가는 이 편지를 인용한 후 이렇게 덧붙입니다.

> 리버스데일은 출정하는 순간부터 행복해했다. 자신의 천직을

• 정확히 말하면, 쌍둥이였던 두 군인의 전기. 형제 중 한 명은 훈장을 받았고, 다른 한 명은 전사했다.

발견했으니까.

이어, 어느 공군 조종사를 회고하는 책의 한 대목입니다.

> 국제연맹과 함께 반전과 군축의 전망이 화제에 올랐다. 앤터니의 입장은 군사적militaristic이라기보다 투사적martial이었다. 앤터니가 답하지 못한 난제는, 언젠가 영구 평화가 성취되어 육군과 해군이 소멸되는 날이 온다면, 전쟁을 통해서 길러진 남자다움은 출구를 잃어버릴 테고 인간의 기골과 기개는 퇴화할 텐데 어쩌면 좋은가 하는 것이었다.[5]

여기서 곧바로 세 가지 이유를 찾을 수 있습니다. 귀하 같은 남자분들이 왜 전쟁을 하게 되는가 하면 첫째, 전쟁이 직업이기 때문이고 둘째, 전쟁이 행복과 자극의 원천이기 때문이며 셋째, 전쟁이 남자다움의 출구요, 인간 퇴화의 예방책이기 때문입니다. 하지만 귀하 같은 남자분들이 모두 다 그렇게 생각하지는 않는다는 사실을 증명해주는 또 다른 전기도 나와 있습니다. 지난 유럽전쟁●에서 전사한 시인(윌프레드 오언▲)의 전기입니다.

> 국교로 정착된 그리스도교의 도그마 따위에는 결코 스며들 수 없는 빛의 계명을 깨달았습니다. 그 어떤 고통도 견뎌라! 그 어떤 수치와 모욕에도 무기를 들지 말라. 때리려고 하면 맞아주어라. 죽이려고 하면 죽어주어라. 그 누구도 죽이지 말라……

● European War(1914 ~ 18). 1차대전을 가리킨다.

▲ Wilfred Owen(1893 ~ 1918).

> 순수한 그리스도교를 순수한 애국심과 함께 아우르기는 불가능하리라는 것입니다.●

오언이 생전에 시로 완성하지 못한 메모들 가운데 이런 것도 있습니다:

> 무기의 부자연스러움 (……) 전쟁의 비인간성 (……) 전쟁의 혐오스러움 (……) 전쟁의 경악스러운 야수성 (……) 전쟁의 어리석음 (……).[6]

이런 인용문을 보면, 같은 남자들이라도 동일한 사안에 상이한 의견을 가질 수 있다는 것은 분명한 사실입니다. 하지만 오늘 신문을 보면, 귀하 같은 남자분들의 절대다수가 전쟁에 찬성하고 있다는 것도 분명한 사실입니다. 반대파의 수가 얼마나 될지는 몰라도, '스카보로 대회'▲의 고학력 남성들이나 '본머스 대회'◆의 노동 계급 남성들이나 연간 3억 파운드를 군사비로 지출해야 하리라는 데는 의견이 일치하고 있습니다. 모두가 윌프레드 오언이 틀렸다는 의견, 죽임을 당하는 것보다는 차라리 죽이는 것이 낫다는 의견입니다. 다른 의견들도 많다는 것을 전기가 보여주는 만큼, 이런 만장일치가 이루어진 데는 모종의 이유가 대세로 작용했음에 틀림없습니다. 긴 말을 피하기 위해서 그 이유를 '애국심'이라고 불렀다면, 다음에는 귀하 같은 남자분들을 전쟁으로 인도하는 그 '애국심'은 무엇을 뜻하

● 오언이 1917년에 모친에게 보낸 편지 중에서.
▲ 1937년에 열린 영국의 보수당 전당 대회.
◆ 1937년에 열린 영국의 노동당 전당 대회.

는 말인가?, 라고 질문할 수밖에 없겠지요. 영국의 대법원장님에게 설명을 청해 듣도록 하겠습니다.

> 영국인들은 영국을 자랑스러워합니다. 영국의 중등학교와 대학교를 나와 영국에서 생업에 종사해온 우리에게는 우리 나라에 대한 사랑보다 더 강한 사랑은 거의 없습니다. 우리가 다른 나라들을 평가할 때, 우리가 이 나라 저 나라 정책의 장단점을 판단할 때 우리가 적용하는 것은 바로 우리 나라의 기준입니다. (……) 자유가 둥지를 튼 곳이 영국입니다. 영국은 민주주의 제도들의 집입니다. (……) 물론 영국 내부에도 자유를 위협하는 적이 많이 숨어 있습니다. 의외의 복병도 있는 듯합니다. 하지만 우리는 후퇴하지 않습니다. 영국인에게는 집이 곧 성이라는 말이 있습니다. '자유'의 집은 영국에 있습니다. 그리고 그 집이 성입니다. 끝까지 함락당해서는 안 될 성입니다. (……) 맞습니다, 우리가 영국인으로 태어난 것은 커다란 축복입니다.[7]

애국심이 고학력 남성에게 무슨 의미이고 어떤 의무를 안겨주는지에 대한 좋은 일반론입니다. 그렇다면 고학력 남성의 누이에게는 '애국심'이 어떤 의미일까요? 고학력 남성의 누이에게도 영국을 자랑스러워하고 영국을 사랑하고 영국이 함락당하지 않도록 방어해야 할 이유가 있을까요? 고학력 남성의 누이에게도 영국인으로 태어난 것이 "커다란 축복"일까요? 역사와 전기를 상대로 이렇게 질문해본다면, 고학력 남성의 누이가 자유의 집에서 처해 있는 입장은 오라비의 입장과는 다르다는 답이 돌아오지 않을까 합니다. 심리 연구를 상대로 이렇게 질문해본다면, 역사가 정신과 육체에 영향을 미치지 않겠느냐는 대답이 돌아오지 않을까 합니다. 누이가 이해하는 '애국심'이 다르고 오라비가 이해하는 '애국심'이 다를 테니, 오라비에게 애국심이 무슨 의미이고 어떤 의무를 안겨주는지를 누이가 이해하기란 극히 어려우리라는 것입니다. 그러니 "우리는 전쟁을 막고 싶다, 우리가 어떻게 해야 전쟁을 막을 수 있을지 당신의 의견을 말해달라"는 귀하의 질문에 대답할 수 있느냐 여부가 남자들을 전쟁으로 인도하는 이유들, 감정들, 의리들을 이해할 수 있느냐 여부에 달려 있다면, 이 편지는 갈기갈기 찢어 휴지통에 내던지는 편이 나을 듯합니다. 우리가 이렇게 다른데 무슨 수로 서로를 이해할 수 있겠습니까? 태생이 다르니만큼 시각도 다르지 않겠습니까? 그렌펠에게도 시각이 있고, 넵워스에게도 시각이 있고, 윌프레드 오언에게도 시각이 있고, 대법원장님에게도 시각이 있습니다. 고학력 남성의 딸에게도 시각이 있습니다. 하나하나가 다 다릅니다. 그렇다면 절대적 시각은 없는 것일까요? 우리의 그 모든 차이에도 불구하고 우리 모두가 수긍할 수밖에 없는 모종의 도덕적 판단은 없는 것일까요? 불이나 금으로 기록되어 있는 "이것은 옳다, 이것은 그르다"라는 글자를 어디선가 찾을 수는 없는 것일까요? 그러면 도덕의 문제를 직업으로 삼는 사람들, 곧 성직자들이 전쟁의 옳음 또는 그름이라는 질문을 어떻게 처리하는지 살펴봅시다. 우리가 "전쟁은 옳은가, 아니면 그른가?"라는 단순한 질문을 그들에게 던진다면, 그들은 우리가 부정할 수 없는 분명한 대답을 우리에게 들려주겠지요. 그렇게 기대하면서 살펴보았는데, 아니네요. 영국 교회는 이 질문을 괴롭히는 세속적인 혼란들을 떨쳐낼 수 있으리라고 기대했는데, 영국 교회에도 두 가지 의견이 있네요. 주교들부터가 논쟁 중입니다. "오늘날 세계 평화를 실질적으로 위협하는 것은 반전론자들이다, 전쟁도 나쁘지만 치욕은 더 나쁘다"라는 것이 런던 주교의 의견입니다.[8] 반면에 '극단적 반전론자'를 자처하는 버밍엄 주교는 "전쟁이 그리스도의 정신에 어긋나지 않는 행위일 수 있다고 볼 수는 없겠다"라는 의견입니다.[9] 영국 교회는 이렇듯 분열된 지침(어떤 상황에서는 전쟁이 정답이다, 아니다, 어떤 상황에서라도 전쟁은 오답이다)을 내려주고 있습니다. 답답하고 난감하고 헷갈리는 일이지만, 이 세상에든 저 세상에든 확실한 것이란 없다는 사실을 마주할 수밖에 없겠지요.● 어쨌든 저희는 전기들을 읽으면 읽을수록, 연설들을 들으면 들을수록, 의견들을 살펴보면 살펴볼수록 더 혼란스러워질 뿐이니, 저희가 귀하의 전쟁 방지 노력에 도움이 될 제안을 내놓을 가능성은 (귀하를 전쟁으로 인도하는 충동, 동기, 도덕을 저희는 이해할 수도 없으니) 점점 더 희박해지는 듯합니다.

이렇게 다른 사람들의 인생과 생각을 그려 보이는 그림(전기와 역사)이 있듯이, 있는 그대로의 사실을 말하는 그림(사진)도 있습니다. 물론 사진은 이성을 상대로 펼쳐지는 논의가 아니라 단순히 눈을 상대로 내밀어지는 사실입니다. 하지만 그렇게 단순하다는 것이 오히려 도움이 될지도 모르겠습니다. 자, 그럼 귀하와 저희가 같은 사진을 보면서 같은 느낌을 받는지 알아보도록 하겠습니다. 여기 탁자 위에 사진들이 있습니다. 스페인 정부▲가 일주일에 두 번꼴

● 「전도서」 1장 9절의 표현, "이 세상에 새것이란 없다" 참조.

▲ 스페인내전(1936 ~ 39)에서 결국 패배하는 제2공화국 정부를 가리킨

로 끈질기게 보내오는 사진들입니다.● 보기 좋은 사진들은 아닙니다. 대부분 시체 사진들입니다. 오늘 아침에 받은 사진 중 한 장에는 남자인지 여자인지 알 수 없는 사람의 몸이 찍혀 있습니다. 돼지라고 해도 모를 만큼 심하게 훼손된 몸입니다. 하지만 또 다른 사진은 죽은 아이들이라는 것이 분명합니다. 부서진 집이라는 것이 분명한 사진도 있습니다. 한쪽 벽이 폭격에 날아갔는데, 거실이었으리라고 짐작되는 곳에는 아직 새장이 걸려 있습니다. 집 전체가 간신히 세워놓은 픽업스틱▲의 얇은 막대기들처럼 당장이라도 쓰러질 것만 같습니다.

이 사진들은 논의를 펼치고 있는 것이 아닙니다. 그저 눈을 상대로 있는 그대로의 사실을 거칠게 말하고 있을 뿐이지요. 하지만 눈은 뇌와 연결되어 있고, 뇌는 신경계와 연결되어 있습니다. 신경계는 과거의 기억과 현재의 감정을 통해 순간적으로 어떤 메시지를 전해 옵니다. 우리가 이 사진을 보는 순간, 어떤 합일 같은 것이 우리 안에서 일어나면서, 우리의 받은 교육, 우리의 물려받은 전통이 서로 아무리 달라도, 우리는 똑같은 감정을 똑같이 격하게 느끼게 됩니다. 귀하는 그 느낌을 "경악과 혐오"◆라고 부르시는군요. 저희도 그 느낌을 경악과 혐오라고 부릅니다. 나오는 말도 똑같습니다. 귀하가 전쟁은 역겹다, 전쟁은 야만적이다, 무슨 일이 있더라도 전쟁을 막아

다. 실제로 울프의 조카 줄리언 벨Julian Bell(1908~1937)은 스페인 제2공화국 편에서 전사했다.

● 1936~37년 겨울(울프의 각주).

▲ 보드게임의 한 종류. 막대기들을 쌓아놓고 하나씩 빼내는 놀이.

◆ 1938년 3월 19일자 『타임스*The Times*』 기사 「바르셀로나의 고통The Agony of Barcelona」 중 "총리는 거기서 일어난 일에 대한 기사를 읽으면 누구라도 '경악과 혐오'를 금치 못하리라고 말했다"라는 대목 참조.

야 한다고 하면, 저희도 그 말을 똑같이 되풀이합니다. 전쟁은 역겹습니다. 전쟁은 야만적입니다. 전쟁을 막아야 합니다. 귀하와 저희가 이제야 드디어 똑같은 그림(똑같은 시체들, 똑같은 부서진 집들)을 보고 있는 것입니다.

그러니 귀하 같은 남자분들을 전쟁으로 인도하는 정치적, 애국적, 심리적 차원의 이유들을 논의하는 방식으로 귀하의 질문(귀하가 전쟁을 막으려고 할 때 저희가 어떻게 힘이 될 수 있을까)에 대답해보려는 노력을 저희는 이제 당분간 그만두도록 하겠습니다. 우리가 느끼는 경악과 혐오는 차분한 분석을 견디기에는 너무 확실한 감정입니다. 차라리 저희는 귀하가 추천한 실질적 방안에 집중하도록 하겠습니다. 귀하는 세 가지 방안을 추천하고 있습니다. 첫째, 신문사에 보낼 성명서에 서명하는 방안, 반전 단체의 회원이 되는 방안, 반전 단체에 돈을 기부하는 방안입니다. 표면적으로는 간단하기 짝이 없습니다. 종이에 이름을 적는 일은 쉽습니다. 반전론자들이 반전론자들을 대상으로 반전론의 미사여구를 반복하는 모임에 나가는 일도 쉽습니다. 막연하게나마 수긍하게 되는 미사여구에 찬성한다는 뜻으로 수표•를 쓰는 일은, 그렇게 쉽지는 않아도, 편의상 양심이라고 통칭되는 모종의 느낌을 달래는 데는 꽤 값싼 방법입니다. 하지만 저희는 망설여집니다. 왜 망설여지는지 그 이유에 대해서는 나중에 더 깊이 파고 들어가야 하겠고요. 일단은 (귀하가 추천한 세 가지 방안이 그럴싸하기는 합니다만) 저희가 귀하의 요구를 들어드린다고 해도 사진에서 받은 느낌이 달래질 것 같지는 않다는 말로 충분합니다. 그 느낌, 바로 그 확실한 느낌에는 종이에 이름을 적거나,

• 『3기니』 초판본 표지에서도 수표 세 장의 이미지가 사용되었다.

한 시간 동안 강연을 듣거나, 성의껏 수표를 쓰거나(예컨대 1기니•) 하는 것이 아닌, 좀더 확실한 방안이 필요합니다. 전쟁은 야만적이다, 전쟁은 비인간적이다, 전쟁은 윌프레드 오언의 표현대로 혐오스럽고 경악스럽고 야수적이다, 라는 저희의 믿음에는 어떤 좀더 역동적인, 어떤 좀더 적극적인 표현법이 필요합니다. 하지만 미사여구를 빼면, 저희에게 열려 있는 적극적 방안이 뭐가 있을까요? 귀하의 경우와 비교해보도록 하겠습니다. 일단 귀하에게는 평화 수호를 위해 무기를 드는 방법이 있었습니다. (귀하가 프랑스▲에서 사용하신 방법인데, 스페인◆에서는 그 방법을 사용하지 않기로 하신 모양이네요.) 어쨌든 저희에게는 그 방법이 닫혀 있습니다. 육군도 해군도 저희 여자들을 받아주지 않습니다. 싸우게 해주지 않는 것입니다. 증권 거래소도 저희를 받아주지 않습니다. 그러니 저희는 무력이나 재력으로 압력을 행사할 수 없습니다. 저희의 오라비들이 고학

• 기니라는 화폐 단위의 이름은 기니 주화를 아프리카 기니 지역의 황금으로 주조한 데서 연유한다. 영국에서는 1663년에서 1814년까지 기니 주화를 주조했는데, 1기니의 가치는 21실링(1파운드+1실링)이었다. 1816년 화폐법에 따라 기니 주화는 없어졌지만, 그 후로도 오랫동안 주로 '사치품'의 신용 거래에서 기니 단위가 사용되었다. 울프가 기니로 가격을 계산한 사례를 보자면, 킹스칼리지에서 여학생 대상 강좌를 들을 때 과목당 수강료가 1기니였고, 런던의 명의와 면담할 때 1회 진찰료가 3기니였다. 레너드 울프Leonard Woolf, 『계속 내리막길*Downhill All the Way: An Autobiography of the Years 1919~1939*』 중 다음 대목 참조. "우리가 할리 스트리트의 명의와 마지막 면담을 하기 위해 낸 돈이 3기니였는데, 그 명의는 버지니아와 악수를 하면서 '평정심, 평정심, 평정심을 연습하십시오'라고 했다. 훌륭한 3기니짜리 조언이었을 테지만, 버지니아와 함께 문을 닫고 나올 때의 내 느낌은 '정상 체온, 정상 체온, 정상 체온을 연습하십시오'와 비슷한 정도로 무용한 조언이었다는 것이었다."

▲ 1차대전을 가리킨다.

◆ 스페인내전을 가리킨다.

력 남성으로서 외교 업무에서, 교회에서 휘두르는 비교적 덜 직접적인, 그럼에도 효과적인 무기들도 저희 손이 닿지 않는 곳에 있습니다. 저희는 설교를 할 수도 없고 조약을 체결할 수도 없는 것입니다. 아울러 저희가 언론 매체에서 기사를 쓰거나 독자 편지를 보낼 수 있는 것은 사실이지만, 언론 매체 통제권(무엇을 싣고 무엇을 싣지 않을 것인가를 결정하는 권한)은 전적으로 귀하 같은 남자분들 손에 놓여 있습니다. 저희가 20년 전부터 공직과 법조계에 진입할 수 있게 된 것은 사실이지만, 저희의 입지는 아직 너무 불안정하고 저희의 권한은 아직 너무 미약합니다. 요컨대 고학력 남성이 자기의 의견을 관철시키는 데 사용하는 온갖 무기들이 저희 손이 닿지 않는 곳에 있고, 그나마 저희 손이 닿는 곳에 있는 무기로는 상대에게 긁힌 상처 하나 낼 수 없을 것입니다. 귀하 같은 남성 법조인들이 한목소리로 "이 요구가 받아들여지지 않는다면, 우리는 파업을 시작할 것이다"라고 외친다면 영국의 법무가 중단되겠지만, 여성 법조인들이 그렇게 외친들 영국의 법무는 평소와 똑같이 진행되겠지요. 저희는 이렇듯 저희가 속한 계급의 남자들에 비해 극도로 약한 것은 물론이고, 노동 계급의 여자들보다도 약합니다. 전국의 여성 노동자들이 "너희가 전쟁을 한다면, 우리는 탄약 생산을 중단하거나 공산품 생산을 돕기를 중단하겠다"라고 외친다면, 전쟁을 일으키기가 꽤 곤란해지겠지만, 모든 고학력 남성의 딸들이 당장 내일부터 일을 그만둔들, 나라가 유지되는 데나 전쟁을 수행하는 데나 크게 곤란한 일이 생기지는 않겠지요. 저희는 이 나라의 모든 계급 중에 가장 힘없는 계급입니다. 저희의 의지를 관철시키는 데 필요한 무기

가 저희에게는 하나도 없습니다.[10]

저희가 이렇게 말하면, 쉽게 예상할 수 있는 너무나 익숙한 대답이 돌아옵니다. 고학력 남성의 딸들에게 직접적인 영향력이 없는 것은 사실이지만, 그들에게는 그 무엇보다 강한 힘, 곧 고학력 남성을 상대로 행사할 수 있는 영향력이라는 힘이 있잖은가, 라는 대답 말입니다. 정말 그럴까요? 고학력 남성을 상대하는 영향력이 저희가 소지한 가장 강한 무기이자 귀하가 전쟁을 막도록 도울 수 있는 유일한 무기일까요? 그렇다면, 귀하가 작성한 성명서에 서명하고 귀하의 단체에 가입하기에 앞서 그 영향력이 어떤 영향력인지 고찰해보겠습니다. 대단히 중대한 문제인 만큼 심층적, 장기적 고찰이 필요할 테지만 저희의 고찰은 심층적 고찰일 수도 없고 장기적 고찰일 수도 없다고 하니 성급하고 불완전한 고찰일 수밖에 없겠지요. 하지만 그래도 해보겠습니다.

과거에는 저희 같은 여자들이 전쟁과 밀접한 관계가 있는 직업(정치)을 상대로 대체 어떤 영향력을 발휘했을까요? 이번에도 수많은 전기를 요긴하게 활용할 수 있겠지만, 이렇게 산더미처럼 쌓여 있는 정치가의 전기 사이에서 여자의 영향력이라는 특수한 금속을 추출해내라고 한다면 연금술사라도 난감할 듯싶습니다. 하지만 저희의 고찰이 부득불 빈약하고 피상적인 고찰일 수밖에 없기는 하지만, 고찰의 대상을 좁혀서 지난 150년 동안 나온 회고록을 고찰해본다면, 정치적으로 영향력을 발휘하는 여자들이 있었다는 사실을 부정하기는 거의 불가능합니다. 유명한 데번셔 공작 부인,• 레이디 파

• Duchess of Devonshire: 조지애나 캐번디시Georgiana Cavendish(1757~1806).

머스턴,● 레이디 멜버른,▲ 마담 리벤,◆ 레이디 홀랜드,■ 레이디 애슈버턴○은 모두 상당한 정치적 영향력을 발휘할 수 있는 여자들이었습니다(유명한 이름만 꼽았습니다). 이 여자들의 유명한 저택에 대한 이야기, 그런 저택에서 열린 파티에 대한 이야기가 이 시기 정치가들의 회고록에서 대단히 큰 비중을 차지하는 만큼, 그런 저택과 그런 파티가 없었다면 영국 정치는 물론이고 어쩌면 영국 전쟁들까지도 다르게 펼쳐질 수 있었으리라는 사실을 부정하기는 거의 불가능합니다. 하지만 이 시기 정치가들의 회고록에는 한 가지 공통된 특징이 있습니다. 걸출한 정치 지도자들의 이름(예컨대 피트, 폭스, 버크, 셰리든, 필, 캐닝, 파머스턴, 디즈레일리, 글래드스턴△)은 회고록의 매 페이지에 마구 흩뿌려져 있는 반면, 고학력 남성의 딸들은 (계단 머리에서 손님을 맞는 모습이든, 내실에서의 모습이든) 어느 페이지에서도 찾아볼 수 없다는 것이 그 특징입니다. 매력이든 재치든 지위든 옷이든 뭔가가 부족해서였겠지요. 고학력 여성의 딸들에게 무엇이 부족했는지는 모르지만, 책장을 아무리 넘겨도, 그들의 오라비, 아니면 그들의 남편은 있는데(데번셔 저택에는 셰리든이 있고, 홀랜드 저

● Viscountess Palmerston: 에밀리 템플Emily Temple(1787 ~ 1869).

▲ Viscountess Melbourne: 엘리자베스 램Elizabeth Lamb(1751 ~ 1818).

◆ 도로테아 폰 리벤Dorothea von Lieven(1785 ~ 1857).

■ Baroness Holland: 엘리자베스 바셀 폭스Elizabeth Vassall Fox(1770 ~ 1845).

○ Baroness Ashburton: 해리엇 메리 베링Harriet Mary Baring(1805 ~ 1857).

△ William Pitt the Younger(1759 ~ 1806), Charles James Fox(1749 ~ 1806), Edmund Burke(1729 ~ 1797), Richard Brinsley Butler Sheridan(1751 ~ 1816), Sir Robert Peel, 2nd Baronet(1788 ~ 1850), George Canning(1770 ~ 1827), Henry John Temple, 3rd Viscount Palmerston(1784 ~ 1865), Benjamin Disraeli, 1st Earl of Beaconsfield(1804 ~ 1881), William Ewart Gladstone (1809 ~ 1898).

택에는 매콜리[●]가 있고, 랜스다운 저택에는 매슈 아널드[▲]가 있고, 배스 저택에는 칼라일[◆]이 있는데), 제인 오스틴,[■] 샬럿 브론테,[○] 조지 엘리엇[△]의 이름은 아무 데도 없습니다. 칼라일 부인[◇]의 경우에는 파티에 가기는 했지만 남들 앞에 나타나는 것을 불편해했던 듯합니다.[□]

하지만 귀하는 고학력 남성의 딸들이 손에 넣은 영향력은 다른 종류의 영향력(많은 재산이나 높은 지위와도 무관하고, 지체 높은 레이디의 대저택을 그런 매혹적인 장소로 만들어주는 포도주, 요리, 옷, 기타 쾌적함과도 무관한 영향력)이었으리라는 점을 지적하실 것입니다. 고학력 남성의 딸들은 참정권 획득이라는 정치적 대의를 과거 150년 동안[⊙] 가슴에 품고 있었으니, 비교적 일리가 있는 지적입니다. 하지만 고학력 남성의 딸들이 그 대의를 쟁취하기까지 얼마나 오랫동안 얼마나 고생했는지를 생각해본다면, 영향력이 정치적 무기로 효과를 발휘하기 위해서는 부와 결합되어야 한다는 결론, 그리고 고학력 남성의 딸들이 행사할 수 있는 종류의 영향력은 위력이 매우 약하고 그 효과는 매우 더디며 사용하기는 매우 힘들다는 결론에 도달할 수 밖에 없습니다.[11] 참정권 획득은 분명 커다란 정치적 성취였지만,

● Thomas Babington Macaulay, 1st Baron Macaulay(1800 ~ 1859).

▲ Matthew Arnold(1822 ~ 1888).

◆ Thomas Carlyle(1795 ~ 1881).

■ Jane Austen(1775 ~ 1817).

○ Charlotte Brontë(1816 ~ 1855).

△ George Eliot(1819 ~ 1880).

◇ Jane Welsh Carlyle(1801 ~ 1866).

□ 울프, 「제럴딘과 제인Geraldine and Jane」 참조.

⊙ 매리 울스턴크래프트Mary Wollstonecraft(1759 ~ 1797)의 『여성의 권리 옹호*Vindication of the Rights of Woman*』가 나온 1792년은 『3기니』가 나오기 146년 전이다.

고학력 남성의 딸들은 그것을 위해서 1백 년이 넘도록 더없이 고되고 비루한 노역에 시달려야 했습니다. 행렬을 쫓아다녀야 했고, 사무에 동원되어야 했고, 큰길 모퉁이에 서서• 연설해야 했고, 나중에는 폭력을 사용했다는 이유로 감옥에 가야 했습니다. 오라비들이 폭력을 사용할 때 도와주고 그 대가로 영국의 딸을 자처할 권리(영국의 친딸까지는 자처할 수 없다 해도 최소한 영국의 의붓딸 정도는 자처할 수 있는 권리)를 얻게 되었으니 망정이지(가히 역설적입니다), 고학력 남성의 딸들이 그때 그 기회를 잡지 못했더라면 아직 감옥에서 나오지 못하고 있었을 가능성이 매우 높습니다.[12]

영향력을 실제로 시험해본다면, 높은 지위, 많은 재산, 대저택과 결합될 때라야 효과를 발휘할 수 있다고 느끼게 될 것입니다. 영향력을 가진 사람들은 고학력 남성의 딸들이 아니라 귀족 남성의 딸들입니다. 그들의 영향력은 고故 어니스트 와일드 경▲(귀하처럼 법조계에 종사했던 명사)이 묘사한 종류의 영향력입니다.

> 여자가 남자에게 행사하는 영향력은 지금까지 줄곧 간접적인 것이었고, 앞으로도 줄곧 간접적인 것이어야 한다, 남자는 여자가 원하는 일을 해주고 있을 때조차 자기가 원하는 일을 하고 있다고 생각하고 싶어 하고, 현명한 여자는 남자가 일을 주도하고 있지 않을 때도 남자로 하여금 자기가 일을 주도하고 있다고 생각할 수 있게 해준다, 정치에 관심을 가져보기로 한 모

• 「마태복음」 6장 5절의 표현, "너희는 기도할 때에, 위선자들처럼 하지 말아라. 그들은 사람들에게 보이려고, 회당과 큰길 모퉁이에 서서 기도하기를 좋아한다. 내가 진정으로 너희에게 말한다. 그들은 자기네 상을 이미 다 받았다" 참조.

▲ Sir Ernest Wild(1869 ~ 1934).

든 여자는 유권자일 때보다는 오히려 유권자가 아닐 때 훨씬 더 큰 힘을 발휘할 수 있다, 여러 유권자들에게 영향력을 행사할 수 있기 때문이다, 라는 것이 와일드 경의 주장이었다. 여자를 남자의 수준으로 끌어내리는 것은 옳지 않다, 라는 것이 와일드 경의 생각이었다. 와일드 경은 여자를 우러러보았고, 평생 여자를 우러러보면서 살고 싶어 했다. 와일드 경은 기사도● 의 시대가 영원히 계속되기를 바랐다. 모든 남자는 자기를 사랑해주는 여자에게 멋진 남자로 보이고 싶어 하니까.[13]

운운.

저희 영향력의 정체가 정말 그런 것이라면(그것이 어떤 영향력인지, 그런 영향력이 어떤 악영향을 끼치고 있는지 우리는 잘 알고 있습니다), 그것은 저희 손에 닿지 않는 영향력이거나(저희 중 다수는 못생긴 여자, 가난한 여자, 늙은 여자니까 말입니다), 저희의 경멸도 아까운 영향력입니다(저희 중 다수는 그런 영향력을 행사하느니 차라리 그냥 창녀가 되어 피커딜리 서커스▲의 가로등 아래 서 있는 편이 낫겠다고 생각하고 있으니까 말입니다).◆ 저희 영향력의 정체가 정말 그런 간접적인 영향력일 뿐이라면, 그런 영향력을 사용해서는 안 된다는 결론(저희의 미미한 힘을 귀하의 비교적 큰 힘에 보태는 수밖에 없다는, 귀하가 추천해주신 대로 서명하고 가입하고 이따금 적은 액수나마 수표를

● 중세 전사 계급의 행동 규범. 여성을 이상화하는 경향이 있다.
▲ 영국 런던의 유명한 성매매 지역이었다.
◆ 프리드리히 엥겔스Friedrich Engels, 『가족, 사유 재산, 국가의 기원*Der Ursprung der Familie, des Privateigentums and des Staats*』 가운데 다음 대목 참조. "아내가 고급 창녀와 다른 점은 임금 노동자처럼 몸을 빌려주고 품삯을 받는 대신 몸을 일시금으로 팔아넘기고 노예가 된다는 것뿐이다."

보내는 수밖에 없다는 결론)이 나오게 됩니다. 투표할 권리(그 자체만으로도 중요한 권리[14])가 또 하나의 엄청나게 중요한 권리('영향력'이라는 단어를 포함해 사전에 실려 있는 거의 모든 단어의 의미를 바꾸어버렸을 정도로 고학력 남성의 딸에게 중요한 의미가 있는 권리)와 어떤 이유에서인지 신비롭게 연결돼 있으니 망정이지(그 이유에 대한 충분히 설명이 나온 적은 없습니다), 두 가지 권리가 그렇게 연결돼 있지 않았더라면, 영향력의 정체에 대한 저희 고찰의 결론(답답하지만 받아들일 수밖에 없는 결론)은 정말이지 그런 식이었을 것입니다. 이 이야기가 생활비를 벌 권리에 대한 이야기라는 점을 말씀드린다면, 귀하도 저희의 표현이 과장되었다고 생각하시지는 않으리라 믿습니다.

저희가 이 권리를 얻게 된 것은 아직 20년도 지나지 않은 1919년에 성차별금지법이 직업의 빗장을 풀어주었을 때였습니다. 가정집 대문이 활짝 열린 것도 그때였습니다. 누구나의 지갑 속에 실제로 들어 있거나 들어 있을 수 있는 빛나는 새 돈 6펜스,• 그 빛 아래서는 모든 생각, 모든 풍경, 모든 행동이 달라 보였습니다. 시간의 길이를 따지면 20년이 긴 시간인 것은 아니고, 6펜스짜리 주화가 아주 귀한 돈인 것도 아니고, 6펜스를 처음으로 손에 쥐게 된 사람의 생활과 생각을 그려 보여주는 전기가 벌써 나와 있는 것도 아닙니다. 하지만 상상 속에서는 고학력 남성의 딸의 모습(가정집의 그늘로부터 걸어 나오는 모습, 옛 세계와 새 세계 사이에 걸쳐진 다리 위에 서 있는 모습, 그 신성한 주화를 손바닥 위에서 굴리면서 '이걸로 뭐 하지? 이게 있으면 뭐가 보일까?'라고 혼잣말하는 모습)을 만날 수 있을지도 모

• 1기니의 42분의 1.

릅니다. 그래서 이렇게 추측해봅니다. 그 빛이 생기고부터는 눈에 보이는 모든 것이 달라 보였겠구나. 남녀와 여자도, 자동차도, 교회도 모두 달라 보였겠구나. 상처 많은 달, 잊힌 구덩이들로 더러운 달조차 고학력 남성의 딸에게는 은백의 6펜스, 순결의 6펜스로 보였겠구나.* 그 제단 앞에서, 그 신성한 6펜스 앞에서 고학력 남성의 딸은 맹세했겠구나. 이건 자기 마음대로 쓸 수 있는 자기 돈이니까, 자기가 일해서 번 돈이니까, 앞으로는 절대 노예들 편에는 서지 않겠다고, 남의 성명서에 서명이나 하는 사람들 편에는 서지 않겠다고 맹세했겠구나. 귀하는 건조한 상식을 가지고 상상을 제어할지도 모르겠지만, 그러면서 직업에 의지하는 것은 또 다른 형태의 굴종에 불과하다는 반론을 제기할지도 모르겠지만, 아비에게 굴종하는 것보다는 직업에 굴종하는 것이 훨씬 덜 지독한 형태의 굴종이라는 점은 귀하도 자신의 경험에 비추어 인정하실 것입니다. 첫 소송을 처리한 대가로 첫 1기니를 받았을 때의 기쁨을 떠올려보시기 바랍니다. 아서의 학비에 의지해야 하는 생활이 드디어 끝났음을 깨달았을 때 귀하가 깊게 들이쉬었던 자유의 공기를 떠올려보시기 바랍니다. 아이들이 마술 씨앗에 불을 붙이면 나무가 생겨나듯, 바로 그 1기니로부터 귀하가 애지중지하는 온갖 것들(아내, 아이들, 집)이 생겨났고, 무엇보다도 귀하가 다른 사람들에게 행사할 수 있게 된 그 영향력이라는 것이 바로 그 1기니로부터 생겨났습니다. 만약에 귀하가 여전히 연간 40파운드를 용돈으로 받으면서 거기서 한 푼이라도 더 받고 싶을 때마다 아버지에게 손을 벌려야 하는 처지라면 (귀하의 아버지가 아무리 너그러운 분이라고 해도) 그 영향력이라는 것

* 서머싯 몸William Somerset Maugham의 『달과 6펜스*The Moon and Sixpence*』(1919)의 제목을 떠올리게 하는 대목.

이 무슨 의미가 있겠습니까? 하지만 귀하에게라면 굳이 긴 설명이 필요 없겠지요. 귀하라면 귀하의 누이들이 1919년에 1기니도 아닌 6펜스를 벌기 시작하면서 느꼈던 그 감격을 (자부심 때문이었든, 자유에 대한 사랑 때문이었든, 위선에 대한 증오 때문이었든, 감격의 이유가 뭐였든) 이해하실 테고, 그 자부심을 경멸하거나 그 자부심에 정당한 토대가 있음을(어니스트 와일드 경이 묘사한 영향력을 더 이상 사용할 필요가 없어졌다는 의미의 자부심이니까) 부정하지는 않으실 테니까요.

'영향력'이라는 단어의 의미가 바뀐 것입니다. 이제 고학력 남성의 딸은 예전에 가지고 있었던 영향력과는 전혀 다른 영향력을 가지게 되었습니다. 고학력 남성의 딸이 가지게 된 이 영향력은 지체 높은 레이디 세이렌•의 영향력과도 다르고, 투표할 권리를 얻지 못하고 있을 때의 영향력과도 다르고, 투표할 권리는 얻었지만 생활비를 벌 권리는 얻지 못하고 있을 때의 영향력과도 다릅니다. 매력이라는 요소를 제거한 영향력, 돈이라는 요소를 제거한 영향력이기 때문입니다. 고학력 남성의 딸은 이제 아비나 오라비로부터 돈을 타기 위해 매력을 동원할 필요가 없어졌습니다. 가족으로부터 경제적으로 응징당할 위험에서 벗어나 있으니 자기가 진짜로 어떻게 생각하는지를 표현할 수 있습니다. 돈이 없을 때는 많은 경우 돈의 필요성이 경애나 혐오의 무의식적 동기로 작용했었는데, 돈을 벌게 되니 자기가 진짜로 좋아하는 것과 싫어하는 것을 표명할 수 있습니

• 고대 그리스 신화 속의 세이렌Seiren은 아름다운 노랫소리로 선원들을 홀려 배를 난파시키는 괴물이다. 여기서 울프는 "정치적으로 영향력을 발휘하는 여자들"(p. 26)에게 "레이디 세이렌" 이라는 아이로니컬한 이름을 붙여본 것 같다.

다. 요컨대 싫은 게 있으면 참아줄 필요가 없습니다. 나쁜 게 있으면 비판을 할 수도 있습니다. 드디어 이해관계를 초월한 영향력을 가지게 된 것입니다.

지금까지는 저희의 새 무기가 어떤 무기인가, 고학력 남성의 딸은 생활비를 벌 수 있게 됨으로써 어떤 영향력을 행사할 수 있게 되었는가를 개괄해보았습니다. 지금부터는 고학력 남성의 딸이 이 새 무기를 어떻게 사용해야 귀하가 전쟁을 막는 데 힘이 되겠는가, 그 질문을 살펴보겠습니다. 생활비를 버는 남성과 생활비를 버는 여성 사이에 아무런 차이가 없다고 한다면 저희가 이렇게 편지를 쓸 이유도 없으리라는 것은 두말할 필요도 없겠지요. 저희의 관점과 귀하의 관점 사이에 아무런 차이가 없다고 한다면 저희가 할 일은 귀하의 1기니에 저희의 6펜스를 보태고 귀하가 추천한 방안을 따르고 귀하의 구호를 반복하는 것뿐일 테니까요. 하지만 다행인지 불행인지 귀하와 저희는 전혀 다릅니다. 귀하의 계급과 저희의 계급 사이에는 엄청난 차이가 있습니다. 굳이 심리학자들과 생물학자들의 위험하고 불확실한 이론을 끌어올 것 없이 사실을 들여다보는 것으로 충분합니다. 학력 차이라는 사실이 있습니다. 귀하의 계급이 고급 사립 학교public school와 대학교에 다니기 시작한 것은 5백 년 아니면 6백 년 전부터인데, 저희의 계급은 고작 60년 전부터입니다.• 재산 차이라는 사실도 있습니다.[15] 귀하의 계급은 (배우자의 권리가 아닌 본인의 권리로) 영국 내의 거의 모든 자본, 토지, 동산, 특혜를 소유하고 있습니다. 저희의 계급은 (배우자의 권리가 아닌 본인의 권리로는) 영국 내의 자본, 토지, 재물, 특혜를 거의 소유하지 못하고

• 케임브리지 대학교에 여성의 입학을 허용한 거턴칼리지Girton College와 뉴넘칼리지Newnham College가 생긴 것이 각각 1869년과 1871년이다.

있습니다. 이렇게 소유에 차이가 나면 정신과 신체에도 상당한 차이가 나리라는 것을 부정할 심리학자나 생물학자는 없겠지요. 그렇다면 '저희'(기억과 전통의 영향을 받아온 신체와 두뇌와 마음의 총체)는 '귀하'('저희'와는 전혀 다르게 길러져왔고, 따라서 '저희'와는 전혀 다른 방식으로 기억과 전통의 영향을 받아온 신체와 두뇌와 마음의 총체)와 어떤 본질적인 측면에서 전혀 다를 수밖에 없다는 것은 의문의 여지가 없는 사실이 되는 듯합니다. 귀하가 보는 세계와 저희가 보는 세계는 같지만, 귀하의 눈에 보이는 세계와 저희의 눈에 보이는 세계는 다릅니다. 저희가 도움을 드릴 수 있다면 그 도움은 귀하가 스스로 찾을 수 있는 도움과는 다를 수밖에 없으니, 그 도움의 가치는 그렇게 다르다는 점에 있을지도 모르겠습니다. 그렇다면 귀하의 성명서에 서명하고 귀하의 단체에 가입하겠다고 약속하기에 앞서서, 그 도움이 어떻게 다를지 알아보는 것이 순서가 아닐까 합니다. 그 도움이 어떻게 다를지 알게 되면 그것이 어떤 도움일지까지 알게 될지 모르니까 말입니다. 자, 그럼 아주 기본적인 데서 시작한다는 뜻으로 귀하의 세계를 볼 때 찍은 사진(조잡한 컬러 사진•)을 귀하 앞에 내밀겠습니다. 귀하의 세계를 볼 때 가정집 문지방에서 내다보거나 사도 바울이 지금까지도 저희의 눈앞에 늘어뜨리고 있는 베일▲의 그림자 뒤에서 엿보거나 가정집을 사회생활의 세계와 연결해주는 다리 위에서 조망하고 있는 저희에게는 그 세계가 이 사진처럼 보이거든요.

저희가 이렇게 조망하고 있는 귀하의 세계, 전문직의 세계, 사

• 1930년대에 처음 발명된 스냅 사진용 컬러 필름은 선명도가 상당히 낮았다.

▲ 「둘」의 미주 38 참조.

회생활의 세계는 확실히 어딘가 좀 이상한• 세계인 같습니다. 얼핏

• queer. 이 책에서 queer는 대부분 가부장적 주류 사회를 비판하는 맥락에서 사용된다. "어딘가 좀 이상한"이라는 역어는 『3기니』 시대의 의미와 최근의 의미(비교적 비주류적인 성적 정체성)에 차이가 있다는 판단에서 비롯되었다. 하지만 간단히 '이상한'이라는 역어를 택하지는 못했는데, 그것은 『3기니』 시대의 queer에는 사회적 성 규범에서 벗어나 있는 남성들의 이상함이 포함되어 있었다는 점 때문이었다. 거칠게 추측해보자면, 울프는 주로 남성 동성애자를 묘사하는 queer를 가지고 가부장 사회를 묘사함으로써 queer의 의미를 어딘가 좀 이상한 방식으로 비틀고 있는 것 같다. 이 추측을 뒷받침해주는 자료로, 이브 코소프스키 세지윅Eve Kosofsky Sedgwick의 『남자끼리: 영국 문학과 남성의 동성 사회적 욕망*Between Men: English Literature and Male Homosocial Desire*』(New York: Columbia University Press, 1985), p. 220 참조.

버지니아 울프에 대한 제인 마커스Jane Marcus의 연구는 마리아 안토니에타 마초키Maria-Antonietta Macciocchi의 호모포비아적 정리, "나치 사회는 여성을 배제하고 모성을 가치화하는 동성애자 형제들로 구성되어 있다"를 이용하고 있다. 마커스에 따르면, "울프는 '케임브리지 사도들'의 형제애 개념이 파시스트들의 형제애 개념과 유추 관계에 있다고 보았을 듯하다." 마초키의 정리는 제인 캐플런Jane Caplan의 논문 「파시즘 이데올로기에서의 여성 섹슈얼리티: 서론Introduction to Female Sexuality in Fascist Ideology」, 『페미니스트 리뷰*Feminist Review*』, 1(1979), p. 62에 인용되어 있다. 마커스의 논문 「해방, 자매애, 여성 혐오Liberty, Sorority, Misogyny」는 하일브룬Carolyn G. Heilbrun & 히고네트Margaret R Higonnet가 편집한 『소설 속 여성들의 재현*The Representation of Women in Fiction*』, pp. 60~97에 실려 있고, 인용문은 p. 67에 있다.

덧붙여, queer는 『3기니』 전체에서 한 번 여성을 묘사할 때 사용되었는데(p. 186), 가부장적 주류 사회에 queer를 적용하는 것은 당대적 의미를 한 번 비튼 경우이고 여성에게 queer를 적용하는 것은 그 의미를 한 번 더 비튼 경우라고 해야 할지 모르지만, 『3기니』가 출간되고 80년 이상이 지난 지금의 귀에는 두 번째 용법이 오히려 대단히 자연스럽고 스트레이트하게 들리기도 한다. 세지윅이 인용하기도 한 마커스의 『버지니아 울프, 그리고 가부장제의 언어들*Virginia Woolf and the Languages of Patriarchy*』(Bloomington &

보면 어마어마하게 인상적입니다. 꽤 작은 공간에 세인트폴 대성당 St. Paul's Cathedral, 잉글랜드 은행, 시장 관저, 웅장하면서도 어딘가 음산한 총안 흉벽으로 둘러싸인 재판소가 빽빽하게 들어차 있고, 고개를 돌리면 웨스트민스터 사원과 국회 의사당도 있습니다.• 그렇게 그리로 건너가던 중에 걸음을 멈추고 다리 위에 서서 혼잣말을 해봅니다. 아비들과 오라비들이 저기서 일생을 보내고 있구나. 수백 년 전부터 이제껏 저 계단을 오르고 저 문으로 드나들고 저 연단에서 설교하고 돈을 벌고 판결을 내리면서 일생을 보내고 있구나. 가정집(웨스트엔드의 어디쯤)에서 사용하는 교리와 법률, 규칙, 옷과 카펫, 쇠고기와 양고기는 저 세계에서 온 것들이로구나. 그러고는 그 신전들 가운데 한 곳의 여닫이문을 조심조심 열고(이제는 저희도 그 문을 열 수 있게 되었으니까요) 살금살금 들어가서 문안의 광경을 좀 더 상세하게 관찰해봅니다. 넓이가 어마어마하고 석벽이 위풍당당하다는 최초의 감각이 깨지면서 의문점과 섞인 무수하게 많은 놀라운 점들이 생깁니다. 제일 먼저 입을 떡 벌어지게 하는 것은 귀하의 차림새입니다.[16] 다종다양하고! 휘황찬란하고! 꾸밈이 심하고! 고학력 남성의 업무 복장인데! 이분은 보라색으로 차려입고 가슴에는 귀금속 십자가를 늘어뜨렸군요! 이분은 어깨에 레이스를 걸쳤군요! 이분은 담비 털을 걸쳤군요! 이분은 보석 박힌 사슬 장신구를 치렁치렁 걸쳤군요! 이분은 가발을 썼군요! 돌돌 말린 웨이브가 한 층 한 층 내려와서 목을 덮었군요! 이분의 모자는 배[船] 모양, 이분의 모자는 챙을 젖힌 형태! 이 모자는 원통형의 검은 털가죽! 이 모

Indianapolis: Indiana University Press, 1987)에서는 queer의 다양한 용례를 참조할 수 있다.

• 위치상 웨스트민스터 다리에서 보이는 풍경인 듯하다.

자는 재료는 황동, 모양은 석탄 통! 이 모자에는 빨간 깃털, 이 모자에는 파란 깃털! 이분은 가운으로 다리를 가렸고, 이분은 각반을 신었고! 이분의 어깨에 걸쳐진 타바드•에는 사자와 유니콘▲의 자수 장식! 이분의 가슴 위에서 영롱하게 반짝이는 금속 물체들은 별 모양, 아니면 동그라미 모양! 갖가지 색깔(파랑, 자주, 진홍)의 끈들이 두 어깨에서 내려오다가 서로 엇갈리고! 귀하가 집에서 입으시는 옷이 비교적 단순하니 귀하의 업무 복장이 그렇게 휘황찬란하다는 것에 더 놀라게 되네요.

하지만 그 최초의 놀라움이 잦아들면, 그것보다 훨씬 더 이상한 두 가지 사실이 서서히 드러납니다. 우선, 남자들의 전신을 감싼 옷은 여름이나 겨울이나 똑같습니다. 계절에 따라서 옷을 갈아입기도 하고 개인의 취향과 편의에 따라서 옷을 갈아입기도 하는 여자들에게는 그 사실이 이상하기만 합니다. 이어, 단추, 로제트, 작대기 하나하나에 모종의 상징적 의미가 있는 듯합니다. 어떤 사람은 옷에 단추밖에 달 수 없고, 어떤 사람은 로제트를 달 수 있습니다. 어떤 사람은 작대기를 한 개만 달 수 있고, 어떤 사람은 세 개, 네 개, 다섯 개, 여섯 개도 달 수 있습니다. 자수의 간격도 곡선이든 직선이든 일정해서 어떤 사람은 1인치 간격, 어떤 사람은 1과 4분의 1인치 간격입니다. 어깨의 금박 장식에도, 바지의 매듭 장식에도, 군모 계급장에도 규칙이 있습니다. 하지만 한 사람의 눈으로는 그 모든 차이를 정확하게 설명하는 것은 고사하고 차이가 있음을 알아보는 것도 불가능할 정도로 너무 이상합니다.

하지만 이렇듯 귀하의 복장이 휘황찬란하다는 것보다 훨씬 더

• 민소매 외투.
▲ 영국의 왕실 문장.

이상한 것은 귀하가 이런 복장일 때 이루어지는 의례들입니다. 무릎을 꿇기도 하고! 고개를 숙이기도 하고! 은제 부지깽이를 치켜든 사람 뒤에서 행렬을 이끌기도 하고! 장식 무늬를 새긴 의자 위에 올라서기도 하고! 물감을 칠한 목판에 대고 인사를 올리는 것 같기도 하고! 고급 태피스트리로 덮인 탁자에 대고 절을 하는 것 같기도 하고! 무슨 의미가 있는 의례인지는 모르겠지만, 항상 떼 지어서, 항상 일사불란하게, 항상 신분에 맞고 경우에 맞는 복장과 함께 진행되는 군요.

저희는 그런 장식적• 복장을 처음 보자마자 의례와는 상관없이 너무나 이상하다고 느낍니다. 저희가 차려입는 옷은 비교적 단순합니다. 몸을 가려준다는 일차적 기능을 제외한다면 아름다워 보이게 해주는 기능과 귀하 같은 남자분들의 시선을 끌게 해주는 기능, 이 두 가지 기능이 있을 뿐이니까 말입니다. 결혼이 여자에게 열려 있는 유일한 직업이었던 것이 1919년까지였으니만큼(상황이 바뀌고 채 20년도 지나지 않았습니다), 여자에게 복장이 얼마나 중요했는지는 아무리 강조해도 지나치지 않습니다. 귀하에게 의뢰인이 중요하듯, 여자에게는 복장이 중요했습니다. 대법관이 되는 가장 확실한, 어쩌면 유일한 방법이 여자에게는 복장이었다는 것입니다. 반면에 귀하의 복장이 그렇게 어마어마하게 복잡한 것은 거기에 별도의 기능이 있기 때문인 것 같습니다. 귀하의 복장에는 몸을 가려주고 허영심을 만족시켜주고 눈을 즐겁게 해주는 기능 외에 귀하의 신분과 직업과 학력을 과시하는 기능이 있습니다. 참으로 송구스러운 비유를 사용하자면, 귀하의 복장에는 식료품 가게의 딱지들과 똑같은 기

● decorative. 장식되어 있다는 뜻과 훈장을 달고 있다는 뜻이 있음을 이용한 말장난.

어느 장군

능이 있습니다. 식료품 딱지에 "이것은 마가린, 이것은 순수한 버터, 이것은 최고급 버터"라고 쓰여 있듯, 귀하의 복장에는 "이 사람은 좀 똑똑한 사람(예술 석사), 이 사람은 꽤 똑똑한 사람(문학 박사), 이 사람은 최고로 똑똑한 사람(메리트 훈장● 수훈자)"이라고 쓰여 있는 것입니다. 귀하의 복장에 있는 기능 중에서 저희에게 제일 이상해 보이는 것이 바로 이 과시 기능입니다. 그런 과시 행위는 바울의 견해에 따르면 최소한 저희 같은 여성들에게는 정숙하지도 않고 단정하지도 않은 짓이었고,▲ 불과 몇 년 전까지만 해도 아예 불가능한 일이었습니다.◆ 더구나 우리 사회에는 금붙이나 띠나 컬러 후드나 가운 같은 것을 착용함으로써 착용자의 가격(두뇌의 가격이든, 도덕성의 가격이든)을 표시하는 것이 비웃음당해 마땅한 야만적인 짓, 야만인들의 종교 의식처럼 웃기는 짓이라고 보는 전통 또는 믿음이 아직 남아 있습니다. 자기가 어머니임을 과시하기 위해 왼쪽 어깨를 말의 꼬리털로 장식한 여자가 존경의 대상이 되기 어려우리라는 데는 귀하도 동의하시리라 믿습니다.

하지만 우리가 이렇게 다르다는 것이 우리의 질문에 대체 무슨 단서가 되어줄 수 있을까요? 고학력 남성의 눈부신 업무 복장과 부서진 집들과 시체들의 사진 사이에 대체 무슨 관계가 있을까요? 복

● Order of Merit. 여성 중에 플로렌스 나이팅게일Florence Nightingale(1820~1910)이 최초로 이 훈장을 받았고, 버나드 쇼George Bernard Shaw(1856~1950)는 이 훈장을 거부한 사람 중 하나다.

▲ 「디모데전서」 2장 9~10절의 표현 참조. "이와 같이 여자들도 소박하고 정숙하게 단정한 옷차림으로 몸을 꾸미기 바랍니다. 머리를 어지럽게 꾸미거나 금붙이나 진주나 값비싼 옷으로 치장하지 말고, 하느님을 공경하는 여자에게 어울리게, 착한 행실로 치장하기를 바랍니다."

◆ 여성은 옥스퍼드 대학에서는 1921년부터, 케임브리지 대학에서는 1923년부터 학위를 받을 수 있었다.

장과 전쟁의 관계라면 금방 발견할 수 있을 듯합니다. 귀하 같은 남자분들의 복장 중에서는 군복이 제일 화려한데, 그런 빨간 상의, 금박 장식, 청동, 깃털 같은 것은 실제 군 복무에서는 전혀 쓰이지 않으니, 그렇게 휘황찬란한 군복(비싸지만 비위생적일 것 같은 복장)을 만든 데는 구경꾼들에게 군대의 위용을 과시하겠다는 의도, 그리고 청년들의 허영심을 부추기는 방식으로 병력을 확보하겠다는 의도가 있는 듯합니다. 그렇다면 저희의 영향력과 저희의 다름이 여기서 모종의 효과를 발휘할 수 있을지도 모르겠습니다. 저희는 귀하와는 달리 그런 옷을 입는 것이 불가능하니만큼, 그런 옷을 입은 사람들이 썩 좋아 보이지도 않고 썩 대단해 보이지도 않는다는, 좋아 보이거나 대단해 보이기는커녕 우스꽝스럽고 야만스럽고 흉해 보일 뿐이라는 의견을 표명하는 것도 가능하니까요. 하지만 저희는 고학력 남성의 딸들인 만큼 저희의 영향력을 좀더 효과적으로 사용하는 방법은 방향을 돌려서 저희가 속한 계급, 곧 고학력 계급을 겨냥하는 것이겠습니다. 법조계와 학계의 남자들에게서도 그런 복장에 대한 애착이 발견되니까요. 법조계와 학계에도 벨벳과 실크,● 밍크와 담비가 있거든요. 고학력 남성이 남들과 다르게 차려입음으로써 또는 이름 앞에 경칭▲을 붙이거나 이름 뒤에 철자◆를 붙임으로써 자기의 혈통이나 학력이 남보다 우월하다는 것을 강조하는 것은 경쟁심과 질투심(전쟁 기질을 조장하는 방향으로 작용하는, 굳이 전기를 참조하거나 심리 연구를 동원할 필요도 없을 정도로 분명하게 작용하는 감정들)을

● '실크를 걸치다take silk'라는 말은 QC/KC가 된다는 뜻이다. p. 12 각주 ■ 참조.

▲ 예컨대 어니스트 와일드 경Sir Ernest Wild에서는 Ernest Wild라는 이름 앞의 Sir.

◆ 예컨대 어니스트 와일드 경, KCSir Ernest Wild, KC에서의 KC.

유발하는 행태들이다, 그런 의견을 표명하는 것이 저희에게는 가능합니다. 그런 의견, 그렇게 남들과 다르다는 티를 내는 짓은 본인을 우스꽝스럽게 만들고 본인의 학업을 한심하게 만든다는 의견을 저희가 실제로 표명하고 나면, 전쟁 방향으로 작용하는 감정들을 꺾을 만한 모종의 실천이 간접적으로라도 필요해집니다. 다행히 이제는 저희도 의견 표명에서 한발 더 나아가 남들과 다른 티를 내고 남들과 다른 옷을 차려입는 행태를 일절 거부하는 것이 가능해졌습니다.• 우리가 이 가능성을 실천한다면, 우리 앞에 놓여 있는 과제(어떻게 해야 전쟁을 막을 수 있는가)에도 미미하게, 하지만 명확하게 기여할 수 있을 것 같은데, 귀하와 저희의 다른 교육과 다른 전통이 이 실천에서는 귀하 쪽보다는 저희 쪽에 더 유리하게 작용할 것 같습니다.[17]

하지만 이렇게 표층을 조감한 결과가 크게 고무적인 것은 아닙니다. 이 컬러 사진에 몇 가지 놀라운 장면이 찍혀 있는 것은 사실이지만, 저희의 앵글이 닿지 않는 곳에 저희가 들어갈 수 없는 비밀의 방들이 있다는 것 또한 이 사진이 환기해주고 있습니다. 저희가 들어갈 수 없는 문들, 아예 잠겨 있거나 아주 조금밖에 열려 있지 않은 문들이 이렇게 많은데, 저희를 뒤에서 받쳐주는 무슨 자본이나 세력이 있는 것도 아닌데, 그런 저희가 무슨 수로 법이나 기업, 종교나 정치를 상대로 실질적인 영향력을 행사할 수 있겠습니까? 저희의 영향력이라는 것은 그저 표층에서 더 들어가지 못하는 영향력인 듯

• 실제로 울프는 케임브리지 대학교의 '클라크 강연' 요청(1932), 맨체스터 대학교의 명예 학위(1933), 리버풀 대학교의 명예 학위(1939), 국제 펜클럽의 회장 지위(1934), 컴패니언 오브 아너라는 작위(1935), 런던 도서관의 회원 특혜(1940) 등을 모두 거부했다.

전령관들

합니다. 표층에 대한 의견을 표명하고 나면, 더는 할 수 있는 일이 없습니다. 표층과 심층이 어떤 형태로든 연결돼 있으리라는 것은 사실이지만, 저희가 귀하의 전쟁 방지 노력에 도움이 되려면 표층에 머물기보다는 심층으로 파고 들어가야겠습니다. 그러니 이제는 시선의 방향을 다른 영역으로 돌려보도록 하겠습니다. 고학력 남성의 딸들의 시선이 자연스럽게 향하는 영역, 바로 교육의 영역입니다.

다행히 여기서 1919년이라는 신성한 연도가 저희에게 힘이 돼줍니다. 1919년이 고학력 남성의 딸들에게 생활비를 벌 권리를 안겨준 덕분에, 지금 고학력 남성의 딸들은 드디어 교육에 실질적으로 영향력을 행사할 수 있는 약간의 힘을 손에 넣었습니다. 돈을 손에 넣었습니다. 대의를 위해서 쓸 수 있는 돈을 손에 넣었습니다. 재무 관리자분들이 도움을 청해오고 있습니다. 그 증거로 마침 여기, 귀하가 보내온 편지 바로 옆에 여자 대학 개축비를 후원해달라는 어느 재무 관리자의 편지가 놓여 있습니다.• 재무 관리자들이 도움을 청해 온다면, 이쪽에서도 거래 조건을 제시하는 것이 합당하겠고요. 여자 대학 재무 관리자에게 우리는 이렇게 대꾸할 권리가 있습니다. "당신에게 1기니의 개축 후원금을 보내기에 앞서 한 가지 조건을 내걸겠다. 이 남자분도 이렇게 편지를 보내왔으니, 우리가 내거는 조건은 이분이 전쟁이 막을 수 있도록 돕는 것이다. 학생들에게 전쟁을 혐오하라고 가르칠 것, 학생들이 전쟁의 비인간성, 야수

● 실제로 울프는 1936년에 뉴넘칼리지 학장 퍼넬 스트레이치Pernel Strachey로부터 뉴넘 개축위원회에 참여해달라는 편지를 받았다. 이 편지는 『3기니』를 위한 스크랩북[울프가 『3기니』를 집필하기까지 오랫동안 수집하고 정리한 신문 기사, 전기와 역사의 인용문, 울프 자신의 논평 등의 자료 컬렉션(서식스 대학 도서관 소장)]에 뉴넘 개축위원회의 팸플릿 「모든 뉴넘 재학생 및 졸업생에게To All Newnham Students Past and Present」와 함께 포함돼 있다.

교수들의 행렬

성, 경악스러움을 느낄 수 있도록 교육할 것, 이것이 우리가 내거는 조건이다." 하지만 우리가 조건으로 내걸어야 하는 교육은 어떤 종류의 교육일까요? 학생들에게 전쟁 혐오를 가르칠 수 있는 교육은 어떤 종류의 교육일까요?

이 질문은 그 자체로 충분히 어려운 질문이기도 하고, 메리 킹즐리 같은 사고방식을 가진 사람들(대학 교육을 직접 경험해본 적이 없는 사람들)에게 이 질문이 답변 불가능한 질문으로 느껴지는 것도 무리는 아니겠습니다. 하지만 교육이 인간의 삶에서 대단히 중요한 역할을 하고 있고, 귀하의 질문에 답할 때 교육이 중요한 역할을 할지도 모르니, 학생들이 전쟁을 혐오할 수 있도록 저희가 교육을 통해서 영향력을 발휘할 수 있을까를 가늠해보려는 노력을 게을리하는 것도 비겁한 짓이겠습니다. 그러니 저희가 서 있는 장소를 아까 그 다리(템스강의 다리)에서 다른 강의 다른 다리(옥스브리지에는 두 곳 다 강이 있고 다리가 있으니, 두 곳 중 한 곳)로 옮겨보도록 하겠습니다. 이 다리로 옮겨 와서 바라보아도, 저 세계, 돔 지붕과 뾰족탑, 강의실과 실험실의 저 세계는 이상한 세계인 것 같습니다! 저희 눈에 보이는 세계는 귀하의 눈에 보일 세계와는 전혀 다릅니다! 저 세계를 메리 킹즐리의 위치에서 조망하고 있는 사람들("독일어를 배워도 좋다는 허락"이 살면서 받아본 "유료 수업의 **전부**"였던 사람들)에게 저 세계가 머나먼 세계, 겁나는 세계, 갖가지 의례와 전통으로 복잡하게 얽혀 있는 세계로 보이는 것이 무리가 아니겠으니, 저 세계를 비판하는 것이 아무 소용없는 일이라는 느낌이 드는 것도 무리는 아니겠습니다. 이 다리로 옮겨 와서 바라보아도, 귀하가 입은 옷의 휘황찬란함 앞에서 입이 떡 벌어지는 것은 마찬가지이고, 철퇴mace가 불끈 일어서고● 행렬이 줄줄 이어지는 광경 앞에서 해트와 후드, 자주와 진홍, 융과 천, 캡과 가운이 미묘하게 다르다고 느끼면서도 너무 눈이 부신 탓에 그 모든 차이를 설명하는 것은 고사하고 차이가 있음을 알아볼 수조차 없게 되는 것도 마찬가지입니다. 『펜더니스』에 나오는 아서의 시▲가 저절로 읊조려집니다!

안에 들어가지는 않겠습니다
이따금 주변을
서성거릴 뿐입니다
성스러운 문 앞에서
간절한 눈으로
기다려볼 뿐입니다

계속 읊조려집니다!

안에 들어가지는 않겠습니다
당신의 순수한 기도를
거친 생각으로 더럽히지는 않겠습니다

● 울프가 1934년 7월 29일에 에설 스미스Ethel Smyth에게 보낸 편지 가운데 다음 대목의 표현 참조. "책을 읽을 때의 상태는 에고가 완전히 없어지는 상태가 아닐까 싶어요. 내가 차마 입에 담기 싫은 신체의 다른 부분처럼 그 에고는 자꾸 불끈 일어서려고 하지만."

▲ 『펜더니스 이야기』에 나오는 시 「교회 문 앞에서At the Church Gate」를 가리킨다.

들어가기는 불가능하니
주변을 서성거리는 것만은
부디 허락해주시기 바랍니다
천국에서 추방당한 영혼들이
천국 문 앞에서 천사들을 바라보듯
밖에서 바라보기만 하겠습니다

하지만 귀하의 편지가 답장을 기다리고 있고 대학 개축비를 보태달라는 재정 관리자의 편지가 답장을 기다리고 있으니, 오래된 다리 위에 서서 오래된 시를 읊조리는 일을 당장 그만두고 교육과 관련된 질문에 답을 찾는 일을 불완전하게나마 시작해야 할 것 같습니다.

메리 킹즐리 같은 누이들은 그 교육에 대한 이야기를 그렇게 자주 들어왔고, 그 교육에 그렇게 고통스럽게 기여해왔는데, 대체 그 '대학 교육'은 어떤 교육일까요? 이수에 3년이 걸린다고 하고, 비용으로 상당액의 현찰이 필요하다고 하고, 이 신비스러운 과정을 통해 인간이라는 원료가 고학력 남녀라는 완성품으로 가공된다고 하는데, 대체 어떤 과정일까요? 일단 이 교육에 최상의 가치가 있다는 데는 의심의 여지가 없습니다. 인간의 가치들을 통틀어 교육의 가치가 최상급 가치에 속한다는 점에 대해서는 전기의 증언(영어를 읽을 수 있는 사람이라면 누구나 어느 공공 도서관에서든 들을 수 있는 증언)이 모두 일치하고 있거든요. 전기라는 증인은 두 가지 사실을 가지고 그 점을 증언하고 있습니다. 첫째, 지난 5백 년간 영국을 다스려온 남자들의 절대다수, 지금 국회와 행정 조직에서 영국을 다스리고 있는 남자들의 절대다수가 대학 교육을 받아왔다는 사실이 있습니다. 둘째, 지난 5백 년 동안 교육에 막대한 돈이 지출돼왔다는 사실이 있습니다. 그동안 얼마나 엄청난 고생과 곤란이 있었겠는가를 고려하면(이 점에 대해서도 전기에 풍부한 증거가 있습니다) 이 사실은 더욱 인상적입니다. 옥스퍼드 대학교의 수입(1933~34년)은 43만 5,656파운드, 케임브리지 대학교의 수입(1930년)은 21만 2천 파운드입니다. 대학교 전체의 수입 외에 각 칼리지마다 별도의 수입이 있는데, 때때로 신문에 실리는 증여 기사나 유증 기사만으로 판단해보아도, 어마어마한 수입을 올리는 경우가 있는 듯합니다.[18] 이 수입에 명문 사립 학교의 수입까지 합산하면(그중에서 가장 규모가 큰 곳만 꼽아도 이튼, 해로, 윈체스터, 럭비가 있습니다), 인간이 대학 교육에 얼마나 엄청난 가치를 부여하는지를 결코 의심할 수 없을 만큼 어마어마한 액수입니다. 가난한 사람들, 이름 없는 사람들, 못 배운 사람들의 삶을 기록한 전기를 읽어본다면, 옥스브리지에서 교육받게 해준다면 그 어떤 노력, 그 어떤 희생도 마다하지 않았으리라는 증언을 들을 수도 있습니다.[19]

하지만 전기에서 들을 수 있는 교육의 가치에 대한 가장 확실한 증언은 고학력 남성의 누이가 오라비의 학비를 위해 편의와 여가를 희생했을 뿐 아니라 누이 자신이 진학을 소망했다는 사실입니다. 영국 교회가 이 사안에 내린 판결, 전기를 통해서 알 수 있듯 불과 몇 년 전까지도 힘을 발휘하던 판결("……여자들의 향학열은 하느님의 뜻에 어긋난다……"[20])을 떠올려본다면, 그 향학열이 대단히 뜨거웠으리라는 것만큼은 부인할 수 없을 것입니다. 여기서 한발 더 나아가, 대학교를 안 나온 누이는 대학교를 나온 오라비가 얻을 수 있었던 그 모든 직업들 중에서 어느 것도 얻을 수 없었다는 것을 떠올려본다면, 누이 쪽은 교육 그 자체에 대한 믿음이 있었으리라고, 따라서 교육의 가치에 대한 믿음은 누이 쪽이 훨씬 더 강했으리라고 추측할 수 있습니다. 그리고 여기서 한발 더 나아가, 누이가 얻을 수 있었던 직업(결혼)에는 교육이 불필요하다고 생각되었다는 것과 실제로 교육에는 여자가 이 직업에 종사하는 것을 어렵게 만드는 속성이 있었다는 것을 떠올려본다면, 누이가 진학의 소망이나 진학하려는 노력을 일절 단념하고 오라비를 교육시키는 데 만족했으리라는 추측, 대다수의 여자들(이름 없고 가난한 여자들)은 가계의 지출을 줄이는 방식으로, 극소수의 여자들(지체 높고 부유한 여자들)은 남자들을 위한 대학을 설립 또는 지원하는 방식으로 오라비를 교육시키는 데 만족했으리라는 추측이 사실이라고 해도 그다지 놀라운 일은 아닐 것입니다. 확인해보면, 사실입니다. 하지만 향학열이라는 소망은 인간의 본성에 내재하는 타고난 소망이라는 사실, 전통과 가난과 비웃음 때문에 생겨났을 그 모든 장애물들에도 불구하고 여자들 사이에서도 그 소망이 존재했다는 사실을 귀하도 전기를 들추어본다면 확인할 수 있을 것입니다. 그 증언을 듣기 위해 여기서는 그저 한 권의 전기, 메리 애스텔•의 전기를 검토하도록 하겠습니다.[21] 애스텔이 어떤 사람이었나를 보여주는 자료는 대단히 적지만, 지금으로부터 거의 250년 전에 애스텔의 마음속에서도 향학열이라는 집요한 (어쩌면 하느님의 뜻에 어긋나는) 소망이 살아 있었음을 보여주기에는 부족함이 없습니다. 애스텔은 여자들을 위한 대학

• Mary Astell(1668 ~ 1731).

을 설립하자고 제안한 사람입니다.[●] 그 제안도 대단하지만, 앤 공주[▲]가 에스텔에게 그 비용 1만 파운드(예나 지금이나 한 여자가 마음대로 쓰기에는 매우 큰돈)를 선뜻 내주려고 했다는 것도 대단합니다. 그런데 여기서 우리는 역사적으로나 심리적으로나 극히 흥미로운 사실 한 가지를 만나게 됩니다. 영국 교회가 끼어들었다는 사실입니다. 버닛 주교[◆]는 고학력 남성의 누이들을 위한 학교를 세우면 기독교의 교파들 중 나쁜 교파, 곧 로마 가톨릭 교파에 이로우리라는 의견을 가지고 있었습니다.[■] 돈은 다른 곳으로 갔고, 여자 대학은 설립되지 않았습니다.

하지만 이런 사실들은 다른 많은 사실이 그렇듯 두 얼굴의 증언을 들려줍니다. 교육의 가치를 밝히는 증언을 들려주면서도, 교육에는 그 어떤 확실한 가치도 없다는 증언을 함께 들려줍니다. 좋은 교육이란 모든 상황에서 모든 사람에게 좋은 교육이 아니다, 특정한 분파에 좋은 교육, 특정한 목적에 좋은 교육이 좋은 교육이다, 영국 교회에 대한 신앙을 길러준다면 좋은 교육이지만 로마 교회에 대한 신앙을 길러준다면 나쁜 교육이다, 한쪽 성별과 그 성별의 직업들에는 교육이 좋게 작용하지만 다른 쪽 성별과 그 성별의 직업에는 교육이 나쁘게 작용한다, 그런 증언을 들려주는 것입니다.

적어도 이것이 전기가 들려주는 대답인 것 같습니다. 벙어리가

● *A Serious Proposal to the Ladies for the Advance of their True and Greatest Interest* (1694) 참조.

▲ 앤 여왕(1665~1714, 재위 1703~1714)을 가리킨다.

◆ Gilbert Burnet(1643 ~ 1715).

■ 여자 대학이 생긴다면 가톨릭 수녀원과 비슷해지리라는 것이 그 주장의 표면적 근거였다.

된 신탁•은 아니지만 애매모호한 대답입니다. 하지만 저희에게는 교육을 통한 영향력, 학생들이 전쟁을 혐오할 수 있게 하는 영향력을 발휘하는 것이 대단히 중요한 일이니, 전기의 얼버무림에 당황하거나 전기의 매력에 농락당해서는 안 되겠습니다. 저희가 대학교에서 그 영향력을 최대한 발휘하기 위해서는(대학교는 그 영향력을 발휘하기에 가장 적당한 곳이기도 하고 그 영향력이 심층으로 파고 들어갈 가능성이 가장 높은 곳이기도 합니다) 고학력 남성의 누이가 지금 어떤 종류의 교육을 받고 있는지를 최대한 알아보아야 하겠습니다. 다행히도 이제 저희는 더 이상 전기(사적 의견의 여러 충돌을 포함할 수밖에 없는 사생활의 기록)에 의지할 필요가 없어졌습니다. 이제 저희에게는 저희를 도와줄 역사(사회생활의 기록)가 있습니다. 사적 개인들의 일상적 의견을 배제하고 비교적 거창한 어조를 사용하고 합의기구의 입을 통해 고학력 남성 집단의 의견을 전달하는 이른바 공공 단체의 연감이라면 외부인이 열람하는 것도 가능하니까요.

고학력 남성의 누이들을 위한 칼리지는 옥스퍼드에도 있고 케임브리지에도 있다는 사실, 그리고 이런 칼리지가 처음 생긴 때는 1870년경이었다는 사실을 역사는 지체 없이 알려줍니다.▲ 하지만 그런 칼리지에서 교육을 받는 학생들이 전쟁을 혐오하도록 영향력을 발휘하기 위해 노력하고 있었다면 그런 헛된 노력일랑 전부 그만두자, 그렇게 느끼게 만드는 기막힌 사실들도 역사는 함께 알려줍니다. 역사가 알려준 그 사실들 앞에서는 '학생들을 위해 영향력을 발휘' 어쩌고저쩌고하는 말이 그저 시간과 호흡의 낭비일 뿐이

• 존 밀턴John Milton, 「그리스도가 태어난 아침에On the Morning of Christ's Nativity」의 "신탁oracle은 벙어리가 된다"는 표현 참조.

▲ 옥스퍼드에 여자 대학이 생긴 것은 1870년대 말이다. p. 34 각주 참조.

기도 하고, 재정 관리자에게 1기니를 내주기에 앞서 기부의 조건을 내거는 것이 부질없기도 하고, 그렇게 성스러운 문 앞•에서 서성거리는 것보다는 차라리 첫 기차를 타고 런던으로 돌아가는 것이 낫기도 합니다. 여기서 귀하는, 그 사실들이 뭔데? 역사가 알려주었다는 그 기막힌 사실들이 뭔데?, 라고 물으시겠지요. 자, 그럼 귀하 앞에서 그 사실들을 늘어놓도록 하겠습니다. 그 사실들은 모두 외부인이 이용할 수 있는 성격의 자료에서만 추출되었다는 점, 자료들 중에서 대학교 연감은 귀하의 모교의 것이 아닌 케임브리지 대학교의 것이었다는 점, 따라서 귀하의 판단은 오래된 유대 관계에의 의리나 수혜자로서의 감사에서 비롯되는 왜곡 없이 공평무사하리라는 점을 미리 말씀드리겠습니다.

그럼 아까 끊어졌던 데서 시작해보자면, 앤 여왕은 죽었고, 버닛 주교도 죽었고, 메리 애스텔도 죽었지만, 여자 대학을 세우고 싶다는 소망은 죽지 않았습니다. 죽기는커녕 점점 강해졌습니다. 19세기 중반에는 케임브리지에 기숙사로 쓸 집을 구할 정도까지 강해졌습니다. 좋은 집이 아니라 시끄러운 길거리 한복판에 서 있는, 정원도 없는 집이었습니다. 얼마 후에는 두 번째 집을 구했는데, 폭우가 내릴 때 식당에 물길이 생긴다는 것과 운동할 땅이 없다는 것은 사실이라 해도, 첫 번째 집보다는 나은 곳이었습니다. 하지만 그 집도 충분한 공간은 아니었습니다. 향학열이 점점 절박해지면서 더 많은 방들, 산책할 정원, 운동할 땅이 필요해진 것이었습니다. 그러니 다른 종류의 집이 필요했습니다.▲ 집을 지을 돈이 필요해졌다는

● p. 48 아서의 시 참조.

▲ B. A. 클러프, 『앤 J. 클러프의 생애』 중 「뉴넘칼리지의 시초The Starting of Newnham College」의 내용. 이 장의 미주 1 참조.

사실을 역사는 지금 우리에게 증언해줍니다. 귀하라면 그 사실에 대해 의문을 제기하지 않으시겠지만, 두 번째 사실, 곧 그 돈이 대출되었다는 사실에 대해서는 의문을 제기하실지도 모르겠습니다. 귀하에게는 그 돈이 증여되었다는 증언 쪽이 더 사실이라고 느껴지실 테니까요. 귀하는 이렇게 반문하시겠지요. 다른 칼리지들은 부유했잖은가! 모든 칼리지가 간접적으로, 일부 칼리지는 직접적으로, 누이들로부터 수입을 끌어왔잖은가! 그 사실을 증언해주는 그레이의 「음악이 있는 송시」[●]가 있잖은가! 그러고는 그 은혜로운 누이들(펨브룩[▲]을 설립한 펨브룩 백작 부인,[◆] 클레어[■]를 설립한 클레어 백작 부인,[○] 퀸스[△]를 설립한 앙주의 마거릿,[◇] 세인트존[□]과 크라이스트[⊙]를 설립한 리치먼드와 더비의 백작 부인[▲])을 기리는 그레이의 노래를 이렇게 인용하시겠지요.

> 훌륭함은 무엇인가, 강함은 무엇인가?[◈]

● Thomas Gray(1716 ~ 1771), "Ode for Music."

▲ 옥스퍼드의 남자 대학.

◆ Anne Hastings(1355 ~ 1384).

■ 케임브리지의 남자 대학.

○ Elizabeth de Clare(1295 ~ 1360). 「음악이 있는 송시」의 표현에 따르면 "후하신 클레어."

△ 케임브리지의 남자 대학.

◇ Margaret of Anjou(1430 ~ 1482). 「음악이 있는 송시」의 표현에 따르면 "앙주의 여장부"이신 "고명하신 마거릿."

□ 케임브리지의 남자 대학.

⊙ 케임브리지의 남자 대학.

▲ Lady Margaret Beaufort(1443 ~ 1509).

◈ 「역대기상」 28장 11절의 표현 참조. "주님, 위대함과 능력과 영광과 승리와 존귀가 모두 주님의 것입니다."

더 고되게 수고하는 것, 더 아프게 고통받는 것.

우리가 얻게 될 눈부신 보상은 무엇인가?

좋은 사람들이 고마워하면서 기억해주는 것.

봄비의 숨결도 달콤하고, 꿀벌의 보물도 달콤하고,

음악의 마지막 선율도 달콤하지만,

감사의 인사를 전해 오는 아직 작은 목소리는 더욱 달콤하니.[22]

노래를 인용하신 뒤에는 차분한 산문으로 이렇게 말씀하시겠지요. 빚을 갚을 기회가 온 것이잖은가! 얼마가 필요했다고? 고작 1만 파운드? 한 2백 년 전에 주교가 가로챘던 딱 그 액수? 그때 1만 파운드를 꿀꺽했던 영국 교회가 당연히 그 돈을 토해냈겠지? 하지만 교회라는 곳은 교파가 어디건 한번 꿀꺽한 돈을 호락호락 토해내는 곳이 아닙니다. 그러면 귀하는 이렇게 말씀하시겠지요. 귀족 여성 후원자들에게 은혜를 입은 칼리지들은 그 은인들을 추모하면서 그 돈을 선뜻 내놓았겠지? 세인트존, 클레어, 크라이스트에 1만 파운드가 무슨 대수였겠어? 게다가 건축 부지 소유주는 세인트존이었잖아! 하지만 역사는 건축 부지가 임대였다고, 1만 파운드가 증여가 아니었다고, 개인 지갑으로부터 어렵게 모아온 돈이었다고 증언하고 있습니다. 그중 어떤 여자분•은 1천 파운드를 기부했고(후세는 그분을 영원히 기억해드려야 할 것입니다), 무명씨는 20파운드에서 1백 파운드까지 기부했습니다(무명씨에게는 무명씨가 받아주겠다고 하는 방식의 감사를 표해야 할 것입니다). 또 어떤 여자분은 어머니에게 물려받은 유산 덕분에 무보수로 학장mistress의 직무를 맡아주

• 미스 이워트Miss Ewart라는 분.

실 수 있었습니다.● 학생들은 자기 자리에서 할 수 있는 방식(침실 청소, 설거지, 검소한 생활, 간소한 식사)으로 동참했습니다. 가난한 개인 지갑으로부터, 학생들의 몸으로부터 모아 와야 하는 1만 파운드라면 고작 1만 파운드가 아닙니다. 그 돈을 모아 오려면 시간과 기력과 뇌가 소모되고, 그 돈을 내려면 희생이 따릅니다. 물론 고학력 남성 중에는 누이들을 위한 강의를 맡아주는 대단히 친절한 남자들이 있는가 하면, 맡아주지 않겠다고 하는 그리 친절하지 않은 남자들도 있었고, 공부하겠다는 누이들을 격려해주는 대단히 친절한 남자들이 있는가 하면, 공부하지 말라고 하는 그리 친절하지 않은 남자들도 있었습니다.[23] 하지만 어떤 여학생이 시험에 통과하는 날이 우여곡절 끝에 드디어 왔음을 역사는 증언하고 있습니다. 그리고 얼마 뒤, 그렇게 시험에 통과한 여러 여학생을 위해 여학장(무보수로 봉사하겠다는 여성이 어떠한 직함을 가져야 할 것인가는 의문의 대상일 수밖에 없으니, 학장 본인의 선택에 따라 어떤 학장은 mistress, 어떤 학장은 principal, 어떤 학장은 또 다른 직함)은 총장Chancellor과 남학장Master(본인의 직함에 대해서, 최소한 그것에 대해서만큼은 그 어떤 의문도 품을 필요가 없는 남자들)에게 이렇게 문의했습니다. 이 여학생들도 자기 이름 뒤에 철자▲를 붙이는 방법으로 자기가 시험에 통과했다는 사실을 과시해도 될까요? 총장님도, 학장님도 그렇게 철자를 붙이시잖아요? 그것이 효과적인 방법이라는 것은 현現 트리니티 학장Master of Trinity J. J. 톰슨 경,◆ OM,■ FRS○ 도 알려주고 있습니다. 트

● p. 54 각주 ▲ 참조.

▲ p. 42 각주 ◆ 참조.

◆ J. J. Thomson(1856 ~ 1940).

■ p. 41 각주 ● 참조.

○ Fellow of the Royal Society의 약자.

리니티 학장은 이름 뒤에 철자를 붙이는 사람들의 "용서되는 허영심"을 향해 약간의 정당화되는 야유를 보낸 뒤, 이렇게 설명합니다. "학위가 없는 일반인들은 학위 소지자들에 비해 이름 뒤의 BA에 훨씬 더 큰 의미를 부여한다. 여학교 교장들이 이름 뒤에 철자가 있는 교사들을 선호하는 것은 그 때문이다. 뉴넘과 거턴의 학생들은 이름 뒤에 BA를 붙일 수 없었기 때문에 교사로 임용되는 데 불리했다." 여기서 귀하와 저희는 똑같은 질문을 하게 될 것 같습니다. 이름 뒤에 BA를 붙이면 교사로 임용되는 데 유리했다고? 그럼 왜 못 붙이게 했지? 이유가 뭐였지? 역사는 이 질문에 아무 답변도 해주지 않지만(그 이유를 찾으려면 심리 연구를, 전기를 들여다보아야 합니다), 역사는 사실을 증언해줍니다. 트리니티 학장은 계속해서 이렇게 설명합니다. "그러나 이 제안[시험에 통과한 사람이 자기를 BA라고 칭할 수 있게 해주자는 제안]은 대단히 완강한 반대에 부딪혔다. 투표 당일에 비상주非常住 투표인들이 대거 유입되면서, 안건은 1707 대 661이라는 압도적 반대로 부결되었다. 그때 세워진 최다 투표 수 기록은 아직 깨지지 않은 것 같다. (……) 교수회관에서 투표 결과가 발표된 뒤, 일부 재학생들의 행태는 극히 개탄스럽고 불미스러웠다. 교수회관을 박차고 나간 재학생들은 떼를 지어 뉴넘으로 몰려가서 초대 학장 미스 클러프•를 기념하기 위해 설치한 청동 문을 훼손했다."[24]

이 정도면 충분하지 않습니까? 대학생들이 전쟁을 혐오할 수 있게 교육을 통해서 영향력을 발휘하기 위한 노력일랑 전부 그만두자는 저희의 주장이 옳은 주장임을 증언해줄 사실들을 역사와 전기로부터 더 끌어올 필요가 있습니까? 교육, 세계 제일의 교육이 폭

• Anne Jemima Clough(1820~1892).

력을 혐오하라고 가르치는 것이 아니라 폭력을 사용하라고 가르친다는 것을 위의 사실들이 이미 증언하고 있지 않습니까? 교육받았다는 사람들이 관용과 아량을 배우기는커녕 그저 자기 소유(그레이가 말하는 "훌륭함"과 "강함")를 놓칠까 봐 전전긍긍하고, 누가 소유를 나누자고 하면 폭력을 사용하는 것도 아니고 폭력보다 훨씬 더 교묘한 대처법을 사용한다는 것을 위의 사실들이 이미 증언하고 있지 않습니까? 그리고 폭력과 소유욕은 매우 긴밀하게 연결되어 있지 않습니까? 그러니 전쟁을 막는 쪽으로 영향력을 발휘하려고 할 때 대학 교육이 무슨 소용이 있겠습니까? 물론 역사는 흐르고 해는 바뀝니다. 해가 바뀌면서 서서히 알게 모르게 바뀌는 것들도 있습니다. 시험에 통과한 여학생들이 저희 같은 여자들에게 기대되는 태도이자 청원인들에게 어울리는 태도인 겸손한 태도로 학교 당국에게 청원을 거듭하느라 그 귀중한 시간과 공력을 어마어마하게 허비한 끝에 마침내 이름 뒤에 BA를 붙여 여학교 교장에게 높은 평가를 받을 수 있는 권리를 얻었다는 사실을 역사가 증언해주기도 합니다. 하지만 그것이 유명무실한 권리였다는 사실 또한 역사는 증언해줍니다. 케임브리지에서는 이 1937년에도 여자 대학들이 본교 소속으로 인정받지 못하고 있고(귀하는 믿기 힘드시겠지만, 지금 들려오는 목소리는 소설의 목소리가 아닌 사실의 목소리입니다),[25] 학비를 내는 것은 남녀가 마찬가지인데, 고학력 남성의 딸들 중에 대학 교육을 받을 수 있는 인원수는 아직 엄격히 제한돼 있습니다.•[26] 가난에 대해서 말하자면, 『타임스』가 표를 제공하고 있고, 모든 철물점이 막대자를 구비해놓고 있으니, 남자 대학 장학금과 여자 대학 장학금을 비

• 1926년부터는 5백 명이라는 인원 제한까지 생겼다.

교해야 한다면, 번거롭게 합산하지 말고 그냥 누이들이 다니는 대학이 오라비들이 다니는 대학에 비해 믿어지지 않을 정도로, 창피할 정도로 가난하다는 결론으로 직행하도록 합시다.[27]

바로 이 사실을 마침 여기 놓여 있는 재무 관리자의 편지, 여자 대학 개축비를 보태달라는 편지가 증언해줍니다. 모금을 시작한 것이 한참 전인데, 아직도 모금 중인가 봅니다. 하지만 위의 증언들에 비추어 본다면, 이분이 가난하다는 사실에도, 이분의 대학이 개축을 필요로 한다는 사실에도, 우리에게 당혹감을 안겨줄 만한 것은 전혀 없습니다. 지금 우리에게 당혹감을 안겨주는 것, 위에서 증언된 사실들로 인해 점점 더 큰 당혹감을 안겨주고 있는 것은 바로 이 문제, 이분이 우리에게 대학 개축비를 보태달라고 할 때 뭐라고 답해야 하는가?, 하는 문제입니다. 역사와 전기의 증언도 듣고 간간이 일간지의 증언도 들은 우리에게는 이분의 편지에 답장을 쓰는 일과 거래 조건을 내거는 일이 어려워집니다. 그런 증언들이 수많은 의문을 불러일으켰으니까 말입니다. 첫째, 학생이 대학 교육을 통해 전쟁을 혐오하게 되리라고 생각할 이유가 어디 있겠는가? 둘째, 고학력 남성의 딸이 케임브리지에 진학하는 것을 돕는 일은 곧 배움 대신 전쟁에 대해서 생각하게 만드는 일이 아니겠는가? 어떻게 배워야 하는가가 아니라 어떻게 싸워야 하는가를 생각하게 만드는 일, 다시 말해, 어떻게 싸워야 오라비들과 똑같은 이권을 손에 넣을 수 있는가를 생각하게 만드는 일이 아니겠는가? 셋째, 고학력 남성의 딸들은 케임브리지 대학교의 일원으로 받아들여지지 못하고 있으니 그 학교의 교육에 대한 발언권 자체가 없는데, 우리가 그 사람들에게 그 학교의 교육을 바꾸어달라고 말한들, 그 사람들이 무슨 수로 그 학교의 교육을 바꾸겠는가? 물론 다른 의문들, 실무적 차원의 의문들, 재무를 관리하느라 바쁜 귀하 같은 분이라면 쉽게 이해할 만한 의문들도 떠오릅니다. 대학 개축비를 모금하느라 눈코 뜰 새 없이 바쁜 사람한테 교육의 본질을 생각하라느니 교육이 전쟁에 미치는 효과를 가늠하라느니 요청하는 일은 이미 너무 많은 짚 더미를 짊어지고 있는 등에 지푸라기 한 올을 더 쌓는 일이라고 말한다면, 귀하가 제일 먼저 동의해주시겠지요. 게다가 발언권도 없는 외부자가 감히 그런 요청을 감행한다면, 인용조차 불가능한 심한 말을 들어 마땅할 것 같고, 어쩌면 그런 말을 실제로 듣게 될 것 같기도 합니다. 하지만 저희는 귀하가 전쟁을 막을 수 있도록 돕는 방향으로 저희의 영향력(돈을 벌게 됨으로써 생긴 영향력)을 사용하기 위해 모든 방법을 동원할 것을 선서한 저희입니다. 그중에 교육이 그나마 확실한 방법이겠고요. 이분은 가난한 분, 돈을 달라고 하는 분이고, 돈을 주는 사람은 조건을 내걸 자격이 있으니, 대학 개축비 기부 조건을 정리하면서 이분에게 보낼 편지를 구상해보겠습니다. 이렇게 시작해보면 어떨까요.

"재무 관리자님께. 여태껏 답장을 못 쓰고 당신의 편지를 기다리게 했다. 의심들과 의문들이 좀 생겼는데, 물어봐도 될까? 우리한테 돈을 보태달라고 하는데, 외부인이라서 무식하게 물을 수밖에 없지만, 외부인이니까 솔직하게 묻도록 하겠다. 당신은 지금 대학 개축비로 10만 파운드를 기부해달라고 한다.• 어떻게 그렇게 어리석

• 울프가 1936년에 퍼넬 스트레이치에게 받은 편지 가운데 다음과 같은 대목 참조. "필요한 액수는 10만 파운드 정도로 추산됩니다."

을 수가 있나? 나이팅게일과 버드나무 사이•에서 지내느라 세상을 그렇게 모르나? 아니면 캡과 가운▲의 문제나 남학장Master의 퍼그pug와 여학장Mistress의 폼pom◆ 중에 어느 쪽을 학장실에 먼저 입장하게 할 것인가의 문제 같은 심층적인 문제들을 해결하느라 그렇게 바쁜가? 그래서 신문을 들춰볼 시간도 없는 건가? 아니면 10만 파운드를 무관심한 사회로부터 품위 있게 받아내야 한다는 문제로 그렇게 지쳤나? 그래서 호소문과 위원회, 바자회와 빙과류, 딸기와 크림 말고는 아무것도 생각할 수 없는 건가?

그럼 이제부터 알아보자. 우리는 연간 3억 파운드를 육군과 해군에 지출하고 있다. 당신이 보내온 편지 바로 옆에 놓여 있는 한 편지에 따르면, 전쟁이 일어날 중대한 위험이 있단다. 그런데도 우리더러 대학 개축비를 내놓으라고 하다니, 당신은 그 말을 진심으로 하고 있는 건가? 값싸게 지어진 대학이라고? 개축이 필요한 대학이라고? 거기까지는 당신의 말이 사실인 것 같다. 하지만 사회가 관대하다고? 사회는 아직 대학 개축비로 큰돈을 내줄 만하다고? 당신이 그런 말을 한다면, 트리니티 학장의 회고록 중에서 의미심장한 대목 하나를 읽으라고 하고 싶다. 이런 대목이다. '하지만 다행히 금세기에 들어서자마자 본교는 상당액의 유증과 기부를 속속 수령하기

• 의미상으로는 '상아탑'이라는 표현이 적당할 것 같다. 나이팅게일은 존 밀턴(1608 ~ 1674)의 「나이팅게일에게」(1632), S. T. 콜리지Samuel Taylor Coleridge(1772 ~ 1834)의 「나이팅게일: 대화시」(1798), 존 키츠John Keats(1795 ~ 1821)의 「나이팅게일에게 바치는 송시」(1819) 등 여러 문학 작품에서 모종의 고상함의 상징으로 자주 등장한다.

▲ 대학 내 여성의 복장은 대학 내 여성의 지위를 둘러싼 논쟁의 단골 사안이었다.

◆ 퍼그와 폼 둘 다 애완견의 품종이다.

시작했고, 여기에 영국 정부의 후한 보조금까지 더해지면서 본교의 재정 상태가 크게 개선되었으며, 이로써 개별 칼리지의 분담금을 인상할 필요가 없어졌다. 본교 수입 총액은, 1900년에 약 6만 파운드였던 것에서 1930년에는 21만 2천 파운드로 증가했다. 이 증가세가 본교에서 이루어진 중요하면서도 극히 흥미로운 성과의 결과이리라는 것이 그리 터무니없는 가설은 아니며, 이때 케임브리지는 자기 목적적 연구로부터 실용적 결과를 얻는 곳의 예로 인용될 수 있을 것이다.'

이 마지막 문장만 보자. '……케임브리지는 자기 목적적 연구로부터 실용적 결과를 얻는 곳의 예로 인용될 수 있을 것이다.' 당신 칼리지가 대형 제조업자들의 기부를 유도할 만한 연구를 뭔가 내놓았나? 전쟁 무기 분야에서 선도적 역할을 해왔나? 당신 칼리지의 학생들이 사업에서 자본가로 크게 성공했나? 그런 것도 아니면서 '상당액의 유증과 기부'를 기대할 수 있겠는가? 위에서도 말했지만, 당신 칼리지가 케임브리지의 일원인가? 아니잖은가. 당신 칼리지가 케임브리지의 예산 배정 논의에서 무슨 발언권을 얻을 수 있는가? 아니잖은가. 그러니 당신은 당연히 그렇게 모자를 들고 남의 집 문 앞에 서 있을 수밖에 없다. 당연히 파티를 열 수밖에 없고 당연히 후원자를 찾아다니면서 시간과 공력을 허비할 수밖에 없다. 한편, 그러고 있는 당신을 보는 외부인들은 당신 칼리지의 개축비를 후원해 달라는 요청 앞에서 마찬가지로 당연히 이렇게 자문할 수밖에 없다. 돈을 낼까, 말까? 낸다면, 내가 낸 돈으로 뭘 하라고 해야 할까? 예전과 똑같이 지으라고 해야 할까? 예전과 다르게 지으라고 해야

할까? 아니면 넝마와 휘발유와 브라이언 & 메이 성냥을 사서 칼리지를 잿더미로 만들라고 해야 할까?•

이 질문들이 당신의 편지에 답장을 쓰는 일을 이렇게 오랫동안 방해해왔다. 너무 어려운 질문들이고, 쓸데없는 질문들인지도 모르겠다. 하지만 우리는 이 질문들을 던지지 않을 수 없겠다. 이 남자분의 질문을 보자. 자기가 전쟁을 막을 때 우리가 어떻게 도울 수 있냐고, 자기가 자유를 수호하고 문화를 수호할 때 우리가 어떻게 도울 수 있냐고 이 남자분은 묻고 있다. 이 사진도 보자. 시체들과 부서진 집들을 찍은 사진이다. 교육의 목적은 무엇인가, 교육은 어떤 종류의 사회, 어떤 종류의 인간을 만들어내는 것을 과제로 삼아야 하는가를 당신은 대학 개축을 시작하기에 앞서 이 남자분의 질문들과 방금 본 사진들에 비추어 매우 신중하게 고민해보아야 할 것이다. 어쨌든 나는 당신네 대학의 개축비로 1기니를 기부하겠고, 그 돈이 전쟁 방지에 도움이 되는 종류의 사회, 전쟁 방지에 도움이 되는 종류의 사람들을 만들어내는 데 사용되리라고 확신할 수 있게 해달라는 것을 나의 기부 조건으로 내걸겠다.

그런 교육은 어떤 종류의 교육이어야 할지 최대한 짧게 논의해보자. 자, 예전 대학의 예전 교육은 자유에 대한 사랑이나 전쟁에 대한 혐오를 특별히 심어주지 못한다는 것을 역사와 전기(외부인이 이용할 수 있는 유일한 증거 자료)가 증언해주는 것 같으니, 새 대학이 예전 대학과 달라야 한다는 것은 분명하다. 새 대학은 젊고 가난

• 1888년에 일어난 '성냥팔이 소녀들의 파업Matchgirls' Strike'(성냥 회사 브라이언 & 메이의 어린 여성 노동자들이 공장의 살인적 노동 조건에 저항한 사건)을 암시하는 대목. 고학력 여성의 자기 파괴적 공상의 일면을 엿보게 해주는 대목이기도 하다.

하니, 그 두 가지 특징을 활용해 젊음과 가난을 새 대학의 근간으로 삼아보자. 그러려면 실험적 대학, 모험적 대학이어야 할 것이다. 지금까지 없던 대학을 세워보자. 건축 자재로는 먼지를 모으고 전통을 굳히는 장식 석재나 스테인드글라스 대신 값싸고 잘 타는 것들을 사용하자. 교회는 없애자.[28] 책을 쇠사슬로 고정시키거나 초판본을 유리 진열장에 넣어두는 박물관이나 도서관은 없애자. 그림이나 책은 항상 새롭게 바꾸자. 장식은 지금 활동하는 세대에게 맡겨 신선함을 유지하자. 생존 작가들은 작품 가격을 싸게 매기고, 작품을 전시할 수 있는 곳에 그냥 내줄 때도 많다. 그럼 다음으로, 젊은 대학, 가난한 대학에서 가르쳐야 하는 기술은 무엇일까? 군림의 기술(다른 사람들을 지배하고 살해하는 기술, 토지와 자본을 손에 넣는 기술)은 아니다. 그런 기술을 가르치려면 너무 여러 가지의 관리 비용(봉급들, 복장들, 의례들)이 발생한다. 가난한 대학에서는 의술, 수학, 음악, 회화, 문학 같은 기술들, 다시 말해 싸게 가르칠 수 있고 가난한 사람들이 써먹을 수 있는 기술들을 가르칠 수밖에 없다. 가난한 대학에서는 대인 관계의 기술들(예컨대, 다른 사람들의 생활 방식과 사고방식을 이해하는 기술), 그리고 그런 기술들과 연결되는 작은 기술들(말하는 기술, 옷 입는 기술, 요리 기술)을 가르쳐야 한다. 새로 생긴 대학, 비싸지 않은 대학이니, 차별화와 전문화를 목표로 삼는 대신 종합을 목표로 삼도록 하자. 정신과 육체가 함께 어우러질 수 있는 길을 찾아내도록 하자. 어떻게 새롭게 종합해야 인간의 삶에서 온전한 전체가 만들어질 것인가를 알아내도록 하자. 가르칠 사람은 좋은 생각을 해내는 사람들 중에서뿐 아니라 좋은 삶을 살아가는 사람들 중에서도 데려오자. 이곳에는 부와 의례라는 장애물, 과시와 경쟁이라는 장애물이 없을 테니, 그런 사람들을 데려오기는 어렵지 않을 것이다. 지금 늙고 부유한 대학교들을 그토록 불편한 거주지(불화의 도시, 여기에는 자물쇠를 걸어놓고, 저기에는 쇠사슬을 묶어놓은 곳, 다들 분필로 그어진 선을 넘을지도 모른다는 걱정, 어느 높은 어르신을 불쾌하게 만들지도 모른다는 걱정 탓에 자유롭게 걸어 다닐 수도, 자유롭게 말할 수도 없는 도시)로 만들고 있는 것이 바로 그런 장애물들이다. 하지만 대학이 가난하면 줄 수 있는 것이 없을 테니 경쟁도 없어질 것이다. 금기도 걱정도 없어질 것이다. 배움 그 자체를 사랑하는 사람들이라면 기꺼이 이곳으로 올 것이다. 음악 하는 사람들, 미술하는 사람들, 글 쓰는 사람들이 이곳으로 온다면, 배우겠다는 생각으로 가르치게 될 것이다. 배우고 있는 사람들이 시험이나 학위를 생각하고 있는 것이 아니라, 문학을 이용해 무슨 명예나 이득을 얻어낼 수 있을까를 생각하고 있는 것이 아니라, 글 쓰는 기술 그 자체를 생각하고 있다면, 글 쓰는 사람에게 그런 사람들과 함께 글 쓰는 기술을 논의하는 것보다 더 도움이 될 것이 뭐가 있겠는가.

다른 분야들, 다른 분야 종사자들의 경우도 마찬가지다. 그 사람들이 이 가난한 대학으로 온다면, 그 이유는 이 대학이 위계가 없는 곳이라서, 부유함과 가난함, 똑똑함과 멍청함이라는 한심한 구분이 없는 곳이라서, 갖가지 등급과 갖가지 종류의 정신들, 육체들, 영혼들이 함께 어우러지면서 함께 가치로워지는• 곳이라서일 것이다. 그러니 이렇게 젊은 대학을, 이렇게 가난한 대학을 세우자. 배움 그 자체를 추구하는 대학을, 과시 요소가 없는 대학을, 학위 수여가

• merit. '가치롭다'는 뜻과 함께 '(높은) 등급'이라는 뜻이 있음을 이용한 아이로니컬한 말장난.

없는 대학을, 교수 강의가 없는 대학을, 목사 설교가 없는 대학을, 경쟁과 질투를 조장하는 늙은 행사들이 없는 대학을, 그 독충 같은 과시성 행사들이 없는 대학을……"

여기까지 쓰다가 말았습니다. 할 말이 없어서는 아니었습니다. 장황한 연설이 막 시작되고 있었지요. 편지를 쓰다 만 것은 편지 수신자의 얼굴(모든 편지 발신자가 그려보게 되는 얼굴) 때문이었습니다. 그 얼굴은 위에서 인용된 책의 한 대목을 수심 어린 표정으로 계속 들여다보고 있는 듯했습니다. "여학교 교장들이 이름 뒤에 철자가 있는 교사들을 선호 (……) 뉴넘과 거턴의 학생들은 이름 뒤에 BA를 붙일 수 없었기 때문에 교사로 임용되는 데 불리 (……)." 개축 기금을 모금하시는 재무 담당자님의 시선은 이 대목에 고정돼 있었습니다. 이분은 이렇게 말씀하시는 듯했습니다. "대학이 어떻게 달라질 수 있을까를 생각해본들 뭐가 달라지겠나? 대학은 학생들에게 임용되는 법을 가르치는 곳일 수밖에 없는데?" 그러고는 어떤 축제 행사(아마도 바자회)를 위해서 탁자 위에 물건을 늘어놓는 일을 재개하시면서 좀 피곤한 목소리로 이렇게 덧붙이시는 듯했습니다. "당신네가 미사여구로 불꽃놀이를 하는 것을 말리지도 않겠지만,• 우리는 현실을 직시할 수밖에."

학생들에게 생활비를 버는 법을 가르쳐주어야 한다는 것, 이것이 바로 그분이 직시해야 하는 "현실"이었습니다. 그 현실을 직시해야 한다는 말은 이분의 대학도 다른 대학들과 똑같이 세워질 수밖에 없다는 뜻이었고, 그렇다는 말은 고학력 남성의 딸들을 위한 대학도 연구에서 부자들의 유증과 기부를 유도할 실용적 결과를 내

• 『3기니』는 앞서 나온 영국판과 뒤에 나온 미국판 사이에 약간 차이가 있다. 이 구절("당신네가…… 않겠지만")은 미국판에 추가된 대목이다.

놓는 쪽으로 갈 수밖에 없다는 뜻, 경쟁이 조장될 수밖에 없다는 뜻, 학위 관행과 컬러 후드 관행이 수용될 수밖에 없다는 뜻, 상당한 부가 축적될 수밖에 없다는 뜻, 다른 사람들은 그 부의 혜택으로부터 배제될 수밖에 없다는 뜻이었고, 그렇다는 말은 한 5백 년 뒤에는 지금 귀하가 던지고 있는 질문("당신은 우리가 어떻게 해야 전쟁을 막을 수 있으리라고 생각하는가?")을 이 대학도 똑같이 던질 수밖에 없으리라는 뜻이었습니다.

탐탁지 않은 결과로 느껴지기는 했지만, 결과가 그렇다고 하면 내가 지금 1기니를 내서 뭐하겠나?, 하는 질문에는 어쨌든 마련해 놓은 대답이 있었습니다. 어떤 대답이냐 하면, 대학을 예전과 똑같이 세우는 일에는 애써 번 돈 1기를 낼 생각이 없다는, 하지만 대학을 예전과 다르게 세우는 일에는 이 수표를 쓸 방법이 없다는, 그러니 수표에 '넝마, 휘발유, 성냥'이라고 써넣을 수밖에 없다는, 그리고 다음의 메모를 동봉할 수밖에 없다는 대답이었습니다. "이 1기니는 대학을 잿더미로 만드는 데 쓸 것. 낡은 위선들을 불태워 없앨 것. 불타는 건물의 불빛이 나이팅게일을 겁주어 내쫓게 하고, 버드나무를 핏빛 버드나무로 만들어버린다면● 막지 말 것. 고학력 남성을 아비로 둔 여자들이 타오르는 불을 중심으로 원무를 추면서 낙엽들▲

● 울프, 「기교Craftsmanship」의 다음 대목 참조. "그런 단어들은 의미들, 기억들로 꽉 차 있습니다. (……) 자, '핏빛incarnadine'이라는 멋진 단어를 예로 들자면, 지금 이 단어를 쓰면서 '다수의 바다들multitudinous seas'을 떠올리지 않을 사람이 누가 있겠습니까? (……) 새로운 단어를 사용할 수 없는 이유는 언어가 늙었기 때문입니다. (……) 새로운 단어를 제대로 사용하려면 언어를 새로 만드는 수밖에 없습니다." 셰익스피어William Shakespeare의 『맥베스*Macbeth*』 중에서 맥베스의 독백 "내 이 손이 다수의 바다들을 핏빛 바다들로, 녹색의 바다를 적색의 바다로 만들어버릴 터" 참조.

▲ leaf에 '식물의 잎'이라는 뜻과 함께 '책이나 신문의 낱장'이라는 뜻이 있

을 한 아름 또 한 아름 불길 속에 던져 넣는다면 막지 말 것. 그 여자들의 어미들이 위층 창문에서 고개를 내밀고 '불살라버려! 싹 다 불살라버려! 이따위 "교육" 다 필요 없으니까!'" 이렇게 외친다면 막지 말 것.

이 마지막 구절은 전前 이튼 교장이자 현現 더럼 주임 사제Dean●의 고견을 토대로 작성된 구절이니 그저 공허한 미사여구와는 거리가 멀지만,[29] 한순간 사실에 저촉된다는 것으로도 알 수 있듯, 알맹이가 빠진 구절이라는 것 또한 부정할 수 없습니다. 앞에서 이미 지적했듯이, 고학력 남성의 딸이 지금 전쟁에 반대하는 방향으로 행사할 수 있는 영향력은 생활비를 벌게 됨으로써 가지게 된 공평무사한 영향력뿐입니다. 고학력 남성의 딸에게 생활비를 버는 법을 가르칠 통로가 없어진다면 그 영향력도 없어질 것입니다. 고학력 남성의 딸은 임용되는 법을 배울 수 없게 될 것입니다. 임용되지 못한다면 다시 아비나 오라비에게 의지하게 될 것이고, 다시 아비나 오라비에게 의지하게 된다면 다시 의식적, 무의식적으로 전쟁에 찬성하게 될 것입니다. 역사도 그 점을 의심의 여지 없이 증언해주는 듯합니다. 그러니 우리는 대학 개축 기금을 담당하는 재무 관리자님에게 1기니를 보내고, 그분더러 알아서 써달라고 할 수밖에 없습니다. 지금 같아서는 그 1기니를 이렇게 저렇게 쓰라고 조건을 내건다는 것이 부질없는 짓입니다.

자, 우리가 고학력 남성의 딸들을 가르치는 대학 당국에게 교

음을 이용한 말장난.

● Cyril Argentine Alington(1872 ~ 1955)을 가리킨다. 울프의 1937년 4월 30일자 일기 참조. "앨링턴이 BBC에 나와서 나를 비웃었다. (……) 내가 『3기니』에서 내 생각을 밝히려면 상당한 악의를 각오해야 한다. (……) 하지만 그런 머리로 내 혀의 날카로움을 감지하려면 시간이 좀 걸리겠지."

육을 통해서 전쟁에 반대하는 방향으로 영향력을 행사해달라고 요청할 수 있겠느냐, 하는 우리의 질문에 대한 다소 지지부진한 답변이 이러합니다. 우리는 대학 당국에게 그 무엇도 요청할 수 없을 듯합니다. 대학 당국은 예전 목적을 이루기 위해 예전 방식을 고수할 수밖에 없을 듯합니다. 우리가 외부인으로서 행사할 수 있는 영향력은 극히 간접적인 종류의 영향력일 듯합니다. 우리에게 어떤 분야를 가르쳐달라는 요청이 온다면, 그 분야의 목적을 신중하게 검토하고 그 분야가 전쟁을 조장하는 기술이나 학문일 경우에 그 요청을 거부하는 것은 가능하겠습니다. 교회가 있다는 것에, 학위를 수여한다는 것에, 시험을 중시한다는 것에 무해한 경멸을 쏟아내는 것도 가능하겠습니다.● 상을 받은 시가 상을 받았다는 사실에도 불구하고 좋은 점이 있는 시일 수 있음을 시사하는 것도 가능하겠고, 문학 트리포스▲에서 1등급을 받은 저자의 책이라는 사실에도 불구하고 읽을 만한 책일 수 있음을 주장하는 것도 가능하겠습니다. 우리에게 강의 요청이 온다면 그 요청을 거절함으로써 허영과 부패로 점철된 강의 제도의 받침대가 되기를 거절하는 것도 가능하겠습니다.[30] 직위나 명예를 주겠다고 할 때 안 받겠다고 하는 것도 물론 가능하겠습니다. 우리가 지금까지 본 사실들이 있는데, 그렇게 하지 않는 것이 어떻게 가능하겠습니까? 하지만 저희가 교육을 통해서 귀하가 전쟁을 막도록 도우려고 할 때 가장 효과적인 방법이, 지금 같아서는, 고학력 남성의 딸들의 대학을 최대한 후하게 후원하는 것이리라는 사실을 못 본 척할 수도 없겠습니다. 이미 한 번 했던 말

● 울프, 「왜?Why?」의 다음 대목 참조. "그렇게 생겨난 온갖 자국 문학 시험들은 결국 자국 문학의 죽음과 매장으로 귀결되었습니다."

▲ tripos. 케임브리지의 졸업 시험.

이지만, 고학력 남성의 딸들이 학교에 안 다니게 되면 생활비 벌이를 안 하게 됩니다. 생활비 벌이를 안 하게 되면 또다시 가정집 교육에 매이게 됩니다. 가정집 교육에 매여 있게 되면 또다시 자기가 가진 모든 영향력을 의식적, 무의식적으로 전쟁에 찬성하는 방향으로 쓰게 됩니다. 그 점에는 의심의 여지가 전혀 없습니다. 의심스럽다고 하신다면, 증거 자료를 내놓으라고 하신다면, 또 한 번 전기의 증언을 청해 듣도록 하겠습니다. 이 점에서 전기의 증언이 결정적인 증언이기는 하지만, 증거 자료가 이렇게 많으니, 이 수많은 책들을 하나의 이야기로 압축해보는 수밖에 없겠습니다. 자, 19세기의 가정집에서 아비와 오라비에 의지하는 고학력 남성의 딸은 어떤 삶을 살았을까, 그 이야기가 여기서 펼쳐집니다.

더운 날씨였지만 낮에는 외출할 수 없었다. "길고 지루한 여름날을 집 안에 갇혀서 보낸 것이 벌써 며칠째인지 모르겠다. 가족 마차에는 내가 탈 자리가 없었고, 걸어 다니려고 해도 내 옆에서 함께 걸어 다닐 만큼 한가한 시녀lady's maid가 없었다." 해가 진 뒤에야 겨우 외출할 수 있었다. 외출할 때면 연간 40파운드에서 1백 파운드의 용돈으로 최대한 열심히 차려입었다.[31] 하지만 "사람들이 모이는 자리에 갈 때는 반드시 아버지나 어머니, 아니면 점잖은 기혼 여성과 함께 가야 했다." 그런 자리에서 그렇게 차려입고 그런 동반자와 함께 누구를 만났느냐고? 고학력 남자들("휘황찬란하게 차려입고 훈장을 단 각료들, 대사들, 유명한 군관들")을 만났다. 그런 남자들이 무슨 이야기를 했느냐고? 자기의 본업을 잊고 싶어 하는 바쁜 남자들이었으니, 기분 전환이 되는 이야기라면 뭐든. "무용계 가십"이 딱 좋았다. 하루하루 흘러갔다. 토요일이 왔다. 토요일은 "국회 의원들을 비롯한 바쁜 남자들이 모처럼 사교를 즐기기 위해" 다과 모임에 오거나 만찬 모임에 오는 날이었다. 다음 날은 일요일이었다. 일요일은 "우리 중 절대다수가 당연한 것처럼 아침 예배에 가는" 날이었다. 계절이 바뀌었다. 여름이었다. 여름에는 시골에서 손님 대접을 맡았다. "대부분 친척들"이었다. 어느새 겨울이었다. 겨울에는 "역사와 문학과 음악을 배웠고, 그림 공부를 시작하기도 했다. 대단한 성과는 없다 해도 많은 것을 배우게 되는 과정이었다." 그리고 그렇게 병자가 있는 집을 찾아가주는 일과 가난한 집 아이들에게 공부를 가르쳐주는 일과 함께 세월이 흘렀다. 그 세월, 그 훈련의 궁극적 목적이 무엇이었냐고? 물론 결혼이었다. 그렇게 살았던 사람 중 하나, 고학력 남성의 딸들 중 하나의 말대로, "결혼을 하느냐 마느냐, 그것이 문제가 아니라 누구랑 하느냐, 그것이 문제였다."• 고학력 남성의 딸이 마음가짐을 훈련받은 것은 결혼을 하기 위해서였다. 피아노를 뚱땅거린 것도 그래서였다(하지만 오케스트라에 입단할 수는 없었다), 해맑은 가정의 정경을 스케치한 것도 그래서였고(하지만 누드를 놓고 인체를 연구할 수는 없었다), 책을 읽은 것도 그래서였고(하지만 아무 책이나 읽을 수는 없었다), 매력을 발휘하고 담소를 나눈 것도 그래서였다. 고학력 남성의 딸이 몸가짐을 훈련받은 것도, 시녀를 제공받은 것도 결혼을 해야 해서였고, 도시에서 거리를 돌아다녀서는 안 되었던 것도, 시골에서 벌판을 돌아다녀서는 안 되었던 것도, 혼자 돌아다녀서는 안 되었던 것도, 전부 장래의 남편을 위해

• Margaret Todd, *The Life of Sophia Jex-Blake*(1918). 「둘」의 미주 18, 「셋」의 미주 34, 36 참조. 셰익스피어, 『햄릿*Hamlet*』 중 햄릿의 대사 "죽느냐 사느냐, 그것이 문제다"라는 표현 참조.

자기 몸을 잘 간수해야 해서였다. 요컨대 결혼을 해야 한다는 것은 고학력 남성의 딸이 하는 모든 말, 모든 생각, 모든 행동에 영향을 미치는 당위였다. 그럴 수밖에 없지 않았겠는가? 결혼이 여자에게 열려 있는 유일한 직업이었는데.[32]

이 이야기에서 그려 보이는 고학력 남성은 딸에 못지않게 기묘한 모습, 계속 관찰해보고 싶을 정도로 기묘한 모습을 하고 있습니다. 들꿩이 사랑에 미칠 수 있는 영향력에 대한 논의만으로 책의 한 챕터가 될 만합니다.[33] 하지만 지금 우리가 던지고 있는 질문은 이 종족의 교육이 이 종족에게 어떤 영향을 미쳤는가?, 하는 흥미로운 질문이 아닙니다. 지금 우리가 던지고 있는 질문은 왜 이런 교육을 받은 사람이 의식적, 무의식적으로 전쟁에 찬성하는 사람이 되었는가?, 하는 것입니다. 의식 차원에서는 왜 그렇게 되었는지가 자명합니다. 고학력 남성의 딸이 현 체제를 떠받치는 일에 자기가 가지고 있는 영향력 전부를 사용할 수밖에 없었던 이유는 그 체제가 시녀, 마차, 멋진 옷, 멋진 파티 등 결혼을 손에 넣는 데 필요한 것들을 제공해주는 체제라서였습니다. 의식 차원에서 고학력 남성의 딸이 업무를 끝내고 기분 전환을 원하는 바쁜 남자들, 장성들, 법관들, 대사들, 장관들의 비위를 맞추는 일에 자기가 가진 매력과 미모를 전부 쏟아부어야 했던 이유, 그 남자들이 내놓는 관점을 환영하고 그 남자들이 내리는 지시에 찬동해야 했던 이유는 그것이 그 남자들로부터 결혼에 필요한 것들을 얻어내거나 결혼 그 자체를 얻어낼 수 있는 유일한 방법이라서였습니다.[34] 요컨대 고학력 남성의 딸은 "광명의 대영 제국 (……) 주로 여자들의 희생으로 지탱되는 나라"(레이디

러브레이스[●]의 표현)를 지지하는 일에 자기의 의식적 노력을 전부 쏟아부어야 했습니다. 그러니 이 나라가 여자들의 희생으로 지탱된다는 것, 그리고 그 희생이 엄청난 희생이라는 것은 그 누구도 의심할 수 없지 않겠습니까?

하지만 고학력 남성의 딸이 전쟁을 지지할 때의 영향력은 무의식 차원에서 더 강력하게 발휘되었던 것 같습니다. 그런 교육을 받은 고학력 남성의 딸들이 1914년 8월[▲]에 그렇게 엄청난 규모로 밖으로 쏟아져 나왔다는 것, 그렇게 병원으로 달려가고(그중에는 시녀를 데려간 여자들도 있었습니다[◆]), 그렇게 화물차를 운전하고, 그렇게 농지에서, 군수품 공장에서 일하고, 젊은 남자들을 상대로 참전은 영웅적 행위라는 점과 부상병은 고학력 남성의 딸로부터 지극한 간호와 찬사를 받아 마땅한 존재라는 점을 설득하는 일에 그 엄청난 용량의 매력, 공감 능력을 전부 사용했다는 것을 달리 어떻게 설명할 수 있겠습니까? 다 그런 교육 때문입니다. 가정집 교육에 대해서, 그 잔인함, 그 빈곤함, 그 위선, 그 부도덕함, 그 얼빠짐에 대해서 그토록 극심한 무의식적 증오를 품고 있었으니, 그것이 탈출구이기만 하다면 아무리 미천한 노동이라도 기꺼이 떠맡고 아무리 악독한 유혹이라도 기꺼이 저지른 것이었습니다. 그러니 고학력 남성의 딸들이 소망한 것은 의식 차원에서는 "광명의 대영 제국"이었고, 무의식 차원에서는 "광명의 전쟁"이었던 것이지요.

자, 귀하가 저희에게 원하시는 것은 귀하의 전쟁 방지 노력에

● Lady Lovelace: Ada Mary King-Milbanke, 14th Baroness Wentworth (1871 ~ 1917). 이 장의 미주 1에 나오는 「사교계와 사교철」 참조.

▲ 1차대전 초반.

◆ 「둘」의 미주 36 참조.

도움을 드리는 것이니, 이 대학의 개축을 도와야 한다는 결론은 피할 수 없을 것 같네요. 불완전한 대학일지 모르지만, 가정집 교육의 유일한 대안이니, 시간이 흐르면 그곳의 교육도 바뀔지 모른다고 기대할 수밖에 없겠고요. 귀하가 귀하의 단체에 기부해달라고 하시는 1기니는 우선 이 대학에 기부할 수밖에 없겠어요. 이 1기니가 후원하고 있는 대의는 같은 대의, 곧 전쟁 방지라는 대의니까요. 기니는 큰 단위이고, 기니 단위의 지출은 드문 경우지만, 이 지출로 전쟁 방지라는 대의를 확실하게 후원할 수 있겠으니, 그럼 이 1기니는 대학 개축 기금을 담당하는 재무 관리자님에게 아무 조건 없이 보내볼까 해요.

둘

자, 이렇게 대학 개축비로 1기니를 보탰으니 이제부터는 귀하가 전쟁을 막을 수 있도록 저희가 어떻게 더 도울 방법은 없을까 알아보아야 하겠습니다. 앞에서 영향력에 대해 이야기했는데, 그것이 맞는 이야기였다면 이제부터 알아보아야 하는 것은 당연히 직업입니다. 생활비를 벌 수 있게 됨으로써 저희의 유일한 무기, 곧 자립적 수입에 기반한 자립적 의견이라는 무기를 실제로 손에 넣은 사람들이 그 무기를 전쟁에 반대하는 일에 사용할 수 있도록 저희가 그 사람들을 설득할 수만 있다면, 학생들에게 생활비를 버는 법을 가르쳐야 하는 사람들을 상대로 사정하거나 학생들이 생활비를 버는 법을 배우고 있는 대학교의 금지된 곳●이나 성스러운 문 앞▲에서 죽치

● 울프, 『혼자 쓰는 방*A Room of One's Own*』의 다음 내용 참조. "옥스브리지의 사각형 중앙뜰을 무단 침입하는 무모한 짓을 저지르다니, 그날 제가 왜 그렇게 겁이 없었는지 그 이유는 기억나지 않습니다…… 그 남자분은 나를 내보내기 위해 손을 내저으면서 여자분이 도서관에 출입하려면 칼리지 펠로를 동반하거나 추천서를 소지해야 한다고 했습니다."

▲ p. 54 "성스러운 문 앞" 참조.

고 있거나 하는 것보다는 귀하에게 더 도움이 될 테니까 말입니다. 그러니 이것은 앞에서 논의한 문제보다 더 중요한 문제입니다.

자, 그럼 이제 전쟁을 막도록 도와달라는 귀하의 편지를 반듯하게 펴서 자립한 성인들, 곧 직업으로 생활비를 벌고 있는 사람들 앞에 내밀어보겠습니다. 미사여구 같은 것이 필요 없는 것은 물론이고 긴말이 아예 필요 없을 듯합니다. "이것은 우리 모두에게 존경받을 만한 남자가 쓴 편지인데, 이 남자는 전쟁이 일어날 가능성이 있다고, 꽤 높은 것 같다고 하면서 생활비를 벌 수 있는 우리한테 자기가 전쟁을 막을 수 있도록 어떤 식으로든 도움을 달라고 부탁하고 있다." 생활비를 버는 사람들의 응답, 귀하가 원하는 종류의 도움을 귀하에게 드리게 될 그 응답을 끌어내는 데는 이 말만으로도 충분하니, 이러는 중에도 계속 탁자에 쌓이고 있는 이 사진들(더 많은 시체들, 더 많은 부서진 집들을 보여주는 사진들)을 가리켜 보이지 않아도 될 것 같습니다. 하지만…… 생활비를 버는 사람들에게는 어떤 망설임, 어떤 의구심이 있는 듯합니다. 물론 전쟁이 경악스럽고 야수적이고 혐오스럽고 비인간적이라는 윌프레드 오언의 말 앞에서의 의구심은 아닐 것이고, 귀하가 전쟁을 막도록 최대한 도움을 드리고 싶다는 마음 앞에서의 망설임도 아닐 것입니다. 그럼에도 의구심과 망설임이 느껴지니, 그 느낌을 이해하는 가장 빠른 길은 이렇게 귀하의 눈앞에 또 다른 편지를 놓아보는 것입니다. 귀하의 편지 못지않게 진심 어린 그 편지가 마침 귀하의 편지 바로 옆에 놓여 있습니다.[1]

또 다른 단체•의 재무 관리자님▲이 보내온 편지인데, 역시 돈을 보태달라는 내용입니다. 이분은 "우리가 우리 여자들의 생활비 벌이를 도울 수 있도록 부디 본 단체[고학력 남성의 딸들의 취업을 돕는 단체]에 후원해달라"고 말한 뒤에, "기부할 돈이 없다면 바자회에서 팔 책이나 과일이나 안 입는 옷 같은 물품을 기부해도 된다"고 덧붙이고 있습니다. 이 편지는 위에서 언급한 의구심, 망설임과도 관련되어 있고, 저희가 귀하에게 드릴 수 있는 도움과도 관련되어 있는 만큼, 이 편지가 불러일으키는 의문들을 살펴보기 전까지는 이분에게 1기니를 보내는 일이나 귀하에게 1기니를 보내드리는 일이 모두 불가능할 것 같습니다.

일단 첫 번째 의문은, 이분은 왜 돈을 보내달라고 하는가? 바자회에서 팔 안 입는 옷까지 보내달라고 하다니, 전문직 여성을 대표하는 분이면서 왜 이렇게 가난한가?, 하는 것입니다. 우선 이 의문을 풀어야 합니다. 이분이 정말로 이렇게 가난하다면, 자립적 의견이라는 무기, 지금껏 귀하의 전쟁 방지 노력에 도움이 되리라고 믿어졌던 그 무기라는 것이 (최대한 온건한 표현을 쓰자면) 그렇게 강력한 무기가 아닐 테니까요. 하지만 가난하다는 것에도 이로운 점은 있습니다. 이분이 가난한 분이라면, 정말로 그렇게 가난한 분이라면, 케임브리지에서 편지를 보내왔던 이분의 자매분♦과 흥정한 것처럼 이분과도 흥정하는 것이 가능하고 그러면서 잠재 기부자의 자격으로 기부의 조건을 내거는 것도 가능하니까요. 그럼 이분에게 1기

• 실제로 전국여성고용연합Women's Employment Federation이라는 단체가 있었다.

▲ 실제로 전국여성고용연합 사무장은 필리파 스트레이치였다.

♦ 실제로 필리파 스트레이치와 퍼넬 스트레이치는 자매간이다. p. 45 각주 참조.

니를 보내기에 앞서, 아니 이분을 상대로 1기니 기부의 조건을 내걸기에 앞서, 이분의 재정 상태와 기타 사항들에 관해 이분에게 문의를 좀 해보겠습니다.

"당신을 이렇게 오랫동안 기다리게 한 것에 1천 번의 사과를 보낸다. 실은 몇 가지 의문이 생겼는데, 기부금을 보내기에 앞서 당신의 답변을 좀 들어보아야겠다. 우선 당신은 지금 돈을, 임대료 낼 돈을 보내달라고 하고 있는데, 어떻게 그럴 수가 있나? 당신네 단체가 그렇게까지 가난하다니, 어떻게 그런 일이 있을 수가 있나? 고학력 남성의 딸들에게 전문직 진출의 문이 열린 것이 거의 20년 전이다. 우리는 당신네 단체가 고학력 남성의 딸들을 대표한다고 알고 있는데, 케임브리지에서 일하는 당신의 자매분과 마찬가지로 그렇게 모자를 들고 서서 돈을 달라고 하고 있다니, 돈이 없으면 바자회에서 팔 과일이나 책이나 안 입는 옷이라도 달라고 하고 있다니, 어떻게 그럴 수가 있나? 또 한 번 묻겠다. 어떻게 그럴 수가 있나? 모두의 인성에, 모두의 정의에, 모두의 감각에 어떤 대단히 심각한 결함이 있는 것이 틀림없다. 아니면 당신은 자기 집 침대 밑에 기니 금화•로 가득 찬 양말을 숨겨놓고 길모퉁이에서 구걸하는 거지처럼 길쭉한 표정을 지으면서 키 큰 이야기를 지어내고 있는 것▲뿐 아닌가? 어쨌든 그렇게 끊임없이 구걸하고 가난을 호소하는 것은 대단히 심각한 책망을 부르는 일, 현실적 사안에 대해서 생각하는 일을 거의 수표책에 서명하는 일에 못지않게 싫어하는 나태한 외부인들로부터의 책망뿐 아니라 고학력 남자들의 책망을 부르는 일이다. 지금 당신은

• p. 24 각주 • 참조.

▲ "길쭉한 표정long face"은 우울한 표정, "키 큰 이야기tall story"는 과장된 이야기라는 뜻.

철학자, 소설가로 확고한 명성을 쌓은 남자들, 미스터 조드•나 미스터 웰스▲ 같은 남자들로부터 비난과 멸시를 사고 있다. 그 남자들은 당신이 가난하다는 것을 부정하고 있을 뿐 아니라 당신이 무신경하고 무관심하다고 추궁하고 있다. 그 남자들이 당신을 상대로 어떤 죄목들을 들이대고 있는지를 좀 살펴보도록 하자. 우선 미스터 조드가 당신에 대해서 무슨 말을 하고 있는지를 들어보자. 이 남자는 '지난 50년을 되돌아볼 때, 젊은 여성들이 지금만큼 정치에 무신경하고 사회에 무관심했던 때는 없었던 듯하다'고 한다. 이것이 첫 대목이다. 다음 대목에서 이 남자는 당신이 무엇을 해야 하는가를 일러주는 것이 자기 일은 아니라고 말하더니(참 맞는 말인데), 당신이 무엇을 할 수 있는가의 예를 들겠다고 덧붙인다(참 친절하다). 미국에서 활동하는 당신의 자매들을 똑같이 따라 해보라고 한다. '반전 홍보 단체' 같은 것을 설립해보라고 한다. 그러면서 한 단체의 예를 든다. 이 단체의 설명에 따르면, '[이 설명이] 얼마나 정확한지는 모르겠지만, 금년도에 전 세계가 군비로 지출한 파운드의 숫자는 전쟁이 비그리스도적이라고 가르친 그리스도의 죽음 이후 지금까지 흐른 분의 숫자와(아니면 초의 숫자였나? 어쨌든 그 숫자와) 똑같았고(……).' 그럼 이제 당신도 그 자매들을 본받아서 그 비슷한 단체를 영국에다 설립하면 되잖을까? 그러려면 물론 돈이 필요하겠지만, 내가 볼 때 (이것이 내가 특히 강조하고 싶은 논점인데) 당신에게 돈이 없을 리가 없다. 미스터 조드가 그 증거를 제시하고 있다. '전전戰前에 여성사회정치연맹♦으로 많은 돈이 흘러 들어갔다. 여자들이 투

• C. E. M. Joad(1891 ~ 1953).

▲ Herbert George Wells(1866~1946).

♦ Women's Social and Political Union(1903 ~ 17). 여성 참정권 운동가들

표권을 얻게 되면 전쟁을 과거지사로 만들 수 있으리라는 기대 때문이었다.' 그러고는 '여자들은 투표권을 얻었지만, 전쟁이 과거지사가 되었느냐 하면 전혀 그렇지 않다'고 덧붙이고 있다. 이 말에 대해서라면 나도 증거 자료를 내놓을 수 있다. 여기 전쟁 방지를 도와달라는 남자분의 편지가 있고 시체들과 부서진 집들의 사진들이 있고…… 내 말보다는 미스터 조드의 말을 계속 들어보자. 이 남자는 이제 '윗세대 여자들은 평등이라는 대의를 위해 그렇게 힘과 돈을 내어주고 비방과 욕설을 참아주었으니 지금 세대 여자들은 반전이라는 대의를 위해 그만큼은 노력해야 하리라고 말한다면, 그것이 그렇게 부적절한 부탁인가?'라고 하고 있다. 이 말 앞에서는 내가 또 끼어들어서 흉내 낼 수밖에 없다. 여자들더러 대를 이어 그렇게 하라고 시키는 것, 윗세대 여자들에게는 오라비들로부터의 비방과 욕설을 참으라고 하고 다음 세대 여자들에게는 오라비들을 위해 비방과 욕설을 참으라고 하는 것이 부적절하지 않으냐고? 완전히 적절한 부탁인 동시에 여자들의 육체와 정신과 영혼의 안녕을 전반적으로 고려한 부탁이 아니겠느냐고? 그래도 미스터 조드의 말을 조금만 더 들어보자. '그렇다면 여자들은 사회 활동을 하고 있다는 핑계 따위는 당장 집어치우고 얼른 가정으로 돌아가는 것이 낫다. 국회 하원 일은 할 줄 몰라도, 가정일은 좀 할 줄 알기를 바란다.• 치유될 수 없는 남성적 짓궂음으로 인해 파멸을 자초할 것 같은 남자들을 구원하는 법은 못 배우더라도, 그렇게 자멸을 앞둔 남자들의 배를 채워주는 법은 좀 배우기를 바란다.'[2] 미스터 조드 본인이 치유될 수 없다고 인정한 병을 여자들의 투표권이 무슨 수로 치유하겠는가

suffragettes을 대표하는 단체였다.

• 국회 하원House of Common과 가정house 둘 다 'house'임을 이용한 말장난.

하는 질문으로 시간을 끌지는 않겠다. 이 남자의 말을 듣고 나니, 문제의 핵심은, 나에게 임대료 1기니를 기부해달라고 하다니 당신은 어쩌면 그렇게 뻔뻔스러운가?, 하는 것이다. 미스터 조드에 따르면, 당신은 돈이 어마어마하게 많을 뿐 아니라 어마어마하게 게으르며, 땅콩과 아이스크림을 먹느라 바빠서 미스터 조드의 자멸을 막는 법을 배우기는커녕 자멸을 앞둔 미스터 조드를 위해서 식사를 차리는 법조차 못 배우고 있다. 하지만 더 심각한 추궁은 이제부터 나온다. 당신이 누리고 있는 자유는 당신의 어머니 세대가 당신을 위해서 쟁취한 것인데, 당신은 그 자유를 지키기 위한 싸움조차 마다할 정도로 무기력하다. 이런 말로 당신을 추궁하는 사람은 지금 생존해 있는 영국 소설가들 중에서 가장 유명한 미스터 H. G. 웰스다. 미스터 H. G. 웰스에 따르면, '파시스트와 나치가 여성들의 자유를 실질적으로 말살하고 있지만, 그들에 맞서는 여성들의 저항 운동은 이때껏 한 번도 감지된 바 없다.'[3] 이렇게 돈 많고 게으르고 식탐 많고 무기력한 당신이 나에게 고학력 남성의 딸들의 취업과 생활비 벌이를 돕는 단체를 후원해달라고 하다니 당신은 어쩌면 그렇게 뻔뻔스러운가? 이 남자분들의 증언대로다. 당신에게는 투표권이 있고, 그 투표권에는 재산이 따라왔을 텐데, 당신은 지금껏 전쟁을 없애지 않았다. 당신에게는 투표권이 있고, 그 투표권에는 권력이 따라왔을 텐데, 당신의 자유를 실질적으로 말살하고 있는 파시스트와 나치에게 당신은 지금껏 저항한 적이 없다. 그렇다면 한때 '여성 운동'이라고 불렸던 것들이 이제 전부 실패로 돌아갔다는 결론 말고 무슨 다른 결론이 있을 수 있겠나. 그럼 이제 당신에게 1기니를 보낼 테니 그 건물의 임대료로 쓰지 말고 그 건물에 불을 지르는 데 쓰기를 바란다. 그 건물이 모두 불타 없어지면, 당신도 부엌에 돌아가 식사를 차리는 법을 좀 배울 수 있으면 배우기 바란다. 당신의 입으로 들어갈 식사는 아니겠지만……"[4]

여기까지 쓰다가 말았습니다. 편지 수신자의 얼굴(모든 편지 발신자가 그려보게 되는 얼굴)에 떠오른 표정 때문이었습니다. 지루한 표정? 아니면 피로한 표정? 그런 표정으로 재무 관리자님은 두 사실이 적혀 있는 종잇장을 계속 들여다보고 있는 듯했습니다. 사소한 사실들이지만 우리가 논의하고 있는 문제, 곧 취업해서 생활비를 벌고 있는 고학력 남성의 딸들은 귀하의 전쟁 방지 노력을 어떻게 도울 수 있는가 하는 문제와도 관련되어 있는 만큼 여기에 그대로 옮겨 적도록 하겠습니다. 첫 번째 사실은, 미스터 조드가 그런 여성들의 재산을 추산할 때 근거로 삼았던 여성사회정치연맹의 1년 수입(가장 활발하게 활동했던 1912년 수입)이 4만 2천 파운드[5]였다는 것입니다. 두 번째 사실은, "다년간 근속한 유능한 경력자 여성의 경우에도 연봉 250파운드는 성공 사례"[6]라는 것입니다. 이 진술이 나온 때는 1934년입니다.

둘 다 흥미로운 사실이고, 둘 다 지금 우리 앞에 놓여 있는 문제와 직접 관련되어 있는 사실이니 한번 검토해봅시다. 첫 번째 사실을 먼저 검토해보자면…… 이 사실이 왜 흥미롭냐 하면, 우리 시대의 가장 큰 정치적 변화 중 하나가 연 4만 2천 파운드라는 놀라울 정도로 미미한 수입을 토대로 성취되었음을 보여주기 때문입니다. 물론 "놀라울 정도로 미미한 수입"은 상대적 표현입니다. 예컨대, 이 수입은 보수당이나 자유당(고학력 여성의 오라비가 들어간 정당들)이 각각 자기 당의 정치적 대의를 위해서 확보해놓았던 수입과 비교할 때 놀라울 정도로 미미한 수입이고, 노동당(노동 계급 여성의 오라비가 들어가는 정당)이 자기 당의 정치적 대의를 위해서 확보해놓은 수입과 비교할 때도 상당히 미미한 수입입니다.[7] 이 수입은 어떤 단체, 예컨대 노예철폐협회•가 그 시기의 노예제를 철폐하기 위해 확보해놓았던 수입과 비교할 때도 놀라울 정도로 미미한 수입입니다. 이 수입은 고학력 남성이 매년 정치적 대의와 상관없이 사냥과 유흥에 지출하는 돈과 비교할 때도 놀라울 정도로 미미한 수입입니다. 이 놀라움이 고학력 남성의 딸들이 그렇게 가난하다는 데 대한 놀라움이든 그렇게 검소하다는 데 대한 놀라움이든, 이런 경우에는 전적으로 불쾌한 놀라움입니다. 재무 관리자님의 말이 거짓 없는 사실일지도 모르겠다는, 이분이 정말 가난할지도 모르겠다는 의혹을 불러일으키고야 마는 놀라움이자, 고학력 남성의 딸들이 자기네 대의를 위해서 그렇게 여러 해에 걸쳐 불굴의 노력을 쏟은 뒤에 고작 4만 2천 파운드밖에 모금할 수 없었다면, 그런 여자들이 무슨 수로 귀하의 대의를 도울 수 있겠는가? 1년에 3억 파운드를 군사비로 지출하고 있는 현 시점에서 1년에 4만 2천 파운드라는 푼돈으로 무슨 반전론을 얼마나 살 수 있겠는가?, 하는 의문을 불러일으키고야 마는 놀라움입니다.

하지만 두 사실 중에서 더 놀랍고, 더 불쾌한 쪽은 두 번째 사실,

● Society for the Abolition of the Slavery. 1787년에 만들어진 Society for Effecting the Abolition of the Slave Trade를 가리키는 것일 수도 있고 1923년에 설립된 Society for the Mitigation and Gradual Abolition of Slavery throughout the British Dominions를 가리키는 것일 수도 있다.

곧 고학력 남성의 딸들이 직업을 얻고 돈을 벌 수 있게 된 지 거의 20년이 지난 지금까지, "다년간 근속한 유능한 경력자 여성의 경우에도 연봉 250파운드는 성공 사례"라는 사실입니다. 이 사실은(이것이 사실이라면) 너무 놀랍기도 하고 지금 우리 앞에 있는 질문과 너무 밀접하게 관련되어 있기도 하니 이 사실을 검토하기 위해 잠시 시간을 내야겠습니다. 또한 이 사실은 너무 중요하니 이 사실을 검토하기 위해서는 전기傳記라는 컬러 조명이 아닌 사실이라는 백색 조명이 필요하겠습니다. 자, 그럼 클레오파트라의 바늘● 이외에는 벼려야 할 도끼▲도 없고 요리해야 할 바늘잎◆도 없는 어떤 비이기적이고 공평무사한 권위에 의지해보도록 합시다. 『휘터커 연감』■이 좋겠습니다.

필요 없는 말○이지만, 휘터커는 모든 저자들을 통틀어 가장 냉정한 저자 중 하나일 뿐 아니라 가장 체계적인 저자 중 하나입니다. 휘터커는 고학력 남성의 딸들이 들어갈 수 있게 된 모든, 또는 거의 모든 직업들에 대한 모든 사실들을 이 연감 안에 넣어놓았습니다. 「정부와 공무」 섹션에서 휘터커는 정부가 어떤 직업에서 사람을 뽑는지, 그리고 뽑힌 사람에게 얼마를 주는지 꾸밈없는 말로 알려주

● 알렉산드리아에서 런던으로 옮겨진 오벨리스크의 이름. 대영 제국이 식민지에서 약탈한 가장 기념비적인 전리품 중 하나. 이 오벨리스크가 런던에 박힐 때 『휘터커 연감』이 타임캡슐의 일부로 함께 묻혔다.

▲ "도끼를 벼리다"에 '논지를 예리하게 다듬다'라는 비유적 의미가 있음을 이용한 말장난.

◆ needle에 '바늘'이라는 뜻과 '바늘잎'이라는 뜻이 있음을 이용한 말장난.

■ 『휘터커 연감*Whitaker's Almanack*』. 조지프 휘터커Joseph Whitaker가 1868년부터 펴낸 연감.

○ needless to say. 아직 바늘needle의 말장난이 진행 중이라면, 'needless'를 '바늘needle'과 'ss'로 분해해볼 수도 있다.

고 있습니다. 휘터커가 알파벳 체계를 따르고 있으니 우리도 알파벳순으로 첫 여섯 글자를 검토해봅시다. A에는 '해군부Admiralty' '공군부Air Ministry' '농림부Ministry of Agriculture'가 있고, B에는 '영국방송공사British Broadcasting Corporation(BBC)'가 있고, C에는 '식민부Colonial Office'와 '자선사업부Charity Commissioners'가 있고, D에는 '자치령부Dominions Office'와 '개발관리부Development Commission'가 있고, E에는 '종교부Ecclesiastical Commissioners'와 '교육부Board of Education'가 있고, 여섯 번째 글자 F까지 오니 '수산부Ministry of Fisheries' '외무부Foreign Office' '상호 부조 단체들Friendly Societies' '예술 분야Fine Arts'가 있습니다. 자, 이런 직업이 지금 남자와 여자 앞에 평등하게 열려 있고(평등하게 열려 있다는 말이 자주 들려오기도 합니다), 이런 직업에 종사하는 사람에게 지급되는 봉급의 재원인 국고를 남자와 여자가 평등하게 세금으로 채워 넣고 있습니다. 공직자 봉급을 (그리고 그 밖에 여러 비용들을) 충당하는 소득세는 현재 1파운드당 약 5실링•이고요. 그 돈이 어떻게 지출되고 누구에게 지출되는가 하는 질문에 다들 관심 있어 하는 것은 그 때문이지요. 귀하와 저희는 같은 고학력 계급의 구성원들이니(귀하와 저희의 계급 내 등급은 크게 다르지만), 교육부의 직급별 연봉을 들여다봅시다. 휘터커에 따르면, 교육부 장관은 2천 파운드를 받고, 장관의 수석 보좌관은 847파운드에서 1,058파운드까지 받고, 장관의 차석 보좌관은 277파운드에서 634파운드까지 받습니다. 교육부에는 사무 차관도 있습니다. 사무 차관은 3천 파운드를 받고, 사무 차관 보좌관은 277파운드에서 634파운드까지 받습니다. 정무 차관은 1만 2천 파운드

• 1파운드=20실링.

를 받고, 정무 차관 보좌관은 277파운드에서 634파운드까지 받습니다. 정무 차관 대리Deputy Secretary는 2,200파운드를 받습니다. 웨일스 분과 사무 차관은 1,650파운드를 받습니다. 그리고 그 밑에는 그 수석 사무장들과 일반 사무장들이 있고, 총무처장들, 재무처장들, 수석 재무관들, 일반 재무관들, 법무관들, 법무관 대리들이 있고…… 그 많은 여자분들과 남자분들이 모두 네 자릿수, 또는 네 자릿수 이상의 연봉을 받아 가신다는 것을 철두철미하고 공평무사한 휘터커가 알려주고 있습니다. 지금 연봉 1천 이상, 또는 1천 내외라는 수입은 매년 꼬박꼬박 나올 경우에는 꽤 큰돈이지만(소득세는 1파운드당 5실링이지만, 그리고 저희의 소득은 매년 나오는 것도 아니고 꼬박꼬박 나오는 것도 아니지만), 그분들의 일이 전업직이고 숙련직이라는 것을 고려할 때, 그분들이 받는 돈을 아까워해서는 안 되겠습니다. 23세 전후부터 60세까지 매일의 종일을 사무실 등에서 보내는 사람이라면, 그 돈의 마지막 1페니까지 받아 갈 자격이 있습니다. 다만 좀 의아한 생각이 듭니다. 이 여자분들에게 연봉 1천 파운드, 2천 파운드, 3천 파운드가 나오고 있다면, 교육부에서뿐 아니라 알파벳순으로 첫 부서인 해군부Admiralty로부터 마지막 부서인 노동부Board of Works에 이르기까지 지금 이 여자분들이 들어갈 수 있는 모든 부서에서 그 돈이 나오고 있다면, "다년간 근속한 유능한 경력자 여성의 경우에도 연봉 250파운드는 성공 사례"라는 진술은 솔직히 말해서 새빨간 거짓말이 아니겠느냐는 것입니다. 이 진술이 어떻게 사실일 수 있겠는가, 이 진술이 어떻게 납득될 수 있겠는가, 하는 의아한 생각이 드는 데는 화이트홀•을 걸어 내려가보는 것만으

• 런던의 관공서 밀집 지역.

로도 충분합니다. 그 많은 건물에 얼마나 많은 부서들이 들어차 있을까 추측하게 되는 우리가, 그 많은 부서 하나하나에서 직급명만으로 머리를 핑핑 돌게 할 정도로 수적으로 많으면서 세밀하게 등급화된 보좌관들과 대리들이 일하는 모습을 상상하게 되는 우리가, 그 많은 보좌관들과 대리들이 저마다 충분한 연봉을 받아 가고 있음을 기억하게 되는 우리가, 이 진술을 어떻게 설명할 수 있겠습니까? 설명할 방법이 있다면 그것은 도수가 더 높은 안경을 써보는 것뿐입니다. 직급별 연봉을 더, 더, 더 읽어 내려가봅시다. 그렇게 한참 아래로 내려가보면, '미스'로 시작되는 이름이 나옵니다. 그 이름 위쪽의 다른 모든 이름, 모든 고연봉자의 이름이 남자분들의 이름이라니, 설마 그럴 리가? 설마 했던 일이 사실인 것 같습니다. 그렇다면 연봉이 부족한 것이 아니라 고학력 남성의 딸들이 부족한 것입니다.

이 희한한 여성 부족 사태, 혹은 성별 격차 사태는 표면적으로는 다음의 세 가지 이유를 통해서 설명될 수 있습니다. 닥터 롭슨•은 그중 첫 번째 이유, 곧 "내무부의 모든 요직을 차지하는 행정가 계급에서는 옥스퍼드와 케임브리지에 들어가는 데 성공하는 운 좋은 소수층 비율이 압도적으로 높으며, 공무원 시험은 항상 그 비율을 유지하겠다는 목적하에 출제되어왔다"는 이유를 알려줍니다.[8] 저희 계급(고학력 남성의 딸 계급)에서 그런 운 좋은 소수층은 극소수 중에서도 극소수입니다. 옥스퍼드와 케임브리지가 학내에 재학하거나 재직하는 고학력 남성의 딸들의 인원을 엄격히 제한하고 있다는 것은 앞에서 살펴본 바와 같습니다. 둘째, 집에 남아서 노모를 돌보는

• William Alexander Robson(1895~1980).

딸의 숫자가 집에 남아서 노부를 돌보는 아들의 숫자보다 많습니다. 가정집이 아직 성업 중인 업체라는 것을 잊어서는 안 되겠습니다. 공무원 시험Civil Service Examination 응시자 중에서 딸이 아들보다 적은 것은 바로 그 때문입니다. 셋째, 합격 60년은 합격 5백 년에 비해서 효력이 덜하리라는 것이 크게 틀린 가정은 아닐 것입니다. 공무원 시험은 유연하지 못한 시험이니, 합격자 중에서 아들의 수가 딸의 수보다 많으리라는 것도 아주 억지스러운 예상은 아니리라는 것입니다. 하지만 한 가지 희한한 사실, 곧 딸의 일정 수는 응시해서 합격하고 있음에도 불구하고 '미스'로 시작되는 이름의 소유자들은 네 자릿수 높이까지 올라오지 못하고 있는 것 같다는 그 사실에 대해서만큼은 설명이 있어야 합니다. 휘터커에 따르면, '미스'라는 단어에는 희한하게 무거운 성질이 있어서 이 단어로 시작되는 이름들을 밑에서 맴돌게 하는 듯합니다. 솔직히 말하면 그 이유가 표면이 아니라 심층에 있을 가능성도 있습니다. 딸들의 능력이 부족할 가능성, 딸들이 불성실한 모습, 미흡한 모습을 보여주었을 가능성, 딸들을 연봉이 낮으면서 공무에 방해가 될 위험도 덜한 하급직에 매어두는 편이 사회에 이로울 정도로 딸들의 일 처리 능력이 부족할 가능성도 있습니다. 그 가능성을 사실로 받아들일 수 있었다면 딸들이 밑에서 맴도는 이유도 손쉽게 설명되었을지 모르지만, 불행히도 이제 그럴 수가 없습니다. 그럴 수 없게 만든 사람이 바로 총리입니다. 여성 공무원들이 불성실하지 않다는 것을 미스터 볼드윈•이 재임 중에 알려주었습니다.▲ 미스터 볼드윈은 이렇게 말했습니다. "많은 여

● Stanley Baldwin(1867~1945, 재임 1935~1937).

▲ 미스터 볼드윈이 총리 자리에서 내려와 백작이 된 것은 내가 이 대목을 쓰고 난 뒤였다(울프의 각주).

성 공무원들이 일상 업무 중에 기밀 정보를 수집할 수 있는 자리에 앉아 있습니다. 기밀 정보는 매우 빈번하게 누설되게 마련이라는 것을 우리 정치가들은 뼈아픈 경험을 통해 알고 있습니다. 나는 여성이 누설의 통로가 되었던 사건은 단 한 건도 모르지만, 그런 짓을 저질러서는 안 될 이유가 더 많았던 남성들이 누설의 통로가 되었던 사건은 여러 건 알고 있습니다." 그렇다면 여성이라는 성은 기존의 통념과는 달리 수다스럽고 가십거리를 좋아하는 성이 아니라고 보아야겠지요? 심리 연구에 나름대로 도움을 주고 소설가들에게는 모종의 힌트가 되는 이야기이기는 하지만, 여성 공무원 채용에 반대할 다른 이유들은 아직 있을 수 있겠습니다.

딸들이 아들들에 비해 지력이 부족할 가능성도 있습니다. 하지만 여기서 또 한 번 총리가 손쉬운 설명을 가로막습니다. "총리의 의도는 여자가 남자 못지않다 또는 여자가 남자보다 낫다 하는 결론이 내려져 있다고(아니면, 굳이 결론을 내려야 한다고) 주장하는 것이 아니라, 여성 공무원들에 의해 수행된 업무가 업무자 본인들에게 만족스러웠을 것이고 아울러 모든 관련자들에게 전적으로 만족스러웠다는 생각을 밝히려는 것"이었다고 합니다. 총리는 좀더 확실해져도 되는 개인적 의견을 표명함으로써 섣불리 결론 내려서는 안 되는 진술을 마무리하려는 듯 이렇게 말했습니다. "내가 지금껏 업무로 만났던 모든 공무원 여성들의 근면, 자질, 능력, 의리에 개인적 찬사를 바치고 싶습니다. 그리고 거기서 한발 더 나아가 업주들이 이런 귀한 특성들을 좀더 이용하기를 바란다는 뜻을 표명했습니다.[9]

무엇이 사실인지를 아는 직위에 있는 사람이 있다면 그 사람은 총리일 것이고, 자기가 아는 사실을 진실하게 밝힐 수 있는 사람이 있다면 그 사람도 총리일 것입니다. 미스터 볼드윈이 이런 말을 하고 있는데, 미스터 휘터커는 다른 말을 하고 있습니다. 미스터 볼드윈이 사정에 환한 사람이라면, 그것은 미스터 휘터커도 마찬가지입니다. 그런데도 두 사람이 서로 모순되는 말을 하고 있습니다. 시비를 가려야 하는데, 미스터 볼드윈은 여자들이 일류 공무원이라고 진술하고 있고, 미스터 휘터커는 여자들이 삼류 공무원이라고 진술하고 있습니다. 간단히 말하면 '볼드윈 대 휘터커 소송'이 제기된 것인데, 고학력 남성의 딸들은 왜 가난한가뿐 아니라 고학력 남성의 아들들은 무슨 심리인가 등등 여러 곤혹스러운 의문의 풀이를 좌우할 대단히 중요한 소송이니, 이 '총리 대 연감 소송'을 우리가 맡도록 합니다.

변호사인 귀하는 하나의 직업에 대한 직접적 경험이 있고 고학력 남성인 귀하는 다른 여러 직업들에 대한 간접적 경험이 있으니, 이런 소송에는 귀하가 단연 적격자입니다. 메리 킹즐리의 사고방식을 가진 고학력 남성의 딸들은 그런 식의 직접적 지식이 전혀 없기는 하지만, 그럼에도 아비들과 아비의 형제들, 오라비들과 사촌 오라비들을 통해 직업 생활에 대한 간접적 지식이 있다고 주장해볼 수는 있을 테고(이것은 고학력 남성의 딸들이 종종 들여다보는 사진입니다•), 문틈으로 엿보기도 하고 받아 적기도 하고 삼가 여쭈기도 함으로써 그 간접적 지식을 확장해볼 수도 있습니다. 그렇게 귀하와 저희가 '볼드윈 대 휘터커 소송'이라는 중요한 소송을 맡겠다는 생각으로 여러 직업들에 대한 직접적, 간접적 경험, 직접적, 간접

• p. 117 참조.

적 지식을 한데 모았다면, 본격적으로 소송에 들어가기에 앞서, 직업의 세계가 어딘가 좀 많이 이상한 곳이라는 것에 동의해야 할 것 같습니다. 직업의 세계는 똑똑한 사람을 높은 자리에 앉히거나 멍청한 사람을 밑에 남아 있게 하는 곳이 아니다, 이런 오르내림은 원리 원칙과는 거리가 멀다, 하는 것에 귀하와 저희가 동의해야 하리라는 것입니다. 어쨌든 귀하도 저희도 너무나 잘 알고 있듯이, 판사는 아들을 둔 아버지이고, 사무 차관은 아버지로서 아들을 두고 있습니다. 판사는 집행관을 두어야 하고 사무 차관은 보좌관을 두어야 합니다. 조카를 집행관으로 데려오고 동창의 아들을 보좌관으로 데려오는 것보다 자연스러운 일이 뭐가 있겠습니까? 그렇게 자리를 나누어 주는 일이 공무원의 누려 마땅한 특혜인 것은 어쩌다 한 번 시가를 나누어 주거나 안 입는 옷을 여기저기에 나누어 주는 일이 가정집 하인의 특혜인 것과 마찬가지입니다.• 하지만 그런 특혜들이 향유되고 그런 영향력이 행사될 때, 직업의 세계는 어딘가 좀 이상한 곳이 됩니다. 지력은 같아도, 쉽게 성공하는 사람이 있는가 하면 그렇게 쉽게 성공하지 못하는 사람이 있으니, 어떤 사람은 의외로 높이 올라가고 어떤 사람은 의외로 뚝 떨어지고 어떤 사람은 묘하게 제자리걸음을 하는데, 그러다 보면 결과적으로 직업의 세계가 어딘가 좀 이상해지는 것입니다. 그런데 실제로 직업의 세계가 공익을 위해서 어딘가 좀 이상해져야 하는 때가 많다는군요. 트리니티 학장 같은 높은 사람부터 낮은 사람까지 시험 출제자 무오류설▲을 믿는 사람은 아무도 없으니(여학교 교장 두어 명은 예외로 칩

• 공무원public servant과 가정집 하인private servant이 둘 다 '시중드는 사람servant'임을 이용한 말장난.

▲ 교황 무오류설을 빗댄 표현.

시다) 어느 정도 융통성을 발휘하는 것이 공익을 챙기는 일이고, 원리 원칙은 오류가 있을 수 있으니 개인적 차원에 의해서 보완되는 것이 좋은 일이라는군요. 그러니 부서●가 사실은 오크로 되어 있지 않고 직급▲이 사실은 무쇠로 되어 있지 않은 것이 우리 모두에게 다행이라는 결론이 내려질 수도 있다는군요. 이처럼 부서나 직급에서 인간적 공감이 전해지고 인간적 반감이 반영되다 보면, 결과적으로 시험 제도의 불완전함을 바로잡을 수 있고 공익을 챙길 수 있고 혈연과 인맥도 챙기길 수 있다는군요. 정말 그렇다면, '미스'로 시작되는 이름을 통해서 부서나 직급 사이에서 무언가가, 시험장에서는 포착되지 않는 그 무언가가 전해지고 있을 가능성이 높습니다. '미스'를 통해서 성별이 전해질 때 모종의 향기가 함께 전해지는 것인지도 모릅니다. '미스'를 통해서 속치마의 사락사락 소리, 아니면 향수 냄새 같은 대단히 불쾌한 후각적 자극이 칸막이를 넘어 멀리까지 전해지는 것인지도 모릅니다. 가정집에서는 그것이 매력이자 위안으로 느껴지는데, 사무실에서는 그것이 성가시고 짜증스러운 자극으로 느껴지는 것인지도 모릅니다. 설교단에 올라가면 확실히 그렇게 코가 예민해진다고 『여성과 성직: 대주교 2인의 위탁 연구』가 확인해줍니다.[10] 화이트홀도 교회 못지않게 코가 예민한 것인지도 모릅니다. 어쨌든 미스 아무개는 여성이니까 이튼 졸업생도 아니고 크라이스트처치◆ 졸업생도 아닙니다. 미스 아무개는 여성이니까 아무개의 아들도 아니고 아무개의 형제의 아들도 아닙니다. 이렇듯 우리의 재판은 좀처럼 가늠하기 힘든 것들 사이에서 위태롭게 진행

● board에 '부서'라는 뜻과 '나무판'이라는 뜻이 있음을 이용한 말장난.
▲ division에 '직급'이라는 뜻과 '칸막이'라는 뜻이 있음을 이용한 말장난.
◆ 옥스퍼드의 남자 대학.

되고 있습니다. 아무리 발끝을 세우고 조심해도 지나치지 않습니다. 귀하도 잊지 않으셨겠지만 지금 우리는 성별이 사무실에서 어떤 향을 풍기는가를 알아보려고 하면서도, 사실들을 조사하고 있는 것이 아니라 어떤 향이 풍기는지 최대한 조심스럽게 맡아보고 있습니다. 하지만 제대로 알아보려면 나에게만 열려 있는 코에 의지하는 대신 외부에서 증거 자료를 가져오는 것이 좋을 듯합니다. 우리는 어떤 공기, 어떤 분위기가 화이트홀에서 '미스'라는 말을 둘러싸고 있는가 하는 조심스럽고도 어려운 의문을 풀어보려고 하고 있으니, 이제부터는 모두에게 열려 있는 신문으로 시선을 돌려보도록 합시다. 그리고 거기 실린 의견들 속에서 유용한 힌트를 발견할 수는 없을지 알아보도록 합시다.

첫 번째 의견입니다.

> 지난 기사에서 (……) 기자는 여자에게 너무 많은 자유가 주어져 있다고 하는데, 내가 볼 때 기사 내용을 정확하게 요약해주는 말이다. 여자들에게 이 자유라는 것이 생긴 것은 여자들이 평시에 몰랐던 것들을 전시에 처음으로 책임지게 되면서였다고 할 수 있다. 그 당시에 여자들은 훌륭하게 활약했다. 불행히도 여자들이 받은 칭찬과 관심은 그 활약의 값어치에 비해 전적으로 과도했다.[11]

처음부터 큰 도움이 되는 의견이 나왔습니다. 하지만 계속 찾아보겠습니다.

> 내가 볼 때 이 직종[사무직]에 널리 퍼져 있는 고충의 상당량은 여자 대신 남자를 최대한 고용하는 정책을 통해서 해소될 수 있다. 요새 관공서, 우체국, 보험 회사, 은행 같은 곳에서 남자들이 해도 될 일을 수천 명의 여자들이 하고 있다. 한편, 수천 명의 역량 있는 청장년 남자들이 일자리를 아예 구하지 못하고 있다. 살림 기술에서 여성 노동에 대한 수요가 큰데, 직원 재평가가 실시되면 사무직으로 흘러 들어와 있는 수많은 여성이 가사에 투입될 수 있을 것이다.[12]

향이 점점 진해지는 것이 귀하에게도 느껴지시겠지요.
더 찾아보겠습니다.

> 나는 내가 이제 하는 말이 수천 명의 젊은 남자들을 대변하는 말이라고 확신하거니와, 지금 수천 명의 젊은 여자들이 하고 있는 일을 만약 남자들이 하고 있었다면, 그 남자들은 그 여자들을 번듯한 가정에 들어앉힐 수 있었을 것이다. 지금 남자들을 빈둥거릴 수밖에 없게 만들고 있는 여자들은 어서 가정으로 돌아가야 한다. 업주들이 좀더 많은 남자들을 고용하게 되는 날이 오면, 남자들은 지금 자기 손에 닿지 않는 곳에 있는 여자들을 아내로 삼을 수 있을 테니, 그렇게 되도록 정부가 업주들에게 압박을 가해야 할 때다.[13]

역시 그랬군요! 그런 냄새였다는 데는 이제 의문의 여지가 없습니다. 고양이가 자루에서 나왔는데……● 톰▲이었던 것입니다.

이 세 인용문에 들어 있는 증거를 살펴보셨으니, '미스'라는 단어는 (가정집에서 그 단어의 향기가 아무리 감미롭다 해도) 화이트홀에서는 칸막이 건너편의 코를 불쾌하게 자극하는 모종의 냄새를 풍기고 있다고 생각할 만한 이유가 있다는 것에, 그리고 '미스'로 시작되는 이름이 연봉이 두둑한 높은 데로 올라가는 대신 연봉이 미미한 낮은 곳을 맴도는 경향이 있는 것은 그 냄새 때문인 모양이라고 생각할 만한 이유가 있다는 것에 귀하는 동의하실 것입니다. 한편, '미시즈Mrs.'는 오염된 단어, 음란한 단어입니다. 입에 담지 않을수록 좋은 단어입니다. 그 냄새가 얼마나 지독하게 화이트홀의 콧구멍에 닿아 있었는지,◆ 화이트홀에서는 그 단어를 아예 추방했습니다.■ 화이트홀에서는 하늘에서와 마찬가지로 장가도 가지 않고 시집도 가지 않습니다.○[14]

이렇듯 냄새는(냄새라고 하지 말고 '공기'라고 할까요?) 다른 바탕

● "고양이를 자루에서 꺼내다"에 '비밀을 밝히다'라는 비유적 의미가 있음을 이용한 말장난.

▲ Tom. 톰이 남자 이름이라는 것과 톰tom이 수고양이라는 것을 이용한 말장난. 인용된 기사(독자 투고)의 필자가 톰이 아니었을까, 아니면 독자 투고란 옆 광고란에 신붓감을 구한다는 글이 실려 있었는데 그 글의 광고주 이름이 톰이었던 것은 아닐까, 하는 상상의 나래를 펴보게 해주는 것은 울프의 밀도 높은 유머 감각이다.

◆ 『햄릿』 3막 3장, "내 죄의 냄새가 얼마나 지독한지, 하늘에 닿을 정도라네" 참조.

■ 당시의 결혼 불허 관행marriage bar에 따르면 여성 공무원은 결혼과 동시에 퇴직해야 했다.

○ 「마태복음」 22장 30절, "부활 때에는 사람들은 장가도 가지 않고, 시집도 가지 않고, 하늘에 있는 천사들과 같다" 참조.

요소들과 마찬가지로 좀처럼 감지되지 않지만, 그럼에도 불구하고 직업 생활에서 대단히 중요한 바탕 요소입니다. 시험장에서는 시험관의 코를 건드리지 않을 수 있지만, 사무실에서는 부서와 직급에 스며들어 안에 있는 사람들의 후각을 자극합니다. 공기와 우리가 맡은 소송과의 관련성도 부정할 수 없습니다. '볼드윈 대 휘터커 소송'에서 총리와 연감이 둘 다 진실을 말하고 있다는 판결을 내릴 수 있는 것은 공기 덕분이니까요. 여성 공무원도 남성 공무원이 받는 만큼의 연봉을 받을 자격이 있다는 것은 사실이지만, 그만큼의 연봉을 받지 못하고 있다는 것도 사실입니다. 이 간극을 초래하는 것이 바로 공기입니다.

공기 그 자체가 대단히 강력한 힘입니다. 공기는 크기와 모양을 바꾸어놓습니다. 딱딱한 것들, 예컨대 연봉 같은 것들은 공기의 영향과 무관하리라고 생각될지 모르지만 실은 그렇지 않습니다. 공기를 가지고 서사시를, 아니면 열 권, 열다섯 권짜리 소설을 쓰는 것도 가능할 것 같습니다.• 하지만 이 글은 편지일 뿐이고, 귀하는 시간에 쫓기는 분이니, 고학력 남성의 딸들이 상대해야 하는 적들 중 하나인 공기는 가장 감지가 안 되는 적들 중 하나고, 바로 그런 이유에서 가장 강력한 적들 중 하나라는 자명한 사실을 밝히는 것으로 진술을 마무리하도록 합시다. 과장된 진술이 아니냐고 생각되신다면, 앞의 세 인용문에 들어 있는 공기 표본들을 다시 한 번 들여다보시기 바랍니다. 전문직 여성의 연봉이 왜 아직 이렇게 적은가 하는 이

• 실제로 『3기니』의 초고였던 『파지터가 사람들*The Pargiter Family*』는 강연/소설 하이브리드라는 형식을 통해 대하소설이라는 당시에 한창 유행하던 장르를 패러디했다. 『파지터가 사람들』에서 강연 부분은 『3기니』가 되었고, 소설 부분은 『세월*The Years*』이 되었다.

유도 그 안에서 발견되겠지만, 그것보다 더한 위험 요소, 확산될 경우에 남녀 모두에게 독이 될 위험 요소 또한 그 안에서 발견될 수밖에 없습니다. 그 안에는 나라마다 다른 이름으로 알려져 있는 독충의 알이 들어 있습니다. 짐승의 배아가 들어 있다고도 할 수 있습니다. 나에게는 다른 인간들에게 이렇게 살라고, 이것을 하라고 명령할 천부의 권리가 있다, 나에게 그 권리를 준 것이 하느님이든, 자연이든, 성별이든, 인종이든 상관없다, 그렇게 생각하고 있는 그 짐승을 우리는 이탈리아 남자이거나 독일 남자일 경우에는 '독재자'라고 부릅니다.● 앞의 인용문을 다시 들여다봅시다. "지금 남자들을 빈둥거릴 수밖에 없게 만들고 있는 여자들은 어서 가정으로 돌아가야 한다. 업주들이 좀더 많은 남자들을 고용하게 되는 날이 오면, 남자들은 지금 자기 손에 닿지 않는 곳에 있는 여자들을 아내로 삼을 수 있을 테니, 그렇게 되도록 정부가 업주들에게 압박을 가해야 할 때다." 다른 인용문을 함께 들여다봅시다. "이 나라에는 남자들의 세계와 여자들의 세계 이렇게 두 세계가 있다. 남자에게 가정과 나라를 다스리게 하는 것은 자연의 오묘한 섭리다. 여자의 세계는 자기 가족, 자기 남편, 자기 자녀, 자기 집안이다."▲ 자, 하나는 영어고 하나는 독일어입니다. 하지만 무슨 차이가 있습니까? 내용은 똑같잖습니까? 영어든 독일어든 독재자의 목소리인 것은 마찬가지잖습니까? 외국에서 독재자가 나타나면 우리는 그 짐승이 극히 추악할 뿐 아니라 극히 위험하다는 것에 다들 동의하지 않습니까? 그런데 그런 독재자가 여기에도, 우리 사이에도 있습니다. 아직은 뽕잎을 갉

● 독재자Dictator가 명령하는dictate 자임을 환기시키는 표현.

▲ 아돌프 히틀러Adolf Hitler(1889~1945)의 국가사회주의여성동맹 연설 중에서. 『선데이 타임스』, 1936년 9월 13일자.

아 먹는 누에처럼 작게 웅크리고 있지만,• 이렇게 영국의 한복판에서 그 추악한 대가리를 곧추세우면서 그 위험한 독을 찍찍 뱉고 있는 것입니다. 바로 이 독충의 알로부터 부화되는 것이 바로, 이미 한 번 인용한 미스터 웰스의 말대로, "[우리의] 자유를 실질적으로 말살"하는 "파시스트와 나치" 아니겠습니까? 파시스트와 나치를 상대로 싸우는 사람들이 언론의 주목을 받는 무장한 남자들뿐이겠습니까? 그 독을 다 들이마시면서 그 독충과 싸워야 하는 여성, 아무도 모르게 무기 하나 없이 자기가 일하는 사무실 안에서 싸워야 하는 여성이야말로 파시스트와 나치를 상대로 싸우고 있는 것 아니겠습니까? 그렇게 싸우다 보면 기력이 쇠하고 정신력이 약해질 수밖에 없지 않겠습니까? 그런 여성에게 우리가 외국 독재자를 무찌를 수 있게 도와달라고 하는 것보다는 그런 여성이 이 나라에서 독재자를 무찌를 수 있게 도와주는 것이 순서가 아니겠습니까? 이 나라의 신문들을 털면, 가장 점잖다는 신문을 털어도, 무슨 요일 신문을 털어도 그 독충의 알이 이렇게 후드득후드득 떨어지는데, 이런 나라에 살고 있는 우리가 다른 나라들을 상대로 자유니 정의니 하는 이상을 떠벌릴 자격이 어디 있겠습니까?

여러모로 장광설이 될 조짐이 보이는 저희의 진술을 여기서 귀하가 적절히 끊어주시는군요. 앞의 세 인용문에 표명되어 있는 의견들이 어느 정도 우리의 국민적 자부심을 불쾌하게 하는 것은 사실이지만, 그런 의견들은 규탄당하기에 앞서 이해받아야 할 불안과 질시의 자연스러운 표현들이다, 하는 것이 귀하의 반론이로군요. 이 남자분들이 오로지 자기의 연봉과 안위에 다소 과도하게 몰두해

• 윌리엄 블레이크William Blake, 『순수의 전조*Auguries of Innocence*』 중 "뽕잎을 갉아 먹는 누에는 사과를 베어 먹은 이브의 반복이다" 참조.

있는 모습을 보여주는 것은 사실이지만, 이분들의 성별 전통을 감안한다면 이해받을 수 있는 모습이고, 나아가 자유를 사랑하고 독재를 혐오하는 진실한 마음과 양립할 수 있는 모습이다, 이분들은 지금 남편이자 아빠로 살고 있거나 앞으로 그렇게 살고 싶어 하고 있는데, 그럴 경우 가족의 부양이 이분들의 책임이 될 것이다, 하는 것이 귀하의 말씀이로군요. 바꾸어 말하면, 지금 있는 이 세계는 사회와 가정이라는 두 개의 일터로 분리되어 있다, 한쪽 세계에서는 고학력 남성의 아들들이 공무원으로, 판사로, 군인으로 일하고 있고, 다른 쪽 세계에서는 고학력 여성의 딸들이 아내로, 엄마로, 딸로 일하고 있다, 그런 뜻을 담은 말씀이로군요. 아들들은 일을 하고 봉급을 받는다는 말씀인데…… 그러면 딸들은 일만 하고 봉급은 안 받는다는 말씀입니까? 엄마의 일, 아내의 일, 딸의 일은 국가로부터 돈이라는 대가를 받을 만한 가치가 없는 일이라는 말씀입니까? 믿을 수 없을 정도로 놀라운 말씀이라서, 만약 그 말씀이 사실이라면, 무오류의 휘터커를 또 한 번 참조함으로써 그 사실을 확인해야 할 것 같습니다. 그러면 휘터커 연감을 다시 들여다봅시다. 종잇장이 넘어가고 또 넘어갑니다. 신뢰할 수 없는 말씀 같기도 했지만, 부정할 수 없는 말씀이었군요. 그 모든 부서 중에 엄마가 일하는 부서는 없고, 그 모든 연봉 중에 엄마가 받는 연봉은 없습니다. 국가는 대주교 한 명이 1년 동안 하는 일에 1만 5천 파운드를 쳐주고, 판사 한 명이 1년 동안 하는 일에 5천 파운드를 쳐주고, 사무 차관 한 명이 1년 동안 하는 일에 3천 파운드를 쳐주고, 육군 대위가 하는 일, 해군 대령이 하는 일, 용기병 사관이 하는 일, 경찰이 하는 일, 우체부가 하는 일 등등에는 전부 세금으로 일값을 주는데, 매일의 종일을 일하는 아내, 엄마, 딸에게는 일값을 전혀 주지 않는다니, 아내, 엄마, 딸이 일을 그만두면 국가가 무너지고 엉망이 될 텐데, 아내, 엄마, 딸이 일을 그만두면 귀하의 아들들은 더 이상 존재하지 않게 될 텐데, 도대체 어떻게 그런 일이 있을 수가 있습니까? 아니면 무오류의 휘터커가 오탈자의 죄를 범했음을 우리가 밝혀내기라도 했습니까?

여기서 귀하가 끼어드시군요. 아니다, 그것도 오해다, 남편과 아내는 한 몸•일 뿐 아니라 한 지갑이다, 아내의 급여는 남편의 수입의 절반이다, 남자가 여자보다 급여 수준이 높은 것은 바로 그 사실, 부양할 아내가 있다는 사실 때문이다, 하는 말씀이로군요. 그렇다면 미혼 남성과 미혼 여성은 급여 수준이 같다는 말씀입니까? 아닌 것 같지만(이것도 공기가 어딘가 좀 이상한 영향을 미치기 때문인 듯한데), 일단 넘어갑시다. 아내의 급여는 남편의 수입의 절반이다, 귀하는 이렇게 진술하셨는데(공평한 분배인 것 같고, 공평하니 법으로 정해져 있을 것 같습니다), 그렇게 나눠야 한다고 법으로 정해져 있다는 말씀인 것 같네요. 법은 이런 가정 내 문제를 각 가정에 일임하고 있다, 귀하는 이렇게 답변하시는데, 그 말은 부부 공동 수입의 절반인 아내 몫이 법적으로 아내가 아닌 남편에게 지급되고 있다는 뜻이니, 아내의 급여는 남편의 수입의 절반이라는 애초의 진술에 비하면 그리 흡족한 답변은 아니네요. 하지만 심정적 차원의 권리가 법적 권리 못지않게 구속력을 발휘하는 것도 가능한 일이니, 고학력

• 「창세기」 2장 22~24절, "주 하느님이 남자에게서 뽑아낸 갈빗대로 여자를 만드시고, 여자를 남자에게로 데리고 오셨다. / 그때에 그 남자가 말하였다. '이제야 나타났구나, 이 사람! 뼈도 나의 뼈, 살도 나의 살, 남자에게서 나왔으니 여자라고 부를 것이다.' / 그러므로 남자는 아버지와 어머니를 떠나, 아내와 결합하여 한 몸을 이루는 것이다" 참조.

남성의 아내가 심정적인 차원에서 남편의 수입의 절반에 대한 권리를 가지고 있다면, 고학력 남성의 아내는 (공동 가사 비용 처리 후에 돈이 남았다면) 자기가 지지하고 싶은 대의를 위해 남편 못지않게 돈을 쓸 수 있다, 그렇게 가정해볼 수도 있겠네요. 남편 쪽을 보면(휘터커를 보고 일간지의 유증 기사들을 보십시오), 많은 경우 높은 연봉을 받는 직업인일 뿐 아니라 엄청난 고액을 내는 유증자입니다. 그렇다면 앞서 연봉 250파운드가 지금 전문직 여성이 벌 수 있는 최대한이라고 주장했던 여자분은 문제를 회피하고 있는 것이었습니다. 아내는 남편의 연봉의 절반에 대한 권리를 가지고 있으니(심정적 차원의 권리입니다), 고학력 계급 사이에서 결혼은 상당한 고연봉 직업이니까요. 자, 수수께끼가 점점 어려워지고, 불가사의가 점점 이상야릇해집니다. 돈 많은 남자의 아내가 되는 것이 곧 돈 많은 여자가 되는 길이라면, 여성사회정치연맹의 수입이 1년에 고작 4만 2천 파운드였다니 불가사의 아닙니까? 대학 개축비를 모금하시는 분이 아직 10만 파운드를 보태달라고 손을 내밀고 있다니 불가사의 아닙니까? 전문직 여성의 취업을 돕는 단체의 재무 관리자가 임대료를 낼 돈을 보태달라고 하는 것으로도 모자라서 책, 과일, 헌 옷까지 고맙게 받겠다고 하다니 불가사의 아닙니까? 아내는 아내로서의 일을 무급으로 해내고 있으니 심정적인 차원에서 남편의 소득의 절반에 대한 권리를 가지고 있으며 따라서 아내는 자기가 지지하고 싶은 대의를 위해 남편 못지않게 돈을 쓸 수 있다, 이렇게 생각하는 것이 무리가 없을 듯합니다. 그런데 저런 대의들이 저렇게 모자를 들고 서서 돈을 달라고 하고 있으니, 우리는 고학력 남성의 아내가 저런 대의들을 지지하고 싶어 하지 않는다는 결론을 내릴 수밖에 없습니다. 고학력 남성의 아내에게 대단히 중대한 혐의가 걸려 있는 것입니다. 여기에 돈이 있는데, 공동 가사 비용 처리 후에 교육에, 취미에, 자선에 쓸 수 있는 여윳돈이 여기에 있는데, 남편과 마찬가지로 자기 몫의 여윳돈을 얼마든지 쓸 수 있는데, 지지하고 싶은 대의가 있다면 어떤 대의에든 쓸 수 있는데, 자기의 성별이 지지해 마땅한 대의들이 저기서 저렇게 모자를 들고 돈을 달라고 하고 있는데, 여기 있는 돈을 저 대의들에 쓰지 않겠다니. 이것이 바로 고학력 남성의 아내에게 걸려 있는 중대한 혐의의 내용입니다.

하지만 혐의를 확정하기에 앞서 잠시 생각해봅시다. 고학력 남성의 아내가 공동 여윳돈 중 자기 몫을 실제로 어떤 대의, 어떤 취미생활, 어떤 자선 활동에 쓰고 있는지 알아봅시다. 그렇게 알게 된 사실들을 우리는 싫든 좋든 마주할 수밖에 없습니다. 알고 보니 우리 계급 기혼 여성의 취향은 두드러지게 남성적입니다. 우리 계급 기혼 여성은 해마다 막대한 금액을 정당 자금에, 사냥에, 들꿩 서식지에, 크리켓과 축구에 쓰고 있습니다. 클럽들(브룩스, 화이트, 트래블러스, 리폼, 아테나움• 같은 유명한 곳들과 그 외 여러 곳들)에도 돈을 아끼지 않습니다. 우리 계급 기혼 여성이 이런 대의나 취미 생활이나 자선 활동에 쓰는 돈은 해마다 수백만 파운드에 이를 것입니다. 더구나 이 돈의 대부분은 우리 계급 기혼 여성이 누리지 못하는 것들에 들어갑니다. 우리 계급 기혼 여성은 해마다 수천, 수만 파운드를 여성이 출입할 수 없는 클럽,[15] 여성 기수가 없는 승마장, 여성이 다닐 수 없는 대학에 지불하고, 해마다 엄청난 대금을 자기가 마시지 않는 포도주

• 실제로 울프의 부친 레슬리 스티븐이 아테나움 회원이었다.

와 자기가 피우지 않는 시가에 지불합니다. 요컨대 우리가 고학력 남성의 아내에 대해서 도출할 수 있는 결론은 두 가지뿐, 곧 이 여자는 공동 여윳돈 중 자기 몫을 남편의 취미와 대의에 지출하고 싶어 하는 더없이 이타적인 존재라는 결론, 아니면 이 여자가 더없이 이타적인 존재인 것이 아니라 이 여자가 남편의 수입의 절반에 대해서 주장할 수 있다는 심정적 권리가 실제로는 숙식과 소정의 연지급금(용돈과 의류비)에 대해서밖에는 주장할 수 없는 현실적 권리로 축소돼 있다는 결론(덜 달가운 결론일지는 몰라도, 어쨌든 더 그럴듯한 결론)입니다. 이 두 결론은 어느 쪽이든 가능하지만, 공공 기관과 후원자 명단이라는 증거를 고려할 때 그 밖에 다른 결론은 불가능합니다. 고학력 남성은 자기가 졸업한 고급 사립 학교, 대학교를 이렇게 든든히 후원하고 있는데, 정당 자금에 이렇게 멋지게 쾌척하고 있는데, 자기와 자기 아들들의 심신을 기르는 교육 기관과 여가 활동을 이렇게 넉넉히 지원하고 있는데(일간지가 이 반박 불가능한 사실들을 날마다 증언해줍니다), 후원자 명단에 아내의 이름이 없다니, 그리고 아내의 심신을 길러주는 기관들이 이렇게 가난하다니. 이 사실은 가정집 공기에 어떤 만져지지 않으면서 압도적인 힘, 공동의 수입 중 아내의 심정적 절반을 남편이 지지하고 향유하는 대의와 취미 쪽으로 꺾어버리는 힘이 있음을 증언해주는 듯합니다. 이 사실은 달갑든 달갑잖든 어쨌든 엄연한 사실이고, 남편이 지지하지 않는 저 대의들이 저렇게 서서 구걸하고 있는 이유이기도 합니다.

휘터커의 사실들과 후원자 명단의 사실들을 이렇게 알게 됨에 따라, 저희가 어떻게 귀하의 전쟁 방지 노력을 도울 수 있는가에 대한 우리의 조사를 크게 좌우할 수밖에 없는 반박 불가능한 세 가지 사실을 드디어 알게 된 것 같습니다. 첫째는 공무원으로 일하는 고학력 남성의 딸들이 국고에서 매우 적은 대가밖에 받지 못하고 있다는 사실이고, 둘째는 가정에서 일하는 고학력 남성의 딸들이 국고에서 아무 대가도 받지 못하고 있다는 사실이고, 셋째는 아내의 몫이라는 남편의 수입 중 절반은 아내의 실질적인 몫이 아니라 심정적인 몫, 곧 명목상의 몫이라는 사실입니다. 아내의 몫이 명목상의 몫이라는 말은, 입고 먹는 비용이 처리된 뒤 대의, 취미, 자선에 지출될 수 있는 여윳돈이 남편이 지지하고 향유하고 중시하는 대의, 취미, 자선 쪽으로 불가사의하면서도 명명백백하게 쏠린다는 뜻, 봉급을 실제로 수령한 사람이 봉급의 지출 방식을 정할 실질적 권한을 가진 사람인 것 같다는 뜻입니다.

이런 사실들이 애초의 잘못을 깨닫게 해주고 관점을 바꾸게 해주었으니, 이제 다시 출발점에 서보겠습니다. 잊지 않으셨겠지만, 앞에서 우리는 전쟁을 막도록 도와달라는 귀하의 편지를 반듯하게 펴서 직업으로 생활비를 버는 여자들 앞에 내밀어보려고 했었습니다. 저희의 새로운 무기, 곧 직업에서의 자립적 수입에 근거한 자립적 의견의 영향력이라는 무기를 가지고 있는 사람들이 그 사람들이니, 우리가 도움을 청해야 할 사람들도 그 사람들이라고 우리는 말했었습니다. 그런데 앞의 사실들이 또 한 번 우리의 논의를 가로막습니다. 첫째로, 앞의 사실들이 분명하게 보여주고 있듯, 결혼을 직업으로 삼은 사람들로 이루어진 큰 집단은 우리를 도와줄 수 있을 사람들로부터 제외될 수밖에 없습니다. 이 직업은 무급직이고, 남편의 봉급의 절반이라는 심정적인 몫은, 여러 사실들이 보여주고 있듯, 실질적인 몫이 아니니까요. 그 사람들에게 자립적 수입에 근거한 사심 없는 영향력이 거의 없는 것은 그 때문입니다. 남편이 폭력을 지지한다면, 아내도 폭력을 지지할 것입니다. 둘째로, 앞의 사실들은 "다년간 근속한 유능한 경력자 여성의 경우에도 연봉 250파운드는 성공 사례"라는 진술이 새빨간 거짓말이 아니라 개연성이 높은 진실임을 증언해주는 듯합니다. 요컨대 고학력 남성의 딸들이 현재 시점에서 수입 능력으로 손에 넣은 영향력은 그리 대단하다고는 볼 수 없습니다. 하지만 바로 그 사람들에게 도움을 청해야 한다는 것이 그 어느 때보다 명확해졌으니(우리를 도와줄 수 있는 것은 그 사람들뿐이잖습니까), 이제 그 사람들에게 도와달라고 할 수밖에 없습니다. 이 결론과 함께 우리는 앞에서 인용했던 재무 관리자님의 편지, 고학력 남성의 딸들의 취업을 돕는 단체에 후원해달라는 편지 앞으로 돌아옵니다. 우리가 이분을 돕는 데는 이기적인 동기들이 강하게 작용한다는 것, 여기에 의심의 여지가 없다는 것에는 귀하도 동의하실 것입니다. 여성들의 취업을 돕는 일은 여성들이 자립적 의견이라는 무기를 가질 수 있도록 돕는 일이자(이 무기가 아직 여성들의 가장 강력한 무기입니다), 귀하의 전쟁 방지 노력을 돕는데 필요한 자발적 사고와 자발적 의지를 가질 수 있도록 돕는 일입니다. 하지만…… 여기서 또 한 번, 이렇게 찍히는 점들 사이에서 의심과 주저가 고개를 듭니다. 이분에게 우리의 1기니를 보내도 괜찮은 것일까, 앞에서 알게 된 사실들을 감안할 때, 이 1기니를 어떻게 써야 하는지와 관련해서 대단히 엄중한 조건을 내걸어야 하지 않을까, 하는 의심과 주저입니다.

이분의 재정 상황 진술을 검토하면서 알게 된 사실들은 우리에게 이런 의문, 사람들에게 취업을 장려한다는 것이 전쟁을 막는 데 좋은 방법인가?, 하는 의문을 불러일으켰던 것입니다. 귀하도 잊지 않으셨겠지만, 저희는 저희의 심리적 통찰(저희가 그나마 가지고 있다고 인정받는 자질)을 이용해 인간의 본성들 중에서 전쟁을 초래할 가능성이 높은 것은 어떤 종류일까를 알아보고 있습니다. 그러니 앞에서 알게 된 사실들은 우리로 하여금 수표를 쓰기에 앞서서 이렇게 자문하게 만듭니다. 고학력 남성의 딸들의 취업을 장려한다면, 인간의 본성들 중에서 발현되어서는 안 된다고 생각되는 종류의 것들을 장려하는 셈이 아니겠는가? 그 대의에 1기니를 기부한다면, 귀하가 지금 묻고 있는 질문(어떻게 해야 전쟁을 막을 수 있는가?)이 2백, 3백 년 후에는 고학력 남성 직업인들뿐 아니라 고학력 여성 직업인들이 물어야 하는 질문(시인의 표현을 빌리면, "물어야 한다고? 누구에게?"●)이 될 가능성을 1기니어치만큼 확실하게 만드는 셈이 아니겠는가? 이렇게 고학력 남성의 딸들의 취업을 장려하는 데 그칠 뿐 직업을 어떻게 수행해야 하는지에 대한 조건을 전혀 내걸지 않는다면, 인간의 본성이라는 축음기 바늘이 판에 박힌 듯 긁어내고 있는 이 노래, 이렇게 엄청난 파국을 초래하고 있는 이 획일적 곡조의 노래를 공고히 하는 일에 최선을 다하는 셈이 아니겠는가? "여기서 우리는 뽕나무를 도네, 뽕나무를 도네, 뽕나무를 도네.▲ 나한테

● 퍼시 비시 셸리Percy Bysshe Shelley(1792~1822)의 시 「질문The Question」(1822)에 나오는 "선물한다고? 누구에게"를 빗댄 표현.

▲「여기서 우리는 뽕나무를 도네Here we go round the mulberry bush」라는 유명한 동요의 후렴구. 『3기니』라는 제목에서 T. S. 엘리엇T. S. Eliot(1888~1965)의 시 「텅 빈 사람들The Hollow Men」(1925)의 에피그래프인 "올드 가

내거라, 나한테 내거라, 나한테 내거라. 3억 파운드의 전쟁 비용." 이 노래, 또는 이 비슷한 곡조의 노래가 귓가에 울리고 있으니, 우리는 이 1기니를 기부하기에 앞서서 이 1기니를 기부 받을 조건을 말해야 합니다. 앞으로는 직업이 다른 방식으로 수행될 것이며 따라서 다른 노래가 불릴 것이고 다른 결론이 나올 것이라는 재무 관리자님의 약속이 필요하다고 말해야 합니다. 우리의 1기니가 반전이라는 대의에 지출되리라는 재무 관리자님의 확답이 필요하다고 말해야 합니다. 물론 그런 조건을 구체적으로 제시한다는 것은 어려운 일이고, 심리적으로 무지한 지금의 저희에게는 아예 불가능한 일인지도 모르겠습니다. 하지만 이것은 너무나 중대한 일이고, 전쟁은 너무나 혐오스럽고 너무나 경악스럽고 너무나 비인간적이니, 시도해보는 수밖에 없겠습니다. 자, 그럼 같은 분에게 새로 편지를 써보겠습니다.

당신의 편지가 한참 답장을 기다리고 있는 동안, 우리는 당신에게 걸려 있는 몇 가지 혐의를 검토하고 몇 가지 조사를 진행했다. 이제 안심해도 좋다. 우리의 조사를 통해서 당신이 거짓말쟁이라는 혐의는 벗겨졌다. 당신이 가난하다는 것은 사실인 듯하다. 당신이 게으르고 무기력하고 식탐이 많다는 혐의도 벗겨졌다. 당신의 분투는 공개적이지도 않고 효과적이지도 않지만 어쨌든 당신은 훌륭한 대의를 위해서 분투하고 있는 것 같다. 당신이 쇠고기 구이와 맥주

이Old Guy를 위한 1페니"를 떠올리는 것도 가능하고, 『3기니』의 이 대목과 「텅 빈 사람들」의 다음 구절을 연결하는 것도 가능하다. "여기서 우리는 선인장을 도네, / 선인장을 도네, 선인장을 도네, / 여기서 우리는 선인장을 도네, / 아침 다섯 시에 도네…… 세상은 이렇게 끝나네 / 세상은 이렇게 끝나네 / 쾅 하고 끝날 줄 알았는데 / 찡얼찡얼하면서 끝나네."

보다 아이스크림과 땅콩을 선호한다면 그것은 입맛 때문이 아니라 경제 사정 때문인 것 같다. 당신이 펴내는 안내문과 소책자, 당신이 주선하는 회의, 당신이 기획하는 바자회를 보면, 당신은 음식에 지출할 돈이나 식사에 할애할 시간이 별로 없을 가능성이 높은 것 같다. 실제로 당신이 일하는 양을 보면, 무급이면서도 내무부가 허용하는 시간보다 더 길게 일하는 것 같다. 우리는 이렇듯 당신의 가난을 개탄할 용의도 있고 당신의 근면을 찬양할 용의도 있지만, 그럼에도 우리가 여성의 취업을 돕는 당신을 돕는 일에 1기니를 내는 데는 한 가지 조건이 있으니, 당신의 도움으로 얻어질 직업들이 전쟁을 막는 방식으로 수행되리라는 확답을 받지 못한다면 우리는 1기니를 낼 수 없다. 조건이 너무 막연하다, 그런 확답을 어떻게 하겠느냐, 하는 것이 당신의 반응일 것 같다. 하지만 기니는 큰 단위이고 기니 단위의 후원은 드문 경우이니, 부디 우리가 내거는 조건을 들어주기 바란다. 말이 너무 길어지지 않는다면 들어주겠다는 것이 당신의 대꾸인 것 같다. 알겠다. 당신은 바쁜 사람이다. 연금법• 때문에 바쁘고, 당신이 원하는 쪽에 투표해줄 상원 의원들을 투표장에 몰아넣느라 바쁘고, 국회 의사록과 신문을 읽느라 바쁘고(묵살의 공모가 관행으로 굳어졌기 때문인지 신문에는 당신의 활동이 거의 실리지 않으니[16] 신문 읽기는 금방 끝나겠지만), 남녀 공무원의 동일 업무 동일 급여를 위한 물밑 작업으로 바쁘고, 그 바쁜 와중에 바자회에서 산토끼들과 낡은 찻주전자들이 제값보다 비싸게 팔릴 수 있도록 보기 좋게 진열해야 하고…… 요컨대 당신은 누가 봐도 바쁜 사람이니,

• 실제로 필리파 스트레이치는 연금법 개정안(1937)의 남녀 차별 조항에 반대하는 일에 힘쓰고 있었다. p. 81 각주 ▲ 참조.

짧게 말하겠다. 눈앞의 광경을 개관하고, 당신네 도서관•에 있는 책들에서 몇 대목, 당신 책상에 있는 신문에서 몇 대목을 논의하고 나면 덜 막연한, 더 분명한 조건을 내걸 수 있을지도 모르겠다.

자, 그럼 겉으로 드러난 전반적인 모습에서 시작하자. 안이 있으면 겉도 있다는 것을 잊지 말자. 그런 개관을 위한 최적의 장소인 템스강 다리▲가 바로 근처에 있다. 다리 밑으로 강이 흐르고, 목재나 곡물을 가득 실은 바지선들이 지나다니고, 이쪽에는 도심의 돔들과 탑들이 있고, 저쪽에는 웨스트민스터 사원과 국회 의사당이 있다. 몇 시간씩 서서 공상에 잠기는 곳. 하지만 지금은 그럴 때가 아니다. 지금은 그럴 시간이 없다. 지금 여기 온 목적은 사실들의 고찰이고, 지금 할 일은 저 대열, 고학력 남성의 아들들로 이루어진 저 대열을 유심히 살피는 것이다.

저 대열에서 저렇게 계단을 오르고 저렇게 사무실을 드나들고 저 높은 단상에 올라서서 설교하고 가르치고 판결하고 진료하고 사업하고 돈을 버는 남자들은 고급 사립 학교와 대학교를 나온 우리 오라비들이다. 언제 봐도 저렇게 근엄한…… 사막을 건너는 캐러밴서라이◆를 닮은 대열이다. 아비의 아비의 아비들, 아비의 아비들, 아비들, 아비의 형제들…… 저들이 모두 저 길로 갔다. 가운을 입은 남자들, 가발을 쓴 남자들, 훈장을 단 남자들, 달지 않은 남자들, 저들

• 실제로 울프는 『3기니』를 쓸 때 여성 도서관Women's Service Library을 이용했다.

▲ p. 37 각주 참조. 윌리엄 워즈워스William Wordsworth의 시 「웨스트민스터 다리에서 지은 시Upon Westminster Bridge」에서 "배들, 탑들, 돔들, 극장들, 사원들은 누워 있고…… 강은 흘러가고" 참조.

◆ caravanserei. 엄밀히 말하면 대상隊商, caravan이 이용하는 여관을 뜻하는 단어인데, 울프는 이 단어를 대상이라는 뜻으로 사용하는 듯하다.

중에 주교도 있고 판사도 있었다. 해군 제독도 있고 육군 장성도 있었다. 교수도 있고 의사도 있었다. 대열을 이탈한 남자도 없지는 않았다. 태즈메이니아•에 가서 아무 일도 하지 않는다는 소문을 남기고 사라진 남자도 있었고, 채링크로스 쪽에서 좀 허름한 복장으로 신문을 파는 모습을 목격당한 남자도 있었다. 하지만 저들 중 대부분은 대열에 붙어서 규칙대로 행진했고, 그러면서 그럭저럭 어딘가에(대강 웨스트엔드 어딘가에) 집을 마련하고 처자식에게 쇠고기와 양고기를 먹이고 아서의 학비를 댈 정도로까지는 벌었다. 보기에는 참 근엄한 대열이다. 우리가 저 대열을 위층 창문에서 슬쩍 내려다보면서 몇 가지 의문을 품던 때를 당신도 기억할 것이다. 하지만 우리가 저 대열을 그렇게 관조할 수밖에 없었던 것은 대략 20년 전까지였다. 이제 저 대열은 단순한 구경거리도 아니고 사진도 아니고 시간의 벽에 끄적거려진 벽화도 아니다. 이제는 우리가 저 대열의 꽁무니를 애써 따라가고 있기 때문이다. 차이도 거기서 생긴다. 그토록 오랜 세월 동안 저 대열을 책 속에서 바라보기만 한 우리였지만, 9시 반쯤 출근해서 6시 반쯤 퇴근하는 고학력 남성들을 창문 커튼 사이로 내다보기만 한 우리였지만, 이제 보고만 있을 필요가 없다. 우리도 출근할 수 있고 저렇게 계단을 오를 수 있고 저렇게 사무실을 드나들 수 있고 가발과 가운을 착용할 수 있고 돈을 벌 수 있고 판결에 참여할 수 있다. 그렇게 생각해보면…… 당신이 판사용 가발을 쓰고 담비 털 망토를 걸치고 사자와 유니콘 밑에서 연봉 5천을 받고 퇴직 연금까지 보장받을 날이 머지않았을지도 모른다.▲ 우리가

● 한때 영국의 죄수 식민지였던 오스트레일리아의 한 섬이자 한 주.

▲ 실제로 영국에서는 1939년에 최초로 여성 변호사가 나왔고, 1962년에 최초로 여성 판사가 나왔고, 1965년에 최초로 여성 대법관이 나왔다.

지금은 이런 변변찮은 글이나 끄적거리고 있지만, 한 세기, 두 세기 뒤에는 높은 단상에서 설교하게 될지도 모른다.● 그날이 오면 그 누구도 감히 우리에게 대들지 못할 것이고, 우리는 하느님의 뜻을 전하는 사자가 될 것이며…… 이런 생각이 들면 제법 엄숙해지지 않는가? 세월이 가면 우리도 군복을 차려입고 금장식을 주렁주렁 달고 칼을 차고 토탄 통 같은 것을 뒤집어쓰게 될지 누가 알겠는가. 물론 오랜 옛날부터 가정집의 벽난로를 사수하고 있는 이 낡은 토탄 통은 백마 갈기 같은 것을 단 적이 없지만……▲ 당신이 이 말에 깔깔 웃는 것도 당연하다. 가정집의 그림자가 드리워진 곳에서는 이런 복장들이 여전히 어딘가 좀 이상해 보인다. 우리는 너무 오랫동안 사복만 입고 살았다. 바울이 추천한 베일◆을 벗을 수 없었던 것이다. 하지만 우리가 여기에 온 것은 깔깔 웃기 위함도 아니고 남녀의 패션을 이야기하기 위함도 아니다. 우리가 이 다리에 서 있는 것은 우리 스스로에게 몇 가지 질문을 던지기 위함이다. 대단히 중요한 질문이지만, 우리에게는 시간이 얼마 없다. 저 대열에 대한 질문들, 남자와 여자를 막론하고 모든 사람들의 삶을 영원히 바꾸어놓을 수도 있을 만큼 중요한 질문들을 우리는 이 과도기적 순간 안에서 묻고 답해야 한다. 우리는 저 대열에 합류하기를 원하는가, 원하지 않는가? 저 대열에 합류한다면 어떤 조건으로 합류해야 하겠는가? 그리고 무엇보다도, 고학력 남성들의 저 대열은 우리를 어디로 데려가고 있나?, 하는 질문들을 바로 여기에서 바로 지금 묻고 답해야 한다는 것이다. 이 순간은 길지 않겠지만(5년, 10년 더 남았을 수도 있고, 몇

● 실제로 영국에서는 1994년에 최초로 영국 교회의 여성 성직자가 나왔다.
▲ 갈레아(로마 시대의 투구)에는 그런 장식이 달려 있었다.
◆ 이 장의 미주 38 참조.

달밖에 안 남았을 수도 있다), 어쨌든 묻고 답해야 할 중요한 질문들이다. 고학력 남성의 딸들이 모두 아침부터 저녁까지 모든 시간을 오로지 저 대열을 모든 각도에서 고찰하는 일에 할애한다 해도, 그 모든 시간을 저 대열을 관찰하고 저 대열을 분석하고 저 대열에 대해 생각하고 저 대열에 대해 읽고 그렇게 생각한 것들과 읽은 것들, 그리고 저마다 목격한 것들과 추측한 것들을 종합하는 일에 할애한다 해도, 그 시간은 고학력 남성의 딸들이 지금 할 수 있는 다른 어떤 일에 쓰인 시간보다 보람 있게 쓰인 시간일 것이다. 여기서 당신은 시간이 없어서 생각을 못 한다는 핑계, 투쟁하고 임대료를 마련하고 바자회를 조직하는 일만으로도 너무 바쁘다는 핑계를 대려고 할 것이다. 하지만 그런 핑계는 통하지 않을 것이다. 당신도 본인의 경험으로 알고 있듯, 고학력 남성의 딸들은 지금껏 다른 온갖 일들 사이에서 생각해야 했다(그것을 증언해주는 사실들도 있다). 고학력 남성의 딸들이 대학이라는 은둔처에서 책상용 녹색등 앞에서 생각에만 집중할 수 있었느냐 하면 그렇지가 않다. 고학력 남성의 딸들은 냄비를 저으면서 생각해야 했고, 요람을 흔들면서 생각해야 했다. 지금 우리에게 6펜스를 벌 권리가 생긴 것은 고학력 남성의 딸들이 생각을 멈추지 않은 덕분이다. 우리는 이 6펜스를 어떻게 써야 할까? 이것을 생각하는 것이 이제 우리의 과제가 되었다. 생각을 멈추면 안 된다. 근무하면서도 생각하고, 통근하면서도 생각하고, 대관식과 시장님 행렬•을 구경하는 인파 속에서도 생각하자. 위령비▲ 앞을 지나면서도 생각하고, 화이트홀을 걸으면서도 생각하고, 국회 하원 방청석에서도 생각하고, 법정에서도 생각하자. 세례식장, 결

• Lord Mayor's Show. 런던 시장 취임 행사를 가리킨다.

▲ Cenotaph. 1920년에 화이트홀에 세워진 1차대전 기념비.

어느 판사

혼식장, 장례식장에서 생각하자. 우리를 둘러싸고 있는 저 '문명'은 무엇인가? 저 의례들은 무엇인가? 저 의례들은 왜 행해지는가? 저 직업들은 무엇인가? 저 직업들은 왜 돈을 벌게 해주는가? 한마디로 말해, 고학력 남성의 아들들로 이루어진 저 대열은 우리를 어디로 데려가고 있는가?, 하는 생각을 절대 멈추지 말자.

하지만 당신이 그렇게 바쁘다고 하니, 다시 사실 쪽을 보자. 실내로 들어가 책을 펼쳐보자. 이곳은 당신네 도서관인데, 좋은 도서관이다. 활기가 넘치고 살아 움직이는 도서관, 책을 묶어놓거나 진열장에 넣어놓지 않는 도서관, 노래하는 사람들의 노래가 삶을 살아가는 사람들의 삶을 자연스럽게 전달해주는 도서관이다. 저쪽에는 시집들이 있고, 이쪽에는 전기들이 있다. 이 전기들은 직업을 어떻게 보게 해주는가? 여성의 취업을 돕는 것이 곧 전쟁을 줄이는 것이라는 생각을 이 전기들은 얼마나 권장하는가? 이 질문에 대한 대답이 이 전기들에 여기저기 흩어져 있으니, 영어를 읽을 줄 아는 사람이라면 누구든 찾아낼 수 있다. 하지만 솔직히 말해서, 지나치다 싶게 어딘가 좀 이상한 대답을 찾아내게 된다. 검토의 범위를 19세기(얼마 지나지 않은 세기이자 온전하게 기록되어 있는 세기)로 한정했을 경우, 여기 있는 고학력 남성의 전기들 가운데 전투와 무관한 전기가 거의 없다. 빅토리아 여왕 시대에는 전문직 남성들이 대단한 싸움꾼들이었던 모양이다. 웨스트민스터 궁●의 전투▲가 있었다. 대학교들의 학위 전투◆가 있었다. 화이트홀의 전투■가 있었다. 할리 스

● 국회 의사당 건물.

▲ 여성 참정권 운동을 가리킨다.

◆ p. 58 참조.

■ 이 장의 미주 8, 14 참조.

트리트•의 전투가 있었다. 왕립예술원의 전투▲가 있었다. 그중에 아직 끝나지 않은 전투들도 있다는 것은 당신이 직접 증언해줄 수도 있다. 실제로 19세기에 한바탕 격렬한 전투를 치르지 않았던 직업은 문필업밖에 없는 듯하다. 여기 있는 전기들의 증언에 따르면 다른 모든 직업들은 군직 못지않게 살벌한 것 같다. 물론 각 직업의 전투원들이 적의 몸에 상처를 낸 것은 아니었지만[17](그것은 기사도◆에 어긋나는 일이었다), 쓸데없이 시간을 쓰게 하는 전투가 쓸데없이 피를 흘리게 하는 전투 못지않게 치명적이라는 데는 당신도 동의할 것이다. 돈을 쓰게 하는 전투가 다리 한쪽, 또는 팔 한쪽을 잃게 하는 전투 못지않게 치명적이라는 데도 당신은 동의할 것이다. 회의에서 흥정하는 일, 호의를 구걸하는 일, 비웃는 표정을 감추려고 존경의 가면을 쓰는 일에 젊음의 혈기를 모두 소모하게 하는 전투가 인간의 심성에 어떤 수술로도 치료될 수 없는 상처를 입힌다는 데도 당신은 동의할 것이다. 당신이 무슨 까닭인지 몇몇 사안들에 대한 언급을 피하고 있는 것만 아니었다면, 동일 업무 동일 급여 전투 안에서도 그런 시간 낭비, 그런 심성 손상이 없지 않다는 데에 당신은 분명 동의했을 것이다. 당신네 도서관 책에는 이런 전투들이 너무 많이 기록되어 있어 그 모든 전투를 전부 들여다보기는 불가능하지만, 전투의 구도와 교전하는 양측(전문직 남성들 대 전문직 남성의 누이들과 딸들)은 거의 바뀌지 않은 것 같으니, 직업이 직업인에게 어떤 영향을 미치는가를 이해하고자 하는 지금, 시간도 없으니 이런 전투들 중에서 할리 스트리트 전투만 잠시 검토해보자.

• 개업 의사들이 선호하는 지역. p. 24 각주 ● 참조.

▲ 「셋」의 미주 39 참조.

◆ p. 30 각주 ● 참조.

1869년 전투였고, 선봉장은 소피아 젝스 블레이크였다. 소피아의 개인적 싸움은 가부장들 대 가부장제의 희생자들의 싸움, 아비들 대 딸들의 싸움이라는 빅토리아 시대의 거대한 싸움을 한눈에 보게 해주는 사례인 만큼, 잠시 검토할 가치가 있다. 소피아의 아버지는 빅토리아 시대 고학력 남성의 훌륭한 표본이었다. 친절하고 교양 있고 부유한 남자였고, 닥터스 커먼즈●의 임원proctor이기도 했다. 하인 여섯 명과 말 여러 필과 마차 여러 대를 보유할 수 있는 재력이 있었고, 딸에게 숙식뿐 아니라 침실용으로 "고급 가구"와 "아늑한 벽난로"까지 제공했다. 딸에게 지급된 급료는 "의류비와 개인 용돈"이라는 명목의 연 40파운드였다. 딸은 어떤 일로 그것이 부족한 액수라는 것을 깨닫게 되었다. 1859년, 딸은 자기 손으로 돈을 벌고 싶었다. 다음 분기까지 쓸 수 있는 돈이 9실링 9펜스▲밖에 남지 않은 상태였고, 가르치는 일에 시급 5실링을 주겠다는 제안도 들어와 있었다. 딸이 그 제안에 대해 말했을 때, 아비는 이렇게 말했다. "맙소사, 내 딸이 가르치는 일로 **돈**을 벌 생각을 하고 있었다니, 얘야, 너는 그렇게 저급해져서는 안 돼. 내 딸이 일을 하고 돈을 받는 것을 **나는 허락할 수 없다**." 딸은 이렇게 따졌다. "왜 반대하세요? 아버지도 한 사람으로서◆ 일을 하고 돈을 벌었지만, 그것은 정당한 대

● Doctor's Commons. 옥스브리지 법학 박사들의 모임.

▲ 1파운드는 20실링, 1실링은 12펜스.

◆ as a man. 역사적으로 'man'이라는 단어에는 사람이라는 뜻과 함께 'gentleman'(유한계급, 곧 일하지 않아도 되는 특권 계급의 구성원)이 아닌 사람, 곧 보통 사람이라는 뜻이 있었다. 빅토리아 시대에는 'gentleman'의 외연이 점점 넓어지면서 전통적 귀족과 함께 신흥 자본가는 물론이고 전문직 종사자까지 포함하기에 이르렀다. 지금 이 단어는 계급 불문 모든 남자들에 대한 경칭으로 쓰이기도 한다.

가였잖아요. 그것이 아버지를 저급하게 만든다고 생각한 사람은 아무도 없었잖아요. (……) 내가 작게 하고 있는 일을 톰●은 크게 하고 있는 것뿐이잖아요." 그랬더니 아비는 이렇게 말했다. "얘야, 너희 둘은 경우가 다르단다. (……) T.W.는 (……) 한 **남자**로서▲ (……) 아내와 가족을 부양해야 한다고 느끼는 거란다. 그리고 지위도 높아서, 최고의 인격을 갖춘 남자라야 감당할 수 있는 지위이고, 연봉도 1천을 넘어 2천에 더 가깝단다.◆ (……) 얘야, 네 경우는 얼마나 다르냐! 너는 이렇게 아쉬운 것 하나 없이 잘살고 있잖니. 내가 (아비된 도리로) 내 딸을 아쉽게 할 리도 없잖니. 당장 내일이라도 결혼하겠다고만 하면, 내가 거금을 마련해주마. 물론 내가 인정하는 남자여야 하겠지만, 내 딸이 내가 인정하지 않는 남자와 결혼할 리는 없으니까." 딸은 이 대화에 대한 논평을 비공개 일기에 남겼다. "나는 바보처럼 한발 물러나서 이번 학기 수업료는 안 받기로 했다. 나는 지금 돈이 너무 필요한데. 바보처럼. 싸움은 뒤로 미뤄지는 것뿐인데."[18]

싸움이 미뤄졌다는 것은 맞는 말이었다. 아비와의 싸움은 끝낼 수 있었다. 하지만 아비들로 이루어진 집단과의 싸움, 가부장제 그 자체와의 싸움은 다른 곳, 다른 때로 미뤄진 것뿐이었다. 두 번째 싸움이 벌어진 것은 1869년에 에든버러에서였다. 소피아가 그 도시의 왕립의대Royal College of Surgeons에 지원한 직후였다. 한 신문은 최초의 교전을 이렇게 보도하고 있다. "어제 오후에 왕립의대 앞에서 극

● 소피아의 오라비. Thomas William Jex-Blake(1832 ~ 1915).

▲ as a *man*. 지금도 'man'이라는 단어에는 사람이라는 뜻과 함께 남자라는 뜻이 있다. 딸과 아비가 같은 말man로 전혀 다른 뜻을 전하고 있음을 강조하는 말장난.

◆ 옥스퍼드의 유니버시티칼리지를 졸업했고, 1859년 당시에는 럭비 사립 학교 교감이었다.

히 불미스러운 종류의 소란이 있었다. (……) 4시● 직전 (……) 거의 2백 명의 의대생이 교문 앞에 집결 (……).” 악을 쓰고 노래를 불렀다. “교문은 [여자들에게] 닫혀 있었다. 닥터 핸디사이드▲가 수업을 시작해보려고 했지만 교실 안이 너무 난장판이었고, (……) 누군가가 학교 풀밭에 놓아기르는 양을 교실 안에 들여보내 [더욱 난장판을 만들었다.]” 이런 방해 공작이 펼쳐진 것은 케임브리지 학위 전투에서와 거의 같았다. 학교 당국이 이런 솔직함을 개탄하면서 좀더 영리하고 효과적인 방해 공작에 나선 것도 거의 같았다. 성스러운 문◆을 굳게 걸어 잠근 학교 당국은 여학생들을 들어오게 해줄 생각이 전혀 없었다. 하느님이 우리 편이고, 자연Nature이 우리 편이고, 법Law이 우리 편이고, 자산Property이 우리 편이다, 이 학교는 남성 전용이다, 남자만 입학의 혜택을 누릴 수 있다고 법으로 정해져 있다, 이렇게 학교 당국은 말했다. 그때도 역시 위원회가 소집되었다. 그때도 역시 청원서가 제출되었다. 그때도 역시 선처가 호소되었다. 그때도 역시 바자회가 열렸다. 그때도 역시 전략 문제가 논의되었다. 당장 공격하는 것이 나을까, 일단 기다리는 것이 나을까? 누가 우리 편이고 누가 적인가?, 하는 의문이 그때도 역시 제기되었다. 그때도 역시 이견이 나오고 분열이 생겼다. 하지만 굳이 그때라고 특정할 필요가 있을까? 1869년에 벌어졌던 할리 스트리트 전투가 아니라 지금 벌어지고 있는 케임브리지 대학교의 학위 전투라고 해도 무방할 정도로 너무나 익숙한 전개다. 기력을 빼앗고 심성을 망가뜨리고 시간을 낭비하게 하고 돈을 허비하게 한다는 점에서는 두 전투가

● 수업 시작 시간.

▲ Peter David Handyside(1808~1881).

◆ p. 54, “성스러운 문” 참조.

다를 것이 없다. 고학력 남성의 딸들이 자기 오라비들에게 특권을 나누어달라고 하는 전투, 거의 똑같은 전투다. 거절하는 남자분들은 거의 똑같은 이유를 들고 거의 똑같은 표현을 쓴다. 인류에게 진보란 없다는 듯, 그저 반복이다. 귀를 기울이면 "여기서 우리는 뽕나무를 도네, 뽕나무를 도네, 뽕나무를 도네"라는 판에 박힌 노래가 들릴 것만 같다. 다음 행이 "자산의 뽕나무, 자산의 뽕나무, 자산의 뽕나무를 도네"라면 사실을 해치지는 않는 각운일 것이다.●

하지만 우리가 할 일은 판에 박힌 노래를 부르는 것도 아니고 각운을 맞추는 것도 아니다. 우리가 할 일은 사실을 살피는 것이다. 그런데 우리가 지금 막 전기에서 읽은 사실들은 전문직이 전문직 종사자에게 어떤 부정할 수 없는 영향을 미치고 있다는 증언인 듯하다.▲ 전문직에 종사하다 보면, 소유에 집착하는 사람, 권리를 침해당할까 봐 전전긍긍하는 사람, 누가 감히 자기의 권리에 이의를 제기하기라도 하면 당장 싸우자고 달려드는 사람이 되는 것 같기도 하다. 그런 전문직에 종사하기 시작하면 우리 역시 그런 특징들을 갖게 되리라고 생각하는 것이 맞지 않을까? 그런데 전쟁을 초래하는 것이 바로 그런 특징들 아닌가? 우리가 지금과 똑같은 방식으로 전문직에 종사한다면, 한 1백 년 뒤에는 우리도 이 남자분들과 똑같은 사람들, 그렇게 집착하고 그렇게 침해당할까 봐 전전긍긍하고 그

● 두 행의 원문은 Here we go round the mulberry tree, the mulberry tree, the mulberry tree / of property, of property, of property 이고, 두 행의 각운은 tree[트리]/ty[티]다.

▲ 『3기니』 전체에서 'profession'은 '전문적 훈련이 필요한 직업'을 뜻한다. 논의의 흐름에 따라서 비교적 자의적으로 '직업'으로 옮기거나 '전문직'으로 옮겼다. 한편 'professor'를 옮길 때는 '(전문직) 종사자'와 '교수'라는 두 어의 중 하나를 비교적 확실히 고를 수 있었다.

렇게 싸우자고 달려드는 사람들, 하느님, 자연, 법, 자산이 자기편이라고 확신하는 사람들이 되어 있지는 않을까? 그러니 이 1기니로 여성 취업을 도울 당신을 돕기로 한 지금, 그 첫 번째 조건으로 다음과 같은 조건을 내걸겠다. 취업한 여성은 (직종 불문하고) 다른 사람이 자기 직종에 취업하려고 할 때 (그 사람이 유자격자라면 남녀 불문, 흑백 불문하고) 절대 방해하지 말고 최대한 도와야 한다. 그렇게 해야 한다는 것을 당신은 취업하려고 하는 여성들에게 최대한 밝혀야 한다. 당신이 이 1기니를 받고 싶으면, 반드시 그렇게 하겠다고 약속해야 한다.

당신은 지금 이 자리에서 그 조건을 수락하겠다고 말하면서 손을 뻗지만, 아직 이 1기니는 당신의 것이 아니다. 다른 조건들이 있다. 고학력 남성의 아들들로 이루어진 저 대열을 한 번 더 고찰해보고, 저 대열이 우리를 어디로 데려가고 있는가를 한 번 더 자문해보자. 돈을 벌게 해주는 쪽으로 데려가고 있다는 답이 당장 떠오른다. 저 대열이 돈을 벌게 해주리라는 것은 누가 봐도 분명하고, 그렇게 벌게 될 액수는 최소한 우리가 볼 때는 대단히 큰 액수인 것 같다. 과연 그렇다는 것을 휘터커가 증언하고 있다. 휘터커의 증언과 함께 일간지의 증언(우리가 이미 살펴본 유증 기사들, 후원자 명단들의 증언)도 있다. 예컨대 한 신문의 한 기사에 따르면, 고학력 남성 셋이 죽었는데, 각각 119만 3,251파운드, 101만 188파운드, 140만 4,132파운드를 남겼다. 개인이 모은 돈치고는 꽤 큰돈이잖은가? 언젠가 우리가 그렇게 큰돈을 모으지 못할 이유도 없잖은가? 이제는 우리도 공무원이 될 수 있으니 1년에 1천~3천을 버는 날도 올 것이다.

어느 대주교

이제는 우리도 법조계에 들어갈 수 있으니 판사가 되어 1년에 5천, 변호사가 되어 1년에 4만 ~ 5만까지 버는 날도 올 것이다. 앞으로 우리가 영국 교회에도 들어갈 수 있게 되면, 연봉으로 1만 5천, 또는 5천, 또는 3천을 받으면서 주교 관사, 또는 주임 사제 관사에서 생활하는 것이 가능하다.• 앞으로 우리가 주식 중개소에 들어갈 수 있게 되면, 피어폰트 모건,▲ 아니 록펠러◆처럼 수백만 파운드를 남기고 죽는 것이 가능하다. 의사가 되어 1년에 적게는 2천, 많게는 5천을 버는 것도 가능하다. 신문사 편집장이 되기만 해도, 결코 얕잡히지 않을 만한 연봉을 받는 것이 가능하다. 1천을 받는 편집장도 있고 2천을 받는 편집장도 있고, 어느 대형 신문사의 편집장은 듣자 하니 1년에 5천을 받는다고 한다. 우리가 저 직업들의 대열을 뒤따라간다면, 언젠가 그 돈이 다 우리가 벌 수 있는 돈이 되는 것도 가능하다. 요컨대 우리가 가부장제의 희생자(연 30~40파운드의 현금 수당과 숙식 제공이라는 현물 체제■하에서 노무를 제공하는 고용인)라는 지금의 처지에서 벗어나서 자본주의 체제의 승리자(1년에 수천을 버는 고소득자 겸 현명한 투자자이자 죽을 때 계산할 수 있는 범위를 뛰어넘는 수백만의 거금을 남기는 유증자)로 올라서는 것도 가능하다.

이런 생각에는 나름대로 감격적인 데가 있다. 단 한 번의 서명으로 여러 여자 대학들에 골고루 20만~30만 파운드씩 쾌척할 수 있는 여성 자동차 회사 사장이 지금 우리 중에 있다면 어떨까? 케임브리지에서 개축비를 모금하는 그 재무 관리자님, 당신과 자매간

• 실제로 영국에서는 2015년에 최초로 여성 주교가 나왔다.

▲ John Pierpont Morgan(1837 ~ 1913). 미국의 금융 자본가로 J. P. 모건을 설립했다.

◆ John Davison Rockefeller(1839 ~ 1937). 미국의 석유 사업가.

■ truck system. 돈을 주지 않는 고용 형태. 1831년에 법으로 금지되었다.

인 그분은 힘든 일거리를 상당히 줄일 수 있을 것이다. 선처나 위원회도 필요 없을 것이고, 딸기, 크림, 바자회도 필요 없을 것이다. 그런 사람이 한 명만 있는 것이 아니라면? 그런 부유한 여자들이 부유한 남자들만큼 흔하다면? 당신이 무엇을 못하겠는가? 당신네 사무실을 없앨 수도 있을 것이다. 국회 하원에 진출한 여성 정당을 후원할 수도 있을 것이다. 묵살의 공모가 아닌, 폭로의 공모에 헌신하는 신문사를 경영할 수도 있을 것이다. 미혼녀(숙식 미포함의 불충분한 현금 수당으로 연명하는 가부장제의 희생자)를 위한 연금 제도를 만들 수도 있을 것이다.• 동일 업무 동일 급여를 실현할 수도 있을 것이다. 모든 산모에게 클로로포름을 제공할 수도 있을 것이고, 그렇게 산모 사망률을 1천 명당 4명에서 어쩌면 0명으로 끌어 내릴 수도 있을 것이다.[19] 지금 같아서는 1백 년을 쉬지 않고 수고해야 국회 하원에서 통과될까 말까 한 각종 법안들을 당신은 단 한 회기 만에 통과시킬 수도 있을 것이다. 당신의 오라비들이 마음대로 쓸 수 있는 액수의 자금을 당신이 지금 마음대로 쓸 수 있다면, 얼핏 보기에는 당신에게 못할 일이 없을 것만 같다. 당신은 묻는다. "우리는 바로 그 자금을 소유하기 위한 첫걸음을 내딛고 있는데, 그런 우리를 왜 돕지 않는가?" 당신은 불만을 표한다. "취업은 우리가 돈을 벌 수 있는 유일한 방법인데. 돈은 어마어마하게 바람직한 목적들을 달성하기 위한 유일한 도구인데. 이렇게 우리를 상대로 조건을 내걸고 흥정을 하다니." 하지만 자기의 전쟁 방지 노력을 도와달라는 어느 전문직 남성의 이 편지를 보자. 스페인 정부가 거의 매주 보내오는 시체들과 부서진 집들의 사진도 보자. 조건과 흥정이 필요한 이유가 여

• 실제로 전국미혼녀연금연합National Spinsters' Pension Association이라는 단체가 있었다.

기 있다.

편지의 증언과 사진의 증언, 그리고 우리가 역사와 전기에서 찾아낸 전문직에 대한 사실들이 나란히 놓일 때, 전문직을 조명해 줄 등불(말하자면, 적색 경고등)이 켜지는 것 같다. 전문직이 돈을 갖게 해주는 것은 사실이지만, 우리가 찾아낸 전문직에 대한 사실들을 감안할 때, 돈을 갖고 있는 것 자체가 어느 정도까지 바람직할까? 부자가 되는 것이 바람직하지 않다는 가르침이 2천 년이 넘게 인간의 삶에서 엄청난 권위를 유지해왔다는 것은 당신도 기억할 것이다.● 여기서 당신은 지갑 끈을 풀지 않으려는 새로운 핑계를 만난 듯 약간 열띠게 말한다. "부자와 천국에 관한 그리스도의 말씀은 다른 세상에서 다른 사실들과 함께 살아가야 하는 사람들에게는 더 이상 도움이 안 된다." 당신은 그 논거를 든다. "지금 영국의 상황을 보면, 너무 가난한 것이 너무 부자인 것보다 더 안 좋다. 날마다 수많은 증언이 쏟아져 나오듯, 그리스도의 말씀에 따라 그렇게 무일푼이 되면▲ 몸이 망가지고 머리가 둔해질 뿐이다. 실업자들이 이 나라의 심성적, 지성적 부의 원천이 아니라는 것은 그 자명한 예다." 당신이 여기서 든 것들이 다 중요한 논거들이지만, 여기서 잠시 피어폰트 모건의 전기를 들여다보자. 너무 부자인 것은 너무 가난한 것과 똑같은 정도로, 그리고 똑같은 이유로 나쁘다는 이 증거에 당신도 동의할 것이 아닌가? 너무 부자인 것과 너무 가난한 것이 둘 다

● 「마태복음」 19장 24절 내용 참조. "내가 다시 너희에게 말한다. 부자가 하느님 나라에 들어가는 것보다 낙타가 바늘귀로 지나가는 것이 더 쉽다."
▲ 「마태복음」 19장 21절 참조. "예수께서 그에게 말씀하셨다. '네가 완전한 사람이 되려고 하면, 가서 네 소유를 팔아서, 가난한 사람에게 주어라. 그리하면, 네가 하늘에서 보화를 차지하게 될 것이다. 그리고, 와서 나를 따라라."

나쁘다면, 그 두 지점 사이의 어딘가에 나쁘지 않은 중간 지점●이 있다고 주장할 수 있을 텐데, 그렇다면 그 지점은 어디인가? 오늘날 영국에서 먹고살려면 얼마가 필요한가? 먹고산다는 것은 돈을 어떻게 쓴다는 것인가? 만약에 당신이 이 1기니를 받는 데 성공한다면, 당신은 어떤 종류의 삶을 살자고 할 생각인가? 어떤 종류의 인간이 되자고 할 생각인가? 내가 당신에게 고민해달라고 부탁하고 있는 질문들은 이런 것들인데, 대단히 중요한 질문들이라는 것은 당신도 부정할 수 없을 것이다. 하지만 안타깝게도 이런 질문들은 우리가 여기서 들여다보아야 할 현실적 사실의 견고한 세계를 훌쩍 뛰어넘는 질문들이기도 하다. 그러니 『신약성경』, 셰익스피어, 셸리, 톨스토이▲ 등은 일단 덮고, 이 과도기적 순간에 우리 앞에 버티고 있는 사실, 곧 우리가 저 대열의 꽁무니를 애써 따라가고 있다는 사실을 직시하자. 먼 지평선의 비전을 내다볼 수 있으려면 먼저 이 사실을 살펴보아야 한다.

자, 고학력 남성의 아들들로 이루어진 저 대열이 우리 눈앞에서 저렇게 단상에 올라서고 저렇게 계단을 올라가고 저렇게 사무실을 드나들면서 설교하고 가르치고 판결하고 진료하고 돈을 벌고 있다. 저 남자들과 같은 직종에서 저 남자들과 같은 수입을 올리고 싶다면 당연히 저 남자들과 같은 조건을 받아들여야 한다. 그것이 어떤 조건인지는 창밖으로 내다보거나 책에서 찾아보기만 해도 알게 되거나 짐작할 수 있게 된다. 9시에 출근해서 6시에 퇴근해야 할 것인데,

● 오비디우스Publius Ovidius Naso의 『오드*Ode*』 가운데 "돼지우리의 가난과 왕궁 선망 사이의 황금률"이라는 대목 참조.

▲ 『3기니』의 '애국심' 비판은 레프 톨스토이Lev Tolstoy(1828~1910)의 반전론과 일맥상통한다.

그런 아버지는 자식들과 가까워질 시간을 거의 낼 수 없다. 21세 전후의 나이부터 60세 전후의 나이까지 날마다 그런 생활을 해야 할 것인데, 그런 생활은 친교나 여행이나 예술을 위한 시간을 거의 낼 수 없다. 매우 힘겨운 임무를 수행해야 하는 때도 있을 것이고, 매우 끔찍한 임무를 수행해야 하는 때도 있을 것이다. 모종의 예복을 갖추어 입어야 할 것이고, 모종의 의리를 천명해야 할 것이다.• 직업적으로 성공한다면, '우리 하느님과 우리 제국을 위하여For the God and the Empire'라는 글자들을 마치 주소가 새겨진 개 목줄처럼 목에 걸게 될 가능성이 높다.[20] 글자에 의미가 있다면(글자에 의미가 없으면 안 되지 않을까) 당신은 글자의 의미를 받아들여야 할 것이고, 글자의 의미를 관철하기 위해 최선을 다해야 할 것이다. 한마디로 당신은 전문직 남성들과 똑같은 생활을 해야 할 것이고, 전문직 남성들이 지난 수백 년간 천명한 의리를 똑같이 천명해야 할 것이다. 그 점에는 의심의 여지가 없다.

당신은 말한다. "그러면 안 되나? 아비들과 아비의 아비들이 했던 일을 우리가 똑같이 하겠다는 것뿐인데?" 그렇다면 전기를 좀더 자세히 들여다보면서 전문직에 대한 사실들을 검토해보자. 최근에는 그런 사실들을 모국어를 읽을 수 있는 사람이면 누구라도 검토할 수 있다. 당신네 도서관에도 이렇게 귀중한 책들이 이렇게 많이 있다. 직업적으로 성공한 전문직 남성의 전기를 얼른 다시 훑어보자. 한 훌륭한 법조인의 전기에는 이런 대목이 있다.

> 9시 30분쯤 출근했다. (……) 사건 서류들을 들고 퇴근했다. (……)

• '의리 등을 천명하다to profess'라는 동사에서 '전문직profession'이라는 명사가 파생되었다.

새벽 1~2시에 취침할 수 있는 날은 운이 좋은 날이었다.[21]

대개의 성공한 변호사들이 정찬 식탁의 대화 상대로 무가치한 이유(그렇게 하품만 해대고 있는 이유)를 잘 설명해주는 대목이다. 다음으로, 한 유명 정치가의 연설에는 이런 대목이 있다.

> (……) 그러다 보니 1914년 이후로는 맨 처음에 피는 자두꽃부터 맨 나중에 피는 사과꽃까지 그 꽃들을 한 번도 못 보았습니다. 우스터셔•의 꽃들을 1914년 이후 한 번도 못 보다니. 이것이 희생이 아니면 무엇이 희생인지 모르겠습니다.[22]

그것은 희생이 맞다. 예술에 대한 영국 정부의 변함없는 무관심을 잘 설명해주는 희생이다. 이 남자분들은 가엾게도 박쥐 못지않은 까막눈일 테니.▲ 다음에 볼 직업은 성직이다. 한 훌륭한 주교의 전기에는 이런 대목이 있다.

> 이런 삶은 머리와 영혼을 망가뜨리는 끔찍한 삶이다. 이런 삶을 어떻게 살아가야 할지 모르겠다. 중요한 업무가 계속 밀리면서 쌓이다가 와장창 무너져 내린다.[23]

영국 교회와 영국이라는 나라에 대한 그 많은 사람들의 입방아가 맞

● 스탠리 볼드윈은 우스터셔에서 태어나 우스터셔에 묻혔다.

▲ 플라톤Platon의 『공화국*Politeia*』에 나오는 동굴의 비유를 연상시키는 표현. "동굴에 사는 박쥐들이 무슨 소리 하나만 들려도 모두가 괴성을 지르며 한 덩어리로 날아오르듯."

는 말이라는 것을 증명해주는 대목이다. 이 나라의 주교들과 주임 사제들은 설교하는 데 필요한 영혼이나 설교문을 만드는 데 필요한 머리가 모두 망가져서 없어진 것 같다. 아무 예배당에 들어가서 설교를 들어보아도 좋고, 아무 신문이나 펼쳐서 앨링턴 주임 사제• 나 잉게 주임 사제▲의 저널리즘을 읽어보아도 좋다. 다음 직업은 의사다.

> 내가 올해 번 돈은 1만 3천 파운드가 훨씬 넘지만, 계속 이 정도를 유지하기는 불가능할 것 같다. 더구나 이 정도를 유지하는 것은 노예 생활이다. 제일 마음에 걸리는 것은, 일요일에 일라이저와 아이들 옆에 있을 수 없을 때가 많다는 것, 크리스마스에도 그렇다는 것이다.[24]

한 훌륭한 의사가 이런 불만을 토로하고 있는데, 이 의사의 환자들이 똑같은 불만을 토로한다고 해도 이상할 것이 없다. 의사는 환자의 몸과 마음을 함께 이해해야 한다지만, 연 소득 1만 3천 파운드의 노예로 살아가는 할리 스트리트의 전문의 중에 환자의 몸과 마음은 고사하고 환자의 몸 하나만이라도 제대로 이해할 시간이 있는 의사가 어디 있겠는가? 전문 작가의 삶은 좀 나을까? 대단히 성공한 어느 저널리스트의 전기에는 이런 대목이 있다.

> 그 무렵의 또 어떤 날에는 낮에는 니체에 관한 1,600자짜리 서

• p. 69 각주 참조.

▲ William Ralph Inge(1860~1954).

평 한 편, 철도 파업에 관한 비슷한 분량의 『스탠더드』● 논설 한 편, 6백 자짜리 『트리뷴』▲ 기사 한 편을 쓰고, 밤에는 슈레인◆에서 자리를 지켰다.[25]

이런 대목을 보면 왜 신문 독자가 정치 기사에 냉소하는지도 알 수 있고, 왜 저자들이 자기 책 서평을 읽을 때 막대자를 사용하는지도 알 수 있다. 광고 분량이 중요할 뿐 호평이냐 악평이냐는 무의미해진 지 오래다. 정치가의 전기는 좀 전에도 살펴보았지만, 정치는 현실적으로 가장 중요한 직업이니 한 번 더 살펴보면서 마무리하자.

휴 경■은 **로비에서 최대한 늦장을 부렸다**. 결국 처제법○은 죽은 법안이 되었고, 다시 살아날 수 있을지 여부는 다음 회기의 운에 맡겨졌다.[26]

이런 대목을 보면 왜 정치가들에 대한 불신이 만연해 있는지를 이해하게도 되지만, 우리가 여기서 이럴 때가 아니라는 것도 떠올리게도 된다. 당신은 로비에서 늦장을 부리는 연금법을 국회 하원이라는 그 정의롭고 인도적인 기관의 투표장 안으로 데리고 들어가야 하는 사람이니, 이런 웃긴 전기들 사이에서 너무 늦장을 부리지 말고 우리가 찾아낸 정보를 정리해보아야겠다.

● 『이브닝 스탠더드*Evening Standard*』를 가리킨다.
▲ 『런던 트리뷴*London Tribune*』을 가리킨다.
◆ 당시 『이브닝 스탠더드』 신문사가 있던 곳.
■ Hugh Richard Heathcote Gascoyne-Cecil(1869 ~ 1956).
○ Deceased Wife's Sister's Marriage Act. 아내를 잃은 남자가 아내의 자매와 결혼하는 것을 허용하는 법안.

당신은 묻는다. "성공한 전문직 남성의 전기에 나오는 이런 대목들이 대체 무엇의 증거가 된다는 것인가?" 예컨대 휘터커는 뭔가를 증언해주지만, 이런 대목들은 아무것도 증언해주지 않는다. 예컨대 휘터커는 주교 연봉이 5천이라고 하는데, 그것은 사실 증언, 곧 사실로 입증된 증언이다. 하지만 주교의 삶은 "머리와 영혼을 망가뜨리는 끔찍한 삶"이라는 고어 주교•의 말은 그저 한 주교의 의견일 뿐, 차기 주교가 그 의견을 정면으로 반박하는 것도 가능하다. 요컨대 이런 대목들은 사실로 확인된 증언이 아니라 그저 모종의 의견을 품게 하는 정보일 뿐이다. 그런데 우리가 이런 대목들을 통해 품게 되는 의견들은 전문직 생활의 가치에 의심과 비판과 의문(금전적 가치는 상당하니 금전적 가치에 대한 의심, 비판, 의문은 아니고, 심성적, 도덕적, 지성적 차원의 가치에 대한 의심, 비판, 의문)을 품게 하는 종류의 의견들이다. 어떤 의견이냐 하면, 직업적으로 크게 성공한 사람들은 감각 기능을 잃어버린 것 같다, 하는 의견이다. 시각을 잃어버린다. 그림 볼 시간이 없다. 청각을 잃어버린다. 음악 들을 시간이 없다. 말을 잃어버린다. 대화할 시간이 없다. 균형 감각(더 중요한 것과 덜 중요한 것을 판단하는 감각)을 잃어버린다. 인간다움을 잃어버린다. 돈을 번다는 것이 너무 중요해지니 낮에 일하는 것은 물론이고 밤에도 일을 놓지 못한다. 건강을 잃어버린다. 경쟁심이 지나치게 강해지니 일의 양이 감당 못할 수준으로 늘어나도 다른 사람들과 나누려고 하지 않는다. 그렇게 시각을 잃고 청각을 잃고 균형 감각을 잃은 인간도 온전한 인간인가? 그저 동굴 속의 등신이다.▲

이것은 물론 비유(과장이 좀 섞인 표현)지만, 이 비유가 군사비

• Charles Gore(1853 ~ 1932).

▲ p. 131 각주 ▲ 참조.

3억이라는 숫자(과장이 전혀 섞이지 않은 통계)와 연결되어 있다는 의견도 나올 수 있을 것 같다.● 어쨌든 그런 의견이 사심 없는 관찰자(협소하지 않은 판단, 부당하지 않은 판단의 기회를 때마다 확보할 수 있는 고위직)의 의견인 것 같기는 하다. 그런 의견 중에 두 가지만 살펴보자. 우선 런던데리 후작▲의 의견이다.

> 온갖 목소리가 왁자지껄 떠들고 있을 뿐 방침과 지침은 부족한 듯하고, 전 세계가 답보 상태인 듯하다. (……) 지난 세기에는 엄청난 과학적 발견의 에너지가 분출되었지만, 성취 면에서는 인문과 과학을 막론하고 그에 상응하는 진전이 전무해 보였다. (……) 우리가 지금 우리 스스로에게 묻고 있는 질문은, 인간◆이 과학적 지식과 과학적 발견의 이 새로운 결실들을 선용할 수 있을 것인가, 아니면 그것들을 오용함으로써 지금껏 쌓아온 문명의 자멸을 초래할 것인가, 라는 질문이다.[27]

다음은 미스터 처칠■의 의견이다.

> 사람들이 지식과 능력을 축적해나가는 속도는 점점 더 무한히 빨라지고 있는 반면, 사람의 미덕과 지혜는 수 세기를 지나오면서도 이렇다 할 발전의 모습을 전혀 보여주지 않고 있다. 현대인의 뇌는 수백만 년 전에 지구상에서 난투하고 교미하던 영

● figure에 '비유'라는 뜻과 '숫자'라는 뜻이 있음을 이용한 말장난.
▲ Charles Vane-Tempest-Stewart, 7th Marquess of Londonderry(1878~1949).
◆ man. p. 121 각주▲참조.
■ Winston Churchill(1874~1965, 재임 1940~1945, 1951~1955).

장류의 뇌와 본질적으로 차이가 없다. 사람의 본성은 지금까지 거의 변한 데가 없다. 충분한 스트레스(기아, 공포, 전투적 격분, 나아가 냉철한 광분)가 가해질 경우, 오늘날의 남성은 우리가 잘 알고 있듯 그 어떤 끔찍한 짓이라도 저지를 것이고,• 오늘날의 여성은 아내로서 조력하게 될 것이다.[28]

비슷한 의견이 대단히 많지만 그중에서 두 의견만 소개했다. 추가로 소개할 노스웸블리의 미스터 시릴 채번트리▴의 의견은 앞의 두 의견처럼 엄청난 사람의 의견은 아니지만 우리 앞에 있는 문제와 관련되어 있는 만큼 한번 읽어볼 만하다.

필자에 따르면, "여성의 가치관이 남성의 가치관과 다르다는 데는 이론의 여지가 없다. 여성이 남성에 의해서 창조된 활동 영역에서 경쟁할 때 불이익을 당하거나 의혹을 사게 되는 데는 분명 그런 이유가 있을 것이다. 새로운 세계, 더 나은 세계를 건설할 기회를 그 어느 때보다 많이 가지고 있는 여성들이 이렇듯 남성들을 맹종적으로 모방하면서 그 기회를 허비하고 있다."[29]

이것도 한 대변자의 의견, 곧 일간지들이 공급해주는 수많은 비슷비슷한 기사들 중 하나의 의견이다. 이 세 인용문을 함께 읽어

• men과 man은 각각 '사람들'과 '사람'으로 옮겼고, 두 번 나오는 the modern man은 앞의 것은 '현대인,' 뒤의 것은 '오늘날의 남성'으로 옮겼다. 런던데리 후작의 인용문에서는 'man'이 『3기니』의 맥락에서 원저자의 의도와 무관하게 아이로니컬한 울림을 주었던 반면에, 처칠의 인용문에서는 원저자가 'man'의 이중적 의미를 의도적으로 활용하고 있다.

▴ Cyril Chaventry(?~?).

보면 여러 가지를 배울 수 있다. 앞의 두 인용문은 고학력 전문직 남성들의 엄청난 역량도 문명 세계를 전적으로 바람직한 상태로 만들지는 못했음을 증언해주는 듯하고, 마지막 인용문(전문직 여성에게 "남성의 가치관과 다른" 가치관을 사용해서 "새로운 세계, 더 나은 세계를 건설"해달라고 당부하는 글)은 세계를 이렇게 만들어놓은 사람들이 그런 결과에 불만을 품고 있음을 암시하고 있을 뿐 아니라, 남성 입장에서 이성에게 적폐를 청산해달라고 당부함으로써 여성에게 엄청난 책임을 짊어지우는 동시에 엄청난 찬사를 암시하고 있다. "불이익을 당하거나 의혹을 사게 되는" 처지, 정치적 훈련이나 전문직 교육을 거의 혹은 전혀 받지 못한 처지, 연봉으로 약 250파운드를 받는 처지의 전문직 여성이 "새로운 세계, 더 나은 세계를 건설"할 수 있다는 것이 미스터 채번트리의 (그리고 이 생각에 동의하는 남자분들의) 생각이라면, 그분들은 여성에게 거의 신의 능력이라고 할 만한 능력이 있다고 믿는 것이 틀림없다. 그분들은 괴테의 찬사, 곧

> 흘러가는 것은 모두
> 이미지일 뿐이더라
> 온전치 못한 것이
> 저기서는 온전해지리라
> 언어화되지 못한 것이
> 저기서는 현실화되리라
> 영원히 여성인 것이
> 우리를 저기로 데려다주리라[30]

라는 찬사에 동의할 것이 틀림없다. 또 하나의 대단히 엄청난 찬사이자 대단한 엄청난 시인의 찬사라는 데는 당신도 동의할 것이다.

하지만 당신은 찬사를 원하지 않는 듯, 이 인용문들 앞에서 생각에 잠겨 있다. 당신의 확연히 어두워진 표정을 통해 짐작해보자면, 직업 생활의 본질에 관한 이 인용문들이 당신을 모종의 우울한 결론 앞에 서게 한 것 같다. 어떤 결론인지 궁금한데? 그러자 당신은 말한다. "굳이 말하자면, 고학력 남성을 아버지로 둔 우리는 악마와 바다 사이•에서 오도 가도 못 한다, 하는 결론이다. 우리 뒤쪽으로는 가부장제하의 가정집이 있다. 멍하고 부도덕하고 위선적이고 굴종적인 세계다. 우리 앞쪽으로는 사회 활동의 세계, 곧 전문직들의 세계가 있다. 소유에 집착하고 권리에 집착하고 호전적이고 탐욕스러운 세계다. 가정집으로 물러난다면 하렘의 노예들처럼 갇혀 있어야 하고, 사회로 나아간다면 꼬리에 꼬리를 무는 애벌레들처럼 자산이라는 뽕나무, 자산이라는 그 성스러운 나무를 빙글빙글 돌 수밖에 없다. 두 악 중 하나를 선택해야 한다. 둘 다 최악이다. 차라리 다리에서 뛰어내리는 편이 낫지 않나? 노력을 포기하는 편이 낫지 않나? 인간의 삶 전체가 실수라고 선언하고 삶을 끝장내는 편이 낫지 않나?"

잠깐만, 그 전에, 그렇게 결정적인 조치를 취하기 전에, 다른 답은 있을 수 없는지 좀 보자. 영국 교회의 종사자들은 죽음이 삶으로 들어가는 문이라는 의견을 가지고 있는데(세인트폴 대성당의 어느 아치에는 모르스 야누아 비태▲라는 말도 쓰여 있다) 당신이 그 의견을

• 이러지도 저러지도 못하는 상황을 뜻하는 관용적 표현.

▲ Mors Janua Vitae. "죽음은 삶으로 들어가는 문이다."

공유한다면야 그 조치가 크게 권장할 만한 조치겠지만, 당신이 그 의견을 공유하지 않을 경우, 다른 답이 있을 가능성을 점검해보자는 것이다.

당신네 도서관 책들 속에, 저 전기들 속에 그 답이 버티고 있을지 모른다. 과거에 살았던 사람들이 자기 삶을 가지고 행했던 실험을 들여다본다면 지금 우리 앞에 내밀어진 이 어려운 문제에 대한 답을 찾는 데 도움이 될까? 될까 안 될까 모르겠지만 일단 들여다보자. 일단 전기에게 이렇게 질문해보겠다. "우리가 위의 이유들에 따라 수긍하게 되었듯, 직업적으로 돈을 버는 것 말고는 방법이 없다. 위의 이유들에 따르자면, 그런 직업들은 우리 삶에 너무 해로운 것 같다. 과거에 살았던 사람의 전기여, 너에게 묻노라. 우리는 어떻게 해야 직업을 가지고 있으면서도 교양 있는 인간, 곧 전쟁을 막고 싶어 하는 인간으로 남을 수 있는가?"

이번에는 19세기 남성의 전기가 아닌 19세기 여성의 전기, 전문직 여성의 전기로 시선을 돌려보자. 그런데, 이거 원, 당신네 도서관에 빈틈이 있는 것 같다. 19세기 전문직 여성의 전기가 단 한 권도 없다. 미시즈 톰린슨●이라는 분(미스터 톰린슨,▲ FRS, FCS◆라는 분의 아내)이 그 이유를 설명해준다. "젊은 여성분들의 보모 취업을 옹호하는" 이분의 책에 따르면, "결혼하지 않은 여성분에게는 가정 교사로 취업하는 것이 생활비를 벌 수 있는 유일한 방법인 것 같다.■ 타고난 천성과 받아온 교육으로 인해, 혹은 받지 못한 교육으로 인해 이 자

● Sarah Windsor Tomlinson(1809~1872).

▲ Charles Tomlinson(1809~1872).

◆ Fellow of the Chemical Society의 약자.

■ 가정 교사governess가 직업명이라면, 보모nurse for children는 가정 교사의 주요 업무다.

리에 맞지 않는 분들도 많지만 다른 방법이 없는 것 같다."[31] 이 책이 나온 것이 1859년이니까, 그때로부터 아직 채 1백 년이 지나지 않았다. 당신네 도서관에 왜 이런 빈틈이 있는지 이 책 덕분에 알게 되었다. 가정 교사들의 삶을 제외하면 전문직 여성의 전기로 기록될 수 있는 삶 자체가 없었고, 전기로 기록된 가정 교사들의 삶은 한 손에 꼽힌다. 가정 교사들의 삶을 연구하는 것이 전문직 여성의 삶에 대해 뭔가를 배우는 방법일 수 있을까? 오래된 상자들에 감추어져 있던 오래된 기록들이 때마침 하나둘 밖으로 나오기 시작하고 있다. 얼마 전에는 1811년 전후의 자료가 나오기도 했다.● 무명으로 살다 간 미스 위턴▲이라는 분의 일기다. 이분은 아이들이 자는 틈에 가정 교사라는 직업에 대한 상념 등을 끄적거린 것 같은데, 그중에 이런 대목도 있다. "아아! 나도 배우고 싶었는데! 라틴어, 프랑스어, 예술들, 학문들, 다 배우고 싶었는데! 이렇게 종종걸음 하는 개처럼 날마다 양말 깁고 애들 가르치고 글 베끼고 접시 닦는 것만 아니면 뭐든 배우고 싶었는데!…… 물리학, 신학, 수학 같은 학문, 거기 딸려 있는 화학, 식물학, 논리학, 수학 같은 학문을 여자들은 왜 배워서는 안 된다는 건데?"[32] 가정 교사 생활에 대한 이 논평, 가정 교사의 입에서 나온 이 질문이 어둠으로부터 나와 우리에게 와닿는다. 어둠으로부터 나온 질문이기도 하지만 어둠을 밝혀주는 질문이기도 하다. 하지만 어둠 속을 조금만 더 더듬어보면서 19세기 여성들이 자신의 직업에 어떤 마음으로 종사했는지에 대한 힌트들을 모아보자. 우리가 발견한 두 번째 전기는 뉴넘칼리지의 초대 학장이었던(그러니 무

● 1925년에 수집가 겸 역사가 에드워드 홀Edward Hall(?~?)이 위건의 한 작은 서점에서 발견했다.

▲ Nelly Weeton(1776~1849).

급으로 봉사했음에도 전문직 여성의 맹아라고 지칭될 수 있을) 앤 클러프의 전기다. 오라비인 아서 클러프•는 닥터 아널드▲의 제자이자 오리엘의 펠로였던 데 비해, 앤 클러프가 받을 수 있었던 직업 훈련은 "상당량의 가사 부담" (……) "친구들로부터 빌린 돈을 갚기 위한 노무" "폐교가 안 되게 해달라고 요청하기," 오라비가 빌려주는 책을 읽으면서 "내가 남자라면, 저렇게 돈이나 명예를 위해서 일하지는 않을 텐데. 가문을 빛내기 위해서 일하지도 않을 텐데. 내가 남자였다면, 나라를 위해서 일했을 것 같은데. 그렇게 국민을 내 상속자로 만들었을 것 같은데"라고 외치기였다.[33] 이렇게 보자면 19세기 여성들에게도 야심이 없지는 않았다. 다음 차례인 조지핀 버틀러◆는 엄밀히 말해서 전문직 여성은 아니었지만, 전염병예방법■ 철폐 운동을 승리로 이끌었을 뿐 아니라 "파렴치한 의도에서 비롯된" 아동 매매 철폐 운동을 주도하기도 한 여성이다.○ 우리가 찾은 책 속에서 조지핀 버틀러는 자기를 가지고 전기를 쓰려는 계획을 거절하기도 하고 철폐 운동 당시 자기를 도와주었던 여자들에 대해 이렇게 말하기도 한다. "그 사람들의 성격들 가운데 인정 욕구의 철저한 부재는 언급

● Arthur Hugh Clough(1819 ~ 1861).

▲ Thomas Arnold(1795 ~ 1842).

◆ Josephine Butler(1828 ~ 1906).

■ Contagious Diseases Act. 성매매 여성에게 성병 검사를 강제하는 것을 골자로 한 법으로 사회적으로 큰 논란을 불러일으켰다.

○ 전염병예방법은 1864년에 통과되어 1886년에 폐지되었고, 전염병예방법 철폐 운동은 성 착취 업소 여성들의 인권 문제에서 성차별 문제로 확장되면서 사회적으로 큰 파장을 불러일으켰다. 아동 인신매매 및 성 착취 문제를 여론화하는 데 기여한 윌리엄 토머스 스테드William Thomas Stead(1849~1912)의 연속 기사 「현대판 바빌론의 여아 조공Maiden Tribute of Modern Babylon」(1885)은 레이 스트레이치의 『대의』에도 정리되어 있다.

될 만하다. 그 사람들에게는 그 어떤 형태의 에고티즘●도 없다. 그 흔적조차 찾아볼 수 없다. 동기의 순수함 속에서, '수정처럼 투명하게' 빛나는 사람들이다."[34] 빅토리아 시대의 여성이 칭송하고 연마한 성격이 바로 그것, 인정을 구하지 않는 것, 에고티즘에 빠지지 않는 것, 나를 드러내기 위해 일하는 것이 아니라 일이 되게 하기 위해 일하는 것이었다. 소극적 성격인 것은 사실이지만,[35] 심리 연구에 기여한다는 의미에서는 나름대로 흥미로운 성격이다. 시간순으로 다음 차례인 거트루드 벨▲은 중동에서 지내면서 거의 유사 외교관이라고 할 수 있는 자리까지 올라갔던 여성인데(여성이 정식 외교관이 될 수 없는 것은 그때나 지금이나 마찬가지다◆) 우리가 찾은 책 속에는 좀 놀라운 내용이 들어 있다. "거트루드가 런던에서 밖에 나가려면 여자 일행이 있어야 했고, 여자 일행이 없을 때는 최소한 시녀라도 있어야 했고 (……)[36] 티파티 장소를 옮기는 과정에서 젊은 남자와 같은 핸섬■을 타게 된 거트루드는 불가피한 상황이었다고 생각하면서도 내○ 어머니△에게 편지로 그 사실을 고백하는 것을 자기 의무로 여겼다."[37] 빅토리아 시대의 유사 외교관 여성들이 그렇게 순결했다는 것인가?[38] 육체뿐 아니라 정신도 그렇게 순결했다는 것이다. 거트루드는 "부르제의 『제자』◇ 같은 책을 읽어서는 안 되는" 사람, 그런 책

● 울프, 「과거의 스케치A Sketch of the Past」 가운데 "이 세상에 에고티즘만큼 무서운 악덕도 없다"는 대목 참조.

▲ Gertrude Bell(1868 ~ 1926).

◆ 실제로 영국에서는 1976년에 최초로 여성 대사가 나왔다.

■ hansom. 2인용 삯마차.

○ Lady Richmond: Florence Elsa Bell Richmond(1880 ~ 1971).

△ Florence Bell(1851 ~ 1930).

◇ Paul Bourget(1852 ~ 1935), *Le Disciple*(1889).

이 옮길 수 있는 무슨 더러운 병에 걸려서는 안 되는 사람이었다. 불온하면서도 야심 있고, 야심 있으면서도 금욕적이고, 그렇게 순결한 동시에 모험적이고…… 여기까지가 이 전기들 속에서 발견한 성격들 가운데 일부다. 하지만 우리가 전기를 좀더 들여다본다면…… 전기의 내용이 아니라 전기의 행간을 들여다본다면, 동일한 일련의 업무에 종사하는 많은 여자들이 남편의 전기의 행간에서 발견된다. 9, 10명의 아이들을 낳아 기르는 일, 살림하고 간병하고 가난하고 아픈 이웃들을 찾아다니면서 돕고 이 집의 노모, 저 집의 노부를 보살피는 일이 주요 업무인데, 그런 직업을 뭐라고 불러야 할까? 이름도 없고 급여도 없는 직업인데, 이 직업에 종사하는 고학력 남성의 어미들, 누이들, 딸들이 19세기의 전기에서 너무 많이 발견되니, 일단은 그 여자들을, 그 여자들의 삶을 남편들과 오라비들의 전기 뒤에 모아둘 수밖에 없겠다. 그것을 통해서 전해져야 하는 메시지가 그것을 추출할 시간과 그것을 해독할 상상력을 가진 사람들에게로 전해질 수 있도록. 하지만 당신이 거기서 그렇게 시간이 없다는 신호를 보내고 있으니, 19세기 전문직 여성의 삶에 대한 이 두서없는 정보들을 짧게 요약하기 위해 메리 킹즐리(엄밀히 말하면 전문직 여성에 포함될 수는 없는, 하지만 여행가로 어느 정도 유명했던 여성)의 말을 다시 한 번 인용해보겠다.

> 독일어를 배워도 좋다는 허락이 내가 받은 유료 수업의 **전부**였다는 이야기를 내가 당신에게 털어놓은 적이 있었는지 모르겠습니다. 남동생에게 들어간 학비 2천 파운드가 쓸모없는 낭비

가 아니었을 가능성은 아직 남아 있습니다.•

이 말의 의미를 고려해본다면, 전문직 남성들의 삶을 기록한 책의 행간에서 그 누이들의 삶을 찾아 헤매야 하는 수고가 덜어질 가능성이 있다. 이 말의 의미를 제대로 끌어내 우리가 앞에서 살펴본 전기들의 단편적 힌트와 연결해본다면, 우리를 괴롭히고 있는 바로 그 난제를 푸는 데 도움이 될 가능성이 있는 이론이나 관점에 도달할 가능성이 있다. "독일어를 배워도 좋다는 허락이 내가 받은 유료 수업의 **전부**"였다는 이 말은 메리 킹즐리가 받은 수업 중에 유료 수업이 아닌 수업, 곧 공짜 교육이 있었다는 의미이기도 하다는 것이다. 우리가 앞에서 살펴본 다른 전기들 속에도 바로 그 의미가 포함되어 있다. 그렇게 수 세기 동안 다행히도 혹은 불행히도 우리에게 주어져온 그 '공짜 교육'은 과연 어떤 교육이었을까? 다른 전기들의 행간에서 이름 없는 누이들의 삶을 모아 비교적 유명한 네 여성의 삶(전기로 기록될 정도로 성공적이었던 플로렌스 나이팅게일, 미스 클러프, 메리 킹즐리, 거트루드 벨의 삶)과 함께 살펴보면, 그 여성들이 동일한 스승들로부터 교육받았다는 데는 이론의 여지가 없는 듯 하다. 전기의 증언에 따르면(간접적, 우회적 증언이지만 그럼에도 명확하고 단호한 증언이다), 그 스승들은 가난함, 순결함, 조롱당함, 그리고 나머지 한 스승…… 그런데 무슨 단어를 써야 '권리를 박탈당하거나 특혜를 누리지 못함'이라는 뜻을 담을 수 있을까? '자유'라는 오래된 단어를 여기서 또 한 번 동원해야 할까? 그럼 '무의미한 의리로부터의 자유'(오래된 사립 학교, 오래된 대학교, 오래된 종교, 오래

• 「하나」의 미주 1 참조.

된 예식, 오래된 나라에 대한 의리에 얽매이지 않을 자유, 앞에서 살펴본 네 여성이 영국이라는 나라의 법률과 관행 덕에 누릴 수 있었고 우리도 여전히 상당한 정도로 누리고 있는 그 자유)가 네 번째 스승이었다고 하자. 이 언어에 새 단어가 크게 부족하기는 하지만, 우리는 새 단어를 만들고 있을 시간이 없다. 그러니 일단은 '무의미한 의리로부터의 자유'를 고학력 남성의 딸들의 네 번째 스승님으로 모시자.

이렇듯 전기가 확실히 증언해주듯, 고학력 남성의 딸들이 받은 교육은 가난, 순결, 조롱, 무의미한 의리로부터의 자유라는 네 스승으로부터의 공짜 교육이었다. 전기가 증언해주듯, 고학력 남성의 딸들은 바로 이 공짜 교육을 통해 무급직에 적합한 인력이 되었는데(적절하다면 적절한 교육이었다), 그런 무급직들에도 유급직들에서와 마찬가지로 그 나름의 규칙들과 전통들과 애로들이 있었던 것 같다. 전기가 전기 검토자에게 확실히 증언해주듯, 그런 공짜 교육과 그런 무급직은 본인에게뿐 아니라 후손에게도 여러모로 극히 해로웠다. 빅토리아 시대에 무급직 아내가 출산에 집중하고 유급직 남편이 돈벌이에 집중했던 것이 이 시대의 정신과 육체에 이렇게 끔찍한 결과를 초래했다는 것이다. 그 증거를 내놓기 위해 굳이 플로렌스 나이팅게일의 전기•를 들여다보면서 이 여성이 공짜 교육의 폐단을 규탄하는 유명한 대목을 또 인용하거나 이 여성이 크림전쟁 앞에서 당연하게도 기뻐했다는 사실을 강조할 필요는 없고, 공짜

• 에드워드 타이어스 쿡Edward Tyas Cook(1857~1919)의 『나이팅게일의 생애*The Life of Florence Nightingale*』(1913)일 수도 있고, 리턴 스트레이치Lytton Strachey(1880~1932)의 『빅토리아 시대의 위인들*Eminent Victorians*』(1918)일 수도 있다. 쿡의 전기는 나이팅게일의 표준 전기였고, 리턴 스트레이치는 울프의 친구이자 『3기니』에 중요한 배경을 제공한 두 여성(필리파 스트레이치와 퍼넬 스트레이치)의 오라비였다.

교육에서 비롯되는 멍청함, 옹졸함, 앙심, 독선, 위선, 부도덕의 사례들을 굳이 다른 전기들 속에서 집어낼 필요도 없다(그런 사례들을 보여주는 책은 남성 전기와 여성 전기를 불문하고 너무 많다). 공짜 교육이 여성이라는 성에게는 어쨌든 혹독한 교육이었다는 결정적 증거는 공짜 교육의 참화로부터 도망쳐 나온 여성들이 병원, 수확 현장, 군수 공장 같은 비교적 덜 끔찍한 곳들의 인력이 되었던 지난 유럽'대전'•의 기록들 속에서 찾을 수 있겠다.

하지만 전기는 다면적이고, 질문이 왔을 때 전기가 하나의 간단한 대답을 내놓는 경우는 전혀 없다. 전기로 기록될 정도로 유명한 여성들, 예컨대 플로렌스 나이팅게일, 앤 클러프, 에밀리 브론테,▲ 크리스티나 로세티,◆ 메리 킹즐리 같은 사람들의 전기가 확실히 증언해주듯이, 이 공짜 교육이라는 것은 나쁜 점 못지않게 좋은 점도 많은 교육이었을 것이다. 이 유명한 여성들은 무학이었던 것과는 상관없이 누가 봐도 교양 있는 여성들이었으니까 말이다. 무학이었던 우리 어머니들과 우리 할머니들의 삶을 생각해볼 때, 교육의 가치를 단순히 "임용"■ 되게 해주느냐 상을 받게 해주느냐 돈을 벌게 해주느냐로 판단하기는 불가능하다. 우리가 여기서 솔직해진다면, 유료 수업을 받아본 적도 없고 급여를 받아본 적도 없고 임용되어본 적도 없는 사람들 중에도 교양 있는 인간이 있었음을 인정해야 할 것이고(그 범주에 속한 여성들을 '영국인'이라고 부르는 것이 맞는지는 논란의 여지가 있다), 일단 그것을 인정하고 나면 그 교육의 성과

• 1차대전을 가리킨다.

▲ Emily Jane Brontë(1818 ~ 1848).

◆ Christina Georgina Rossetti(1830 ~ 1894).

■ p. 58 "교사로 임용" 참조.

를 내팽개치거나 그 교육을 통해 얻은 지식을 포기하고 뇌물이나 훈장을 좇는 짓이 극히 어리석은 짓임 또한 인정해야 할 것이다. 그러니 전기가 우리의 질문("우리는 어떻게 해야 직업을 가지고 있으면서도 교양 있는 인간, 곧 전쟁을 막고 싶어 하는 인간으로 남을 수 있는가?")에 대답해준다면, 이렇게 대답해줄 것 같다. "고학력 남성의 딸들을 훌륭히 길러낸 네 스승(가난, 순결, 조롱, 무의미한 의리로부터의 자유)을 저버리지 말라. 그리고 약간의 재산, 약간의 지식, 약간의 유의미한 의리를 겸비하라. 그리하면 직업인이 되어서도 안 좋은 삶을 살게 될 위험을 피할 수 있으리라."

이것이 신탁의 응답•이면서, 이 1기니에 걸린 조건이다. 다시 한 번 정리해보자면, 당신이 이 1기니를 받으려면, 첫째, 당신의 직종에 취업하고자 하는 사람이 있다면 (그 사람이 유자격자일 경우, 성별, 계급, 피부색을 불문하고) 항상 도와주어야 하고, 둘째, 직업인으로 살아갈 때도 네 스승(가난, 순결, 조롱, 무의미한 의리로부터 자유)을 저버리지는 말아야 한다. 이제 막연함이 좀 덜해졌는가? 이렇게 분명해졌으니 이제 우리가 제시한 조건에 동의하겠는가? 당신은 머뭇거린다. 그 머뭇거림은 조건에 대한 논의가 더 필요하다는 신호인 것 같다. 그럼 이제부터 우리가 제시한 조건을 순서대로 논의해보겠다. 가난을 저버리지 말아야 한다는 말은 딱 먹고살 정도의 돈을 벌어야 한다는 뜻이다. 다시 말해, 내가 아닌 다른 누구에게도 기대지 않고 자립할 수 있으면서 육체와 정신이 온전히 펼쳐지는 데 필요한 최소한의 건강, 여가, 배움 등을 살 수 있는 돈을 벌어야 한다는 뜻이자 딱 그만큼을 벌었으면 거기서 1페니도 더 벌어서는 안 된다

• p. 53 각주• 참조.

는 뜻이다.

순결을 저버리지 말아야 한다는 말은 일을 해서 딱 먹고살 정도의 돈을 번 뒤에는 돈을 위해 지력을 팔지는 말아야 한다는 뜻이다. 다시 말해, 딱 그만큼의 돈을 번 뒤에는 일을 그만하든지, 아니면 연구가 되고 실험이 되는 일(기술 분야 종사자의 경우에는 기술 연마가 되는 일)을 하든지, 아니면 일할 때 배웠던 것들을 필요한 사람들에게 공짜로 알려주어야 한다는 뜻, 뽕나무 돌기가 강요되기 시작하면 하던 일을 당장 그만두고 뽕나무를 향해 큰 비웃음을 날려야 한다는 뜻이다.

조롱당해야 한다는 말은(조롱derision은 부적절한 단어지만, 앞에서도 말했듯이 영어에는 새 단어가 많이 부족하다•) 재능을 과시하는 모든 수단을 거부해야 한다는 뜻, 조롱과 무명과 혹평에 시달리는 것이 명성과 칭송을 누리는 것보다 심리적으로 더 바람직하다는 시각을 견지해야 한다는 뜻, 누가 훈장이나 서품이나 학위를 주면 받자마자 준 사람에게 도로 집어 던져야 한다는 뜻이다.

무의미한 의리로부터 자유로워야 한다는 말은 우선적으로 국적에 대한 자부심을 버려야 하고, 종교에 대한 자부심, 출신 대학교에 대한 자부심, 출신 사립 학교에 대한 자부심, 가문에 대한 자부심, 성별에 대한 자부심도 함께 버려야 한다는 뜻, 그리고 그런 자부심들로부터 생겨나는 무의미한 의리들을 모두 버려야 한다는 뜻, 누가 당신을 뇌물로 옭아매기 위해 솔깃한 제안을 해 왔을 때, 그것이 계약서라면 당장 찢어버려야 하고 그것이 입회서라면 당장 돌려주어야 한다는 뜻이다.

• p. 68 각주 • 참조.

이런 뜻풀이가 지나치게 임의적이면서 지나치게 일반적이라고 당신이 여전히 반박해 온다면, 육체와 정신이 온전히 펼쳐지는 데 필요한 최소한의 돈과 배움이 얼마큼인지 누가 정할 수 있으며 어떤 것이 지켜져야 할 유의미한 의리이고 어떤 것이 무시당해 싼 무의미한 의리인지 누가 가를 수 있느냐고 당신이 반문해 온다면, 내가 할 수 있는 일은 (시간이 없으니) 권위 있는 분별법을 소개하는 것뿐이다. 그중 하나는 당신에게도 이미 익숙한 방법, 곧 손목에서 작동하는 심리계•를 참조하는 방법이다. 심리계라는 눈에 보이지 않는 측정기는 모든 대인 관계에서 모종의 척도가 되어준다. 온도계와 비슷하게 생겼다고 생각하면 될 것 같다. 심리계의 수은주는 누구 앞에서든(그 누군가의 육체 앞에서든 그 누군가의 영혼 앞에서든) 어느 곳에서든(가정에서든 사회에서든) 영향을 받는다. 재산을 얼마큼 갖는 것이 좋은지 알고 싶다면 부자 앞에 심리계를 놓아보면 되고 얼마큼 배우는 것이 좋은지 알고 싶다면 학자 앞에 심리계를 놓아보면 된다. 애국심, 종교 등등도 마찬가지다. 대화의 흐름을 끊거나 무례를 범하지 않더라도 심리계의 수은주를 확인하는 것은 가능하다. 하지만 이것이 너무 개인적인 방법이고 오류의 위험이 높은 방법이라고 당신이 반박해 온다면, 심리계라는 개인적 척도로 인해서 수많은 부부 관계가 불행해지고 수많은 친구 관계가 끊어졌다는 사실이 안 보이느냐고 당신이 반문해 온다면, 아무리 가난한 고학력 남성의 딸이라도 쉽게 이용할 수 있는 또 하나의 권위 있는 분별법이 있다. 미술관에 가서 그림을 보고, 라디오를 틀어 전파를 잡고, 모두에게 무료로 개방되어 있는 아무 도서관에나 들어가보라는 것,

• psychometer. 울프의 조어 중 하나. 온도계thermometer가 열thermo 측정기meter이듯, 심리계psychometer는 심리psycho 측정기meter다.

그러면 거기서 당신은 사회의 심리계가 찾아내는 그림들, 음악들, 책들을 혼자서도 확인할 수 있으리라는 것이다. 시간이 없으니 예는 한 가지만 들자. 소포클레스의 『안티고네』의 영어 번역에는 산문 번역도 있고 운문 번역도 있는데 번역한 사람•의 이름은 중요하지 않다.[39] 크레온이라는 인물을 들여다보라. 여기서 당신은 권력과 재력이 영혼에 어떤 영향을 미치는가에 대한 어느 시인(무대의 심리학자)의 심층 분석을 볼 수 있다. 자기가 가진 통치 권력이 절대적이라는 크레온의 주장을 들여다보라. 이 분석은 이 시대 정치가들이 내놓을 수 있는 그 어떤 독재 분석보다 훨씬 유익하다. 어떤 것이 무시당해야 할 무의미한 의리이고 어떤 것이 중시되어야 할 유의미한 의리냐고? 인간의 법과 신의 법이라는 안티고네의 구분을 들여다보라. 이 구분은 개인이 사회에 대해서 가지는 의무에 관해서 이 시대 사회학자들이 내놓을 수 있는 그 어떤 진술보다 훨씬 의미심장하다. 안티고네의 다섯 마디는 (영어로 옮겨졌을 때는 변변찮지만▲) 모든 대주교의 모든 설교문을 전부 합친 것에 못지않게 값어치가 있다.[40] 하지만 이제 그만 입을 다물지 않으면 결례가 될 것이다. 개인적 판단은 비공개일 때 아직 자유로우며, 자유의 핵심은 그 자유로움에 있다.

• man. 울프의 시대까지 『안티고네*Antigone*』를 영어로 번역한 사람은 모두 남자였다. 지금은 다이앤 레이어Diane Rayor(2011), 앤 카슨Anne Carson(2012), 카밀라 샴지Kamila Shamsie(2017) 등 여러 여성 연구자들의 『안티고네』 영어 번역들이 나와 있다.

▲ 실제로 울프에게는 고대 그리스 문헌학 학위를 포함해 그 어떤 학위도 없었지만, 그리스 비극의 영어 번역들에 아쉬움을 표시할 수 있을 정도의 고대 그리스어 독해력은 있었던 것 같다. 울프, 「그리스어를 모른다는 것에 관하여On Not Knowing Greek」 참조.

여기까지가 기부 조건인데, 조건이 좀 많은 것 같기도 하고, 기부금은 슬프게도 달랑 1기니지만, 지금 우리가 처해 있는 상황에서는 그리 어렵지 않게 충족될 수 있는 조건들이다. 첫 번째 조건(딱 먹고살 정도의 돈을 벌어야 한다는 것)을 제외하면, 그 조건들이 우리에게는 영국의 국법 덕에 이미 충족되어 있다. 영국의 국법은 우리가 큰 재산을 상속받지 않을 수 있도록 배려해준다.● 우리에게 국적이라는 온전한 형태의 오명을 허락해주지 않는 것이다. (앞으로도 계속 허락해주지 않기를 바라자.▲) 이어서 우리 오라비들은 필요 불가결하고 대단히 유용한 그것, 분별을 유지하는 데 필요 불가결하고 허영과 에고티즘과 과대망상이라는 현대의 대죄를 막는 데 대단히 유용한 그것(조롱과 비난과 멸시)을 우리에게 앞으로 수백 년 동안 (지난 수백 년 동안과 마찬가지로) 제공할 것이다.[41] 아울러 영국 교회가 우리의 예배 인도를 거부하는 한(앞으로도 계속 거부해주기를!◆), 그리고 오래된 사립 학교들과 오래된 대학교들이 직책과 혜택을 우리와 나누어 갖기를 거부하는 한, 우리는 (우리 쪽에서는 아무런 수고를 들이지 않아도) 그런 직책이나 혜택으로부터 생성되는 특정 의리들을 면제받게 될 것이다. 그 외에도 당신에게 도움이 될 것이 있으니, 그것은 가정집의 전통들, 이 현재의 뒤에 놓여 있는 그 오랜 기억들이다. 순결(육체적 순결)이 여성이라는 성에게 허락된 무료 수업에서 얼마나 중요한 부분이었나를 우리는 앞의 인용문들에서 알 수 있었다. 육체적 순결이라는 과거의 이상을 정신적 순결이라는 새로운

● 실제로 영국에서는 딸이 아버지의 귀족 작위를 상속하는 것을 허용하는 일명 '다운튼애비법'이 아직 의회를 통과하지 못하고 있다.

▲ 1948년 국적법이 통과된 뒤로는 여성도 배우자의 국적에 상관없이 영국 국적을 보유할 수 있게 되었다.

◆ p. 115 각주 ●, p.126 각주 ● 참조.

이상으로 전환하기(정신은 육체보다 고귀하다고들 하니, 과거에 몸을 팔아서 돈을 버는 것이 잘못이었다면, 오늘날 머리를 팔아서 돈을 버는 것은 더 큰 잘못이리라고 생각하기)가 그렇게 어렵지만은 않을 것이다. 우리가 솔깃한 유혹들 중에서도 가장 솔깃한 유혹(돈)에 저항하는 것을 바로 그런 전통들이 이렇게 도와주고 있잖은가? 우리가 연 40파운드와 숙식을 제공받으면서 매일의 종일을 일할 수 있는 권리를 누려온 세월이 벌써 수백 년이잖은가? 고학력 남성의 딸들이 하는 일의 절반이 여전히 무급 업무라는 것을 휘터커도 증언해주고 있잖은가? 마지막으로, 명예로운 상, 화려한 명성, 중대한 영향력이라는 유혹, 우리는 그 유혹에도 쉽게 저항할 수 있잖은가? 아비나 남편의 머리나 가슴에 씌워져 있거나 달려 있는 화관이나 배지에 반영되어 있는 것 말고는 그 어떤 명예도 없이 수백 년 동안 일하고 있는 우리잖은가?

이렇듯 국법도 우리 편이고 자산도 우리 편이고 과거의 기억도 우리를 인도해줄 테니, 이 1기니가 당신의 것이 되는 데 필요한 조건들이 (첫 번째 조건을 제외하면) 그런대로 쉽게 충족될 수 있는 조건들이라는 것에는 당신도 더 이상 반론을 제기할 수 없을 것이다. 당신이 할 일은 개인적 심리계와 사회적 심리계를 토대로 과거의 가르침(2천 년 동안 유지되어온 가정의 전통과 교육)을 확대, 수정, 전환하는 것뿐이다. 당신이 이 조건에 동의하겠다면, 흥정은 여기서 끝날 수 있으니, 이 1기니는 임대료를 내야 하는 당신 것이 된다. (이것이 1천 기니라면 좋으련만!) 당신이 이 조건에 동의한다면, 직업을 가지고 살더라도 직업에 물들지 않을 수 있고, 소유에 대한 집착, 권리에 대한 집착, 호전성, 탐욕이라는 직업인의 특징들을 멀리할 수 있다. 당신이 이 조건에 동의한다면, 당신 스스로의 판단, 당신 스스로의 의지를 가지는 데 당신의 직업을 사용할 수 있고, 비인간적이고 잔인하고 경악스럽고 어리석은 전쟁을 없애는 데 그 판단과 그 의지를 사용할 수 있다. 자, 그럼 이 1기니를 당신에게 보낼 테니, 그 집을 태워 없애는 데 말고 그 집의 창문을 밝히는 데 써주기 바란다. 최근에야 구한 그 집, 허술한 그 집, 버스와 행상이 지나다니는 좁은 길에 서 있는 그 집이 원무의 중심이 될 수 있게. 못 배운 어미를 둔 여자들이 원무를 추면서 "우리가 전쟁을 없앴네! 우리가 독재를 없앴네!" 이렇게 노래할 수 있게. 그리고 그 여자들의 죽은 어미들이 무덤에서 "우리가 그렇게 모욕과 멸시를 당했던 보람이 있구나! 딸들아, 그 집의 창문을 밝혀라! 환하게, 환하게 밝혀라!" 이렇게 외치며 크게 웃을 수 있게.

못 배운 여성의 딸들의 취업을 돕는 당신에게 나는 바로 이런 조건들과 함께 이 1기니를 보내겠다. 그럼 나의 장광설은 이만 줄이기로 하고, 당신이 바자회의 준비 작업에 성공하기를, 산토끼와 찻주전자의 진열 작업에 성공하기를, '매우 고매하신Right Honorable'[●] 샘프슨 레전드 경Sir Sampson Legend[▲](이름 뒤에 OM, KCB,[◆] LLD,[■] DCL,[○] PC[△] 등등의 철자를 붙이는 분)이 왔을 때 당신이 그 가면(고학력 남성

● 극도의 경칭.

▲ 영국의 극작가 윌리엄 콩그리브William Congreve(1670~1729)의 희극 『사랑에는 사랑으로 *Love for Love*』(1695)의 등장인물.

◆ Knight Commander of the Order of the Bath의 약자.

■ Doctor of Laws의 약자.

○ Doctor Civilis Legis의 약자.

△ Privy Councillor의 약자.

의 딸이 오라비 앞에서 써야 하는 미소 띤 존경의 가면)을 쓰는 데 성공하기를 기대해보자.

여기까지가 고학력 여성의 취업을 돕는 단체의 재무 담당자님에게 최종적으로 써 보낸 편지의 내용입니다. 1기니에 걸린 조건을 정리해본 것입니다. 귀하의 전쟁 방지 노력을 돕는 일에 1기니로 할 수 있는 모든 일을 해야 한다는 조건이 최대한 명확히 전달될 수 있게 정리했습니다.● 내걸어야 하는 조건이 이런 조건이 맞는지는 알 수 없는 일이지만 말입니다. 하지만 우리가 고학력 남성의 딸들의 교육을 돕는 분을, 그리고 고학력 남성의 딸들의 취업을 돕는 분을 돕지 않는다면, 고학력 남성의 딸들은 귀하의 전쟁 방지 노력을 돕는 데 필요한 자립적이고 공평무사한 영향력을 확보할 수 없을 테니, 귀하에게도 곧 분명해질 것이듯, 귀하의 편지에 답장을 쓰기에 앞서서 이분의 편지와 대학 개축 관련 재무 담당자님의 편지에 답장을 쓰고 두 분 앞으로 각각 1기니씩 기부하는 것은 반드시 필요한 일이었습니다. 세 가지 대의가 서로 연결되어 있으리라고 짐작된다는 것입니다. 하지만 거기에 대해서는 이미 저희가 힘닿는 데까지 밝혀놓았으니, 이제는 귀하의 편지를 다시 읽으면서 귀 단체에 가입해달라는 요청을 재고해보도록 하겠습니다.

● 영국판에서는 두 문장이었던 대목(밑줄)이 미국판에서는 다음의 한 문장으로 바뀌었다. "1기니가 행사할 수 있는 영향력을 정리하기 위해 저희의 심리적 역량을 최대한 발휘했으니, 귀하의 전쟁 방지 노력을 돕는 일에 최선을 다해야 한다는 조건이 명확히 전달되었기를 바랍니다."

셋

자, 여기에 귀하가 보내온 편지가 있습니다. 어떻게 해야 전쟁을 막을 수 있겠느냐면서 의견을 달라는 내용으로 시작해서 저희가 어떻게 해야 귀하가 전쟁을 막도록 도울 수 있을지 그 구체적 방안을 추천하는 내용으로 이어지는 편지였습니다. 저희가 귀하를 돕자면, 첫째, "문화를 수호하고 지성의 자유를 수호하겠다"고 맹세하는 성명서에 서명해야 하고,[1] 둘째, 평화를 지킨다는 목적하에 몇 가지 방안을 모색하는 귀 단체에 가입해야 하고, 마지막으로, 모금 중이라는 점에서는 다른 단체들과 마찬가지인 귀 단체에 기부금을 내야 하는 모양입니다.

그럼, 첫째, 저희가 문화를 수호하고 지성의 자유를 수호함으로써 어떻게 귀하를 도울 수 있다는 것인지 생각해보겠습니다. 문화니 지성의 자유니 하는 다소 추상적인 단어들과 여기 있는 극히 구체적인 사진들(시체들, 부서진 집들)이 확실히 연결돼 있다는 것이 편지의 내용이었으니까요.

어떻게 해야 전쟁을 막을 수 있겠느냐면서 의견을 달라는 내용도 놀라웠지만, 귀 성명서에 다소 추상적으로 표현돼 있는 내용, 곧 귀하가 문화를 수호하고 지성의 자유를 수호할 수 있도록 도와달라는 내용은 더욱 놀라웠습니다. 앞에서 확인한 사실들을 감안할 때, 저희에게 그런 내용의 도움을 청한다는 것이 무슨 의미인지를 생각해보면 놀랄 수밖에 없잖습니까? 1938년에 고학력 남성의 아들들이 문화를 수호하고 지성적 자유를 수호하겠다면서 고학력 남성의 딸들을 상대로 도움을 청하고 있다는 의미잖습니까. 그것이 왜 그렇게 놀라운 일이냐고 반문하시겠습니까? 데본셔 공작•이 별과 양말▲을 목에 걸고 부엌에 내려와서는 마침 지저분한 얼굴로 감자 껍질을 벗기고 있던 부엌 하녀를 상대로, "내가 지금 핀다로스◆를 읽다가 어려운 대목을 만났는데, 메리, 감자 껍질 벗기는 일은 나중에 하고, 내가 이 대목을 이해할 수 있도록 나를 좀 돕거라"고 말한다면, 메리는 깜짝 놀라지 않겠습니까? 깜짝 놀라 요리 하녀 루이자에게 달려가면서 "아이고야, 루이, 주인님이 미쳤나 봐!"라고 비명을 지르지 않겠습니까? 고학력 남성의 아들들이 저희 같은 누이들을 상대로 지성적 자유와 문화를 수호할 수 있도록 도와달라고 하면, 저희에게서도 그 비슷한 비명이 나오지 않겠습니까? 어쨌든 이제부터는 그런 부엌 하녀의 비명을 어떻게든 고학력 계급의 언어로 번역해보겠습니다.

부디 아서의 학비를 저희의 앵글, 저희의 관점으로 바라보아주

• 1938년에 가터 훈장을 받았다.

▲ 가터 훈장의 문양.

◆ Pindaros(기원전 518~기원전 438). 고대 그리스의 서정시인.

시기를 한 번 더 부탁드릴 수밖에 없겠습니다. 귀하의 고개를 그쪽으로 꺾는 일이 어렵기는 하겠지만, 저희가 지난 수백 년간 그 돈 통이 비는 일이 없게 했던 덕에 매년 1만 명 정도의 오라비들이 옥스퍼드와 케임브리지에 다닐 수 있었던 것이니만큼, 저희에게 그 돈 통을 채운다는 것은 무슨 의미였을지 부디 이해해보려고 애써주시기를 한 번 더 부탁드리겠습니다. 고학력 남성의 딸들은 1262년•부터 1870년▲까지 자기 수업료를 희생해 아서의 학비를 채웠잖습니까? 고학력 남성의 딸들이 쓴 수업료는 여학교 교사, 독일어 교사, 댄스 교사가 받아 가는 정도의 푼돈뿐이었잖습니까? 고학력 남성의 딸들은 자기 수업료를 희생해 이튼과 해로, 옥스퍼드와 케임브리지, 그리고 그 모든 유럽 명문 대학교(소르본, 하이델베르크, 살라망카, 파도바, 로마)의 학비를 대줬잖습니까? 자기가 번 돈을 대준 것은 아니라고 해도 아낌없이 대줬잖습니까? 너무 아낌없이 대준 탓에 고학력 남성의 딸들이 19세기에 드디어 엔간한 유료 수업을 받을 권리를 얻었을 때 고학력 남성의 딸들을 가르칠 정도의 유료 교육 수혜자가 단 한 명도 없었던 것 아니겠습니까?◆[2] 그런데 고학력 남성의 딸들이 이제는 자기도 그 대학교 수업을 받으면서 여행, 기분 전환, 여가 생활 같은 혜택을 좀 누릴 수 있겠다고 생각하려는 찰나에 이렇게 마른하늘에 날벼락처럼 귀하의 편지가 날아와 그 어마어마

• 영국에서 가장 오래된 옥스퍼드 대학교는 1167년 이전에 설립되었다. 케임브리지 대학교가 설립된 것은 1209~26년이다. 여기서 1262년은 1226년의 오기일 가능성이 있다. 케임브리지가 왕실 인가서를 받은 것은 1231년, 옥스퍼드가 왕실 인가서를 받은 것이 1248년이기 때문이다.

▲ p. 53 "고학력 남성의 누이들을 위한 (……) 칼리지가 처음 생긴 때는 1870년경이었다" 참조.

◆ 실제로 영국에서는 1939년에 최초로 여자 옥스브리지 교수가 나왔다.

한, 그 터무니없이 많은 돈이(그 돈이 얼마였는지를 계산하든, 그 돈을 마련하기 위해 무엇을 포기했는지를 감안하든 아서의 학비는 어마어마하게 많은 돈인데) 다 괜한 돈, 괜히 허비된 돈이었음을 알려주고 있지 않습니까? 옥스퍼드 대학교와 케임브리지 대학교를 대체 왜 세웠습니까? 교양을 수호하고 지성의 자유를 수호하기 위해서가 아니었습니까? 귀하의 누이들이 왜 배움을 포기하고 여행을 포기하고 혜택을 포기했겠습니까? 그렇게 아낀 돈으로 오라비들을 사립학교, 대학교에 보내 문화를 수호하고 지성의 자유를 수호하는 법을 배우게 하기 위해서였잖습니까? 그런데 귀하가 이제 와서 교양과 지성의 자유가 위험에 처해 있다는 성명을 내면서 저희의 성명을 보태라고 하고 귀하가 번 1기니에 저희가 번 6펜스를 보태라고 하면, 저희는 그 돈이 다 헛된 낭비였고 그 돈을 가져간 곳들이 다 실패였나 보다 그렇게 짐작할 수밖에 없지 않겠습니까? 그 돈을 가져간 사립 학교들, 대학교들이 정신과 육체를 기르는 그렇게 정교한 체제를 가지고도 실패할 수밖에 없었다면, 귀 단체가(물론 저명한 분들이 귀 단체에 후원하고 있기는 하지만) 성공하리라고 생각할 이유가 어디 있겠는가, 귀 성명서가(물론 훨씬 더 저명한 분들이 귀 성명서에 서명하기는 했지만) 효과가 있을 것이라고 생각할 이유가 어디 있겠는가, 그런 궁금증이 생길 수밖에 없지 않겠습니까? 귀 단체는 사무실을 임대하기 전에, 모금 담당자를 고용하기 전에, 위원회를 꾸리고 기부금을 요청하는 편지를 보내기 전에, 그런 사립 학교, 그런 대학교가 왜 실패했는지를 좀 생각해보아야 하지 않겠습니까?

하지만 이것은 귀하가 자문해볼 문제겠습니다. 저희가 자문해볼 문제는 귀하가 교양을 수호하고 지성의 자유를 수호할 수 있도록 도울 방법이 대체 뭐가 있을까 하는 것입니다. 저희 계급은 얼마 전까지만 해도 대학교에 들어가보려고 노력할 때마다 좌절을 겪었고, 이제 겨우 대학교에 들어갈 수 있게 되었지만 그 인원이 너무 적습니다. 저희 계급은 유료 수업을 받아본 적이 거의 없으니 학력이라고는 자국어를 겨우 읽고 쓰는 것이 고작입니다. 저희 계급은 인텔리겐치아가 아니라 이그노란치아•입니다. 저희는 저희 자신의 교양 수준을 이렇듯 낮게 평가하고 있고, 실은 귀하 또한 저희의 평가에 동의하시는 것 같습니다. 저희의 평가가 옳음을 확인시켜주는 동시에 귀하가 저희의 평가에 동의하시는 것 같다는 짐작이 사실임을 말해주는 증인이 있으니, 그 증인이 바로 휘터커입니다. 휘터커에 실린 사실들에 따르자면, 옥스퍼드와 케임브리지의 대학들 중에서 고학력 남성의 딸이 자국어로 된 문학을 가르칠 능력이 있다고 평가하는 곳은 단 한 곳도 없습니다. 내셔널 갤러리에서 그림 매입을 고려할 때, 초상화 갤러리에서 초상화 매입을 고려할 때, 대영 박물관에서 미라 매입을 고려할 때, 고학력 남성의 딸이 자문역으로 유용하다고 평가한 경우는 단 한 번도 없습니다. 귀하는 나라에 보탬이 될 교양과 지성의 자유를 매입하기 위해 돈을 쓰는 일에서는 절대로 저희의 자문이 가치가 있을 수 있다고 생각하지 않는 분이라는 것을 휘터커가 이렇듯 냉정한 사실들을 통해 증언해주는데(그 돈에는 저희가 보탠 돈도 들어 있는데), 저희를 상대로 교양을 수호하고 지성의 자유를 수호할 방법을 물을 가치가 있겠다고 생각하셨다니, 저희는 깜짝 놀랄 수밖에 없지 않겠습니까? 이렇게 예상치 못했

• 울프의 아이로니컬한 조어. 인텔리겐치아가 유식자 계급이라면, 이그노란치아는 무식자 계급이다.

던 찬사를 받게 되었는데, 어떻게 깜짝 놀라지 않을 수 있겠습니까? 귀하가 보내온 이 편지가 바로 그런 찬사잖습니까? 물론 이 편지에는 찬사뿐 아니라 사실들도 포함되어 있습니다. 이 편지에서 귀하는 전쟁이 눈앞에 닥쳤다고 말씀하셨고, 이어서 여러 언어(예컨대 프랑스어)로 "Seule la culture désintéressée peut garder le monde de sa ruine(세계의 파멸을 막을 수 있는 것은 이해관계를 초월한 교양뿐이다)"●[3]라고 말씀하셨고, 이어서 저희가 귀하를 도와서 전쟁을 막을 수 있는 길은 지성의 자유와 이 나라의 문화유산을 수호하는 것이라고 말씀하셨습니다. 첫 번째, 두 번째 이야기까지는 엄연한 사실인 만큼, 저희의 무식을 핑계로 귀하의 요청을 모르는 척하거나▲ 저희의 정숙을 핑계로 그저 가만히 있기는 불가능합니다. 프랑스어 실력이 부족한 부엌 하녀라도 담벼락에 대문자로 쓰여 있는 '공습 주의'◆의 의미를 읽고 이해하는 것은 가능하니까요. 무식한 부엌 하녀라도 자기 목숨이 핀다로스의 글 한 대목에 달려 있다는 말을 들으면 어떻게든 그 대목을 해석해보려고 안간힘을 쓸 것이듯, 고학력 남성의 딸들도 교양을 수호하고 지성의 자유를 수호하려면 어떻게 해야 하는지 생각해보지 않을 수 없겠습니다. 배움이 적으니 잘될지는 모르지만, 그렇게라도 해야 귀하가 전쟁을 막도록 도울 수 있다니, 이런 방법으로 어떻게 귀하를 도울 수 있다는 것인지 힘닿는 데까지 생각해보겠습니다. 교양을 수호하고 지성의 자유를 수호하겠다는 이 성명서의 다짐을 지키겠다는 의도를 가지고 이 성명

● 피에르 클라락Pierre Clarac(1894~1986), 『문단 소식*Les Nouvelles Littéraire*』, 1937년 7월 31일자.

▲ 무지ignorance와 모르는 척to ignore의 어원이 같음을 이용한 말장난.

◆ 실제로 영국에서는 1935년에 내무부 산하에 '공습 주의 부서Air Raid Precaution Department'가 만들어졌다.

서에 서명하는 것이 가능할지 생각해보겠다는 것입니다. 귀 단체에 가입해달라는 요청에 대해서는 그 후에 고민해보겠습니다.

일단 교양이니 지성의 자유니 하는 이 추상적인 단어들이 대체 무슨 의미인지 궁금해집니다. 귀하가 그런 것들을 수호할 수 있도록 돕자면 그런 것들의 의미를 정의해놓는 편이 좋지 않겠습니까? 하지만 기부금을 요청하시는 모든 분들과 마찬가지로 귀하도 시간이 없으시겠군요. 단어의 정의를 찾아서 자국어 문헌들 사이를 배회하는 일은 그 자체로 재미있는 소일거리지만, 그렇게 배회하다가 멀리 가버릴 위험도 있겠고요. 그러니 일단은 이런 단어들이 무슨 의미인지 알고 있다고 치고 어떻게 해야 귀하가 이런 단어들을 수호할 수 있도록 도울 수 있을까 하는 실질적 질문에 집중하도록 하겠습니다. 자, 여기 신문이 있습니다. 사실들이 실려 있습니다. 여기서 뽑아낸 이런 인용문이 저희가 질문에 대답하는 데 필요한 시간과 노력을 줄여줄 것 같습니다. "어제 사립 학교 교장 회의에서는 여성이 14세 이상 남학생을 가르칠 교사로 적당치 않다고 결정했다."• 이 사실은 저희가 도울 수 없는 영역이 존재한다는 사실을 증언해주는 만큼, 저희에게 즉각적으로 큰 도움이 됩니다. 사립 학교, 대학교에 다니는 오라비들의 교육을 개혁해보려던 저희의 노력은 길거리를 청소하는 동물들에게나 유익할 죽은 고양이나 썩은 달걀 세례, 아니면 자물쇠 수리공들에게나 유익할 대문 고장을 유발하는 것이 고작이었다는 것, 하지만 정작 권위 있는 남성분들은 그 모습을 서재 창문으로 내려다볼 뿐 피우고 있던 시가를 내려놓는 일도 없고 천천히 음미될 가치가 있는 부케를 품은 고급 클라레▲를 내려놓는 일

• 출처는 밝혀져 있지 않다.

▲ 클라레claret/부케bouquet의 운율과 음감에는 거슬림이 없다. 유아기 고

도 없었다는 것을 역사는 우리에게 확실히 일러주고 있으니까요.[4] 이렇듯 역사의 가르침, 그리고 그것을 뒷받침해주는 신문의 가르침을 통해 좀더 분명하게 알 수 있듯, 저희가 저희 자리에서 할 수 있는 일은 많지 않습니다. 그저 저희 계급의 교양, 저희 계급의 지성의 자유를 수호함으로써 귀하가 교양과 지성의 자유를 수호하도록 돕는 것이 고작입니다. 예컨대, 어느 여자 대학에서 기부금을 요청해 왔을 때 여자 대학이라는 주변적 기관이 주변성을 벗어나려면 이러저러하게 바뀌어야 하지 않겠느냐고 제안해보는 것, 아니면 여성이 직업을 얻도록 돕는 어느 기관에서 기부금을 요청해 왔을 때 직업인으로 살아가면서 교양과 지성의 자유를 지지하려면 이러저러하게 바뀌는 편이 좋지 않겠느냐고 제안해보는 것이 고작입니다. 고학력 남성의 딸들에게 유료 교육은 아직은 설익은 단계, 어린 단계이고, 옥스퍼드와 케임브리지에서 유료 교육을 받을 수 있는 인원도 엄격하게 제한되어 있는 만큼, 아직 그 성스러운 문안으로 들어갈 수 없는 대다수의 고학력 남성의 딸들에게 교양이란 어떤 불가해한 실수 덕에 열려 있는 공립, 사립 도서관에 들어가서 얻어야 할 그 무엇일 수밖에 없고, 이 1938년까지도 대부분의 고학력 남성의 딸들에게 교양이란 대개 자국어를 읽고 쓰는 것 정도일 수밖에 없습니다. 그러니 어떤 방법으로 귀하를 도울 수 있을까 하는 문제도 그만큼 쉬워집니다. 저희는 그리 거창하지 않은 방법으로 귀하를 도울 수 있습니다. 자, 저희가 할 일은 고학력 남성의 딸들 앞에 귀하가 보내온 편지를 내미는 것, 그리고 귀하가 이렇게 전쟁을 막고 싶어 하니 도와주면 어떻겠느냐고, 오라비들에게 교양을 수호하고

착 논의와 연결될 가능성이 있다.

지성의 자유를 수호할 방법을 조언함으로써가 아니라 그저 자국어를 읽고 쓰되 교양과 지성의 자유라는 다소 추상적인 여신들을 직접 수호할 수 있는 방식으로 읽고 씀으로써 도와주면 어떻겠느냐고 말하는 것뿐입니다.

표면상으로는 긴말 필요 없고 미사여구도 필요 없는 간단한 문제인 것 같습니다. 그런데 시작부터 새로운 어려움에 부딪힙니다. 앞에서도 이미 한 번 말했듯이, 직업들 중에서 19세기에 일련의 격렬한 전투를 치르지 않았던 직업은 간단히 문필업이라고 칭해지는 직업밖에 없습니다. '그럽 스트리트•의 전투'라는 것은 없었습니다. 고학력 남성의 딸들이 문필업에 진입하는 길이 가로막힌 적은 한 번도 없었습니다. 물론 문필업을 직업으로 삼는 데 필요한 것들이 매우 저렴하기 때문이었지요. 책, 펜, 종이 등이 값싸기도 하고, 저희 계급 사이에서도 최소한 18세기 이후로는 읽기와 쓰기가 보편적으로 보급되기도 했던 만큼, 어떤 남성 단체가 튀어나와서 읽기와 쓰기에 필요한 지식을 독점하는 것, 문필업에 종사하고 싶어 하는 사람들 중에서 자기네가 정한 조건에 맞는 사람들만 들어오게 하고 나머지 사람들을 못 들어오게 하는 것은 불가능한 일이었던 것입니다. 하지만 문필업이 그렇게 고학력 남성의 딸들에게 열려 있는 직업이니만큼, 치러야 하는 전투도 없고 전투 비용을 보태달라고 편지를 보내오는 분도 없습니다. 1기니를 필요로 하는 사람들이라야 저희가 내거는 조건에 귀를 기울여주고 저희가 내거는 조건을 지키기 위해서 최선을 다할 것을 약속해줄 텐데, 문필업에 종사하는 사람들은 그럴 필요가 없는 것입니다. 바로 그런 탓에 저희가 난처한

• 영국 런던에서 생계형 작가들이 주로 거주했던 지역.

곤경에 빠졌다는 데는 귀하도 동의하시리라 믿습니다. 그런 사람들에게 우리가 대체 무슨 수로 압력을 가할 수 있겠습니까? 우리를 돕는 것이 옳은 일이라는 것을 그런 사람들에게 무슨 수로 설득할 수 있겠습니까? 문필업은 다른 직업들과는 다른 것 같기도 합니다. 귀하가 종사하는 직업에는 대법관이라는 우두머리가 있지만, 문필업에는 그런 우두머리가 없습니다. 문필업에는 규칙을 정하고 강제하는 공식 단체 같은 것도 없습니다.[5] 여성들의 도서관 이용을 막을 방법도 없고,[6] 여성들의 잉크와 종이 구입을 막을 방법도 없습니다. 미술 학교에서는 남학생만 누드를 그릴 수 있다는 규칙을 정할 수 있었지만, 문필업에서는 남성이나 여성 어느 한쪽만 은유를 사용하라는 규칙을 정할 수가 없습니다. 음악 학교에서는 남학생만 오케스트라 단원이 될 수 있다는 규칙을 정할 수 있었지만, 문필업에서는 남성이나 여성 어느 한쪽만 각운을 사용하라는 규칙을 정할 수가 없습니다. 문필업에서 허용되는 재량의 폭은 상상을 초월합니다. 고학력 남성의 딸이 남자의 이름(예컨대 조지 엘리엇, 또는 조르주 상드•)을 사용하는 일도 허용될 정도입니다. 화이트홀의 당국자들은 냄새나 공기로 성별의 차이를 감지할 수 있는 것은 물론이고 혼인 여부까지 감지할 수 있는 데 비해서 편집자들이나 발행인들이 원고에서 아무런 차이도 감지하지 못하는 것은 그 때문입니다.

이렇듯 문필업으로 생활비를 버는 사람들을 상대로는 거의 강제력을 발휘할 수 없는 만큼, 그런 사람들에게 다가가려면 당근이나 채찍 같은 것은 내려놓고 최대한 겸손한 태도를 취해야 합니다. 거지가 모자를 벗어 들고 구걸하듯, 바쁘시겠지만 부디 경청해주십

• George Sand(1804~1876).

사, 문필업을 통해 교양과 지성의 자유를 드높여주십사 빌어야 합니다.

이런 상황에서라면 '교양과 지성의 자유'를 좀더 정의해보는 것도 쓸모가 있을 듯합니다. 다행히 완벽한 정의나 철저한 정의가 필요한 것은 아니니, 밀턴이나 괴테나 매슈 아널드에게 자문을 구할 필요는 없겠습니다. 그런 사람들이 정의해주는 교양은 유료 교양(위턴 양의 정의에 따르면, 라틴어, 그리스어, 프랑스어와 함께 물리학, 신학, 천문학, 화학, 식물학, 논리학, 수학까지 포함하는 교양)일 테니까 말입니다. 저희가 주로 상대할 사람들에게 교양은 무료 교양(자국어를 읽고 쓸 줄 아는 것 정도의 교양)입니다. 마침 여기 놓여 있는 귀 단체의 성명서가 이 단어들을 좀더 정의해보는 데 도움이 됩니다. 성명서를 보니 "이해관계를 초월한" 교양이라는 표현이 있군요. 그럼 당장의 목적을 위해서 일단 교양을, 이해관계를 초월해 자국어를 읽고 쓰면서 살아가는 것이라고 정의하도록 하겠습니다. 그리고 역시 당장의 목적을 위해서 지성의 자유를, 자기가 가진 생각을 자기가 옳다고 느끼는 표현과 방식으로 말하거나 쓸 권리라고 정의하도록 하겠습니다. 자, 대단히 거친 정의들이지만 이 정도로 만족할 수밖에 없겠습니다. 그럼 고학력 남성의 딸들을 상대로 이렇게 부탁해볼 수 있겠습니다. "여러분, 드릴 말씀이 있는데요. 이 남자분이, 우리가 다 존경하고 있는 이분이 전쟁이 눈앞에 닥쳤대요. 우리더러 교양과 지성의 자유를 수호해달래요. 우리가 교양과 지성의 자유를 수호하면 자기가 전쟁을 막을 때 도움이 된대요. 그러니 이렇게 부탁드릴게요. 읽고 쓰는 일로 생활비를 버는 여러분, 이제부터 부디……" 하지만 여기서 저희는 말문이 막히고 저희의 부탁은 이렇게 말줄임표가 되어 사라집니다. 이번에도 사실들이 이야기를 가로막습니다. 책에 나오는 사실들, 전기에 나오는 사실들이 이야기를 어렵게 만들고 나아가 불가능하게 만듭니다.

어떤 사실들일까요? 어떤 사실들인지 살펴보자면, 여기서 또 한 번 좀 전의 부탁을 중단할 수밖에 없습니다. 어떤 사실들인지를 알아내는 데는 아무 어려움도 없습니다. 일단 우리 앞에 한 가지 유용한 자료가 놓여 있습니다. 정말 솔직하고 감동적인 작품이자 사실들이 가득 실려 있는 작품, 미시즈 올리펀트●의 자서전입니다. 이 사람이 바로 읽고 쓰는 일로 생활비를 번 고학력 남성의 딸이었습니다. 각종 책을 저술한 작가였습니다. 무수하게 많은 소설, 전기, 역사, 피렌체 핸드북, 로마 핸드북, 서평, 기사를 써냈고, 그렇게 번 돈으로 생계를 꾸리고 자식들을 교육시켰습니다. 그런데 그것이 교양과 지성의 자유를 수호하는 데 얼마나 기여했을까요? 읽어보면 직접 판단할 수 있습니다. 일단은 소설을 읽어보십시오(『공작의 딸』 『다이애나 트렐로니』 『해리 조슬린』▲ 같은 것들 두어 권만 읽어보십시오). 이어서 셰리든◆의 전기와 세르반테스의 전기를 읽어보십시오. 계속해서 피렌체 핸드북, 로마 핸드북■을 읽어보십시오. 그리고 마지막으로 여러 지면에서 이미 색이 바래가는 무수한 기사들, 서평들, 각종 시평들을 읽어보십시오. 그렇게 다 읽어보고 나서 자기의 마음을 들여다보면서 귀하가 이런 글을 읽은 덕에 이해관계를 초월한 교양

● Margaret Oliphant(1828~1897).

▲ *The Duke's Daughter*(1890), *Diana Trelawney*(1893), *Harry Joscelyn*(1881).

◆ Richard Brinsley Sheridan(1751~1816).

■ *Sheridan*(1887), *Cervantes*(1880), *The Makers of Florence*(1876), *The Makers of Modern Rome*(1895).

과 지성의 자유를 드높이게 되었는지 자문해보십시오. 오히려 귀하의 마음이 더러워지지 않았습니까? 귀하의 상상이 허약해지지 않았습니까? 이렇게 머리가 좋았던 미시즈 올리펀트가 이 좋은 머리를 팔아먹어야 했다는 사실, 생계를 꾸리고 자식들을 교육시키기 위해 교양을 창녀로 만들고 지성의 자유를 노예로 만들었다는 사실이 개탄스럽지 않았습니까?[7] 가난이 정신과 육체를 얼마나 망가뜨리는지를 감안하고 아울러 먹이고 입히고 보살피고 가르쳐야 할 아이들이 있는 사람에게는 선택의 여지가 없음을 감안할 때, 이 사람이 택한 길에는 박수를 쳐줄 수밖에 없겠고, 이 사람의 용기에는 찬사를 보내줄 수밖에 없겠습니다. 하지만 이 사람처럼 살아가는 사람들에게는 박수를 쳐주고 찬사를 보내주기만 하면 됩니다. 이 사람처럼 살아가는 사람들에게 도움을 청할 필요는 없습니다. 이 사람처럼 살아가는 사람들이 이해관계를 초월한 교양과 지성의 자유를 수호하기가 불가능할 테니 말입니다. 이 사람처럼 살아가는 사람들을 상대로 귀 단체의 선언문에 서명해달라고 부탁하는 것은 술집 주인을 상대로 금주 선언문에 서명해달라고 부탁하는 것이나 마찬가지입니다. 술집 주인 본인은 절대 금주가일 수도 있겠지만, 술집 주인의 처자식이 맥주 매출에 의지하고 있으니 맥주 판매를 중단하기는 불가능합니다. 그런 사람은 금주 선언문에 서명한다 해도 서명하자마자 카운터로 돌아가서 손님들에게 맥주를 더 마시라고 권할 수밖에 없을 테니, 그런 사람의 서명은 금주라는 대의에 전혀 기여하지 못하겠지요. 마찬가지로, 읽고 쓰는 일로 생활비를 벌어야 하는 고학력 남성의 딸들은 귀 단체의 선언문에 서명한다 해도 서명하자마자 책상으로 돌아가서 교양을 창녀로 만들고 지성의 자유를 노예로 만드는 책들, 연설문들, 기사들을 써낼 수밖에 없을 테니, 그런 사람들의 서명은 가치가 없겠지요. 의견 표명으로서의 가치는 있을지 몰라도, 귀하가 필요로 하는 것은 한갓 의견 표명이 아니라 적극적 도움일 테니 말입니다. 그러니 고학력 남성의 딸들에게 부탁할 때는 표현을 좀 달리해야 합니다. 교양을 모독하는 글을 절대 쓰지 않겠다고 맹세해달라, 지성의 자유를 침해하는 계약을 절대 체결하지 말아달라는 표현을 넣어야 합니다. 하지만 그랬다가는 전기가 짧게 대답해줍니다. 나도 당장 먹고살아야 하잖아요? 이 한 마디가 충분한 대답이 됩니다. 그러니 고학력 남성의 딸들 중에 우리가 도움을 청할 수 있는 사람들은 당장 먹고살 걱정이 없는 사람들뿐이라는 것이 분명해집니다. 그 사람들에게 이런 말로 부탁해볼 수 있을 듯합니다. "고학력 남성의 딸로 태어난 여러분 중에서 당장 먹고살 걱정이 없는 분들이시라면……" 하지만 또 여기서 갑자기 말문이 막힙니다. 부탁은 또 여기서 서서히 말줄임표가 되어 사라집니다. 우리가 이런 말로 도움을 청할 수 있는 사람들이 과연 얼마나 될까요? 휘터커 앞에서, 재산 관련 법률들 앞에서, 신문 유증 기사들 앞에서, 요컨대 사실들 앞에서, 우리가 이런 말로 도움을 청할 때 과연 몇 명이나 대답해줄까요? 1천 명, 5백 명, 아니 250명이라도 대답해줄 것이라고 생각하는 것은 착각 아닐까요? 하지만 어쨌든 여러분이라는 복수형 명사를 그대로 써보겠습니다. "고학력 남성의 따님으로 태어나신 여러분 중에서 당장 먹고살 걱정이 없으면서 자국어로 읽고 쓰는 일을 즐기는 여러분께 간곡하게 부탁드립니다. 부디 이 남자분의 성명서에 서명하시면서 실제로 성명서 내용을 실천하겠다는 의도를 품어주시기를 바랍니다."

이 부탁에 귀를 기울여주는 사람들이 실제로 있다면, 그 사람들이 귀 성명서를 좀더 자세히 설명해달라고 요구하는 것은 지극히 당연한 일일 듯합니다. 물론 책을 읽을 수 있고 시간을 낼 수 있는 사람들, 곧 스스로 단어를 정의할 수 있는 사람들인 만큼 교양과 지성의 자유를 정의해달라는 요구는 아닐 것입니다. 이런 사람들이라면 이 남자분이 말하는 "이해관계를 초월한" 교양이 무슨 의미인지, 그리고 그런 교양과 지성의 자유를 한갓 말이 아닌 행동으로 수호하려면 어떻게 해야 하는지를 설명해달라고 요구할 것 같습니다. 이런 사람들은 누군가의 아들이 아니라 누군가의 딸이니, 훌륭한 역사가 매콜리가 예전에 한 여성에게 바쳤던 다음과 같은 찬사를 떠올리는 방식으로 이야기를 시작해도 될 것 같습니다. "메리•의 행동은 남자들은 절대 못할, 하지만 여자들 중에는 가끔 해내는 사람도 있는, 이해관계를 초월한 그 완벽한 헌신의 대표적인 사례였다."[8] 부탁하는 입장에 있을 때는 찬사를 바치는 것이 결코 나쁜 방법이 아닙니다. 이렇게 찬사를 바친 다음에는 가정집에서 오랫동안 전해 내려온 전통, 곧 순결의 전통을 언급해도 될 것 같습니다. "당신도 아시잖습니까. 지난 수백 년간 여자가 사랑하지 않는 상대에게 몸을 파는 것은 악행인 반면에 사랑하는 남편에게 몸을 내어주는 것은 옳은 일이라고 여겨져왔잖습니까. 사랑 없는 상대에게 당신의 머리를 파는 것은 잘못인 반면에 당신이 사랑하는 예술에게 당신의 머리를 내어주는 것은 옳은 일이잖습니까." 그러면 상대가 이렇게 물

• 영국 여왕 메리 2세Mary II(1662~1694, 재위 1689~1694)를 가리킨다.

어 올 것 같습니다. "사랑 없는 상대에게 머리를 판다는 것이 대체 무슨 의미인가요?" 그러면 이렇게 대답할 수 있을 듯합니다. "한마디로 말하자면, 돈을 벌기 위해 당신이 쓰고 싶지 않은 글을 남이 써달라는 대로 쓴다는 의미인데, 이런 식으로 머리를 파는 것은 몸을 파는 것보다 더 큰 잘못입니다. 몸으로 순간적 쾌락을 판 사람은 팔고 나서 뒤탈이 없도록 조치를 취할 수 있는 반면, 머리를 판 사람은 그런 조치를 취할 수 없습니다. 머리를 파는 것은 결국 허약하고 사악하고 병든 자식들을 이 세상에 퍼뜨림으로써 이 세상을 오염시키고 타락시키는 짓, 다른 사람들에게 병균을 옮기는 짓입니다. 그러니 이렇게 부탁드립니다. 머리의 간통을 저지르지 않겠다고 부디 맹세해주시기 바랍니다. 머리의 간통은 육체의 간통보다 훨씬 큰 잘못이니까요." 그러면 상대가 이렇게 대꾸할 것 같습니다. "머리의 간통이란 쓰고 싶지 않은 글을 돈을 위해 쓴다는 의미로군요. 그렇다면 머리의 간통을 저지르지 말아달라는 말은, 나더러 쓰고 싶지 않은 책이나 기사나 강연문을 쓰라고 하면서 그 대가로 돈을 주겠다고 하는 모든 출판사 발행인, 신문사 편집장, 강연 의뢰자를 전부 내치라는 뜻인가요?" 그러면 이렇게 대답할 수 있을 듯합니다. "맞습니다. 그리고 부탁이 더 있습니다. 만약 당신이 몸을 팔라는 제안을 받으셨다면 당신 본인을 위해서 그리고 다른 사람들을 위해서 분노하면서 고발하셨을 테니, 부디 머리를 팔라는 제안을 받으셨을 때도 그렇게 분노하면서 고발해주시기 바랍니다. 자, 여기서 adulterate라는 동사의 사전적 의미가 '불순물을 포함시켜 저질화하다'라는 것에 주목해주시기 바랍니다.* 돈이 유일한 불순물이냐 하

* 'adultery(간통)'와 'to adulterate(불순물을 섞다)'의 어원이 같음을 이용한 말장난.

면 그렇지가 않습니다. 과시와 홍보 또한 불순물입니다. 개인적 매력이 포함된 교양, 과시와 홍보가 포함된 교양은 저질화된 교양입니다. 부디 그런 불순물을 내치시기 바랍니다. 연단에 서지 마시기 바랍니다. 강연을 맡지 마시기 바랍니다. 귀하의 얼굴이나 사생활을 공개하지 마시기 바랍니다. 두뇌의 매춘을 알선하는 포주들의 그런 온갖 감언이설들을 부디 내치시기 바랍니다. 그리고 아울러 두뇌의 가격을 기재하고 선전하는 온갖 꼬리표들과 장식품들(훈장이니, 상이니, 학위니 하는 것들)도 부디 내치시기 바랍니다. 교양이 창녀로 전락했고 지성의 자유가 노예로 팔렸음을 알려주는 이런 온갖 딱지들을 부디 철저히 거부하시기 바랍니다."

단순히 교양을 수호하고 지성의 자유를 수호하겠다는 귀 단체의 성명서에 서명하는 것에 그치지 않고 교양을 수호하고 지성의 자유를 수호해야 한다는 의견을 행동으로 실천한다는 것이 무슨 의미인가를 이렇게 정의해보았는데, 온건하고 불완전한 정의임에도 불구하고 이 정의를 들은 고학력 남성의 딸들은 심지어 당장 먹고 살 걱정이 없는 축에서도 난색을 표할 듯합니다. 지키기 힘든 조건들이라는 것이지요. 그런 조건들을 지킨다는 것은 부유함이라는 좋은 것을 손해 보겠다는 의미이고, 모두 좋다고들 하는 명예를 손해 보겠다는 의미이고 상당한 정도의 비난과 조롱을 감수하겠다는 의미잖습니까. 두뇌를 사고파는 일로 돈을 벌고 이득을 얻는 사람들은 그런 조건들을 지키는 사람들을 얼마나 비웃겠습니까. 게다가 그런 조건들을 지킨다고 해서 대단한 보상이 있는 것도 아니잖습니까. 귀 단체의 성명서에 쓰여 있는 다소 추상적인 표현을 쓰자면, 그런 조건들을 지키는 사람은 그저 '교양을 수호하고 지성의 자유를 수호하는' 사람, 그런 의견을 표명하는 데 그치는 것이 아니라 행동으로 실천하는 사람이 될 수 있을 뿐입니다.

이렇듯 지키기 어려운 조건들이 걸려 있는 데다 고학력 남성의 딸들을 상대로 이런 조건들을 장려하거나 강제할 규칙을 정하는 단체가 존재하는 것도 아닌 만큼, 이런 조건들을 지켜야 한다고 설득할 또 다른 방법은 없을까 궁금해집니다. 자, 이 사진들(시체들, 부서진 집들)을 내미는 것 이외에는 방법이 없을 듯합니다. 이 사진들과 창녀로 팔린 교양, 노예로 팔린 지성이 불가분 관계로 연결돼 있음을 밝혀내는 것이 과연 가능할까요? 이 사진들로 가시화된 부와 명예의 대가를 본인이 직접 치르거나 남들에게 떠넘기느니 차라리 부와 명예를 거부하는 편이 낫겠다는 생각을 불러일으키는 것이 과연 가능할까요? 저희에게 주어진 시간은 너무 짧고, 저희에게 주어진 무기는 너무 약하지만 귀하의 말이 정말이라면, 양자가 정말 그렇게 불가분의 관계로 연결돼 있다면, 저희는 그것이 사실임을 증명하는 일에 나설 수밖에 없겠습니다.

자, 그럼 우선 고학력 남성의 딸들 중에서 당장 먹고살 걱정을 안 해도 될 정도의 돈을 벌면서 읽기와 쓰기를 즐기는 사람을 상상의 세계에서라도 한 명 데려다놓아 보겠습니다. 고학력 남성의 딸들 중에 당장 먹고살 걱정을 안 해도 될 정도의 돈을 벌면서 읽기와 쓰기를 즐기는 계급이 실제로는 존재하지 않을 수도 있겠지만, 어쨌든 이렇게 데려다놓은 사람을 그 계급의 대표라고 치고 이야기를 시작해보겠습니다. 그런 읽기와 쓰기의 결과물들이 그 사람의 책상

위에 놓여 있으니, 일단 이렇게 질문해볼 수 있겠습니다. "여기 있는 신문들을 보니, 일간지가 세 종, 주간지가 세 종이로군요. 왜 신문을 이렇게 많이 읽으시나요?" 그러면 상대는 이렇게 대꾸합니다. "정치에 관심이 있어서, 그리고 사실을 알고 싶어서입니다." 그러면 우리는 이렇게 질문해볼 수 있겠습니다. "훌륭한 마음가짐이로군요. 하지만 왜 세 종이어야 하나요? 다른 사실이 실려 있나요? 다른 사실이 실려 있다면, 왜 그런 건가요?" 그러면 상대의 대꾸는 다소 아이로니컬해집니다. "고학력 남성의 딸이라면서 그걸 모르신다고요? 신문에는 자금을 대는 이사회가 있고, 이사회에는 미는 정책이 있고, 각 이사회는 저마다 그렇게 미는 정책을 설파할 필자들을 고용하잖아요. 이사회가 미는 정책에 동의하지 않는 필자들은, 당신도 잠시 생각해보시면 기억나시겠지만, 순식간에 실업자가 되잖아요. 그러니 정치 사안에서 사실을 알고 싶을 때는 최소한 세 종의 신문을 읽고 최소한 세 버전의 사실을 비교한 뒤 스스로 결론을 내리는 수밖에 없잖아요. 그래서 세 종이 있는 거예요." 이렇게 논픽션이라고 할 수 있는 지면을 간략하게나마 이야기했으니 이제 픽션이라고 할 수 있는 지면으로 넘어가보겠습니다. 우리는 이렇게 질문해볼 수 있겠습니다. "하지만 그림, 연극, 음악, 책 같은 것들도 있잖아요. 그쪽에서도 그렇게 특이한 방침을 고수하시나요? 그림, 연극, 음악, 책에 관한 사실을 알고 싶을 때도 그렇게 일간지 세 종, 주간지 세 종을 훑어보시나요? 문화 지면 필자를 고용하는 것은 편집장이고 편집장을 고용하는 것은 이사회이고 이사회에는 미는 정책이 있다, 그러니 신문마다 관점이 다르다, 그러니 세 가지 관점을 비교한 후에야 비로소 어떤 그림을 보아야 할지, 무슨 연극, 무슨 음악회에 가야 할지, 도서관에서 어떤 책을 주문해야 할지 스스로 결론을 내릴 수 있다, 그런 말씀이신가요?" 그러면 상대는 이렇게 대꾸합니다. "나는 고학력 남성의 딸이다 보니 이것저것 읽으면서 교양을 좀 얻을 수 있었는데, 오늘날의 저널리즘이 어떤 상태인지를 감안한다면, 내가 미술, 연극, 음악, 책에 대해 가져야 할 의견을 신문으로부터 취한다는 것은 꿈에도 생각지 못할 일이에요. 내가 정치 사안에 대해 가져야 할 의견을 절대로 신문으로부터 취하지 않는 것과 마찬가지지요. 서로 다른 여러 관점을 비교하세요. 곳곳의 왜곡을 감안하세요. 그러고 나서 스스로 판단하세요. 그 방법 말고는 없어요. 신문이 이렇게 많이 있는 건 그래서예요."[9]

그 말씀은 이런 뜻인가요? 글을 크게 두 가지로 구분하면 사실을 말하는 글과 의견을 말하는 글이 있을 텐데, 사실을 말한다는 글도 순수한 사실을 말하고 있는 것이 아니고 의견을 말한다는 글도 순수한 의견을 말하고 있는 것이 아니다, 불순물이 섞인 사실과 의견을 말하고 있는 것뿐이다, 사전의 정의를 빌리면, "불순물이 포함되어 저질화된" 사실과 의견을 말하고 있는 것뿐이다, 그런 뜻인가요? 다시 말해, 그런 글의 진술 하나하나에서 금전이라는 동기, 권력이라는 동기, 과시라는 동기, 홍보라는 동기, 허영심이라는 동기를 비롯해 당신이 고학력 남성의 딸로서 익히 알고 있는 모든 동기들을 벗겨낸 뒤에야 비로소 정치 지면에서 어떤 사실을 믿어야 할까, 문화 지면에서 어떤 의견을 취해야 할까를 판단할 수 있다, 그런 뜻인가요? 상대는 동의합니다. "맞습니다." 그 말씀은 이런 뜻인가요? 만약에 그렇게 진실을 포장해야 하는 동기들을 전혀 갖고 있지 않은 누군가가 당신에게 자기의 의견을 말한다면, 사실에 해당하는 것은 이것과 이것이라고 말한다면, 당신은 그 사람의 말을 믿을 수 있다, 사람의 판단이니까 틀릴 가능성을 항상 감안해야 하고 예술 작품의 판단이라면 그 가능성이 상당하리라는 것도 감안해야 하겠지만, 어쨌든 그 사람의 말을 믿을 수 있다, 그런 뜻인가요? 상대는 동의합니다. "맞습니다." 만약에 그 사람이 전쟁이 나쁘다고 말한다면 당신은 그 말을 믿겠군요? 만약에 그 사람이 어떤 그림이나 교향곡이나 연극이나 시가 좋다고 말한다면 당신은 그 말을 믿겠군요? "사람의 판단이니까 틀릴 가능성을 감안해야 하겠지만, 어쨌든 믿겠습니다." 자, 그럼 이제 그런 사람들이 실제로 존재한다고 생각해봅시다. 두뇌로 간통하지 않겠다고 맹세한 그런 사람들이 250명, 아니 50명, 아니 25명이라도 실제로 존재한다고 생각해봅시다. 그런 사람들이 하는 말에서는 진실이라는 알맹이를 얻기 위해 금전의 동기, 권력의 동기, 과시의 동기, 홍보의 동기, 허영심의 동기 같은 껍데기를 벗겨낼 필요가 없을 테니, 두 측면에서 놀라운 결과를 얻을 수 있지 않을까요? 첫째, 지금 전쟁이라는 벌레는 창녀로 전락한 사실 배달업자들의 썩은 낙엽• 위에서 꿈틀거리고 있지만, 우리가 전쟁과 관련된 진실을 알게 된다면, 이 벌레도 곧 짓눌려 뭉개지지 않을까요? 둘째, 아직 우리는 문화를 창녀로 전락시키면서 살아갈 수밖에 없는 사람들의 더럽혀지고 허약해진 지면들 틈에서 얼쩡거리고 있지만, 이제 우리가 예술과 관련된 진실을 알게 된다면 예술을 즐기고 예술을 하면서 살아가는 일이 너무 즐거워질 테니, 전쟁

• p. 68 각주 ▲ 참조.

과 함께 살아가는 일은 예술과 함께 살아가는 일에 비하면 가볍게 재미로 청소나 해볼까 하는 딜레탕트 노인들의 지루한 놀이(네트 너머로 공을 날려 보내는 대신 국경 너머로 폭탄을 날려 보내는 놀이)로 느껴지지 않을까요? 요컨대, 신문 필자들이 정치에 대한 진실, 예술에 대한 진실을 말하는 것을 유일한 목적으로 삼는 사람들로 바뀐다면 우리도 전쟁을 안 믿게 되지 않을까요? 그 대신 예술을 믿게 되지 않을까요?

교양과 지성의 자유가 이 사진들(시체들, 부서진 집들)과 불가분의 관계로 연결돼 있음이 이렇게까지 분명히 밝혀졌으니, 고학력 남성의 딸들 중에 당장 먹고살 걱정이 없는 사람들을 상대로 부디 두뇌의 간통을 저지르지 말아달라고 부탁한다는 것은 지금 최대한 적극적인 방법으로 전쟁을 막도록 도와달라고 부탁하는 것이나 마찬가지입니다. 문필업은 아직 그런 사람들이 가장 쉽게 진입할 수 있는 직업이니까요.

자, 저희가 귀 단체를 위해 이 여자분에게 부탁할 수 있는 것은 이 정도입니다. 솔직히 말하면 너무 대략적이고 너무 간략한 부탁이었는데, 시간이 촉박하니까 좀더 정의해보지는 못하겠습니다. 하지만 이런 분이 실제로 존재한다면, 저희의 부탁에 이렇게 대꾸할 것 같기는 합니다. "무슨 부탁이신지는 잘 알아들었어요. 고학력 남성의 딸들이 이미 알고 있는 내용이네요. 설사 몰랐다고 해도 신문을 읽어보면 확실히 알게 될 내용이고요. 하지만 생각해보세요. 이해관계를 초월한 교양과 지성의 자유를 수호하겠다는 이 성명서에 서명하는 데 그치지 않고 그런 의견을 행동으로 실천할 수 있을 만큼 여유 있는 사람이 있다 하더라도, 어디서 어떻게 시작하라는 건가요?" 그리고 이렇게 덧붙이는 것도 무리가 아닐 듯합니다. "별들 너머에나 있는 이상향에 대한 꿈은 그만 접으세요. 실제로 존재하는 세계에 실제로 존재하는 사실을 가지고 이야기하세요." 맞아요, 실제로 존재하는 세계를 가지고 이야기하는 일은 꿈속의 세계를 가지고 이야기하는 일에 비해 훨씬 어렵지요. 하지만 이것 하나만은 말씀드리고 싶네요. 개인용 인쇄기•는 실제로 존재하는 물건이에요. 보통의 소득 수준 너머에나 있는 꿈이 아니라고요. 타자기와 복사기도 실제로 존재하는 데다 인쇄기보다 저렴하지요. 아직까지는 금지 품목이 아닌 이 저렴한 도구들을 가지고 있다면, 이사회, 정책, 편집장이라는 압력에서 당장 벗어날 수 있잖아요. 누가 시켜서 쓰는 것이 아니라 자기가 쓰고 싶은 것을 자기가 쓰고 싶은 말로 자기가 쓰고 싶을 때 자기가 쓰고 싶은 분량으로 쓸 수 있잖아요. 그것이 바로 우리가 정의한 '지성의 자유'잖아요. 그러면 상대는 이렇게 대꾸할지 모르겠습니다. "하지만 그러면 '독자'는요? 독자를 확보하려면 자기가 쓰고 싶은 덩어리를 분쇄기에 갈아 소시지로 제조할 수밖에 없잖아요?" 그러면 저희는 이렇게 대답할 수 있겠습니다. "독자는 우리와 그렇게 다르지 않아요. 독자도 방에서 생활하고 길에서 걸어 다니지요. 한때 소시지를 먹었지만 이제는 질려서 못 먹게 됐다는 이야기도 들리고요. 리플릿을 써서 여기저기 뿌려도 되잖아요. 좌판에 놓고 팔아도 되잖아요. 수레에 싣고 돌아다니면서 1페니에 팔든지 공짜로 주든지 해도 되잖아요. '독자'를 확보할 새로운 방법이 필요하잖아요. 사람들을 한데 뭉쳐 비대하고 저능한 괴

• 실제로 울프 부부는 1907년에 인쇄기를 구입해서 호가스Hogarth라는 출판사를 차렸다.

물로 만들지 않을 방법,● 한 명 한 명 따로 떼어놓을 방법이 필요하잖아요. 방법을 생각해보세요. 당장 먹고살 걱정은 없으시잖아요. 공간도 있으시잖아요. '아늑한' 공간은 아닐 수 있겠고 '고급' 가구 같은 것이 없을 수도 있겠지만,▲ 어쨌든 개인적으로 쓸 수 있는 조용한 공간이 있으시잖아요. 그런 공간에서라면 예술가들에게 미술, 음악, 책과 관련된 진실을 말할 수 있잖아요. 언론의 관심이 사달을 불러올지 모른다는 걱정 없이, 판매에 영향이 갈지 모른다는 걱정 없이(어차피 판매는 미미하겠지만), 예술가들의 허영심에 상처가 될지 모른다는 걱정 없이(예술가들의 허영심은 어마어마하니까), 진실을 말할 수 있잖아요. 그렇게 진실을 말한 뒤 적정 수고비를 요구할 수도 있잖아요.[10] 어쨌든 벤 존슨◆은 머메이드■에서 셰익스피어에게 그런 식의 비평을 들려주었는데, 문학이 그런 식의 비평 탓에 더 나빠졌다고 생각할 이유가 없음을 『햄릿』이 증언해주고 있잖아요. 최고의 비평가들은 개인적으로 만난 사람들이잖아요? 들을 가치가 있는 비평은 직접 귀로 들은 비평뿐이잖아요? 자, 당신이 자국어로 글을 쓰는 작가로서 귀하의 견해를 행동으로 실천할 수 있는 적극적인 방법에는 이런 것들이 있겠네요. 물론 당신이 작가가 아니라 독자라면, 교양을 수호하고 지성의 자유를 수호함에 있어 적극적 방법이 아닌 소극적 방법을 쓸 수밖에 없겠지요." 그러면 상대는 물어

● 메리 셸리Mary Shelley(1797~1851)의 『프랑켄슈타인*Frankenstein*』(1818)에서 주인공 프랑켄슈타인이 여러 시체로 한 괴물을 만들어내는 장면을 연상시키는 표현.

▲ p. 120 "고급 가구"와 "아늑한 벽난로" 참조.

◆ Ben Jonson(1572~1637).

■ 엘리자베스 시대(1558~1603)에 런던의 세인트폴 대성당 근처에 있었던 술집 겸 여관. 1666년 런던 대화재 때 없어졌다.

올 겁니다. "소극적인 방법에는 뭐가 있을까요?" 그러면 저희는 대답할 겁니다. "보지 않고 듣지 않는 것입니다. 지성에게 노예 짓을 시키는 신문은 보지 마시고, 교양에게 창녀 짓을 시키는 강의는 듣지 마세요. 쓰고 싶지 않은 글을 남이 시키는 대로 쓴다면 노예나 마찬가지잖아요. 개인적 매력이 포함된 교양, 과시가 포함된 교양은 창녀나 마찬가지잖아요. 저 원무, 저 사악한 원무, 지성을 창녀로 만드는 뽕나무를 빙글빙글 돌아가며 추는 저 원무를 부디 이런 적극적, 소극적 조치로 최대한 끊어주세요. 저 원무가 끊어지면 저 포로들은 해방될 거예요. 글을 쓰는 데서 재미를 느껴본 작가는 자기가 재미를 못 느끼는 글은 당연히 안 쓰게 될 테고, 작가가 재미를 느끼면서 쓴 글을 읽어본 독자는 그런 글이 훨씬 질이 좋다는 것을 당연히 알게 될 테고, 그러면서 작가가 돈을 벌려고 쓴 저질적인 글은 당연히 안 읽게 될 테니까요. 그렇게만 되면, 고대 노예들이 돌덩이를 쌓아 피라미드를 만들어야 했듯 단어들을 쌓아 책과 기사를 만들어야 하는 현대 노예들도 언젠가 그 무거운 쇠사슬을 끊고 그 역겨운 노역을 그만둘 수 있지 않을까요? 그렇게만 되면, 형체를 알아볼 수 없이 찌그러져 있는 '교양'의 여신, 거짓의 강보에 싸인 채 반쪽짜리 진실들을 소심하게 웅얼거리면서 자기 이야기에 작가의 명성을 높여주거나 고용주의 지갑을 불려줄 것 같은 설탕물을 몰래 섞고 있는 이 여신도 언젠가 자기의 아름다운 본모습을 되찾을 수 있지 않을까요? 교양이란 이렇듯 본디 강건하고 용감하고 자유로운 것임을 밀턴과 키츠를 비롯한 위대한 작가들이 알려주고는 있지만, 아직은 교양이라는 단어를 입에 담자마자 머리가 아파 오고 눈이 감기고

문이 닫히고 공기가 탁해지는군요. 우리가 아직도 이렇게 강의실에 틀어박혀 퀴퀴한 냄새를 풍기는 상한 인쇄물을 앞에 놓고 매주 수요일마다, 또는 매주 일요일마다 밀턴 또는 키츠에 대해서 강연문 또는 설교문을 써내야 하는 어느 남자분의 밀턴 또는 키츠에 대한 강의 또는 설교를 듣고 있는 동안, 라일락은 정원에 갇힌 가지들을 자유롭게 흔들고 있고, 선회하기도 하고 급강하하기도 하는 갈매기들은 상한 생선 같은 그런 것들일랑 차라리 갈매기에게나 던져주는 것이 유익하리라는 뜻을 요란한 웃음소리로 전하고 있습니다. 여기까지가 우리가 당신에게 하는 부탁의 내용, 그리고 우리가 당신에게 그런 부탁을 하는 이유들입니다. 교양과 지성의 자유를 옹호하는 성명서가 여기 있으니, 부디 서명하는 데 그치지 말기를, 그 약속을 행동으로 실천하기 위해 최소한 노력이라도 해주기를 바랍니다.

당장 먹고살 걱정이 없으면서 자국어로 읽고 쓰는 일을 즐기는 고학력 남성의 딸들이 과연 귀 단체의 부탁을 들어줄지 어떨지는 모르겠습니다. 하지만 교양과 지성의 자유가 수호되어야 한다는 의견을 갖는 데 그치는 것이 아니라 실제로 교양과 지성이 수호되는 방향으로 가려고 한다면, 이것이 한 가지 방법일 것 같습니다. 물론 쉬운 방법은 아닙니다. 그래도 지금 같은 상황에서는 고학력 남성의 딸들이 이 방법을 오라비들보다는 쉽게 실천할 수 있을 것이라고 생각해볼 이유들이 있습니다. 첫째, 고학력 남성의 딸들은 스스로 원해서 그렇게 된 것은 아니라고 해도 어쨌든 어떤 충동들•

• 프로이트 심리학의 개념. 실제로 울프는 당시 새로웠던 프로이트 심리학에 관심이 있었다. 프로이트 영어 전집의 책임 편집자 리턴 스트레이치는 울프와 친한 친구 사이였고, 이 전집을 낸 호가스출판사는 울프 부부가

에 대한 면역성을 확보했습니다. 앞에서 말했듯, 교양과 지성의 자유를 행동으로 수호한다는 것은 곧 조롱당하면서 순결을 지키면서 세간의 관심을 받지 못하면서 가난하게 살아야 한다는 의미겠는데, 역시 앞에서 말했듯 그런 것들이 바로 고학력 남성의 딸들에게는 친숙한 스승들이니까요. 둘째, 고학력 남성의 딸들에게 유리하게 작용하는 많은 사실들을 휘터커로부터 확인할 수 있습니다. 고학력 남성의 딸들에게는 여전히 전문가적• 교양의 많은 열매(미술관장 자리, 박물관장 자리, 교수 자리, 강의 자리, 편집장 자리 등)가 손이 닿지 않는 곳에 있다는 것이 휘터커의 증언인 만큼, 고학력 남성의 딸들이 교양을 상대할 때는 오라비들에 비해 이해관계를 초월한 좀더 순수한 관점을 취할 수 있으리라는 것입니다. (매콜리는 고학력 남성의 딸들이 선천적으로 이해관계를 초월하는 능력이 있다고 주장하지만, 우리가 그런 임시방편적 주장에 동의할 필요는 없습니다.) 이렇듯 고학력 남성의 딸들은 오래된 전통과 지금의 사실 양쪽에서 도움을 받고 있으니, 교양이 창녀가 되는 원무, 교양이 창녀가 되게 하는 악순환을 끊어야 하는 우리로서는 고학력 남성의 딸들에게 도와달라고 부탁할 권리를 약간은 가지고 있을 뿐 아니라 우리를 도와줄 수 있는 사람들이 실제로 존재한다면 우리를 도와주리라는 희망을 약간은 가지고 있습니다. 자, 이제 귀 단체로부터 선언문에 서명해달라고 부탁 받은 입장으로 돌아와보자면, 저희 중에 이상의 조건을 지킬 수 있는 사람이라면 서명할 것이고 못 지킬 사람이라면 서명하지 않으리라는 것이 저희의 대답입니다.

지금까지는 귀하가 전쟁을 막도록 도울 방법이 뭘까 하다가

차린 출판사였다.

• professional. 여기서는 아마추어(p. 233)와 대립하는 개념.

문화와 지성의 자유를 수호한다는 것이 무슨 의미인지를 어떻게든 정의해보려고 했는데, 이제부터는 귀하의 첫 번째 부탁과 필연적으로 연결된 두 번째 부탁, 곧 귀 단체에 기부해달라는 부탁을 살펴보도록 하겠습니다. 귀하 또한 귀 단체의 회계를 책임지시는 분이고 한 단체에서 회계를 책임지시는 분이 기부금을 원한다는 것은 필연이니까요. 귀하 또한 돈을 보태달라고 하시는 만큼, 귀하에게도 똑같이 귀 단체의 목적을 정의해달라고 부탁하고 귀하를 상대로도 똑같이 조건을 내걸고 흥정하는 것이 가능할지도 모르겠네요. 그럼 물을게요. 귀 단체의 목적은 무엇인가요? 물론 전쟁을 막는 것이라고 말씀하시는군요. 그럼 또 물을게요. 귀 단체는 전쟁을 막는다는 목적을 위해 어떤 방법을 쓰시나요? 대략 개인의 권리를 보호하는 방법, 독재에 반대하는 방법, 모두가 평등한 기회를 누려야 한다는 민주주의의 이상을 확인하는 방법을 쓴다고 말씀하시는군요. 이런 방법들이 "세계의 영구적 평화를 보장할 수 있는" 주된 방법들이라고 말씀하시는군요. 그러시다는데 굳이 조건을 내걸고 흥정할 필요가 어디 있겠어요. 귀 단체가 그런 것들을 추구하는 단체라고 하신다면, 그리고 그런 것들을 달성하기 위해 최대한 노력할 용의가 있는 단체라고 하신다면, 그 말씀을 의심한다는 것은 불가능하니 이 1기니를 드리겠습니다. (1백만 기니가 아닌 것이 아쉬울 따름입니다!) 대가를 바라지 않는 선물, 자유로운 마음에서 우러나오는 선물입니다.•

"자유롭다"는 말은 다른 많은 익숙한 말들과 마찬가지로 너무 많이 쓰인 탓에 이제 너무 닳아버렸으니, 일단 이 맥락에서 "자유

• free gift에 '공짜로 준다'는 의미와 함께 '자유롭게 준다'는 의미가 있음을 이용한 말장난.

롭다"는 말이 무슨 뜻인지에 대한 정확한 설명을 (현학적 설명이 될 위험을 감수하고라도) 시도해보아야 할 것 같습니다. 여기서 이 말은 선물의 대가로 권익이나 혜택 같은 것을 전혀 요구하지 않는다는 뜻입니다. 저희가 드리는 선물은 영국 교회 성직이나 증권 거래소나 외교 부서에 들어가게 해달라는 청탁이 아닙니다. 저희가 선물을 드리는 의도는 귀하가 '영국인'이라고 할 때와 똑같은 의미의 '영국인'이 되고 싶어서가 아닙니다. 저희가 선물을 드리는 목적은 직업을 달라, 작위를 달라, 훈장을 달라, 교수 자리를 달라, 강의 자리를 달라, 이 위원회에 앉혀달라, 이 이사회에 앉혀달라고 요구하기 위해서가 아닙니다. 저희가 드리는 선물이 이런 모든 조건으로부터 자유로울 수 있는 것은 모든 인간에게 더없이 중요한 한 가지 권리, 곧 생활비를 벌 권리가 이미 저희 수중에 들어와 있기 때문입니다. 귀하는 이 권리를 빼앗을 수 없습니다. 그렇기 때문에 영국 역사상 처음으로 고학력 남성의 딸은 오라비가 도움을 청해 왔을 때 아무런 대가도 요구하지 않으면서 자기가 번 1기니를 위에서 논의한 목적을 위해서 이렇게 선물할 수 있는 것입니다. 두려워서 주는 것도 아니고 잘 보이려고 주는 것도 아니고 조건을 내걸고 주는 것도 아닌, 자유롭게 주는 선물입니다. 문명사를 장식할 대단히 중요한 사건, 무슨 기념식이라도 거행해야 할 것 같은 대사건입니다. 하지만 케케묵은 예식들(시장님이 거북이 대열과 보안관 대열을 거느리고 철퇴로 돌덩이 같은 것을 아홉 번 툭툭 치는 동안, 법의를 완벽히 갖춰 입은 캔터베리 대주교가 축도를 올리는 그런 기념식•)과는 인연을 끊도록 합시다. 이 새로운 사건을 기념할 예식을 만들어냅시다. 옛 단어 하나

• p.116 각주• 참조.

를 파괴하는 것보다 그런 예식에 더 어울리는 것이 뭐가 있겠습니까? 악의로 가득한 부패한 단어, 한때는 매우 해로웠으나 이제는 쓸모없어진 단어, '페미니스트'라는 단어가 바로 그 옛 단어입니다. 사전에 따르면 이 단어는 "여성들의 권리를 옹호하는 사람"을 뜻합니다. 그런데 여성들에게는 생활비를 벌 권리라는 유일무이한 권리가 생겼으니, 이 단어는 이제 의미 없는 단어가 되었습니다. 이렇게 의미가 없어진 단어는 죽은 단어, 부패한 단어입니다. 그러니 이 시체를 불태움으로써 새로운 사건을 기념하도록 합니다. 이 단어를 풀스캡•에 검은색 대문자로 쓰고 성냥을 그어 불을 붙이는 엄숙한 예식을 거행합시다. 이 불길이 활활 타오르는 것을 보십시오! 이 불빛이 세상 곳곳에서 춤을 추는 것을 보십시오! 자, 이제 타고 남은 재를 모아 절구 안에 넣고 거위 깃펜으로 빻은 다음, 앞으로 이 단어를 사용하는 남자는 "종을 울리고 도망가는 자,"[11] 이간질하는 자, 오래된 뼛조각들을 더듬는 자라고(그런 자의 얼굴에는 더러운 자라는 증거가 구정물로 쓰여 있다고) 한목소리로 노래합시다. 자, 이제 연기는 가라앉았고, 그 단어는 불타 없어졌습니다. 이 예식을 통해 무슨 일이 생겼는지 한번 보십시오. '페미니스트'라는 단어가 불타 없어지고 공기가 맑아졌는데, 공기가 그렇게 맑아질 때 우리 앞에 무엇이 나타납니까? 같은 대의를 위해 함께 일하는 남녀가 나타납니다. 자, 이제 과거에 드리워져 있던 구름도 걷혔습니다. 19세기의 그 여자들, 어딘가 좀 이상했던, 이제 죽고 없는, 포크 보닛을 쓰고 숄을 둘렀던 그 여자들은 무슨 대의를 위해 일하고 있었습니까? 지금의 우리와 똑같은 대의를 위해 일하고 있었습니다. 조지핀 버틀러는 "우

• 대형 인쇄용지. 어릿광대의 모자fool's cap를 워터마크로 사용한 데서 연유한 명칭.

리가 옹호했던 것은 여성들의 권리만이 아닌, 좀더 광범위하고 좀 더 근본적인 권리, 남녀를 막론하고 모든 인간이 한 명 한 명 정의와 평등과 자유라는 대원칙에 따라 존중받을 권리"였다고 말했습니다.• 귀하도 똑같은 단어들로 똑같은 주장을 하고 있습니다. "페미니스트"라는 싫은 이름으로 불려야 했던 고학력 남성의 딸들은 사실은 귀하가 싸우는 싸움의 전위 부대였습니다. 그때 그 여자들이 상대해야 했던 적은 지금 귀하가 상대해야 하는 적과 같은 적이었고, 그때 그 여자들이 그렇게 싸웠던 이유도 지금 귀하가 이렇게 싸우고 있는 이유와 같은 이유입니다. 지금 귀하가 파시스트 국가의 독재를 상대로 투쟁하고 있듯, 그때 그 여자들은 가부장 국가의 독재를 상대로 투쟁하고 있었습니다. 그러니 그때 그 여자들이 사용했던 단어들이 증언해주고 지금 귀하가 사용하는 단어들이 증언해주듯, 지금 우리는 우리 어머니들과 할머니들이 시작한 투쟁을 계속하고 있을 뿐입니다. 그리고 지금 저희 앞에 놓여 있는 귀하의 편지가 확언해주듯, 귀하는 저희에 맞서 싸우고 있는 것이 아니라 저희와 함께 싸우고 있습니다. 귀하가 저희와 함께 싸우고 있다는 사실은 또 한 번의 예식이 필요하리라고 생각될 정도로 감격적입니다. 더 많은 죽은 단어들, 부패한 단어들(예를 들면, '독재자,' '압제자' 같은 단어들)을 더 많은 종이에 써서 불태우는 것보다 그런 예식에 더 어울리는 것이 또 뭐가 있겠습니까? 하지만 안타깝게도 그런 단어들은 아직 쓸모가 있습니다. 신문을 흔들어보면 아직 벌레 알이 후드득후드득 떨어지고 있고, 화이트홀과 웨스트민스터 궁 근처에서는 오해의 여지가 없는 독특한 냄새가 아직 풍기고 있습니다. 외국

• 『조지핀 버틀러』의 속표지에 실린 문구.

에서는 이 괴물이 좀더 공공연히 수면 위로 나와 있습니다. 거기서는 오해의 여지가 전혀 없습니다. 이 괴물이 이제 국내에서도 운신의 폭을 넓히고 있습니다. 이 괴물은 귀하 같은 분들의 자유를 침해하기도 하고, 귀하 같은 분들에게 어떻게 살아야 하는가를 명하기도 하고, 성별을, 나아가 인종을 차별하기도 합니다. 귀하 같은 분들의 어머니들이 여자라는 이유로 쫓겨나거나 갇혔을 때 느꼈던 감정을 이제 귀하 같은 분들이 직접 느끼고 있습니다. 이제 귀하 같은 분들이 유대인이라는 이유로, 민주주의자라는 이유로, 인종적 이유로, 종교적 이유로 쫓겨나기도 하고 갇히기도 합니다. 귀하에게 이 대열은 더 이상 사진이 아닙니다. 귀하가 저기서 저렇게 꽁무니를 따라가고 있습니다. 그래서 달라집니다. 옥스퍼드나 케임브리지에서 자행되는 독재든, 화이트홀이나 다우닝 스트리트•에서 자행되는 독재든, 유대인을 핍박하는 독재든, 여성을 핍박하는 독재든, 영국에서, 또는 독일에서 자행되든 독재든, 이탈리아에서, 또는 스페인에서 자행되는 독재든, 독재가 범죄라는 것이 귀하에게도 분명해집니다. 이제 저희와 귀하가 함께 싸우고 있습니다. 고학력 남성의 딸들과 아들들이 한편이 되어 싸우고 있습니다. 이 사실을 기념하는 예식을 거행하기는 아직 불가능하지만, 이 1기니가 1백만 기니로 늘어난다 해도 귀하가 스스로 부과한 조건 이외에는 그 어떤 조건도 내걸지 않은 채 귀하에게 모두 드려야겠다고 생각될 정도로 감격적입니다. 자, 이 1기니를 드릴 테니 "남녀를 막론하고 모든 인간이 한 명 한 명 정의와 평등과 자유라는 대원칙에 따라 존중받을 권리"를 천명하는 일에 써주시기 바랍니다. 그리고 이 1페니짜리 초를 드릴

• 총리의 관저를 가리킨다.

테니 새로워진 귀 단체의 창문 앞에 놓으시기 바랍니다. 독재자라는 단어는 쓸모없어져 마땅하니, 이 단어가 우리가 함께 누릴 자유의 불길 속에 불타 없어지고 재만 남게 되는 그런 날을 우리가 살아생전에 볼 수 있기를 바라마지않습니다.

이렇듯 기부 요청에도 응해 1기니짜리 수표도 썼으니, 귀하의 요청들 중에서 저희가 아직 고려하지 못한 것은 서식을 작성하고 귀 단체에 가입하라는 요청입니다. 얼핏 보면 쉽게 수락될 수 있는 간단한 요청인 것 같습니다. 조금 전에 귀 단체에 1기니를 기부한 사람에게 귀 단체에 가입하는 것보다 간단한 일이 또 뭐가 있겠습니까? 얼핏 보면 너무 쉬운 일, 너무 간단한 일입니다. 하지만 속내를 들여다볼수록 너무 어렵고 너무 복잡하고…… 이렇게 찍히는 점들을 가지고 대체 무슨 의구심과 망설임을 설명할 수 있느냐고 물으시는군요. 귀 단체의 취지에 동의하고 귀 단체에 기부한 사람이 대체 왜 귀 단체에 가입할까 말까 망설이느냐고, 무슨 이유, 무슨 감정 때문에 그러느냐고 물으시는군요. 이유나 감정 같은 것들 때문이 아니라, 그런 것들보다 근원적이면서 근본적인 어떤 것 때문인 것 같습니다. 어떤 차이 때문인 것 같습니다. 귀하와 저희가 성별에서도 차이가 있고 학력에서도 차이가 있다는 것은 이미 사실들이 증언해준 바와 같습니다. 자유를 수호하도록 도울 힘, 전쟁을 막도록 도울 힘이 저희에게 정말 있다면, 그 힘은 바로 그 차이에서 비롯되리라는 것도 이미 저희가 말한 바와 같습니다. 그런데 저희가 이 서식에 서명함으로써 귀 단체의 적극적 일원이 되기로 한다면, 그 차이를 잃어버리게 되고 그 차이에서 비롯되는 힘도 잃어버리게 되는 것은 아닐까요? 왜 그렇게 되는 것인지를 설명하는 일은 쉽지 않습니다. 1기니를 선물함으로써 두려운 마음이나 잘 보이려는 마음 없이 저희의 생각을 자유롭게 말로 표현할 수 있게 되었다고 자랑하기까지 했지만, 사실 쉽지 않습니다. 그럼 이제부터는 왜 저희가 이 서식에 서명하기를 망설이는지 그 이유들, 그 감정들을 힘닿는 데까지 말로 표현해보도록 하겠습니다. 아주 오래된 기억의 어둠 속에 깊이 뿌리박혀 있는, 함께 자라면서 어지럽게 엉켜버린 이유들, 감정들인 만큼, 그렇게 뒤엉킨 가닥들을 밝은 데서 하나하나 풀어내는 일은 아무래도 어려울 수밖에 없겠습니다.

사회와 개인은 다른 존재라는 기초적인 논의로부터 시작해보겠습니다. 사회는 어떤 목적하에 무리를 이룬 사람들의 군거 형태인 반면에, 책상 앞에 앉아 편지를 쓰고 있는 귀하는 한 사람, 한 개인입니다. 개인으로서의 귀하는 우리가 존경해 마땅한 남자, 누이를 아끼는 남자입니다. 전기가 증언해주듯이, 많은 오라비들이 이 부류에 포함되어 왔습니다. 예컨대 앤 클러프는 오라비에 대해 이렇게 말하고 있습니다. "아서는 내 최고의 친구이자 조언자다. (……) 아서는 내 인생의 위안이자 기쁨이다. 좋아 보이거나 좋다는 평판을 얻은 모든 것을 추구하고 싶어지는 내 마음은 아서를 위해서, 그리고 아서를 통해서 품게 된 마음이다." 윌리엄 워즈워스•의 한 헌시는 자기 여동생▲에 대한 내용이지만, 앤 클러프의 이 말에 대한 화답이기도 합니다. 과거의 숲에서 한 나이팅게일이 다른 나이팅게일에게 화답하듯, 윌리엄 워즈워스는 이렇게 말하고 있습니다.

● William Wordsworth(1770 ~ 1850). 영국의 남성 시인.

▲ Dorothy Wordsworth(1771 ~ 1855).

내 말년의 축복인 내 누이는
내 유년에도 내 곁에 있어주었소.
내 눈이 되어주었고 내 귀가 되어주었고
낮은 곳에서 보살펴주었고 아주 작은 것 하나까지 걱정해주었고
마음 아파해주었고 언제나 눈물로 위로해주었소
사랑을 주었고 배려해주었고 기쁨이 되어주었소.[12]

많은 오라비들과 누이들이 개인적으로, 개인 대 개인으로 이런 관계였고, 여전히 이런 관계입니다. 많은 오라비들과 누이들이 서로 존중하고 서로 도우면서 공동의 목표를 추구하고 있습니다. 그렇다면 왜일까요? 전기와 시문학의 증언대로 오라비와 누이가 개인적으로 이런 관계일 수 있다면, 법률과 역사가 증언하는 오라비와 누이의 사회적 관계는 왜 이토록 다른 것일까요? 하지만 귀하는 법조인이고 법조인에게는 법조인의 기억이 있으니, 저희가 여기서 오라비와 누이의 사회적 관계가 개인적 관계와 크게 달랐다는 증거를 대기 위해 영국 법이 처음 만들어진 이래 1919년까지 만들어진 특정 조항들을 귀하 앞에 제출할 필요는 없을 듯합니다. '사회'라는 단어 자체가 기억 속에서 듣기 싫은 종소리로 거슬리는 음을 땡땡 치고 있습니다. 하지 말라, 하지 말라, 하지 말라. 공부하지 말라, 돈을 버는 일을 하지 말라, 재산을 소유하지 말라, 이거 하지 말라, 저거 하지 말라…… 지난 수백 년간 오라비들이 사회적으로 누이들을 이렇게 대했잖습니까. 언젠가 새로운 사회가 나타나 아름다운 종소

리로 근사한 화음을 울릴 날이 올 수도 있겠고(낙관주의자들은 그런 날이 오리라고 믿는 듯합니다), 귀하의 편지는 그런 날이 올 것을 알리고 있지만, 그런 날은 아직 먼 훗날입니다. 여기서 저희는 "사람들이 한데 모인 사회에는 개개인에게 잠재해 있던 가장 이기적이고 폭력적인 성향, 가장 불합리하고 무자비한 측면을 튀어나오게 하는 뭔가가 있는 게 아닐까?" 하고 자문할 수밖에 없습니다. 사회가 귀하에게는 그토록 친절하면서 저희에게는 이토록 가혹한 것을 볼 때 저희는 이 사회가 진실을 왜곡하고 정신을 일그러뜨리고 의지에 족쇄를 채우는 부적당한 군거 형태라고 판단할 수밖에 없습니다. 귀하의 사회를 구성하는 여러 단체들•을 볼 때, 저희는 이 단체들이 모종의 음모를 꾸미는 곳이라고 판단할 수밖에 없습니다. 저희 중 다수가 누이로서 오라비를 개인적으로 존경할 이유를 가지고 있건만, 그런 단체는 저희가 개인적으로 존경하는 오라비를 작게 오그라뜨리고 그 대신 어떤 기괴한 수컷을 크게 부풀어 오르게 만듭니다. 그런 단체에 속한 수컷은 고함을 지르기도 하고 주먹으로 때리기도 하고 유치하게 땅바닥에 분필 선(사람들을 강제적, 개별적, 인위적으로 가두고 있는 신비의 울타리)을 긋는 일에 열중하기도 합니다. 누군가에게 '딸린' 여자인 저희가 수컷의 사회를 구성하는 여러 단체들에 전혀 끼지 못한 채로 저마다의 집에 갇혀 있는 동안, 수컷은 거기서 그렇게 붉은색과 황금색▲으로 차려입고 야만인처럼 깃털 모자를 쓴 채 신비의 의례를 통과하기도 하고 통치와 지배라는 수상쩍은 쾌락을 즐기기도 합니다. 이런 이유들, 이런 감정들을 마음속에 품

● society에 '사회'라는 뜻과 '단체'라는 뜻이 있음을 이용한 말장난.

▲ 15세기의 요먼 근위대Yeomen of the Guard와 요먼 수비대Yeomen Warders로부터 시작해 이후로 영국군 제복에 사용된 색깔.

고 있는 저희이니만큼(마음속에 품은 이유들이 이토록 수많은 기억들과 감정들로 뒤엉켜 있는데, 지나간 시간을 그렇게 웅숭깊게 저장하고 있는 마음속의 그 복잡한 가닥들을 하나하나 분석한다는 것이 과연 가능한 일일까요?) 귀 단체의 서식을 채우고 귀 단체에 가입한다는 것은 이성적으로는 잘못이라고 생각되고 감정적으로는 불가능하다고 느껴집니다. 귀 단체의 서식을 채우고 귀 단체에 가입한다면 저희는 저희의 정체성을 버리고 귀하의 정체성에 묻어갈 수밖에 없을 것입니다. 이 사회가 홈에 박혀버린 축음기 바늘처럼 "군사비 3억 파운드"라는 노래를 끔찍하게 제창하는 이때 저희가 귀 단체의 서식을 채우고 귀 단체에 가입한다면, 그 노래를 따라 부르면서 망가진 바늘을 낡은 홈에 더욱 깊이 처박을 수밖에 없을 것입니다. 그런 일이 일어나게 해서는 안 될 것입니다. (우리에게 '사회'에 대한 경험이 있었더라면 그런 일이 일어나리라고 예상했겠지요.) 이런 사정이 있으니만큼, 저희가 귀하를 한 사람으로서 존경하고 있는 것이 사실이고, 저희가 아무 조건 없이 귀하에게 드린 1기니가 그 존경을 증명하고 있는 것도 사실이지만, 저희가 귀하를 가장 잘 도울 수 있는 방법은 아무래도 귀 단체에 가입하지 않는 것인 듯합니다. 다시 말해, 저희가 귀하와 함께 우리 공동의 목표(남녀를 막론한 모든 인간 한 명 한 명을 위한 정의와 평등과 자유)를 위해 일하는 방법은 귀 단체의 외부에 남아 있는 것인 듯합니다.

그러면 귀하로부터 이런 질문이 나올 듯합니다. "우리 단체의 외부에 남아 있겠다니, 우리를 적극 돕기로 약속해온 고학력 남성의 딸들이 우리 단체에는 가입하지 않고 따로 자기네 단체를 만들겠다고? 우리 단체의 외부에 남아 있되 우리 단체와 협력하는 단체를 만들겠다고? 그러면 우리와 공동의 목표를 위해 함께 일할 수 있게 될 거라고? 그 단체가 대체 어떤 단체길래?" 이 질문은 귀하로서는 당연히 던질 수 있는 질문이고, 귀 단체의 서식에 서명하기를 거부한 저희로서는 거부의 이유를 설명하기 위해 어떻게든 대답해야 하는 질문입니다. 귀 단체의 외부에 남아 있되 공동의 목표를 위해서 귀 단체와 협력하는 단체라니, 고학력 남성의 딸들이 그런 단체를 설립할 수도 있고 그런 단체에 가입할 수도 있다니, 그 단체는 대체 어떤 단체인지 그럼 이제부터 그 단체의 윤곽을 대략적으로 그려보도록 하겠습니다. 우선 이 새로운 단체에는 기금이 필요 없을 테니 재무 관리자가 없을 것입니다. 사무실도 없고 위원회도 없고 사무장도 없을 것입니다. 크고 작은 회의나 회담도 없을 것입니다. 이름이 있어야 한다면 '아웃사이더 협회'라고 부를 수도 있을 듯합니다. 우렁찬 이름은 아니지만, 사실들을 반영하고 있다는 점에서 (일단 역사, 법률, 전기의 사실들을 반영하고 있다는 점에서, 그리고 어쩌면 인간 심리라는 미지의 영역에 감추어져 있는 사실들까지도 반영하고 있을지 모른다는 점에서) 비교적 좋은 이름입니다. 이 단체에는 고학력 남성의 딸들 중에 자기가 속한 계급 안에서 일하는 사람들, 자유, 평등, 평화에 도움이 되기 위해 자기가 활용할 수 있는 수단을 활용하는 사람들이 모일 것입니다. (고학력 남성의 딸들이 어떻게 자기가 속한 계급 밖에서 일할 수 있겠습니까?[13]) 아웃사이더들의 첫 번째 의무는 무기를 들기를 거부해야 한다는 것입니다. (익명성과 유연성을 가장 중시하는 아웃사이더들의 단체에는 서약이나 예식 같은 것이 없을 테니, 의무를 이행하겠다고 맹세하는 입회식 같은 것은 없겠지만.) 신문 기사들이 알려주는 대로 "육군최고회의에 여군을 창설할 의도가 없다"고 하니,•[14] 이 의무를 이행하는 것은 쉬운 일입니다. 이 의무가 이행될 수 있게 나라가 나서서 도와주고 있는 것입니다. 그다음 의무는 실제로 전쟁이 났을 때 군수품 제조나 부상병 간호를 거부해야 한다는 것입니다. 지난 전쟁에서 이 두 분야에서 일한 것은 주로 노동자 남성의 딸들이었으니, 고학력 남성의 딸들에게 이 의무를 이행하는 일은 (그리 달갑지 않을 수는 있겠지만) 그리 어렵지는 않을 것입니다. 반면에 아웃사이더들이 이행해야 하는 그다음 의무는 상당히 어려운 의무 중 하나로, 이 의무를 이행하려면 용기와 결단이 발휘되어야 할 뿐 아니라 고학력 남성의 딸에게만 있는 특별한 지식이 활용되어야 합니다. 이 의무는, 한마디로 말해, 오라비의 싸움을 부추기거나 말리는 대신 철저히 무관심한 태도를 유지해야 한다는 것입니다. 그런데 '무관심'이라는 단어로 표현되는 이 태도는 복잡하기도 하고 매우 중요하기도 하니 개략적 윤곽에 불과한 이 대목에서도 좀더 확실한 정의가 필요할 것 같습니다. 우선 아웃사이더의 무관심은 확실한 사실을 기반으로 삼아야 합니다. 아웃사이더가 싸움 본능을 이해하지 못한다는 것은 확실한 사실이므로(아웃사이더는 싸우게 만드는 것이 어떤 본능인지, 싸울 때 어떤 영예, 어떤 이익, 어떤 남성적 만족을 느낄 수 있는지, "전쟁이 없어진다면 전쟁을 통해서 길러진 남자다움은 출구를 잃을 것"이라는 말이 무슨 뜻인지 이해하지 못하는데, 그렇게 따지면 모성 본능은 남자가 공유할 수 없는 여자만의 특징이라는 혹자의 주장에 부응해 전쟁 본능은 여자가 공유할 수 없는 남

• 실제로 영국에서는 1941년 병역법으로 여군이 합법화되었다.

자만의 특징이라고 주장하는 것도 가능합니다), 아웃사이더가 싸움 본능에 대해 어떤 판단을 내리기는 불가능합니다. 그러니 싸움 본능에 대해 어떤 판단을 내리는 일은 싸우는 사람이 알아서 하도록 내버려두어야 합니다. 표현의 자유는(수백 년의 전통과 교육으로 인해 아웃사이더가 더없이 이질적이라고 느끼게 된 본능을 기반으로 삼는 표현의 자유라면 더더욱) 존중받아 마땅하니까요.[15] 이 차이가 바로 무관심의 기반이 될 수 있는 근본적이고 본능적인 차이입니다. 하지만 아웃사이더는 무관심의 기반을 본능에서 이성으로 확장하는 것을 자신의 의무로 삼을 것입니다. 싸우는 사람이 "나는 우리 조국을 지키기 위해 싸우고 있다"고 주장하면서 아웃사이더의 애국심을 고취하고자 할 때(그런 주장이 나오고 있음을 역사가 증언해주고 있는데, 앞으로도 그런 주장은 계속 나올 듯합니다), 아웃사이더는 "나 같은 아웃사이더에게 '우리 조국'은 무엇을 의미하는가?"를 자문해볼 것입니다. 그 대답을 찾기 위해 아웃사이더는 애국심이 자기의 경우에 무엇을 의미하는가를 분석해볼 것입니다. 자기와 같은 성별, 자기와 같은 계급에 속했던 사람들이 예전에 어떤 처지였는지를 알아보기도 할 것입니다. 자기와 같은 성별, 자기와 같은 계급에 속하는 사람들이 근래에 토지와 재물과 자산을 얼마나 소유하고 있는지를(그런 사람들의 소유가 '영국' 전체에서 어느 정도의 비중을 차지하는지를) 알아보기도 할 것입니다. 법이 자기 같은 아웃사이더를 예전에 얼마나 지켜주었는지, 그리고 근래에는 얼마나 지켜주고 있는지를 알아보기도 할 것입니다. 만약 오라비가 누이의 안위를 지키기 위해 싸우고 있다는 주장을 덧붙인다면, 누이는 담벼락에 '공습 주의'

라는 말이 쓰여 있는 지금 같은 때에 자기의 안위가 얼마나 지켜지고 있는가를 생각해보게 될 것입니다. 만약 오라비가 영국을 외국의 지배로부터 지키기 위해 싸우고 있다는 주장을 덧붙인다면, 누이는 자기가 외국인과 결혼할 경우 자기 자신이 법적으로 외국인이 된다는 점, 따라서 자기에게는 "외국인"이 존재하지 않는다는 점을 생각해보게 될 것입니다. 아웃사이더는 이 점을 확고한 사실로 만들기 위해서, 억지 형제애를 통해서가 아니라 인간적 공감을 통해서 사실로 만들기 위해서 최선을 다할 것입니다. 그리고 이 모든 사실들을 통해 아웃사이더의 이성은 (아주 짧게 요약하면) 아웃사이더 성별 및 계급이 영국에 감사할 이유가 과거에는 거의 없었고 현재에는 별로 없으며 미래에는 신변의 안위도 매우 의심스럽다고 확신하게 될 것입니다. 물론 그런 아웃사이더에게도 여학교 교사로부터 주입받은 어떤 낭만적인 관념, 곧 영국 남자들(역사책 속에서 행진하고 있는 아버지들과 할아버지들)이 다른 나라 남자들보다 '우월'하다는 관념이 남아 있을 가능성이 있습니다. 그럴 경우 아웃사이더는 프랑스 역사가들을 영국 역사가들과 비교하고 독일 역사가들을 프랑스 역사가들과 비교하고 피지배자들의 증언(예컨대 인도인들의 증언이나 아일랜드인들의 증언•)을 압제자들의 주장과 비교함으로써 그런 관념을 점검하는 것을 자신의 의무로 삼을 것입니다. 물론 그러고 나서도 아웃사이더에게는 어떤 '애국심' 같은 감정, 자기 나라가 다른 나라에 비해 지적으로 우월하다고 믿고 싶어 하는 뿌리 깊은 감정이 남아 있을 가능성이 있습니다. 그럴 경우 아웃사이더는

• 실제로 아일랜드인들의 독립 투쟁은 1937년에 아일랜드 공화국이라는 결과를 얻었고, 인도인들의 독립 투쟁은 1947년 인도 공화국이라는 결과를 얻었다.

영국 회화를 프랑스 회화와 비교하고, 영국 음악을 독일 음악과 비교하고, 영국 문학을 그리스 문학과 비교함으로써(번역본이 많이 나와 있습니다) 그 감정을 점검할 수 있을 것입니다. 아웃사이더가 자신의 이성을 통해서 바로 이런 비교들을 충실하게 행했다면, 자기에게 무관심을 유지해야 하는 타당한 이유가 있음을 깨달을 수 있을 것입니다.● 그러면서 아웃사이더는 자기의 안위를 위해서 오라비에게 '우리' 조국을 지켜달라고 부탁해야 할 그 어떤 이유도 없음을 깨달을 수 있을 것입니다. 결국 아웃사이더는 "'우리 조국'은 역사를 거의 통틀어 나를 노예 취급했고, 나에게 학교 교육을 포함한 그 어떤 혜택도 허락지 않았다. '우리' 조국은 내가 외국인과 결혼하면 남의 나라가 된다. '우리' 조국은 나에게 나 자신을 지킬 수단을 허락지 않으니, 나는 어쩔 수 없이 해마다 막대한 비용을 들여 남들에게 나를 지켜달라고 해야 하는데, 담벼락에 '공습 주의'라는 경고문이 쓰여 있을 정도라면 그것이 다 헛된 노력인 것 같다. 당신은 나를 지켜주기 위해 싸운다느니, '우리' 조국을 지키기 위해서 싸운다느니 하는데, 우리끼리 냉정하게 과장 없이 말해보자. 당신은 내가 공유할 수 없는 어떤 남성적 본능을 채우기 위해, 내가 과거에 공유한 적도 없고 내가 미래에 공유할 가능성도 없는 어떤 이득을 취하기 위해 싸우고 있는 것이잖은가. 내 본능을 채워주기 위해, 내 안위나 내 조국을 지켜주기 위해 싸우고 있는 것이 아니잖은가. 여자에게는 조국이 없다.▲ 여자는 조국을 원하지 않는다. 여자의 조국은 전 세계다." 이렇게 말하게 될 것입니다. 이성이 이렇게 할 말을 다 한 뒤에

● reason에 '이성'이라는 뜻과 '이유'라는 뜻이 있음을 이용한 말장난.

▲ 마르크스Karl Marx & 엥겔스Friedrich Engels, 『공산당 선언*Manifest der Kommunistischen Partei*』 가운데 "노동자에게는 나라가 없다"는 문장과 비교.

도 어떤 감정 한 조각(어린아이가 느릅나무에서 까마귀들이 까악까악 우는 소리를 듣거나 바닷가에서 파도가 부서지는 소리를 듣거나 영어로 부르는 나직한 자장가 소리를 들을 때 품게 되는, 영국에 대한 애틋한 감정)이 고집스럽게 남아 있다면, 전 세계의 평화와 자유를 소망하는 아웃사이더는 그 불합리하지만 순수한 감정 한 조각에 의지해서 영국의 평화와 자유를 위해 일하게 될 것입니다.

이제까지는 아웃사이더가 느끼는 '무관심'의 속성을 논했으니, 이제부터는 이런 무관심으로부터 어떤 행동들이 유발되는가를 논하겠습니다. 이렇게 무관심한 아웃사이더는 전쟁을 막는 데 도움이 될 만한 행동을 하게 되어 있습니다. 애국 집회에는 전혀 관계하지 않고, 자국의 자화자찬이 들려올 때 그 형태를 막론하고 절대 찬동하지 않고, 전쟁을 하라고 부추기는 모임에서 박수를 치기는커녕 그런 모임에는 절대 참석하지 않고, 열병식, 무예전,● 군악대 연주, 전리품 분배식▲ 등 '우리'의 문명, '우리'의 제국을 다른 곳에 강요하고 싶은 마음을 부추기는 행사에는 철저하게 불참하게 되어 있습니다. 고학력 남성의 딸들이 무관심을 이런 방식으로 사용함으로써 전쟁을 막는 데 상당한 도움을 줄 수 있을 것이라고 생각할 때, 그 생각을 뒷받침해주는 것들 중 하나가 개인 심리학입니다. 심리적으로 고찰해볼 때, 인간이 언제 행동에 나서기를 더 어려워하느냐 하면, 자기의 행동이 격앙된 감정의 중심이 될 때가 아니라 다른 사람들이 무관심할 때, 곧 자기의 행동에 아무런 제약이 가해지지 않

● tournament가 중세 유럽 기사들의 무예전을 뜻하는 단어에서 현대 스포츠의 대전 형태 중 하나를 뜻하는 단어로 확장되었음을 이용한 말장난.

▲ prize가 봉건 시대에 자행되었던 야만적인 전쟁들의 전리품을 뜻하는 단어에서 문명사회에서 수여되는 상을 뜻하는 단어로 확장되었음을 이용한 말장난.

을 때인 듯합니다. 웬 사내아이가 창밖에서 거들먹거리면서 트럼펫을 불고 있습니다. 제발 좀 조용히 하라고 했더니 더 시끄럽게 불어댑니다. 하지만 그냥 내버려두니까 제풀에 그만둡니다. 고학력 남성의 딸은 오라비에게 비겁의 하얀 깃털•이든 용기의 붉은 깃털이든 그 어떤 깃털도 건네지 않을 의무, 전쟁이 화제에 올랐을 경우에 영향력을 빗물처럼 내려주는 반짝이는 눈▲을 아예 감아버리든지 다른 데로 돌릴 의무를 짊어지고 있습니다. 죽음의 위협이 이성을 무력화하기 전에 아웃사이더들은 어서 이 의무를 이행하는 법을 배워야 합니다.

이제까지는 귀하가 전쟁을 막고 자유를 수호할 때 이 단체(아웃사이더 협회라는 익명 회원들의 비밀 단체)가 어떻게 도울 수 있을지 그 방법을 몇 가지 살펴보았습니다. 그런 방법들, 그런 의무들을 그렇게 중요하지 않게 보실 수도 있겠지만, 귀하 같은 남성이 저희 같은 여성에 비해서 그런 의무들을 이행하기가 더 어려우리라는 점에는 이견이 없으시리라 생각합니다. 아울러 그런 의무들을 이행하려면 고학력 남성(노동자 남성에 비해서 학력이 높고 표현력이 교묘한 계급)의 심리를 어느 정도 숙지해야 하는 만큼 고학력 남성의 딸들이 그런 의무들을 이행하는 데 가장 유리하리라는 점에도 이견이 없으시리라 생각합니다.[16] 물론 이 단체의 회원들에게는 다른 의무들도 있습니다. 그중에는 기부금을 요청해 온 다른 분들에게 이미 조건

• 실제로 영국에서는 1차대전 중에 군복을 착용하지 않은 남자에게 흰색 깃털을 건네는 관행이 있었다. 덩컨 그랜트Duncan Grant, 데이비드 가넷David Garnett, 클라이브 벨Clive Bell 등 울프의 여러 지인들이 양심적 병역 거부자였다.

▲ 존 밀턴, 「랄레그로L'Allegro」 가운데 "영향력을 빗물처럼 내려주는 반짝이는 눈을 가진 수많은 여성분들"이라는 표현 참조.

으로 내건 것도 많습니다. 하지만 이런 의무들은 아웃사이더 단체를 설립할 때 그 토대가 될 수 있는 만큼 반복의 위험을 무릅쓰고 이런 의무들을 다시 한 번 대강 빨리 말씀드리겠습니다. 첫째, 아웃사이더는 생활비를 버는 것을 자신의 과제로 삼아야 합니다. 생활비 벌이가 전쟁을 종식할 중요한 수단이라는 점에 대해서는 두말할 필요가 없습니다. 경제적 자립을 기반으로 삼는 의견이 무소득을 기반으로 삼거나 소득에 대한 심정적 권리를 기반으로 삼는 의견에 비해서 월등히 유력하다는 점에 대해서도 이미 충분히 강조했으니 더 이상 증거를 끌어올 필요가 없습니다. 그렇다고 하면, 아웃사이더는 지금 자기가 속한 성별에게 열려 있는 모든 직업에서 생활비가 벌릴 수 있어야 한다고 주장하는 일을 자신의 과제로 삼아야 하며, 자립적 의견을 표명할 권리를 부여해줄 새 직업들을 창출하기도 해야 합니다. 요컨대 아웃사이더는 자기가 속한 계급의 무급 노동자(여러 전기들의 증언에 따르면, 1년 용돈 30~40파운드에 숙식 제공이라는 현물 체제에서 노동해야 하는 고학력 남성의 딸이나 누이)가 화폐 형태의 급료를 받아야 한다고 주장하는 일을 자신의 과제로 삼아야 합니다. 하지만 아웃사이더는 그중에서도 특히 고학력 남성의 어머니의 급료를 국가가 지급하게 하는 법을 제정하자고 주장해야 합니다. 이런 방법은 귀하와 저희의 공동 투쟁에서 엄청나게 중요한 방법입니다. 기혼 여성이라는 규모가 크고 당당한 계급이 자립적 판단과 자립적 의지(남편의 판단과 남편의 의지가 자기 눈에 선해 보일 때만 남편을 지지하고 악해 보일 때는 남편에 맞서든 어쩌든 '딸린 여자'로 있지 않고 자기 자신으로 있기 위한 조건)를 확보할 수 있게 하는 가장 효과적인 방법이니까요. 귀하가 아내분에게 소득을 의지해야 하는 상황이라면 그 상황이 귀하의 심리에 극히 미묘하고 달갑잖은 변화를 유발하리라는 점에 대해서는 귀하도 (귀하와 같은 성을 사용하는 분에 대한 비방 없이) 동의하시지 않겠습니까? 그런 의미에서 중요한 것과는 별도로 이런 방법은 귀하 같은 분들이 그렇게 자유와 평등과 평화를 위해 싸울 때 직접적으로 도움이 되리라는 의미에서도 대단히 중요한 방법입니다. 만약에 저희가 1기니에 조건을 걸려고 했다면 국가가 결혼과 출산과 양육을 직업으로 삼은 사람들에게 급료를 지급할 수 있도록 재원을 마련하라는 것이 그 조건이 아니었을까 싶을 정도로 중요한 방법입니다. 이런 방법이(이렇게 말씀드리면 옆길로 새게 될 위험이 있지만) 출산율 하락을 겪고 있는 계급이자 출산 장려 대상 계급인 고학력 계급의 출산율에 어떠한 영향을 주게 될지 생각해보시기 바랍니다. 신문의 말대로 군인의 임금이 인상됨으로써 군사 업무에 신규 인력이 들어왔다면, 같은 방법으로 출산 업무에 신규 인력을 들여올 수 있을 것입니다. (출산 업무가 군사 업무 못지않게 필요한 업무이자 당당한 업무라는 것은 부인할 수 없겠지만, 지금 출산 업무는 가난하고 힘든 업무 환경 탓에 신규 인력 확보에 실패하고 있습니다.) 이런 방법이라면 이제껏 사용된 방법(착취와 괄시)이 실패한 곳에서 성공을 거둘 수 있을 것입니다. 하지만 아웃사이더가 귀하를 상대로 강조하고 싶은 논점은(이렇게 말씀드리면 여기서 더 옆길로 샐 위험이 있지만) 귀하가 고학력 남성으로 살아가는 삶 그 자체와 중요하게 관련돼 있는 논점이자 귀하 같은 고학력 남성의 직업이 당당하고 강건한가 여부와도 중요하게 관련돼 있는 논점입니다. 귀하의 아내분이 아내의 업무(출산과 육아)를 이행하는 대가로 급료(진짜 급료, 화폐 급료)를 받게 된다면(지금 아내라는 직업은 무급이자 무연금인 직업, 곧 불안정한 직업이자 그리 당당하지 못한 직업입니다[17]), 귀하 자신의 노역이 그만큼 가벼워지리라는 것입니다. 9시 30분에 출근해서 6시까지 일에 매여 있을 필요가 없을 것입니다. 일을 공평하게 나눌 수 있을 것입니다. 밀려오는 환자들을 환자 없는 병원으로 보내줄 수 있을 것입니다. 쏟아지는 사건들을 사건 없는 변호사에게 넘길 수 있을 것입니다. 쓰지 말아야 할 기사를 쓰지 않을 수 있을 것입니다. 그렇게 교양이 싹틀 것입니다. 봄에는 과일나무에서 꽃이 피는 것을 볼 수 있을 것입니다. 인생에서 가장 좋은 때를 아이들과 함께 보낼 수 있을 것입니다. 인생에서 가장 좋은 때를 기계 부품이 되어 보내는 대신 그렇게 아이들과 함께 보냈다면, 고철 더미 위에 내동댕이쳐진 폐품처럼 남은 기력도 없고 남은 값어치도 없이 어느 운 없는 노예의 돌봄에 의지해 배스나 첼트넘• 언저리를 어슬렁거리는 노인이 될 필요는 없을 것입니다. 토요일의 방문객이 될 필요도 없고, 사회의 목에 걸린 앨버트로스▲가 될 필요도 없고, 동정심 중독에 시달릴 필요도 없고, 노예처럼 일하면서 여흥을 구걸할 필요도 없고, 기분 전환을 필요로 하는 영웅(헤어 히틀러◆의 표현)이 될 필요도 없고, 자기의 상처를 치료해줄 여성 피부양자들을 필요로 하는 부상병(시뇨르 무솔리니■의 표현)이 될 필요

● 온천이 있는 영국의 요양 도시들.

▲ 꺼림칙한 골칫거리. 콜리지의 시 「늙은 선원의 노래The Rime of the Ancient Mariner」 가운데 "내 목에는 십자가 목걸이 대신 / 앨버트로스가 걸려 있었다" 참조.

◆ Herr Hitler. '미스터 히틀러'에 해당하는 독일어 표현.

■ Signor Mussolini. '미스터 무솔리니'에 해당하는 이탈리아어 표현. 베니

도 없을 것입니다.[18] 국가가 귀하의 아내분에게 먹고살 만한 급료를 지불한다면(아내의 업무가 성스럽다고는 해도 성직자의 업무보다 성스럽다고 하기는 어려우니, 성직을 폄하하지 않으면서 성직자에게 봉급을 주는 것이 가능하듯 아내의 업무를 폄하하지 않으면서 아내에게 봉급을 주는 것도 가능할 것 같습니다), 귀하의 아내분보다 귀하를 더 자유롭게 만들어줄 이 조치가 실제로 취해진다면, 전문직 남성이 돌리고 있는 낡은 쳇바퀴는 부서질 것이고(그런 업무는 대개 지겨울 뿐이니, 전문직 남성이 그런 업무에서 즐거움을 얻는 경우나 직업적인 유익함을 얻는 경우는 거의 없습니다), 자유로워질 기회는 귀하의 것이 될 것이고, 모든 굴종 중에 가장 굴욕적인 굴종, 곧 지성의 굴종은 종식될 것이고, 반쪽의 인간은 그렇게 온전한 인간으로 거듭날 수 있을 것입니다. 그러나 지금은 대략 3억 파운드를 군사비로 써야 하는 때인 만큼, 이런 지출 계획은, 정치가들이 만들어낸 편리한 용어를 쓰자면, '현실성 없는' 계획일 테니, 이제부터는 좀더 현실성 있는 계획들 쪽으로 돌아오도록 하겠습니다.

아웃사이더는 생활비를 버는 것을 자신의 과제로 삼을 뿐 아니라 주어진 업무에서 최대한 기량을 발휘함으로써 본인의 업무 거부가 고용주의 큰 손해로 이어지게 하는 것을 자신의 과제로 삼을 것입니다. 아웃사이더는 본인의 업무 관행들을 철저하게 숙지하는 것과 본인의 직종에서 자행되는 모든 횡포와 착취를 폭로하는 것을 자신의 과제로 삼을 것입니다. 그리고 그렇게 생활비를 번 뒤에는 직업을 돈벌이의 수단으로 삼는 대신 모든 경쟁 관계에서 빠져나와 직업 활동에 모색적으로 임하는 것(연구에 도움이 되는 일을 하거나

토 무솔리니Benito Mussolini(1883~1945).

본인이 좋아하는 일을 하는 것)을 자신의 과제로 삼을 것입니다. 한편 아웃사이더는 자유를 저해하는 직업, 예컨대 전쟁 무기를 제조하거나 개량하는 직업에 종사하지 않는 것을 자신의 과제로 삼을 것입니다. 또한 아웃사이더는 자유를 존중한다고 선언하면서 실제로는 자유를 억압하는 모든 단체(예컨대 옥스퍼드 대학교나 케임브리지 대학교)에서 내미는 직위나 학위를 거부하는 것을 자신의 과제로 삼을 것입니다. 또한 아웃사이더는 사설 단체들(자발적 후원 대상)의 주장을 조사할 때와 똑같은 꼼꼼함과 대담함을 발휘해서 모든 공공 단체들(납세자의 강제적 후원 대상, 예를 들면 영국 교회 또는 여러 대학교들)의 주장을 조사하는 것을 자신의 의무로 여길 것입니다. 아웃사이더는 사립 학교들과 대학교들의 후원금과 사용처를 조사하는 것을 자신의 과제로 삼을 삼을 것입니다. 그리고 조사 대상을 교육 직종에서 종교 직종으로 확장할 것입니다. 아웃사이더는 우선 『신약성경』을 읽고 이어 고학력 남성의 딸이 쉽게 접할 수 있는 신학책들과 역사책들을 읽음으로써 그리스도교라는 종교와 그리스도교의 역사를 배우는 것을 자신의 과제로 삼을 것입니다. 나아가 아웃사이더는 이 종교의 관행에 대해서 알아보기 위해 예배에 참석하기도 하고, 설교의 영적 가치와 지적 가치를 분석하기도 하고, 다른 모든 직종 남자들의 의견을 비판할 때와 똑같이 허심탄회하게 종교직 남자들의 의견을 비판하기도 할 것입니다. 이런 식으로 아웃사이더의 활동은 비판에서 창조로 확장될 것입니다. 교육에 대한 비판은 교양을 수호하고 지성의 자유를 수호하는 문명사회를 창조하는 일로 확장될 것입니다. 종교에 대한 비판은 신앙심을 현재의 굴종 상태에서 해방시키는 일로 확장될 것이고, 필요할 경우 새로운 종교를 창조하는 일로까지 확장될 것입니다. (그 새로운 종교는 신약을 기반으로 삼겠지만, 지금 그 기반 위에 서 있는 종교와는 전혀 다를 것입니다.) 아웃사이더는 무의미한 의리로부터 자유로울 수 있고 이해관계에서 비롯된 동기들로부터 자유로울 수 있으니(현재는 국가가 나서서 그 자유를 보증해주고 있으니), 바로 그런 아웃사이더의 처지가 저희가 지금껏 열거한 모든 일들에서, 그리고 시간이 없어서 미처 열거하지 못한 다른 많은 일들에서 도움이 되리라는 데는 귀하도 동의하시리라 믿습니다.

아웃사이더 협회가 회원에게 어떠한 의무를 부과하는지를 좀더 다양하고 좀더 정확하게 정의하는 것은 쉬운 일이기는 하겠지만 그리 유익한 일은 아닐 것입니다. 탄력적이어야 한다는 것도 극히 중요한 의무지만, 드러나지 말아야 한다는 것이 (앞으로 더 논의하겠지만) 지금으로서는 훨씬 더 중요한 의무입니다. 아웃사이더 협회에 대한 설명이 이렇듯 엉성하고 불완전하기는 하지만, 이 단체가 귀 단체와 똑같은 목적(자유, 평등, 평화)을 추구하되 귀 단체와는 다른 수단(성별, 전통, 교육의 차이에서 비롯된 가치 기준의 차이 덕분에 저희 손이 닿는 곳에 놓이게 된 수단들)을 가지고 추구하는 단체라는 것을 보여드리기에는 충분할 것 같습니다. 사회의 외부에 있는 저희와 사회의 내부에 있는 귀하 사이의 주된 차이는, 대략적으로 말해서, 귀하가 사용할 수단은 귀하의 자리에서 얻을 수 있는 것들(동맹 세력, 정치 회담, 군사 작전, 명사의 이름 등등 귀하의 경제력과 정치력 덕분에 귀하의 손이 닿는 곳에 놓이게 된 것들)인 반면에, 외부에 남아 있는 저희는 공적 수단들을 공개적으로 사용하는 대신 사적 수단들을 은밀하게 모색하리라는 데에 있습니다. (그리고 그 모색들은 비판에 머무는 대신 창조로 확장될 것입니다.) 두 가지 자명한 사례를 들자면, 첫째, 아웃사이더는 화려한 행사를 개최하지 않을 것입니다. 물론 아웃사이더가 아름다움을 청교도적으로 혐오하는 것은 아니어서, 비공식적인 아름다움(봄, 여름, 가을의 아름다움, 꽃, 실크, 옷의 아름다움, 온 들판과 숲속에 차고 넘칠 뿐 아니라 옥스퍼드 스트리트•의 모든 수레에 차고 넘치는 아름다움)을 늘려가는 것은 아웃사이더의 목표 중 하나일 것입니다. (곳곳에 흩어져 있는 그 아름다움을 화가가 하나로 결합해주기만 한다면 모두가 그 아름다움을 볼 수 있을 것입니다.) 아웃사이더는 한 성별에게만 능동적 역할을 맡기는 상명 하달식, 군대식 공식 행사(예컨대 왕이 죽는 사건이나 새 왕이 처음 관을 쓰는 사건을 통해서 고무되는 예식)를 개최하지 않을 것입니다. 둘째, 아웃사이더는 훈장의 메달과 끈과 배지, 후드와 가운 같은 것들을 가지고 개개인의 탁월함을 장식하지 않을 것입니다. 그것은 아웃사이더가 장신구를 혐오하기 때문이 아니라 그런 장식들이 명백히 우리를 위축시키고 정형화하고 파괴하는 방향으로 작용하기 때문입니다. 이번에도 파시스트 국가들의 예가 도움이 됩니다. 우리도 저렇게 되고 싶다 하는 예는 전혀 없다 하더라도, 우리는 저렇게 되고 싶지 않다 하는 좋은 예가 날마다 이렇게 쏟아지고 있습니다. (후자도 전자와 똑같이 중요한 예일 것입니다.) 훈장, 상징, 직급이 (그리고 어쩌면 잉크병의 장식 문양[19]조차) 인간의 정신을 최면으로 마비시킬 수 있음을 잘 보여주는 예가 이렇게 우리 앞에 있으니, 그런 식의 최면에 빠

• 울프, 「옥스퍼드 스트리트의 물결Oxford Street Tide」 가운데 "옥스퍼드 스트리트가 런던에서 가장 기품 있는 거리는 아니다" 참조.

지지 않겠다는 것이 우리의 목표가 되어야 합니다. 우리는 과시와 홍보라는 조야한 불빛을 꺼야 합니다. 그런 조명을 비추는 일이 대개 무능한 사람들의 손에 맡겨져 있기 때문이기도 하지만, 조명을 받는 사람들에게 가해지는 심리적 악영향 때문이기도 합니다. 다음에 시골길에서 운전하실 기회가 있다면, 전조등 불빛에 잡힌 토끼의 자세(멍해진 눈동자, 경직된 앞발)를 눈여겨보시기 바랍니다. 밝은 전조등이 어둠 속에 가려져 있다가 빛으로 달려든 작은 동물들을 마비시키는 것과 마찬가지로, 인간의 형체가 이런 '자세'(가식적 포즈)를 취하게 되는 이유는 (굳이 다른 나라로 갈 필요도 없이, 독일에서뿐 아니라 영국에서도) 인간이 본연의 역량을 자유롭게 발휘하는 것을 방해하고 스스로 변할 수 있는 힘과 새로운 전체를 창조할 수 있는 힘을 저해하는 그 조명 때문이 아닐까 하고 짐작하게 되는 데는 그럴 만한 이유가 있지 않습니까? 이것은 어디까지나 짐작이고 짐작은 위험이 따르는 일이지만, 자연스러움과 자유스러움(스스로 변하는 힘과 스스로 자라는 힘)을 보존하는 데는 익명성이 필수적일 것이라는 짐작, 그리고 인간의 정신이 홈에 박힌 바늘처럼 똑같은 가락을 반복 재생하는 대신 창조적 정신이 되기를 바란다면 눈부신 조명을 최대한 막아야 할 것이라는 짐작이 생기는 데는 그럴 만한 이유가 있는 것입니다.

하지만 짐작을 이만큼 늘어놓았으니 이제 사실들에게로 돌아와야겠습니다. 귀하는 이렇게 물으실 수 있습니다. 사무실도 없고, 회의도 없고, 지도부도 없는 단체라니, 서열 자체가 없는 단체라니, 입회서 한 장이 없고 유급 사무장 한 명이 없는 단체라니, 대체 그런 단체가 합목적적으로 굴러갈 수 있겠는가? 아니, 애초에 그런 단체가 생겨날 수나 있겠는가? 맞습니다. 아웃사이더 협회에 대한 이제까지의 정의가 극히 개략적이기는 했지만, 그것이 그저 특정 성별이나 특정 계급을 은근히 예찬하는 언어 거품일 뿐이었다면 아무리 개략적이었다 해도 시간 낭비일 뿐이었겠지요. 저자의 답답한 마음을 풀어주고 다른 성별, 다른 계급에게 잘못을 뒤집어씌운 뒤 터져버리고 마는 그런 거품 같은 언어 표현들이 실제로 참 많기도 하고요. 하지만 저희가 이제껏 그려본 아웃사이더 협회에는 실물 모델들이 있습니다. 모델이 화가를 위해서 가만히 앉아 있어주기는커녕 자꾸 움직이고 자꾸 사라지는 만큼, 은밀하게 그려볼 수밖에 없었지만 말입니다. 그런 모델을 스케치했다는 것은 그런 아웃사이더 단체가 (이름을 얻었든 못 얻었든) 생겨나서 굴러가고 있다는 증거이지만, 아웃사이더의 실체가 생긴 것이 불과 20년 전, 곧 고학력 남성의 딸들이 직업을 가질 수 있게 되고부터인 만큼, 역사나 전기에서는 아직 그런 단체의 모델을 발견할 수 없습니다. 하지만 아직 가공되지 않은 역사나 전기, 곧 신문에서는 (때로는 분명하게 글줄에서, 때로는 희미하게 행간에서) 그런 단체의 모델을 발견할 수 있습니다. 그런 단체가 존재한다는 것을 확인하고 싶은 마음만 있다면 신문에서 무수하게 많은 증거들을 발견할 수 있습니다. 물론 그런 증거들 중에는 진짜 증거라고 할 수 없는 것도 많습니다. 예를 들어, 고학력 남성의 딸들이 돈을 받지 않고 일하거나 아주 적은 돈을 받고 일하는 경우가 많다는 사실을 그들이 자발적 의지에 따라서 가난의 심리적 가치를 시험해보고 있다는 증거로 받아들여야 하는 것은 아닙니다. 고학력 남성의 딸들이 '제대로 된 식사'[20]를 하지 않는 경우가 많다는 사실을 그들이 신체적 영양 결핍의 가치를 실험해보고 있다는 증거로 받아들여야 하는 것도 아닙니다. 전체 수상자 중에서 여성 수상자 비율이 극히 저조하다는 사실을 그들이 익명의 미덕을 시험해보고 있다는 증거로 받아들여야 하는 것도 아닙니다. 그런 실험들은 어디까지나 강요된 실험이므로 진짜 실험이라고는 할 수 없습니다. 하지만 실험으로서의 가치가 훨씬 큰 진짜 실험들도 매일같이 언론의 표면에 떠오르고 있습니다. 그럼 이제부터는 아웃사이더 협회가 실제로 존재한다는 저희의 진술의 증거로, 그런 실험들 중에서 세 가지만 살펴보도록 하겠습니다.

그중 첫 번째 실험은 꽤 직설적입니다.

> 지난주 플럼스테드 커먼 침례교회 바자회에서 [울위치구] 구청장 부인은 연설 중에 "……하다못해 양말을 꿰매는 일이라고 해도 전쟁에 도움이 될 일이라면 나는 거절할 것"이라고 했다. 구민 대다수는 이 발언에 분개하면서, 최대한 좋게 표현한다 해도 눈치 없는 발언이었다는 입장이다. 울위치 유권자 약 1만 2천 명은 울위치 군수 공장에서 무기 제조업에 고용돼 있다.[21]

공석에서 이런 말을 하는 것의 눈치 없음에 대해 논할 필요는 없지만, 그 용기에는 좀처럼 감탄을 금할 수 없습니다. 무기 제조업 고용인 유권자 비율이 높은 다른 구, 다른 나라에서도 구청장의 부인들이 이분의 선례를 따르게 된다면, 이 실험의 가치는 실로 어마어마하겠지요. 어쨌든 울위치구 구청장 부인인 미시즈 캐슬린 랜스의 양말 꿰매기 거절이 용감하고 효과적인 반전 실험이었다는 데는 귀하도 동의해주시리라 믿습니다.

아웃사이더 단체가 굴러간다는 두 번째 증거로 신문에서 두 번째 사례를 골라보도록 하겠습니다. 첫 번째 사례에 비해서 선명도는 좀 떨어지지만, 그럼에도 아웃사이더의 실험이자 매우 독창적인 실험이자 반전이라는 대의에 크게 보탬이 될 가능성이 있는 실험이라는 데는 귀하도 동의해주시리라 믿습니다.

> 주요 비영리 경기 협회들의 운영 방식과 관련해, 미스 클라크[교육부의 미스 E. R. 클라크]는 여자 하키, 여자 라크로스, 여자 네트볼, 여자 크리켓 종목을 예로 들었다. 미스 클라크에 따르면, 이런 종목에서는 규칙상 이긴 팀에게 우승컵 등의 상을 일절 수여하지 않는다. '관중'의 규모는 남자 종목들에 비해 작을지 몰라도, 선수들은 경기 그 자체를 즐긴다. 우승컵이 없더라도 경기에 흥미를 느낄 수 있다는 증거인 듯하다. 선수 수는 해마다 꾸준히 늘고 있다.[22]

이 실험은 인간 본성에 심리적으로 큰 가치가 있는 변화, 곧 전쟁을 막는 데 실질적으로 보탬이 될 수 있는 변화를 이끌어낼 수 있을지도 모른다는 점에서 극히 흥미로운 실험입니다. 아울러 이 실험은 이런저런 금기와 압력의 영향으로부터 상대적으로 자유로운 아웃사이더가 그런 영향에 노출될 수밖에 없는 인사이더보다 훨씬 쉽게 수행할 수 있다는 점에서도 꽤 흥미로운 실험입니다. 정말 그렇다는 것을 다음 인용문이 매우 흥미로운 방식으로 증언해줍니다.

> 이 지역[노샘프턴셔 웰링버러] 축구계는 여자 축구의 인기 상승을 우려하고 있다. 간밤에 노샌츠• 축구협회 자문위원회의 비공개 회의가 열렸다. 안건은 피터버러 구장을 여자 경기에 개방하는 문제였다. 자문 위원들은 말을 아꼈다. (……) 하지만 오늘 한 자문 위원이 이렇게 말했다. "노샌츠 축구협회는 여성 축구를 금지할 예정이다. 전국적으로 많은 남성 클럽이 후원 부족으로 위기 상황인데 여자 축구가 이렇게 인기가 있다니 문제다. 또 다른 심각한 문제는 여자 선수들이 심각한 부상을 입을 가능성이다."[23]

귀하 같은 남자가 저희 같은 여자에 비해서 기존의 가치를 고치는 실험을 어려워하는 원인이 되는 이런저런 금기와 압력이 실제로 존재한다는 증거가 바로 여기 있습니다. 하지만 그런 복잡 미묘한 심리를 분석하느라 시간 낭비 할 것 없이 노샌츠 축구협회가 여성 축구를 금지한다고 결정하면서 어떤 이유들을 내놓았는지를 슬쩍 훑어보기만 해도, 다른 좀더 비중 있는 단체들이 뭔가를 결정할 때 내놓는 이유들에 대한 유용한 통찰을 얻을 수 있을 것입니다.

이야기가 옆길로 샜는데, 이제 아웃사이더 단체의 실험에 대한 이야기로 돌아가도록 하겠습니다. 소극적 실험이라고 부를 수도 있을 한 실험을 세 번째 사례로 골라보았습니다.

• Northants. 노샘프턴셔Northamptonshire의 약자.

> 젊은 여성들이 영국 교회를 대하는 태도에 나타난 큰 변화에 대해 동정녀 성 마리아(대학 교회)의 담임 목사 F. R. 배리 참사원 사제•가 간밤에 옥스퍼드에서 논의했다. (……) 영국 교회는 문명의 윤리화라는 과제를 짊어지고 있다. 모든 그리스도교도들의 협력을 필요로 하는 막중한 과제다. 간단히 말해서 남자들만으로는 이 과제를 완수할 수 없다. 지난 1백, 2백 년간 교인의 성비는 여성 대 남성이 대략 75퍼센트 대 25퍼센트였지만, 이제 성비가 전체적으로 변하고 있다. 통찰력 있는 관찰자라면 영국 내의 모든 교파에서 젊은 여성들의 빈자리에 주목하게 된다. (……) 학생 인구 중에서는 젊은 여성들이 젊은 남성들에 비해 영국 교회와 그리스도교 신앙을 더 멀리한다.[24]

이 역시 매우 흥미로운 실험입니다. 하지만 앞에서 말했듯 소극적 실험입니다. 첫 번째 사례는 전쟁을 만류하기 위해 양말 꿰매기를 공개 거부하는 실험이었고, 두 번째 사례는 우승컵이 경기에 흥미를 갖게 하는 필수 요소인가를 확인해보는 실험이었던 반면, 이 세 번째 사례는 고학력 남성의 딸들이 교회에 결석할 때 무슨 일이 생기는지를 알아보는 실험입니다. 실험의 가치에 있어서 다른 두 실험보다 더 유익한 것은 아니지만, 다수의 아웃사이더가 그런 대로 수월하고 안전하게 행할 수 있는 종류의 실험이리라는 점에서 다른 두 실험보다 현실적으로 더 흥미롭습니다. 결석하기는 바자회에서 목소리를 높이는 일이나 독창적 유형의 경기 규칙을 마련하

• Frank Russell Barry(1890 ~ 1976).

는 일에 비하면 쉬운 일입니다. 그러니 결석이라는 실험이 어떤 결과를 낳고 있는지(진짜로 무슨 결과를 낳고 있기는 한지) 유심히 살펴볼 만한데, 진짜로 꽤 고무적인 결과들을 낳고 있습니다. 대학교에 진학한 고학력 남성의 딸들이 영국 교회를 어떤 태도로 대하는가가 영국 교회의 관심사가 되고 있다는 데는 이제 의심의 여지가 없으니까요. 진짜로 그렇다는 것을 증언해주는 자료로, 『여성의 성직에 관한 대주교 2인의 위탁 연구』•가 있습니다. 모든 고학력 남성의 딸들이 소지해야 하는 팸플릿인데, 단돈 1실링입니다. 이 팸플릿을 보면, "남자 대학과 여자 대학 사이의 한 가지 두드러진 차이는 여자 대학에 교목校牧이 없다는 것"이라는 지적이 나옵니다. "인생에서 이 시기를 보내는 이들(대학생들)이 지력 중에 비판력을 최대한 발휘하는 것은 자연스러운 일"이라는 고찰도 나옵니다. "대학에 진학한 여성들 가운데 지역 사회나 교회에서 계속 무료로 봉사할 여유가 있는 여성들이 거의 없는" 실정에 대한 한탄도 나옵니다. 그리고 마지막으로 "그런 여성들의 봉사를 유독 필요로 하는 특정 영역이 다수 존재하는 만큼, 영국 교회 내부에서 여성들의 역할과 위치를 보다 명확하게 규정해야 할 때가 왔음은 분명한 듯하다"는 결론이 나옵니다.[25] 여성들이 이렇듯 새로운 관심사로 떠오른 이유가 옥스퍼드의 텅 빈 교회들 때문이든, 아니면 "기성 종교의 운영 방식에 대단히 심각한 불만"을 표명하는 아일스워스의 "여학교 상급생들"[26]의 목소리가 그 엄숙한 영역, 여자라는 성의 목소리가 들려서는 안 된다고 여겨지고 있는 그 영역으로까지 침투하고 있기 때문이든, 아니면 여성이라는 지나치게 이상주의적이었던 성이 이제야 드디어

• *The Ministry of Women: Report of the Archbishops' Commission*(1935).

"남자들은 무급 직분을 높이 평가하지 않는다"는 고어 주교의 경고를 가슴에 새기면서 1년 봉급 150파운드(여성 부사제deaconess가 영국 교회에서 받을 수 있는 상한선)가 충분치 않다는 의견을 표명하기 시작했기 때문이든,[27] 무슨 이유 때문이든, 고학력 남성의 딸들의 태도가 영국 교회에 상당한 불안을 불러일으키게 된 것만은 틀림없습니다. 그러니 결석이라는 소극적 실험은, 저희가 영국 교회를 영혼 담당 기관으로 믿고 있는가와 무관하게 저희 아웃사이더들에게는 대단히 고무적인 실험입니다. 소극적인 것이 곧 적극적인 것이라고, 아웃사이더들도 하느님을 섬기는 사람들이라고,• 상대에게 자기의 결석을 느끼게 만들 때 자기의 참석이 가치 있어질 수 있다고 말해주는 실험인 것 같아서요. 아웃사이더들이 이런 방식으로 종교 제도 이외에도 많은 다른 불만스러운 제도들을 없애거나 고칠 수 있지는 않을까, 예배 이외에도 공식 만찬, 공개 연설, 시장님 연회 같은 낡은 의식들에 무관심이라는 압력을 가할 수 있지는 않을까 자문해보게 됩니다. 시시한 질문들이지만, 이런 질문으로 여가 시간을 채워볼 수도 있겠고, 호기심을 자극해볼 수도 있겠습니다. 물론 저희가 이 실험을 논한 것이 여가 시간이나 호기심 때문은 아니었습니다. 저희가 지금껏 세 가지 사례를 통해서 세 가지 종류의 실험을 논한 것은 아웃사이더 협회가 생겨나서 굴러가고 있다는 사실을 귀하에게 증명해 보이기 위해서였습니다. 모두 신문에 실린 사례들이라는 것을 감안하신다면, 그런 사례들은 수면 위로 올라오지 않은 실험들, 공식적 증거를 남기지 않은 비공개 실험들 중 극히 일부에 불과하리라는 데에 동의해주시리라 믿습니다. 또한 그런 사례

• 존 밀턴, 「자신이 눈먼 것에 관하여On His Blindness」 가운데 "그저 서서 기다리는 사람들도 하느님을 섬기는 사람들이다" 참조.

들이 저희가 위에서 그려본 아웃사이더 단체에 실제 모델이 있다는 증거가 된다는 데도 동의해주시리라 믿습니다. 저희가 지금껏 논한 아웃사이더 단체는 그저 막연한 기대 속에서 상상한 그림이 아니라 귀 단체가 제시하신 바로 그 목표를 추구하되 귀 단체와는 다른 방법으로 추구하는 실제 단체를 모델로 삼은 그림입니다. 배리 참사원 사제를 비롯한 날카로운 관찰자들이라면, 그런 실험들이 행해진다는 증거를 옥스퍼드의 텅 빈 교회에서뿐 아니라 다른 많은 곳에서도 발견할 수 있을 것입니다. 미스터 웰스 같은 그리 날카롭지 않은 관찰자들이라고 해도, 땅바닥에 귀를 대본다면 나치와 파시스트에 맞선 고학력 남성의 딸들의 저항 움직임이 전혀 감지되지 않는 것은 아니라고 믿게 될지 모르고요. 하지만 저희로서는 날카로운 관찰자에게든 유명한 소설가에게든 움직임을 들키지 않는 것이 필수적입니다.

들키지 않는 것이 필수적입니다. 물론 저희가 하는 일과 저희의 생각이 우리 공동의 대의를 위한 일과 생각이기는 하지만, 그래도 일단은 들키지 말아야 합니다. 왜 들키지 말아야 하는지 그 이유가 쉽게 밝혀지는 상황들도 있습니다. 봉급이 적은 상황(휘터커가 증언해주는 상황), 직업을 얻기도 어렵고 직업을 계속 유지하기도 어려운 상황(다들 알고 있는 상황)에서 자기 고용주•를 비판한다는 것은, 신문의 표현을 빌리면, "최대한 좋게 표현한다 해도 눈치 없는" 짓입니다. 귀하도 아시겠지만, 시골 선거구의 농업 노동자들은 절대 노동당에 투표하지 않습니다. 경제적으로 볼 때, 고학력 남성의 딸들은 농업 노동자들과 비슷한 수준입니다. 농업 노동자들과 고학

• master. p. 308 각주 6 참조.

력 남성의 딸들이 왜 자기의 생각을 숨기려고 하는지 그 이유를 알아내기 위해 긴 시간을 쓸 필요도 없습니다. 두려움 때문입니다. 경제적으로 매여 있는 사람들에게는 두려움을 느낄 만한 강력한 이유가 있는 것입니다. 더 알아내고 자시고 할 필요도 없습니다. 하지만 여기서 귀하가 저희에게 어느 1기니의 기억을 떠올려보라고 하실 수도 있겠고, 좀 전에 저희가 떠벌린 자랑(저희가 드린 선물이 비록 약소한 선물이기는 했지만, 그 선물을 통해 부패한 단어 하나를 불태울 수 있게 되었을 뿐 아니라 두려워하는 마음이나 잘 보이려고 하는 마음 없이 자유롭게 이야기할 수 있게 되었다는 내용)을 저희 앞에 도로 들이미실 수도 있겠습니다. 그 자랑에는 아무래도 허풍이 좀 섞여 있었던 것 같습니다. 두려운 마음이 아직 남아 있는 듯합니다. 전쟁이 닥칠 것을 예감하는 조상 대대의 기억이 아직 남아 있는 것 같기도 합니다.• 고학력 남녀 사이에는 경제적 주종 관계가 아닌 경우에도 대화에서 아예 건드리지도 않거나 건드리더라도 암시적으로만 건드리고 넘어가는 화제들이 아직 있습니다. 귀하도 그런 경우들을 실생활에서 또는 전기에서 목격하셨을 수 있습니다. 고학력 남녀가 사석에서 만나, 저희가 앞에서 자랑한 것처럼 "정치와 국민, 전쟁과 평화, 야만과 문명"을 화제로 삼을 때조차도, 회피하고 은폐하는 화제들이 있습니다. 사생활에서 표현의 자유를 확보하지 못한다면 사회적으로 표현의 자유를 확보하기란 불가능하고, 그런 까닭에 표현의 자유라는 의무에 익숙해지는 것은 너무나 중요한 일이니, 저희는 이 두려움의 정체를 밝히고 이 두려움에 직면하지 않을 수 없습니다. 이 두려움은 대체 어떤 두려움이길래 고학력 남녀로 하여금

• S. T. 콜리지, 「쿠블라 칸Kubla Khan」 가운데 "전쟁이 닥쳐오리라 예언하는 조상들의 목소리" 참조.

특정 화제들을 피하고 감추게 하는 것일까요? 이 두려움은 대체 어떤 두려움이길래 이제 모든 이야기를 자유롭게 할 수 있게 되었다는 저희의 자랑을 한갓 웃음거리로 만들어버리는 것일까요?…… 여기서 이렇게 찍히는 점들도 귀하와 저희 사이에 깊은 심연이 있다는 표시인데, 이번의 심연이 바로 이 두려움에서 비롯된 침묵의 심연입니다. 저희에게는 이 두려움을 직접 설명할 용기도 없고 이 두려움을 직접 설명할 능력도 부족한 만큼, 저희가 이 두려움을 설명하기 위해 할 수 있는 일은 바울의 베일을 쓰는 것, 곧 통역자를 구해 이 두려움을 설명해달라고 부탁하는 것입니다. 전적으로 신뢰할 수 있는 통역자가 다행히 가까운 곳에 있습니다. 이미 한 번 인용했던 팸플릿 『여성의 성직에 관한 대주교 2인의 위탁 연구』•가 바로 그 통역자입니다. 이 팸플릿은 여러 가지 이유에서 극히 흥미로운 자료입니다. 이 두려움을 탐색적인 방식, 과학적인 방식으로 조명해주는 자료이기도 하고, 종교직이라는 직업에 대해 성찰해볼 기회를 제공해주는 자료이기도 합니다. 저희가 이제껏 종교직을 거의 논의하지 않은 것은 다분히 의도적이었습니다. 종교직이 모든 전문직 중에서 가장 상위의 직업이라고 한다면 종교직을 전문직의 전형으로 간주할 수 있을 것이고, 종교직이 전문직의 전형이라고 한다면 저희가 이제껏 다른 전문직들에 대해 논의한 내용이 종교직에 대한 논의를 통해서 새롭게 조명될 수 있을 것입니다. 그러니 여기서 저희가 갑자기 이 팸플릿을 상세하게 검토하더라도 부디 양해해주시기 바랍니다.

캔터베리 대주교와 요크 대주교가 주관한 위탁 연구의 목적

• 이하 『위탁 연구』.

은 "여성이 성직을 수행하는 것과 관련해서 영국 교회가 이제껏 준수하고 있는, 혹은 앞으로 준수해야 하는 모든 신학적 원칙 및 기타 원칙들을 검토하는 것"이었습니다.[28] 종교직을 보면(여기서는 영국 교회의 종교직을 보면 됩니다), 표면적으로는 다른 전문직들과 비슷한 점도 있는 듯합니다. 예를 들면, 휘터커의 증언대로 고소득 전문직이고, 상당한 자산을 보유하고 있고, 직무에 따라서 봉급과 혜택의 서열이 있습니다. 하지만 종교직은 모든 전문직들 사이에서 가장 우위에 있는 전문직입니다. 캔터베리 대주교는 대법관보다 높고 요크 대주교는 총리보다 높습니다. 종교직이 다른 모든 전문직들보다 높은 이유는 종교직이기 때문입니다. '종교'가 뭐길래?, 라고 자문해보게 됩니다. 그리스도교라는 종교가 무엇인가에 대해서는 그리스도교의 창시자가 모두가 읽을 수 있는 말씀으로 정리해놓은 것이 있습니다. 번역•도 대단히 아름답습니다. 성경에 대한 현행 해석을 받아들이지 않는 사람이라 하더라도 매우 심오한 말씀이라는 것만은 부정할 수 없습니다. 그러니 의학이란 무엇인가, 법학이란 무엇인가에 대해서 아는 사람들은 거의 없는 데 비해, 그리스도가 그리스도교를 무엇이라고 생각했는가에 대해서는 『신약성경』을 가지고 있는 사람이라면 모두 알고 있다, 이렇게 말해도 괜찮을 것 같습니다. 그러니 앞서 고학력 남성의 딸들이 의학과 법학을 직업으로 삼고 싶다고 했을 때 의사들과 변호사들은 의사가 될 자격과 변호사가 될 자격이 오직 남자에게만 있다고 규정하는 법조문이나 인가서를 뒤지는 것으로 충분했던 데 비해, 1935년에 고학력 남성의 딸들이 종교를 직업으로 삼고 싶다고 했을 때 성직자들은 성직자

• 『킹 제임스 성경』을 가리킨다.

가 될 자격이 오직 남자에게만 있다고 규정하는 법조문이나 인가서를 뒤져야 하는 한편으로 『신약성경』을 뒤져야 했던 것입니다. 성직자들은 실제로 『신약성경』을 뒤져본 후 모종의 결론에 도달했습니다. 『위탁 연구』에 따르면, 그 결론은 "복음서[●]가 알려주는 대로, 주님은 남자나 여자나 똑같은 천국의 백성들이자 똑같은 하느님의 자녀들이자 똑같이 귀한 영혼을 가진 사람들 (……) 이라고 여기신다"는 것이었습니다. 『위탁 연구』는 그 증거로 다음 대목을 인용하고 있습니다. "남자와 여자가 없습니다. 여러분 모두가 그리스도 예수 안에서 하나이기 때문입니다"(「갈라디아서」 3장 28절[▲]). 그러고 보면, 그리스도교의 창시자는 이 직업에는 학력 조건이나 성별 조건 같은 것이 불필요하다고 생각한 것 같습니다. 제자들을 뽑을 때도 노동 계급에서 뽑았습니다. 그리스도 자신이 노동 계급이었습니다. 일차적 자격 요건은 모종의 희귀한 은사를 받았느냐 하는 것이었는데, 그 은사는 그 당시만 해도 돌발적으로 주어졌고, 그 은사를 받는 사람은 목수들과 어부들, 그리고 여자들이었습니다. 『위탁 연구』가 일러주듯이, 그 당시에 예언하는 여성(신령한 은사를 받은 여성)이 있었다는 데는 의심의 여지가 없습니다. 예언하는 여성에게 설교하는 일이 허락되었다는 데도 의심의 여지가 없습니다. 예컨대 바울은 여성은 대표로 기도하는 경우 베일을 써야 한다고 적고 있습니다. "베일을 쓴 상태에서는 여성도 예언하는 일[곧, 설교하는 일]과 대표로 기도하는 일을 맡을 수 있음을 함축하는" 대목입니다.

● 『신약성경』 중에서 「마태복음」 「마가복음」 「누가복음」 「요한복음」을 가리킨다.

▲ 전문은 다음과 같다. "유대 사람도 그리스 사람도 없으며, 종도 자유인도 없으며, 남자와 여자가 없습니다. 여러분 모두가 그리스도 예수 안에서 하나이기 때문입니다."

그런데 여성이 어떻게 성직에서 밀려날 수 있었을까? 그리스도와 그리스도의 사도 중 하나인 바울 둘 다 여성이 성직을 맡을 수 있다고 보았잖은가? 이것이 문제였고, 『위탁 연구』는 그리스도의 생각을 참조하는 대신 교회의 생각을 참조함으로써 이 문제를 해결했습니다. 물론 두 생각은 달랐습니다. 교회의 생각은 다른 누군가에 의해 해석되어야 했고, 그 누군가는 바울이었는데, 그 바울이 교회의 생각을 해석하던 중에 본인의 생각을 바꾸었거든요. 그러니 『위탁 연구』 또한 루디아●와 글로에,▲ 유오디아와 순두게,◆ 드루배나와 드루보사와 버시■ 같은 유명하지 않았으나 유덕했던 인물들을 깊은 과거 속에서 끄집어내는 작업, 그들의 지위를 논변하는 작업, 예언하는 여성과 장로의 명부에 이름을 올린 여성○이 서로 어떻게 다른가를 정리하는 작업, 여성 부사제의 위상이 니케아 공의회를 전후로

● 「사도행전」 16장 14절 참조. "그들 가운데 루디아라는 여자가 있었는데, 그는 자색 옷감 장수로서, 두아디라 출신이요, 하느님을 공경하는 사람이었다. 주님께서 그 여자의 마음을 여셨으므로, 그는 바울의 말을 귀담아들었다."

▲ 「고린도전서」 1장 11절 참조. "나의 형제자매 여러분, 글로에의 집 사람들이 여러분의 소식을 전해주어서 나는 여러분 가운데에 분쟁이 있다는 것을 알게 되었습니다."

◆ 「빌립보서」 4장 2절 참조. "나는 유오디아에게 권면하고, 순두게에게도 권면합니다. 주님 안에서 같은 마음을 품으십시오."

■ 「로마서」 16장 12절 참조. "주님 안에서 수고한 드루배나와 드루보사에게 문안하여주십시오. 주님 안에서 수고를 많이 한 사랑하는 버시에게 문안하여주십시오."

○ 「디모데전서」 5장 9절, 10절 참조. "과부로 명부에 올릴 이는, 예순 살이 덜 되어서는 안 되고, 한 남편의 아내였던 사람이라야 합니다. 그는 착한 행실을 인정받는 사람이라야 하는데, 자녀를 잘 기르거나, 나그네를 잘 대접하거나, 성도들을 자기 집에 모시거나, 어려움을 당한 사람을 도와주거나, 모든 선한 일에 몸을 바친 사람이라야 합니다."

어떻게 달라졌는가를 정리하는 작업을 거친 뒤, 다시금 바울을 참조해 "어쨌든 목회 서신 세 편●을 쓴 사람은(그 사람은 바울일 수도 있고 아닐 수도 있다▲) 여자가 교회에서 남자를 '가르치는' 위치에 오르거나 남자를 지배하는 업무를 맡아서는 안 된다고 보았음에 틀림없다"(「디모데전서」 2장 12절◆)고 설명하고 있는 것입니다. 솔직하게 말씀드리자면 기대했던 만큼 만족스러운 설명은 아닙니다. 바울(혹은 목회 서신 세 편을 쓴 다른 사람)의 판단과 그리스도의 판단["남자든 여자든 동일한 영혼의 왕국에 거하는 백성이자 (……) 동일한 영혼의 능력을 소유한 존재"라는 판단]을 완전하게 화해시키기란 불가능하니까 말입니다. 하지만 이렇게 곧바로 사실들이 나타나니, 단어의 의미를 가지고 왈가왈부하는 것은 부질없는 일입니다. 그리스도의 말이 무슨 뜻이었든, 바울의 말이 무슨 뜻이었든, 4~5세기에 종교직이 꽤 조직화되어 있었다는 사실이 달라지는 것은 아니라는 것입니다. [그 시기에 남성 부사제는 교회에서 "맡은 바 직분을 온전하게 감당한 뒤" 승진을 기대할 수 있었던 반면에, 여성 부사제가 교회로부터 기대할 수 있는 것은 하느님이 "허락하실 성령의 힘으로 (……) 맡은 바 직분을 훌륭하게 감당할 수 있기를" 빌어주는 기도뿐이었습니다.] 그렇게 3백~4백 년이 흐르면서 무보수로 말씀을 전하는 무학의 남녀 예언자는 자취를 감추었고, 그들이 있었던 자리에 고위 사제, 일반 사제, 부사제라는 상중하 직급이 나타났습니다. (고위 사제, 일반 사제, 부사제는 모두 남성이었고, 모두 휘터커의 지적대로 봉급을 받았습니다. 종교는 전

● 「디모데전서」「디모데후서」「디도서」.
▲ 많은 성경학자들은 목회 서신이 바울의 사후에 작성되었다고 보고 있다.
◆ "여자가 가르치거나 남자를 지배하는 것을 나는 허락하지 않습니다. 여자는 조용해야 합니다."

문직이 된 시점에서 유급직이 되었으니까요.) 최초의 종교직은 지금의 문필업과 비슷했던 것 같기도 합니다.[29] 예언의 은사를 받은 사람이라면 누구나 할 수 있는 일이었습니다. 직업 훈련도 필요 없었고, 자격 요건도 극히 간단했습니다. (전자에게 필요한 것이 목소리와 장터 정도였듯, 후자에게 필요한 것은 펜과 종이 정도였습니다.) 예컨대 에밀리 브론테는 이렇게 썼습니다.

> 겁쟁이의 영혼은 나의 것이 아니다
> 이 세상 폭풍우는 두려울 것이 없다
> 믿음은 두려움의 창을 막아내는 갑옷
> 저 천상의 영광 못지않게 눈부신 갑옷
>
> 내 가슴에 거하는 전능과 불멸의 신이여!
> 내 안에 거하는 생명이여!
> 내 안에 거하는 생명에서 힘을 얻는 나여!
> 죽지 않을 생명이여!

영국 교회 성직자가 될 자격은 없었지만, 예언이 소명(자원봉사)이었던 고대에 활동했던 여성 예언자의 정신적 후예인 것입니다. 하지만 교회가 전문직이 되었을 때(전문 지식이 예언자의 자격으로 요구되고 예언자가 전문 지식을 알려주는 대가로 봉급을 받게 되었을 때), 한 성별은 안에 남았고 한 성별은 밀려났습니다. 『위탁 연구』에 따르면, "남성 부사제는 (아마도 고위 사제들과 가깝게 지낼 수 있었기 때문에) 서서히 위엄이 상승해 예배와 성례를 보조하는 자리까지 오른 반면, 여성 부사제의 승진은 미미한 수준"에 그쳤습니다. 1938년에 영국에서 대주교 연봉은 1만 5천 파운드, 주교 연봉은 1만 파운드, 주임 사제 연봉은 3천 파운드인 데 비해 여성 부사제 연봉은 120 파운드, "교구 생활의 거의 모든 분야에서의 보조"라는 "고되고 대개 외로운 업무"를 맡은 '교구 보조원'• 연봉은 1년에 120 ~ 150파운드라는 사실은 그 미미함이 어느 정도인지를 증언해줍니다. "그런 업무에서는 항상 기도가 중심이어야 한다"는 『위탁 연구』의 논평이 전혀 놀랍지 않습니다. 이렇게 보자면 여성 부사제의 승진은 그저 "미미한 수준"이었던 것이 아니라 적극 차단되었던 것 같습니다. 부사제도 성직이고 "성직은 (……) 평생의 명예이자 평생의 의무"지만, 여성은 중요한 직급의 바깥 자리, 가장 낮은 부목사보다도 낮은 자리에 머물러 있어야 한다는 것, 그것이 영국 교회의 판단입니다. 『위탁 연구』가 영국 교회의 생각과 영국 교회의 전통을 참조한 뒤 그러한 결론("『위탁 연구』는 여성이 본성상 서품을 감당할 수 없으니 사제 이상의 직급을 맡아서는 안 된다는 교회의 관점 전반에 적극 동의하지는 않지만, 교회의 전반적 기조는 아직 남성 성직 전통의 유지 쪽이라고 생각된다")을 내린 것입니다.

귀하도 인정하시겠지만, 『위탁 연구』라는 우리의 통역자는 이렇듯 성직이라는 최상위 전문직과 다른 모든 전문직 사이의 여러 공통점을 보여줌으로써 전문직의 기조, 전문직의 본질을 좀더 밝혀내주었습니다. 저희가 앞에서 인정한 것처럼, 저희는 어떤 두려움 때문에 자유인으로서 마땅히 누려야 할 표현의 자유를 아직 누리지

• parish worker. 교구의 빈민과 병자를 돌보는 것 등이 주요 업무였다.

못하고 있는데, 이 통역자가 그 두려움의 본질을 분석하는 일도 도와줄지 모르겠습니다. 자, 도움이 될 것 같습니다. 성직과 다른 전문직들 간에 여러 가지 공통점이 있기는 하지만, 우리가 위에서 언급한 것처럼 양자 사이에는 매우 근본적인 차이점(교회의 업무는 마음과 관련되어 있다는 것, 따라서 교회의 행태를 설명하려면 역사적 이유와 함께 심리적 이유를 찾아야 한다는 것, 이를 위해서는 법조문과 함께 마음속을 참조해야 한다는 것)이 있습니다. 그런 까닭에 『위탁 연구』는 왜 교회가 성직에 들어오고 싶어 하는 고학력 남성의 딸들을 거부했는가를 설명하면서 역사적 이유와 함께 심리적 이유를 내놓는 것이 좋으리라고 여겼습니다. 그리고 그런 까닭에 『위탁 연구』는 그렌스테드 교수 DD●(옥스퍼드 대학교에서 그리스도교 철학을 가르치는 놀로스 교수▲)를 불러들여 "이에 해당하는 심리학적, 생리학적 자료를 요약해줄 것"과 "『위탁 연구』가 제시하는 의견과 권고의 근거"를 명시해줄 요청했습니다. 자, 심리학은 신학이 아니었고, 그렌스테드 교수가 지적한 것처럼, "심리가 성별에 따라서 어떻게 다른지, 각 성의 심리가 각 성의 행동과 어떻게 관련되어 있는지는 아직 전문가의 영역이다. (……) 그리고 (……) 그것을 어떻게 해석하느냐는 아직 논란의 여지가 있고 여러모로 모호"했습니다. 그럼에도 그렌스테드 교수는 증언의 의무를 성실히 이행했습니다. 저희가 앞에서 인정하고 개탄했던 그 두려움이 어디서 시작되었나를 밝혀내주는 증언이므로, 여기서는 이 증언을 정확하게 인용하는 것이 가장 좋을 듯합니다.

● Laurence William Grensted(1884~1964).

▲ 직위의 이름은 기부자 Charles Frederick Nolloth(1850~1932)의 이름에서 왔다.

> 남성이 여성에 대해서 본질적으로 우월하다는 관점이 『위탁 연구』의 고찰 대상이었다. 이 관점을 뒷받침할 만한 심리학적 증거는 없다. 남성이 지배하는 성이라는 사실은 심리학자들도 인정하는 바이지만, 남성이 지배하는 성이라는 사실은 남성이 우월한 성이라는 판단과 혼동되어서는 안 될 뿐 아니라 서품이 남성에게 수여되어야 할 뿐 여성에게는 수여되어서는 안 된다는 결정에 영향을 미칠 수 있는 그 어떤 판단과도 혼동되어서는 안 된다.

다시 말해 심리학자가 할 수 있는 것은 판단하는 일이 아니라 사실을 조사하는 일입니다. 다음의 사실이 바로 심리학자가 조사한 첫 번째 사실입니다.

> 조사를 필요로 하는 가장 중요한 사실은, 여성이 사제 이상의 직급에 오를 수 있어야 한다는 제안이 언제나 모종의 격한 감정을 불러일으킨다는 것이다. 『위탁 연구』의 조사 결과, 그런 제안이 불러일으키는 격한 감정은 주로 반감이었다. (……) 반감이 이렇게 격하다는 것, 그리고 이렇게 격한 반감을 합리화하는 다양한 설명이 존재한다는 것은 모종의 강한 잠재의식적 동기가 있음을 보여주는 분명한 증거다. 본 사안과 관련성이 있는 상세 분석 자료는 전혀 나와 있지 않은 것 같지만, 유아기 고착이 여성의 성직이라는 화제 앞에서 격한 감정을 느끼게 되

는 심리 속에서 가장 큰 역할을 하고 있는 것은 분명하다.

유아기 고착이 정확히 어떻게 작용하는가는 개인에 따라 다를 수밖에 없고, 유아기 고착이 왜 생겨나는가와 관련된 설명도 막연한 일반론을 벗어날 수 없다. 하지만, '오이디푸스 콤플렉스' 또는 '거세 콤플렉스'에 관한 이론을 지지해온 증거 자료들의 정확한 가치와 정확한 해석이 무엇이든, 남성이 우위에 있다는 통념, 심지어 여성이 열등하다는 통념(여성은 곧 '불완전한 남성●이라고 느끼는 잠재의식에서 비롯되는 통념)의 배경에 바로 이런 유아기 고착이 있으리라는 것은 분명하다. 이 콤플렉스는 그 불합리함에도 불구하고 수많은 성인들, 아니 거의 모든 성인들의 의식적 사고 아래 잠재해 있으니, 이 고착의 존재는 이 고착이 불러일으키는 감정의 격함을 통해서 드러나게 된다. 그 많은 사람들이 여성이 교회의 직분, 그중에서도 특히 성소의 직분▲을 얻게 되는 것을 수치로 여긴다는 사실 자체가 본 논의를 뒷받침하는 강력한 논거다. 이것을 수치로 여긴다는 것은 불합리한 성적 금기로밖에는 설명될 수 없다.

이어서 그렌스테드 교수는 "이렇게 격한 무의식적 감정들이 존

● 영국 신경학자 겸 정신분석학자 어니스트 존스Ernest Jones(1879 ~ 1958)는 성차별적 심리학을 비판하는 맥락에서 여성은 "불완전한 남성un homme manqué"이 아니라고 했다.

▲ 사제급 이상의 성직을 뜻한다. 「히브리서」 9장 2 ~ 6절 참조. "한 장막을 지었는데, 곧 첫째 칸에 해당하는 장막입니다. 그 안에는 촛대와 상이 있고, 빵을 차려놓았으니, 이곳을 '성소sanctuary'라고 하였습니다. / 이것들이 이렇게 마련되어 있어서 첫째 칸 장막에는 제사장들priests이 언제나 들어가서 제사 의식을 집행합니다."

재한다는 수많은 증거"가 타 종교와 『구약성경』에서도 발견되었다고 하는데, 이 대목은 그냥 그런가 보다 하고 넘기고 그렌스테드 교수를 따라 결론으로 가보겠습니다.

> 그럼에도 불구하고 여기서 우리는 그리스도교가 개념화한 성직 제도가 이런 무의식적 감정 요소들에 의지하는 것이 아니라 그리스도라는 인물●에 의지하고 있다는 것, 그런 의미에서 이교의 성직 제도와 구약의 성직 제도의 완성이자 극복이라는 것을 잊으면 안 된다.▲ 심리학자로서 말하자면, 이런 그리스도교 성직 제도에서 여성이 남성과 똑같은 직무를 수행하지 말아야 할 이론적 이유는 전혀 없다. 심리학자가 예상할 수 있는 장애물은 감정적, 실무적 장애물뿐이다.[30]

그럼 이 결론과 함께 그렌스테드 교수와 헤어지도록 하겠습니다.

귀하도 동의하실 것이듯, 이처럼 『위탁 연구』는 저희가 요청한 미묘하고 난해한 과제를 성실히 이행해주었습니다. 귀하와 저희 사이에서 통역자로 활약해준 것입니다. 전문직의 예로 성직이라는 가장 순수한 상태의 전문직을 소개해주기도 했고, 전문직이 어떻게 심리와 전통을 토대로 삼는지를 보여주기도 했습니다. 그리고 여기서 한발 더 나아가, 고학력자들이 서로 다른 성별일 때 특정 화제들에 대해 솔직한 언급을 피하는 것은 왜일까를 설명해주기도 했고,

● institution에 '제도'라는 뜻과 '인물'이라는 뜻이 있음을 이용한 말장난.
▲ 그리스도교의 논쟁적 교리 중 하나인 완성 신학(대체 신학)에 대한 설명. 「히브리서」 8장 13절 참조. "하느님께서 '새 언약'이라고 말씀하심으로써, 첫 번째 언약을 낡은 것으로 만드셨습니다. 낡고 오래된 것은 곧 사라집니다."

아웃사이더들이 경제적 의존의 문제가 없는 경우에도 자유로운 발언이나 공개적인 모색을 두려워한다면 그것은 왜일까를 설명해주기도 했습니다. 그리고 마지막으로, 그 두려움의 정체를 과학적으로 정밀한 언어로 밝혀내주기도 했습니다. 특히 그렌스테드 교수의 증언을 듣는 동안, 저희 고학력 남성의 딸들은 마치 의사의 수술 장면(공평무사하고 과학적인 집도의가 저희가 느끼는 두려움의 밑바닥에 무슨 원인, 무슨 뿌리가 있는지를 누구나 알아볼 수 있게 밝혀내기 위해 인간의 심리를 인간의 도구로 해부하는 장면)을 지켜보고 있는 것 같았습니다. 그것이 벌레 알입니다. 그것의 학명이 '유아기 고착'입니다. 학명을 몰랐던 저희가 그것에 벌레의 알, 해충의 알이라는 잘못된 이름을 붙인 것입니다. 공기는 그것의 냄새를 풍기고 있습니다. 화이트홀에서, 대학교에서, 영국 교회에서 그것의 존재가 감지되고 있습니다. 하지만 그렌스테드 교수로부터 이렇게 정확한 정의와 설명을 듣게 되었으니, 고학력 남성의 딸들은 (아무리 저학력이라고 해도) 앞으로는 그것의 이름을 잘못 부르거나 그것의 의미를 잘못 이해하는 일은 없을 것입니다. 그렌스테드 교수는 "여성이 사제 이상의 직급에 오를 수 있어야 한다는 제안이 언제나 모종의 격한 감정을 불러일으킨다"고 합니다. 여기서 성직은 의학 분야의 성직일 수도 있고 과학 분야의 성직일 수도 있고 종교 분야의 성직일 수도 있으니, 어떤 분야의 성직인지는 중요하지 않습니다. 여성이 그런 자리를 요구하면 틀림없이 격한 감정에 맞닥뜨릴 테니, 여성이라면 이 말이 옳다고 증언할 수 있을 것입니다. 그렌스테드 교수는 "반감이 이렇게 격하다는 것, 그리고 이렇게 격한 반감을 합리화하는 다양한 설명이 존재한다는 것은 모종의 강한 잠재의식적 동기가 있음을 보여주는 분명한 증거"라고도 합니다. 여성이라면 이 말에 수긍하는 데서 한발 더 나아가 그렌스테드 교수가 미처 찾아내지 못한 동기들을 추가로 밝혀낼 수 있을 것입니다. 그중 두 가지만 살펴보도록 보겠습니다. 여성이 배제될 때, 솔직한 표현을 쓰자면, 돈이라는 동기가 있습니다. 그리스도의 시대에는 어땠는지 모르겠지만 지금은 봉급이 동기가 아니겠습니까? 대주교는 1만 5천 파운드를 받고 여성 부사제는 150파운드를 받는데, 『위탁 연구』는 영국 교회가 가난하다고 합니다. 여자가 더 받게 되면 남자가 덜 받게 되리라는 것입니다. 둘째, 여성이 배제될 때, 『위탁 연구』가 "실무적" 고려 사항이라고 부르는 동기 아래, 모종의 심리적 동기가 감추어져 있는 것은 아닐까요? 『위탁 연구』는 "현재 기혼 남성 사제가 '세속을 돌보는 생활을 일절 포기'•해야 한다는 서품직의 자격 요건을 충족시킬 수 있는 가장 큰 이유는 아내가 가사와 가족을 돌보는 일을 전담한다는 데 있다"고 말해줍니다.[31] 세속을 돌보는 생활을 일절 포기할 수 있다는 것, 세속을 돌보는 생활을 전부 다른 사람에게 떠넘길 수 있다는 것도 동기인데, 어떤 사람들에게는 그것이 대단히 매력적인 동기인 반면에(세속을 벗어나 연구에 몰두하는 것이 그런 사람들의 바람이라는 것을 정교함을 자랑하는 신학이나 섬세함을 자랑하는 학술서가 증언해줍니다), 또 어떤 사람들에게는 그것이 나쁜 동기, 악한 동기(교회와 이 나라 사람들 사이, 문학과 이 나라 사람들 사이, 남편과 아내 사이를 멀어지게 함으로써 우리의 영연방 전체를 망가뜨리는 데

• 「야고보서」 1장 27절 참조. "하느님 아버지께서 보시기에 깨끗하고 흠이 없는 경건은, 고난을 겪고 있는 고아들과 과부들을 돌보아주며, 자기를 지켜서 세속에 물들지 않게 하는 것입니다."

일조해온 동기)인 것이 사실입니다. 여성이 각계 성직에서 배제될 때 그 이면의 잠재의식에서 무슨 강력한 동기가 작동하고 있든(물론 여기서는 그 동기의 뿌리를 파헤치는 것은 고사하고 그 동기를 그저 나열하는 것도 불가능합니다), 유아기 고착이 "그 불합리함에도 불구하고 수많은 성인들, 아니 거의 모든 성인들의 의식적 사고 아래 잠재해 있으니, 이 고착의 존재는 이 고착이 불러일으키는 감정의 격함을 통해서 드러나게 된다"는 것을 고학력 남성의 딸은 자기 자신의 경험을 통해 증언할 수 있습니다. 그 격한 감정에 맞서려면 용기가 필요하다는 것과 용기를 내지 못할 때 묵인과 회피가 나타난다는 것에는 귀하도 동의하실 것입니다.

저희가 통역자에게 부탁한 과제는 이렇듯 완수되었으니, 이제는 저희가 나서서 바울의 베일을 걷고 저희 손으로 그 두려움에 대해, 그리고 그 두려움을 야기하는 노여움에 대해 거칠고 서툴게나마 분석을 시도해야 할 차례입니다. 귀하가 전쟁을 막는 데 저희가 어떻게 힘을 보탤 수 있겠느냐는 귀하의 질문과 그 시도가 조금은 관련이 있을지도 모르겠습니다. 좀 전에 저희는 남녀가 사석에서 만나 "정치와 국민, 전쟁과 평화, 야만과 문명"을 화제로 삼는 모습을 보았습니다. 그런데 귀하와 저희가 마주 앉아 있는 이런 자리에서 어떤 질문, 예컨대 영국 교회, 아니면 증권 거래소, 아니면 외교 분야에서 고학력 남성의 딸들을 받아들이느냐는 질문이 나왔다고 해봅시다. 그저 두루뭉술한 질문이었지만, 질문을 받은 귀하는 곧바로 "의식적 사고 아래 잠재해 있는" 동기에 기인한 모종의 "격한 감정"을 느끼게 되고, 귀하의 감정을 감지한 저희의 마음속에서는 곧바로 비상벨이 울립니다. ……하지 말라, ……하지 말라, ……하지 말라, 라는 불명료하지만 요란한 비상벨입니다. 육체적 증상은 매우 명료합니다. 신경은 바짝 곤두서고, 스푼 아니면 담배를 쥐고 있던 손가락은 저절로 뻣뻣해지고, 감정 온도계의 수은주는 평소보다 10~20도가량 높은 곳을 가리키고 있습니다. 머릿속에서는 묵인의 욕구, 화제 전환의 욕구(예컨대, 크로즈비라는 늙은 하인이 있는데, 그 하인이 키우는 개 로버가 얼마 전에 죽어서……• 따위의 화제로 넘어감으로써 쟁점을 피하고 온도를 내리고 싶은 욕구)가 강하게 작용합니다.

이제까지는 저희의 감정에 대한 분석이었고, 이제부터는 귀하 같은 남자분들의 감정에 대한 분석입니다. 저희가 남자분들의 감정을 분석하다니 그것이 도대체 어떤 분석일 수 있겠느냐고요? 솔직히 말씀드리겠습니다. 저희는 입으로 크로즈비에 대해 이야기하면서 속으로 남자분들의 감정을 분석해볼 때가 많습니다. (대화가 좀 지루해지는 것은 그럴 때입니다.) 저희는 이렇게 자문해봅니다. 지금 이 남자분의 목뒤 털을 곤두세우고 있는 그 막강하고 잠재의식적인 동기는 무엇일까? 들소를 죽인 뒤 동료에게 자기의 용맹에 감탄해줄 것을 요구하는 옛날 옛적의 야만인일까? 피로를 호소하면서 경쟁 세력에게 분개하는 직업인일까? 세이렌이라는 상대를 필요로 하는 가부장일까? 상대의 항복을 받아야 직성이 풀리는 지배 욕망일까? 그리고 마지막으로 이렇게 자문해봅니다. (저희가 침묵 속에 자문해보는 모든 질문들 중에서 가장 집요한 질문이자 가장 어려운 질문이 이것입니다.) 지배하는 자는 도대체 왜 지배하고 싶어 할까?[32] 앞에서 그렌스테드 교수는 특정 성의 심리가 행동에 어떤 영향을 미

• 울프의 소설 『세월 *The Years*』(1937)에 나오는 이야기.

치는가 하는 문제는 "아직 전문가의 영역"이라고 했고, "그것을 어떻게 해석하느냐는 아직 논란의 여지가 있고 여러모로 모호하다"고도 했으니, 이런 문제들에 대답하는 일은 특정 분야 전문가들에게 맡기는 편이 현명할는지도 모르겠습니다. 하지만 보통의 남녀가 자유로워지기 위해서는 자유롭게 이야기할 줄 알아야 하는 만큼, 특정 성의 심리를 분석하는 일을 전문가들에게 맡겨둘 수만은 없습니다. 저희가 왜 저희가 느끼는 두려움과 귀하가 느끼는 노여움이라는 두 감정에 대한 분석을 시도해보아야 하느냐, 여기에는 두 가지 타당한 이유가 있습니다. 첫 번째 이유는 이런 두려움과 노여움이 가정의 진정한 자유를 가로막고 있기 때문이고, 두 번째 이유는 이런 두려움과 노여움이 사회의 진정한 자유를 가로막고 있을 가능성이 있기 때문입니다. 이런 두려움과 노여움이 전쟁이 나는 데 적잖은 원인을 제공하고 있을 가능성이 있다는 것입니다. 까마득한 옛날부터 전해 내려오는 이해하기 힘든 감정들, 우리는 이런 감정들을 아무리 늦어도 안티고네와 이스메네와 크레온●의 시대 이후로는 계속 감지하고 있고, 바울마저 이런 감정들을 감지한 적이 있는 듯한데, '전문가들Professors'▲은 최근에야 겨우 이런 감정들을 수면 위로 끌어 올려 '유아기 고착' '오이디푸스 콤플렉스' 등등으로 명명하고 있습니다. 그럼 이제부터 저희가 이런 감정들을 아마추어로서 더듬어보고자 합니다. 자유를 수호하고 전쟁을 막는 일에 어떤 식으로든 최대한 힘을 보태달라고 귀하가 저희에게 부탁하신 만큼, 저희는 미력하게나마 이런 감정들에 대한 분석을 시도할 수밖에 없는 것입니다.

● 소포클레스의 『안티고네』에 나오는 인물들이다.

▲ p. 123 각주 ▲, p. 183 각주 참조.

'유아기 고착'이 이 감정의 타당한 이름인 듯하니, 일단 이 이름으로 이 감정을 검토한 뒤, 이 감정이 귀하가 저희에게 떠안긴 질문과 어떻게 연결되는지 알아보도록 하겠습니다. 저희는 특정 분야 전문론자specialist가 아니라 일반론자generalist인 만큼, 이번에도 역사, 전기, 신문에서 찾은 증거(고학력 남성의 딸들이 확보할 수 있는 유일한 증거)에 의지할 수밖에 없습니다. 우리는 유아기 고착의 첫 번째 사례를 전기에서 찾고자 하는데, 전기는 빅토리아 시대에 비로소 풍성해지면서 대표성을 띠게 되는 장르이니, 이번에도 빅토리아 시대의 전기에 의지하도록 하겠습니다. 빅토리아 시대의 전기에는 그렌스테드 교수의 정의에 들어맞는 유아기 고착의 사례가 얼마나 많은지 그중 어떤 것을 골라야 할지 모를 정도입니다. 그래도 윔폴 스트리트의 미스터 배럿•의 사례가 가장 유명한 사례이면서 가장 확실하게 검증된 사례가 아닐까 합니다. 굳이 여기서 다시 소개할 필요도 없을 만큼 유명한 이야기입니다. 자식이 결혼하겠다고 하면 아들딸을 막론하고 반대하는 이 아버지의 이야기를 우리는 다들 알고 있습니다. 딸 엘리자베스가 아버지에게 애인의 존재를 밝힐 수 없었다는 것, 그리고 애인을 따라 윔폴 스트리트의 집에서 도망쳤다는 것, 그리고 그렇게 아버지의 뜻을 거역했다는 이유로 평생 아버지로부터 용서받지 못했다는 것에 대해서도 우리는 다들 상세하게 알고 있습니다. 미스터 배럿의 감정이 극도로 격한 감정이었다는 것, 그리고 감정이 이렇게 격했다는 사실이야말로 의식적 사고의 차원 아래 그 감정의 어두운 원인이 감추어져 있었음을 보여주는 증거라

• 「윔폴 스트리트의 배럿 일가The Barretts of Wimpole Street」(1930)라는 연극에는 로버트 브라우닝과 엘리자베스 배럿, 그리고 두 사람의 결혼에 반대하는 엘리자베스의 아버지가 등장한다.

는 것에 우리는 다들 동의할 수밖에 없을 것입니다. 이것은 유아기 고착의 전형적인 사례이자 우리가 다들 떠올릴 수 있는 고전적인 사례입니다. 이렇게까지 유명한 사례는 아니더라도, 약간의 조사를 통해서 수면 위로 끌어 올려질 경우에 똑같은 감정의 사례라고 밝혀질 만한 다른 사례들도 있습니다. 패트릭 브론테 목사●의 사례가 있습니다. 아서 니콜스 목사▲가 이 남자의 딸 샬럿을 사랑했는데, 샬럿은 이 미스터 니콜스가 자기에게 청혼했을 때 한 친구◆에게 이런 편지를 써 보냈습니다. "그때 그분이 어떤 말을 했을지는 당신도 짐작할 수 있겠지요. 하지만 그것이 어떤 말투였는지는 당신이라고 해도 상상하기 어려울 거예요. 나는 결코 그 말투를 잊을 수 없을 것 같아요…… 아빠한테 이 내용을 말씀드렸냐고 내가 그분에게 물었어요. 그분은 아직 그럴 용기를 내지 못했다고 하더군요." 왜 그분은 그럴 용기를 내지 못했을까요? 강건한 남자, 젊은 남자, 한 여자를 열렬하게 사랑하는 남자였는데. 그 여자의 아버지는 노인이었는데. 그 이유는 곧 밝혀집니다. "이 아버지[패트릭 브론테 목사]는 언제나 결혼에 반감을 느꼈고, 끊임없이 결혼 반대론을 늘어놓곤 했다. 하지만 이번에는 단순히 결혼에 반감을 느끼는 것을 넘어, 미스터 니콜스가 자기 딸을 그렇게 사랑할 수 있다는 생각 자체를 참을 수 없었다…… 이후의 사태를 우려한 샬럿은…… 날이 밝는 대로 미스터 니콜스에게 확실한 거절의 뜻이 전해지게 하겠다고 아버지에게 다

● Patrick Brontë(1777~1861). 영국의 소설가 샬럿 브론테의 아버지.

▲ 아서 벨 니콜스Arthur Bell Nicholls(1819~1906). 샬럿 브론테의 남편.

◆ 엘런 너시Ellen Nussey(1817~1897). 샬럿 브론테의 친구로 평생 많은 서신을 왕래했다. 그녀가 보낸 편지들은 영국 여성 작가 엘리자베스 개스켈Elizabeth Gaskell이 샬럿 브론테의 전기를 쓰는 데 큰 영향을 끼쳤다.

급하게 약속했다"고 하니까요.[33] 미스터 니콜스는 하워스•를 떠났고, 샬럿은 아버지 곁에 남았습니다. 아버지의 소망을 들어주느라 결혼이 늦어진 탓에 안 그래도 짧게 끝나게 되는 결혼 생활이 더 짧아지고 말았습니다.▲

유아기 고착의 세 번째 사례로는 비교적 덜 단순한, 하지만 그래서 더 시사적인 사례를 골라보도록 하겠습니다. 미스터 젝스 블레이크의 사례입니다. 이 아버지가 맞닥뜨린 것은 딸의 결혼이 아니라 생활비를 벌고 싶다는 딸의 소망입니다. 생활비를 벌고 싶다는 딸의 소망 역시 아버지에게 대단히 격한 감정, 의식의 차원 아래 감추어져 있는 원인에서 비롯되는 듯한 감정을 불러일으켰던 듯합니다. 이번에도 저희는 이 감정을 귀하가 허락해주신다면 유아기 고착의 세 번째 사례라고 부르겠습니다. 딸 소피아에게 수학을 가르치고 소액의 소득을 얻을 수 있는 일이 들어왔고, 돈을 벌고 싶었던 딸은 아버지에게 일을 하는 것을 허락해달라고 했습니다. 아버지의 반응은 즉각적이고 격한 불허였습니다. "맙소사, 내 딸이 가르치는 일로 **돈을** 벌 생각을 하고 있었다니. 얘야, 너는 그렇게 저급해져서는 안 돼. **나는 허락할 수 없다**." [아버지 본인의 강조.◆] "너에게 명예가 되고 세상에 보탬이 되는 자리라면 기꺼이 허락하겠지만 (……) **돈을 받는 일**이라면 이야기가 **완전히** 달라진단다. 거의 모든 사람들이 네가 품위를 잃었다고 생각하게 될 테니까." 대단히 흥미로운 진술입니다. 소피아는 당연히 반론을 제기했습니다. 왜 돈을 벌면 품위가 떨어지는가, 왜 돈을 벌면 품위가 떨어진다고 생각

● 패트릭 브론테 목사의 목사관이 있던 마을.
▲ 브론테는 니콜스와 1854년 6월에 결혼했고 1855년 3월에 세상을 떠났다.
◆ 출처는 이 장 미주 34 참조.

하는가, 톰도 일을 해서 돈을 벌지만 그렇다고 해서 톰이 품위를 잃었다고 생각하는 사람은 없잖은가 하는 반문이었지요. 미스터 젝스 블레이크는 너와 톰은 경우가 다르다고, 톰은 남자라고, "톰은 한 **남자**로서 (……) 아내와 가족을 부양"할 의무를 느끼고 있으니 '의무를 다하는 **안전한 길**plain path'• 을 택한 것이라고 설명했습니다. 하지만 소피아를 납득시킬 만한 설명은 아니었습니다. 소피아는 돈을 벌고 싶은 것이 가난하고 돈이 없기 때문만은 아니라고, 돈을 버는 일에 자부심을 느낀다고, 그 자부심은 "정직한 자부심이고, 내가 생각하기에는 전적으로 정당한 자부심"이라고 반박했습니다. 그렇게 궁지에 몰린 미스터 젝스 블레이크는 자기가 딸이 돈을 버는 것에 반대하는 진짜 이유를 거의 투명하게 내비치기에 이르렀습니다. 돈은 자기가 줄 테니 칼리지▲가 주겠다는 돈을 거절하라고 제안한 것이었습니다. 이 남자가 반대했던 것은 자기 딸이 돈을 받는 것 자체가 아니라 자기 딸이 다른 남자에게 돈을 받는 것이었다는 점이 이로써 분명하게 밝혀졌습니다. 이 제안의 기묘함을 알아챌 수밖에 없었던 소피아는 이렇게 말했습니다. "그럴 경우에는 제가 부학장 Dean◆에게 뭐라고 말해야 하나요? '기꺼이 무보수로 일하겠다'고 말할 수는 없으니, '아버지가 나더러 칼리지의 돈을 받지 말고 **아버지**의 돈을 받으라고 한다'고 말해야겠지요? 부학장은 우리를 웃기는 부녀, 아니면 적어도 멍청한 부녀라고 생각하겠네요." 부학장이 미스터 젝스 블레이크의 행동을 어떻게 생각했는지는 알 수 없지만,

• 「시편」 27장 11절 참조. "주님, 주님의 길을 나에게 가르쳐주십시오. 내 원수들이 엿보고 있으니, 나를 안전한 길로 인도하여주십시오."

▲ 런던 퀸스칼리지를 가리킨다. 소피아 젝스 블레이크는 런던 퀸스칼리지 재학 중에 수학 과목을 가르치는 일을 맡았고, 결국 보수를 받지 않았다.

◆ E. Plumptre(1821~1891).

그 행동이 어떤 감정에서 비롯되었는지는 너무나 잘 알 수 있습니다. 미스터 젝스 블레이크가 딸에게 원한 것은 아버지인 자신의 수중을 벗어나지 않는 것이었습니다. 딸이 아버지인 자기에게 돈을 받는다는 것은 아버지인 자기의 수중에 그대로 있다는 뜻인 반면, 딸이 다른 남자에게 돈을 받는다는 것은 아버지인 자기에게 의지하지 않게 된다는 뜻일 뿐 아니라 다른 남자에게 의지하게 된다는 뜻이었습니다. 미스터 젝스 블레이크는 딸이 아버지인 자기에게 의지하기를 원했고, 그렇게 자기에게 의지하게 만들려면 경제적으로 의지하게 만드는 수밖에 없지 않을까 하는 막연한 생각을 품고 있었는데, 그의 다음과 같은 제안은 이번에도 그런 막연한 생각을 거의 투명하게 내비치고 있습니다. "당장 내일이라도 결혼하겠다고만 하면, 내가 거금을 마련해 주마. 물론 내가 인정하는 남자여야 하겠지만, 내 딸이 내가 인정하지 않는 남자와 결혼할 리는 없으니까."[34] 딸이 일을 해서 돈을 번다는 것은 지참금에 의지할 필요가 없어진다는 뜻, 아버지의 마음에 안 드는 사람과 결혼할 수 있게 된다는 뜻이었던 것입니다. 미스터 젝스 블레이크는 매우 쉽게 진단될 수 있는 사례지만, 평범한 사례, 전형적인 사례이기 때문에 매우 중요한 사례입니다. 미스터 젝스 블레이크는 윔폴 스트리트의 괴물•이 아니라 평범한 아버지였고, 미스터 젝스 블레이크가 저지른 짓은 무수한 빅토리아 시대의 아버지들이 날이면 날마다 저지른 짓이었습니다. (어디에도 실려 있지 않은 사례들입니다.) 그런 까닭에 이 사례는 빅토리아 시대의 심리(그렌스테드 교수의 말마따나 여전히 지극히 모호한 문제로 남아 있는 그 남녀의 심리)에 깔려 있는 동기들에 대해 많

• 미스터 배럿을 가리킨다.

은 것을 말해주는 사례입니다. 미스터 젝스 블레이크의 사례는 딸이 돈을 벌면 아버지로부터 자립해서 자기가 선택한 남자와 마음대로 결혼할 테니 무슨 수를 쓰더라도 딸이 돈을 벌지 못하게 해야 한다는 심리를 보여주고 있습니다. 이렇게 보자면 생활비를 벌고 싶다는 딸의 욕구가 아버지에게는 두 가지 형태의 경계심을 불러일으키고 있습니다. 따로따로 있을 때도 격하지만, 합쳐지면 대단히 격하지요. 아울러 미스터 젝스 블레이크가 의식적 사고의 차원 아래쪽에서 비롯되는 이 대단히 격한 감정을 정당화하기 위해 얼버무리기의 가장 흔한 방법 중 하나(논리적 설득인 것 같지만 사실은 논리가 아닌 감정에 호소하는 설득)를 동원했다는 것도 매우 의미심장합니다. 미스터 젝스 블레이크는 대단히 뿌리 깊고 오래된 복합 감정, 아마추어에 불과한 저희로서는 여자다운 감정womanhood emotion이라고 명명할 수밖에 없는 그 복잡한 감정에 호소했습니다. 일을 하고 돈을 받는다면 품위를 잃게 된다고, 거의 모든 사람들이 네가 품위를 잃었다고 생각하게 된다고, 톰은 남자니까 일을 하고 돈을 받아도 품위를 잃지 않지만 너는 여자니까 경우가 다르다고 아버지는 딸을 설득했습니다. 아니, 딸의 여자다움에 호소했습니다.

남자가 여자에게 이런 식으로 호소할 때마다, 여자의 마음속에서는 감정들의 갈등, 매우 뿌리 깊고 원시적인 종류의 갈등이 불러일으켜집니다. (여자가 분석하거나 해결하기는 극히 어려운 갈등이라고 하는 편이 안전할 것 같습니다.) 여자가 귀하에게 흰색 깃털을 건넬 때 귀하의 마음속에서 불러일으켜지는 남자다운 감정들의 혼란스러운 갈등을 떠올려보신다면, 그것이 어떤 느낌인지 짐작하실 수 있을지도 모르겠습니다.[35] 1859년의 소피아가 이 감정적 갈등을 어떻게 다루었는지를 보면 흥미롭습니다. 소피아의 첫 직감은 가장 형태가 분명한 여자다움, 곧 레이디다움ladyness(의식의 차원에 떠올라 있는 여자다움이자 아버지가 딸의 돈벌이에 반대하는 근거로 내놓은 여자다움)을 쳐부수어야 한다는 것이었습니다. 다른 많은 고학력 남성의 딸들과 마찬가지로 소피아 젝스 블레이크도 이른바 '레이디' 였습니다.● 레이디이기 때문에 돈을 벌 수 없다면 레이디를 죽여 없애야 했습니다. 소피아는 일단 이렇게 반문했습니다. "아버지, 정말로 그렇게 생각하세요? 모든 레이디가 돈을 받는다는 사실만으로 품위를 잃게 된다고 생각하세요? 아버지는 미시즈 티드가 아버지에게 수업료를 받았다는 이유로 품위를 잃게 되었다고 생각하셨어요?" 하지만 곧바로 미시즈 티드의 예가 부적절했음을 깨달은 듯 (여학교 교사인 미시즈 티드▲와 『버크 젠트리 영지 연감』◆에 실리는 중상층 가문인 소피아는 계급이 다르니까요), 소피아는 레이디를 죽여 없애는 데 도움이 될 만한 두 사람을 불러냈습니다. 한 사람은 "메리 제인 에번스…… 우리 친척 중에 가장 콧대 높은 가문 중 하나"의 레이디였고, 또 한 사람은 미스 우드하우스, "우리 가문보다 지체 높고 유서 깊은 가문"의 레이디였습니다. 둘 다 소피아가 돈을 벌고 싶어 하는 것이 옳다고 생각하는 사람들이었습니다. 소피아의 말을 들어 보면, 우드하우스는 단순히 돈을 벌고 싶어 하는 것이 옳다고 생각하는 데 그치지 않고 소피아의 "의견에 동의한다는 것을 행동으로

● p.272 각주 2 참조.

▲ 소피아 젝스 블레이크는 미시즈 티드Mrs. Teed가 운영하는 사설 여학교에 다녔다.

◆ 『버크 젠트리 영지 연감*Burke's Landed Gentry*』(1833~).

보여주었습니다. 돈을 버는 사람이 품위 없는 것이 아니라 돈벌이가 품위 없다고 생각하는 사람이 품위 없다, 그렇게 생각하는 사람이니까요. 모리스•의 학교▲를 맡기로 하면서 미스 우드하우스는 모리스한테 '제가 유급직 교장paid mistress으로 일하는 것이 좋겠다고 생각하신다면, 주시는 만큼 받겠습니다. 아니면 무급으로 봉사하겠습니다'라고 말했습니다." 소피아는 이 말이 정말 품위 있는 말이라고 생각했습니다. 레이디는 이렇듯 품위를 보여줄 때가 있었고, 품위를 보여주는 레이디를 죽여 없애기는 어려운 일이었지만, 소피아도 깨닫고 있었듯, 그 파라다이스("많은 젊은 여성들이 런던에서 걷고 싶을 때 걷고 싶은 곳을 걸을 수 있는" 세상), 지금은 어떤지 몰라도 적어도 그때는 "현세의 엘리시움"이었던 그 할리 스트리트의 퀸스칼리지 (고학력 남성의 딸들이) 레이디의 행복이 아닌 "여왕◆의 행복" 속에 "공부해서 자립"하기 위해서는 레이디가 죽어 없어져야 했던 것입니다.■[36] 이렇듯 소피아의 첫 직감은 레이디를 죽여 없애야 한다는 것이었지만,○[37] 레이디가 죽어 없어진 후에도 여자는 그대로 남아 있었습니다. 여자가 유아기 고착이라는 질병을 은폐해주고 양해해주는 모습을 우리는 분명하게(첫 번째 사례와 두 번째 사례에서 더 분명

● Frederick Denison Maurice(1805 ~ 1872).

▲ 런던의 퀸스칼리지를 가리킨다. 모리스는 런던 퀸스칼리지의 설립자이자 초대 교장이다.

◆ 퀸스칼리지라는 학교명을 이용한 말장난.

■ 소피아 젝스 블레이크가 런던 퀸스칼리지에서 공부를 시작하고 사흘째 되는 날 쓴 일기 가운데 다음 대목 참조. "이렇게 기분좋은 곳이 또 있을까! '현세의 엘리시움이 존재한다면, 그곳이 바로 여기, 바로 여기!'라고 말하고 싶을 정도다. 나는 지금 여왕처럼 행복하다. 공부해서 자립하자!"

○ 울프, 「여성의 직업Professions for Women」 가운데 다음 대목 참조. "집안의 천사를 죽여 없애는 것이 여성 작가의 사명 중 하나였습니다."

하게) 볼 수 있습니다. 아버지를 위해 스스로를 희생하는 것을 자기의 신성한 의무로 받아들여야 하는 성별의 존재, 샬럿 브론테와 엘리자베스 배럿이 죽여 없애야 했던 존재가 바로 여자였습니다. 레이디를 죽여 없애는 것도 어려운 일이었지만, 여자를 죽여 없애는 것은 그보다 훨씬 더 어려운 일이었습니다. 처음에 샬럿은 그것이 거의 불가능한 일이라고 생각하면서 애인의 청혼을 거절했습니다. 미시즈 개스켈에 따르면, "……아버지의 입장을 최대한 고려하고 자기 자신의 입장을 최대한 희생하는 대답, 아버지라면 자기가 어떻게 대답하기를 원할 것인가, 오직 그것만을 고려하는 대답"이었습니다. 샬럿은 아서 니콜스를 사랑하면서도 거절했습니다. "……아버지가 미스터 니콜스를 욕할 때는 참을 수 없는 괴로움을 겪었지만, 말과 행동으로는 아무 표시도 내지 않으면서 순순히 자제"했습니다. "'시간'이라는 위대한 정복자가 극심한 편견과 인간의 결단을 무찌르고 승리를 거두기까지 샬럿은 기다리고 참아냈습니다. 그리고 마침내 아버지의 승낙을 받아냈습니다. 하지만 그 위대한 정복자에게도 미스터 배럿은 만만찮은 상대였으니, 그의 딸 엘리자베스는 기다려보기도 하고 참아내보기도 했지만 결국 탈출했습니다.

유아기 고착에 기인한 감정이 매우 강력하다는 것을 이 세 가지 사례가 증명해줍니다. 놀랍다는 것에 반대할 이유는 없을 듯합니다. 샬럿 브론테와 함께 아서 니콜스까지, 엘리자베스 배럿과 함께 로버트 브라우닝•까지 눌러버릴 정도로 강력한 감정이었습니다. 인간의 열정 중에서도 가장 강하고 열렬한 남녀 간의 사랑과 대결할 수 있을 정도로 강력한 감정, 빅토리아 시대의 아들딸 중에서 가

• Robert Browning(1812 ~ 1889).

장 명민하고 가장 대담한 자녀들까지 주눅 들게 할 정도로 강력한 감정, 자녀들의 거짓말과 속임수를 야기하고 결국 자녀들의 탈출을 야기할 정도로 강력한 감정이었습니다. 이 감정은 어쩌다가 이렇게 놀라울 정도로 강력해질 수 있었을까요? 유아기 고착의 세 가지 사례를 통해서 분명해지듯이, 이 감정이 이렇게까지 강력해질 수 있었던 이유 중 하나는 사회가 유아기 고착을 비호해준다는 것이었습니다. 본성, 법, 자산 이 세 가지가 모두 기꺼이 유아기 고착을 양해해주고 은폐해주었습니다. 덕분에 미스터 배럿과 미스터 젝스 블레이크와 패트릭 브론테 목사는 자기가 느끼는 감정의 정체를 쉽게 외면할 수 있었습니다. 아버지가 딸을 집에 붙잡아두고 싶어 했을 때, 사회는 아버지가 옳다고 말해주었습니다. 딸이 처음 반기를 들었을 때는 타고난 본성nature이 아버지를 도와주었습니다. 아버지를 떠나는 딸은 본성이 글러먹은unnatural 딸, 여자답지 못한 딸이 되었습니다. 딸이 계속 반기를 들었을 때는 법이 아버지를 도와주었습니다. 아버지를 떠난 딸은 먹고살 방법이 없었습니다. 합법적 직업을 구할 방법이 전혀 없었던 것입니다. 아버지를 떠난 딸이 결국 자기 손이 닿는 유일한 직업, 직업들 중에서 가장 오래된 직업을 구해 돈을 벌었다면, 그것은 자기의 여자다움을 스스로 없애는 짓이었습니다.• 유아기 고착이 강력한 힘을 발휘한다는 것, 어머니의 유아기 고착조차 강력한 힘을 발휘한다는 것에는 의심의 여지가 없습니다. 하지만 아버지의 유아기 고착은 세 배로 강력한 힘을 발휘합니다. 타고난 본성과 법과 자산이 아버지를 세 겹으로 비호해줍니다.

• 원문은 "to unsex oneself." 셰익스피어의 『맥베스』 가운데 다음 대목 참조. "이런 나에게서 여자다움을 없애다오unsex me / 머리끝에서 발끝까지 잔인무도한 마음으로 가득 채워다오."

영국 교회에서 사제직을 맡고 있던 패트릭 브론테 목사가 샬럿에게 여러 달에 걸쳐 "참을 수 없는 괴로움"을 가하면서 샬럿이 결혼의 행복을 느낄 수 있었던 1년도 안 되는 시간 중에 수개월을 훔쳤으면서도 사회로부터 그 어떤 제재도 받지 않을 수 있었던 것은 그렇게 세 겹의 비호를 받고 있던 덕이었습니다. 만약에 패트릭 브론테 목사의 잘못이 개 한 마리에 괴로움을 가한 것이었거나 남의 시계를 훔친 것이었다면, 사회는 패트릭 브론테 목사를 해임하고 추방했겠지만 말입니다. 사회는 아버지의 모습을 하고 있었습니다. 유아기 고착이라는 병에 걸린 아버지의 모습이었습니다.

19세기 사회가 유아기 고착 병자들을 비호해주고 심지어 양해해주었던 만큼, 병명조차 없던 이 질병이 창궐했던 것도 놀라운 일은 아닙니다. 거의 모든 전기에서 익숙한 증상을 발견할 수 있습니다. 아버지가 딸이 결혼하는 것, 아니면 딸이 생활비를 버는 것에 반대합니다. 딸이 결혼하고 싶다고 하거나 생활비를 벌고 싶다고 할 때, 아버지에게는 격한 감정이 솟구칩니다. 아버지는 그 격한 감정을 똑같은 구실(레이디가 레이디다움을 잃게 된다, 여자가 여자다움을 잃게 된다)로 합리화합니다. 하지만 드물게 이 질병에 완벽하게 면역되어 있는 아버지가 있습니다. 그런 아버지로부터 비롯되는 결과들은 매우 흥미롭습니다. 미스터 리 스미스•의 사례가 있습니다.[38] 이 젠틀맨은 미스터 젝스 블레이크와 같은 세대, 같은 계급▲이었고, 서식스의 영지 소유자이자 마차 여러 대를 보유한 재력가이자 자식들을 둔 아버지였습니다. 하지만 두 사람의 공통점은 여기까지였습니다. 미스터 리 스미스는 학교 교육에 반대하면서 가정 교사를 조

• Benjamin Leigh Smith(1783~1860).

▲ 젠트리 계급.

달해주는 헌신적인 아버지였습니다. 미스터 리 스미스의 자녀 교육법에 대한 책이 있었다면 흥미로웠을 것 같습니다. 해마다 버스 형태로 제작한 대형 마차를 타고 전국을 돌면서 선생님들을 모셔 왔다는 내용도 빠지지 않았겠지요. 하지만 다른 많은 모색가들과 마찬가지로 미스터 리 스미스도 결국 명사가 되지는 못했으니, 우리는 미스터 리 스미스가 "딸에게도 아들과 똑같은 여건을 제공해주어야 한다는 특이한 의견"을 가지고 있었다는 사실을 알게 된 것으로 만족할 수밖에 없겠습니다. 미스터 리 스미스가 유아기 고착과 얼마나 거리가 멀었느냐 하면, "딸 앞으로 오는 청구서 대금을 지불해주고 비정기적으로 용돈을 주는 것이 흔한 방식이었지만, 이 아버지는 그런 흔한 방식을 따르는 대신 바버라• 가 성년이 된 1848년을 기점으로 1년에 한 번씩 3백 파운드를 증여"했을 정도였습니다. 유아기 고착으로부터 면역되어 있는 아버지 한 명으로부터 비롯된 결과는 엄청났습니다. "바버라는 돈이 있다는 것을 좋은 일을 할 힘이 있다는 것으로 여겼고, 그런 바버라가 자기 돈을 처음 쓴 곳은 교육 분야"였던 것입니다. 바버라는 학교를 세웠습니다. 모든 성별, 모든 계급에게뿐 아니라 모든 종교에게 열려 있는 학교, 로마 가톨릭 교도들과 유대교도들과 "진보적 자유사상가 집안의 학생들"이 모두 입학할 수 있는 학교였습니다. "대단히 특이한 학교," 아웃사이더들의 학교였습니다. 하지만 1년에 3백 파운드를 쓰는 실험은 여기서 끝나지 않았습니다. 실험은 꼬리에 꼬리를 물고 이어졌습니다. 한 친구는 바버라의 도움으로 여학생 대상의 조합형 수업("천을 걸치지 않은 모델을 스케치하는" 수업)을 개설했습니다. 1858년에 여학

• Barbara Bodichon(1827 ~ 1891).

생이 수강할 수 있는 누드화 수업은 런던 전체에서 이 수업 하나뿐이었습니다. 그 후 바버라는 왕립예술원에 탄원서를 냈고,● 실제로 1861년에는 여학생의 왕립예술원 입학이 허용되었습니다. (또 다른 수많은 경우와 마찬가지로 유명무실한 허용이었던 것은 안타까운 일입니다.[39]) 계속해서 바버라는 여성 관련법을 문제 삼는 일에 뛰어들었고, 1871년에는 실제로 기혼 여성의 자산 소유가 허용되었습니다. 마지막으로, 데이비스가 거턴을 설립할 때도 바버라의 도움이 컸습니다. 유아기 고착에 면역력이 있었던 아버지 한 명이 딸 한 명에게 해마다 3백 파운드를 줌으로써 무슨 일이 일어날 수 있었나를 생각해본다면, 대부분의 아버지가 딸에게 1년에 숙식 포함 40파운드 이상을 주지 않았다는 것이 그리 이상한 일은 아니겠습니다.

아버지들의 유아기 고착은 다들 알다시피 강력한 힘이었습니다. 은폐되어 있었던 만큼 더더욱 강력했지요. 하지만 19세기가 저물어가면서 아버지들에 맞서는 힘이 생겨났습니다. 심리학자들이 언젠가 그 힘의 이름을 찾아내주기를 바라게 될 정도로 강력한 힘이었지요. 이미 있던 이름들은 위에서 보았듯 헛된 이름, 거짓된 이름입니다.▲ "페미니즘"은 없앨 수밖에 없게 되었습니다. "여성 해방"도 무의미해지고 부패한 것은 마찬가지입니다. 그 힘을 발휘한 딸들은 파시즘이라는 말이 생기기도 전에 반파시즘의 원칙들에 고무되었던 것이다, 따위의 말은 지금 유행하고 있는 흉측한 은어의 되풀이일 뿐입니다. 그 힘을 발휘한 딸들은 지성의 자유와 교양을 수호한

● 바버라가 여러 여성 화가들과 함께 왕립예술원을 상대로 여학생 입학을 허용해달라는 탄원서를 제출한 것은 1859년이었다.

▲ 「시편」 4장 4절 참조. "너희, 사람들아! 언제까지 나의 영광을 짓밟으려는가? 언제까지 헛일을 좇고 언제까지 거짓을 찾아 헤매려는가?"(셀라).

투사들이었다, 따위의 말은 공기를 강의실의 먼지와 대중 집회장의 궁상으로 탁하게 하는 짓입니다. 더구나 이런 명찰들로는 딸들이 아버지들의 유아기 고착에 맞설 때 힘이 되었던 진짜 감정들을 명명할 수 없습니다. 전기들이 보여주듯, 그 힘 뒤에는 서로 다른, 서로 모순되는 여러 감정들이 있었으니까요. 그 힘 뒤에는 물론 눈물이 있었습니다. 향학열을 채울 길이 없었던 딸들의 눈물, 아, 쓰라린 눈물●이었습니다. 어떤 딸▲은 화학을 배우고 싶었지만, 집에 있는 책들이 가르쳐주는 것은 연금술뿐이었습니다. 그 딸은 "뭘 배우지 못하고 있다는 것에 쓰라린 눈물을 흘렸습니다." 그 힘 뒤에는 물론 사랑, 공개할 수 있고 납득될 수 있는 사랑을 향한 갈망도 있었습니다. 이번에는 눈물, 아, 분노의 눈물이었습니다. "그 애는 우는 얼굴로 침대에 몸을 던지면서…… '어쩌면 좋아, 해리가 지붕에 있어'라고 하더군요. '해리가 누군데? 어느 지붕인데? 왜 올라갔는데?'라고 내가 물었어요. '나 참, 모르는 척하지마. 어쩔 수 없었어'라고 그 애가 대꾸하더군요."◆[40] 하지만 그 힘 뒤에는 사랑을 멀리하고 싶다는 갈망, 사랑 없이 납득될 수 있는 삶을 살고 싶다는 갈망도 있었습니다. 어떤 딸은 이렇게 말했습니다. "솔직히 고백할게요…… 저는 사랑에 대해서라면 아는 것이 하나도 없어요."■[41] 수백 년의 세월 동안 결혼을 유

● 앨프리드 테니슨Alfred Tennyson(1809~1892)의 시 「눈물, 아, 괜한 눈물Tears, Idle Tears」을 빗댄 표현.

▲ 메리 킹즐리를 가리킨다.

◆ 메리 킹즐리가 스티븐 그윈에게 보낸 편지의 한 대목. 킹즐리에 따르면, "그 애"는 "그 시절에는 대단히 예뻤던" 여자다. 그윈에 따르면, 킹즐리는 자기의 어렸을 때를 "어딘가 좀 이상한" 여자아이, "덩치 크고 눈치 없는" 여자아이, "극히 여자답지 않은" 여자아이로 그렸다.

■ 같은 편지의 다른 대목.

일한 직업으로 삼은 계급에 속하는 사람의 고백이라고 생각하면 희한한 고백이지만, 의미심장한 고백이기도 합니다. 어떤 딸들에게는 여행에의 갈망, 아프리카를 탐험하고 싶다는 갈망, 그리스와 팔레스타인에 가서 고대 유물을 발굴하고 싶다는 갈망도 있었습니다. 또 어떤 딸들에게는 음악에의 갈망, 가정적인 곡을 뚱땅거리는 대신 오페라와 교향곡과 사중주를 작곡하고 싶다는 갈망도 있었습니다. 또 어떤 딸들에게는 미술에의 갈망, 오두막의 담쟁이덩굴 대신 나체를 그리고 싶다는 갈망도 있었습니다. 모든 딸들이 뭔가를 갈망했습니다. 모든 딸들이 그렇게 오랜 세월 동안 의식적으로, 아니면 잠재의식적으로 갈망했던 수많은 것들을 부를 수 있는 하나의 이름이 있을까요? 조지핀 버틀러가 붙인 명찰(정의, 평등, 자유)은 훌륭한 명찰이지만 어쨌든 명찰에 불과합니다. 이렇게 무수한 명찰, 갖가지 색상의 명찰이 난무하는 시대를 살면서 명찰이 숨통을 조이고 생명을 해치는 것이 아닐까 의심하게 된 저희입니다. 딸들이 갈망한 자유는 구속으로부터 벗어난다는 의미의 자유가 아니었으니, '자유'라는 옛 단어도 쓸 수 없습니다. 딸들이 갈망한 것은 존재하는 법을 깨뜨리는 것이 아니라 존재해야 하는 법을 찾아내는 것이었습니다.[42] 저희가 인간의 동기에 무지해서일 수도 있겠고, 어휘력이 부족해서일 수도 있겠지만, 어쨌든 저희로서는 19세기에 아버지들의 힘에 맞섰던 딸들의 힘을 한마디로 표현할 수 있는 이름 같은 것은 존재하지 않는다는 것을 인정할 수밖에 없습니다. 저희가 그 힘에 대해 틀릴 위험 없이 할 수 있는 말은 어마어마하게 강한 힘이었다는 것 정도입니다. 그 동력이 가정집 대문을 열어젖혔습니다. 그 힘이 본드 스트리트와 피커딜리를 열어젖혔고, 크리켓 구장과 축구장을 열어젖혔고, 겉옷의 주름 장식과 속옷의 보형물을 없애기 시작했고, 세상에서 가장 오래된 직업을 실속 없는 직업으로 만들었습니다. (휘터커는 이 직업의 봉급에 대해서 아무것도 알려주지 않습니다.) 요컨대, 50년 전에 나타난 그 힘이 레이디 러브레이스와 거트루드 벨이 살아냈던 삶을 지금 그렇게 살라고 했으면 절대 못 살았을 것만 같은 그런 삶, 사람이 어떻게 그렇게 살 수 있었을까 싶은 그런 삶으로 만들었습니다. 강인한 남자들의 가장 격한 감정마저 제압했던 아버지들이 드디어 그 힘 앞에 항복할 수밖에 없었던 것입니다.

이 마침표가 이야기의 끝이었다면, 마지막 장면의 쾅 닫힌 문• 이었다면, 저희는 곧바로 귀하의 편지로, 귀하가 저희에게 채워달라고 한 귀 단체의 입회서로 관심을 돌릴 수 있었을 겁니다. 하지만 이 마침표는 끝이 아니라 시작이었습니다. 이제까지는 과거 시제를 사용했는데, 현재 시제를 사용해야 하는 때가 곧 올 것 같습니다. 가정의 아버지들이 항복한 것은 사실입니다. 하지만 사회의 아버지들, 단체별, 직업별로 패거리를 짓는 아버지들은 가정의 아버지들보다 훨씬 더 치명적인 병에 걸린 상태였습니다. 이 병이 어떤 구실로 끌어들였던, 어떤 자격, 어떤 관념으로 끌어들였던 그것, 가정에서보다 사회에서 더 치명적인 해악을 미치는 그것은 바로 처자식을 부양하고 싶다는 욕망이었습니다. 처자식을 부양하고 싶다는 것보다 더 강력한 구실, 더 깊이 뿌리박혀 있는 구실이 어디 있었겠습니까? 남자다움 그 자체와 연결되어 있는 구실 아니었습니까? 처자식을 부양할 수 없는 남자는 스스로를 남자답지 못하다고 생각했을

• 헨리크 입센Henrik Ibsen(1828 ~ 1906)의 『인형의 집*Et Dukkehjem*』(1879) 마지막 장면. 실제로 울프는 1936년에 이 연극을 관람했다.

것 아닙니까? 딸에게 여자다움이라는 관념이 깊이 뿌리박혀 있는 것에 못지않게 아버지에게는 그 남자다움이라는 관념이 깊이 뿌리박혀 있지 않았겠습니까? 그런데 바로 그 구실, 그 자격, 그 관념에 맞서는 힘이 문득 나타난 것이었습니다. 그 관념을 수호하려는 노력, 여성들이 그 관념을 방해하지 못하게 하려는 노력이 의식적 사고의 차원 아래 감추어져 있는 (하지만 더없이 폭력적인 듯한) 감정을 불러일으켰다는 데는 (그리고 지금도 불러일으키고 있다는 데는) 의심의 여지가 없는 듯합니다. 예컨대 남자 성직자의 직업적 권리가 도전에 직면하는 순간, 유아기 고착은 짜증과 울화를 동반한 격한 감정(성 금기라는 과학적 명칭을 얻게 된 감정)으로 발전하기도 합니다. 개인의 사례 하나, 단체의 사례 하나, 이렇게 두 사례를 들겠습니다. 개인의 사례로는, "사랑하는 [모들린] 칼리지와 사랑하는 [옥스퍼드] 시에 발을 들이기를 거부함으로써 여학생의 [옥스퍼드] 입학을 반대한다는 뜻을 표할 수밖에 없는" 한 학자가 있습니다.[43] 단체의 사례로는, 여성 독지가가 여학생들에게 장학금을 주겠다고 할 때 거절할 수밖에 없는 한 병원이 있습니다.[44] 이 두 사례의 동력이 유아기 고착에서 비롯된 수치심(그렌스테드 교수의 표현을 빌리면 "무논리적 성 금기"로밖에는 설명될 수 없는 감정)이라는 것은 확실한 것 같습니다. 그 감정이 도를 더해감에 따라 그 감정을 양해해주고 은폐해줄 만한 더 강한 동맹군들이 불려 와야 했습니다. 본성(과학의 주장에 따르면, 전지적·불변적 존재)도 그 동맹군 중 하나였고, 뇌 모양이 이상하고 뇌 크기가 너무 작은 것이 여자의 본성이라는 주장까지 등장했습니다. 버트런드 러셀은 "웃긴 글을 읽고 싶다면, 여자가 남자보다 어리석다는 것을 증명하기 위해 뇌 크기를 이리저리 재는 저명한 골상학자들의 요설을 추천하겠다"고 말하기도 했습니다.[45] 그러니 과학에도 성별이 있다는 생각, 과학은 여성이 아닌 남성이라는• 생각, 과학은 유아기 고착이라는 병에 걸린 아버지라는 생각이 듭니다. 이런 병에 걸린 과학은 뇌 크기에 따른 등급표를 만들었고, 딸들은 뇌 크기가 작은 탓에 시험에 응시할 수 없었습니다. 전문가들의 말대로라면 태어날 때부터 뇌 크기가 작은 탓에 자격시험에 통과할 수 없는 존재들이었던 이 딸들은 학생이 될 자격과 의사가 될 자격을 얻기 위해 대학과 병원의 성스러운 문 앞에서 기다리느라 오랜 세월을 흘려보내야 했습니다. 그리고 마침내 어느 시점에서 시험에 응시할 수 있게 되었고, 그때부터 시험에 통과하기 시작했습니다. 필연적이었다고는 해도 그리 보람차지는 않았던 이 개가의 길고 처량한 명단은 다른 여성 신기록들과 함께[46] 칼리지 아카이브에 보관돼 있으니, 격무에 지친 여학교 교장들은 완벽한 보통 실력의 공식적 증거를 원할 때면 아직 이 명단을 참조한다고 합니다. 하지만 본성이라는 동맹군은 쉽게 물러나지 않았습니다. 본성은 시험에 통과할 수 있는 뇌가 곧 창조적인 뇌이거나 책임자가 될 수 있고 고소득을 올릴 수 있는 뇌인 것은 아니라고 주장했습니다. 시험에 통과할 수 있는 뇌는 그저 실무적인 뇌, 잡무에 적합한 뇌, 상사의 명령을 받들어 일상적 업무를 처리하는 데 적합한 뇌라는 주장이었는데, 딸들이 전문직에 진입하는 것은 불가능한 일이었으니(딸들은 제국을 다스려본 적도 없었고, 함대를 지휘해본 적도 없었고, 지상전을 승리로 이끌어본 적도 없었으니) 그 주장을 부정하는 것도 불가

• 원문은 "she is a man." science(과학)를 여성형 인칭대명사로 받은 것은 scientia(science의 라틴어 어원)가 여성형이기 때문인 듯하다.

능한 일이었습니다. 딸들이 진입할 수 있었던 유일한 전문직은 문필업이었으니, 딸들의 전문가적 역량을 증명해준 것은 그리 중요하지 않은 두어 권의 책뿐이었습니다. 또 한편으로는, 설사 여러 전문직에 진입함으로써 뇌가 크게 향상되었다고 하더라도, 몸이 달라질 수 있는 것은 아니었습니다. 남자가 생식자라는 것은 무한하게 지혜로운 본성이 제정한 영구불변의 자연법이라고, 남자는 적극적으로 즐기는 반면, 여자는 소극적으로 견딜 뿐이라고 남자 성직자들은 말했습니다. 견뎌야 하는 몸에 더 유익한 것은 쾌락이 아니라 고통이라는 것이었습니다. 버트런드 러셀은 "임신, 출산, 수유에 대한 의료계 남성들의 관점은 상당히 최근까지지도 사디즘에 젖어 있었다. 예컨대 그 사람들이 출산 시에 마취제를 사용해도 되겠다는 확신을 얻기까지 필요로 했던 증거의 양은 반대의 확신을 얻어야 했을 경우에 필요로 했을 증거의 양보다 많았다"고 말하기도 했습니다. 과학의 증거라는 것이 그런 식이었고, 전문가들의 동의라는 것도 그런 식이었습니다. 마침내 딸들이 이렇게 끼어들었습니다. "뇌와 몸에는 교육이 영향을 미치지 않습니까? 산토끼와 집토끼는 다르지 않습니까? 이 불변의 본성은 바뀌어야 하지 않겠습니까? 그리고 실제로 바뀌고 있지 않습니까? 성냥을 그어 불을 붙이면 얼어붙은 것을 녹일 수 있듯, 죽게 되리라는 본성의 명령은 유예될 수 있지 않습니까? 이 아침 식사용 달걀을 수탉 혼자 낳았 습니까? 성직자님들이여, 전문가님들이여, 풍성한 아침 식사를 즐기려면, 노른자와 흰자가 있어야 하지 않겠습니까?" 이런 반문 앞에서 성직자들과 전문가들은 엄숙하게 한목소리로 이렇게 대꾸했습니다. "출산의 의무는 오직 여자들에게만 부과되는 의무니라. 너희도 그것을 부정할 수 없으리라." 딸들은 출산을 거부할 방법도 없었고 출산을 포기할 의사도 없었습니다. 하지만 딸들은 책에 나온 통계를 인용하면서 이렇게 반박했습니다. "현대의 의료 환경에서 출산에 걸리는 시간은 (지금이 20세기라는 것을 기억하십시오) 여자의 한평생에서 아주 짧은 기간에 불과합니다.[47] 이 나라가 위험에 빠져 있었을 때, 그 짧은 기간이 저희가 화이트홀에서, 농지에서, 공장에서 일하는 것을 가로막기라도 했습니까?" 그런 반박 앞에서 아버지들은 이렇게 대꾸했습니다. "전쟁은 끝났느니라. 이제 영국에 우리가 있느니라."

그때 영국에서 그렇게 대꾸했던 아버지들이 지금은 뭐라고 대꾸하고 있을까요. 잠깐 라디오 뉴스를 들어보기만 해도 알 수 있습니다. "여자들은 가정을 지켜야 한다…… 여자들은 가정으로 돌아가야 한다…… 정부는 남자들을 고용해야 한다…… 노동부가 강력한 이의를 제기해야 한다…… 여자가 남자를 지배하도록 내버려두면 안 된다…… 여자의 세계와 남자의 세계가 따로 있다…… 여자들은 우리 남자들을 위해 요리하는 법을 배워야 한다…… 여자들은 실패했다…… 실패했다…… 실패했다……"

이렇듯 유아기 고착은 심지어 지금도, 심지어 이 나라에서도 시끄럽기 짝이 없습니다. 우리의 입에서 나온 말이 우리의 귀까지 오지 못합니다. 우리가 한 말이 우리가 하지 않은 말로 바뀝니다. 귀를 기울이면 밤에 어린아이의 우는 소리가 들리는 것 같습니다. 지금 유럽을 뒤덮은 검은 밤에 들려오는 저 소리, 말 못 하는 어린아이가 으앙, 으앙, 으앙, 으앙 울고 있는 듯한 저 소리……• 하지만 이것은

• 앨프리드 테니슨, 「인 메모리엄In Memoriam」 가운데 다음 대목 참조. "나는 누구인가? / 밤에 우는 아이 / 불을 켜달라고 우는 아이 / 말 못 하는 우

새로운 울부짖음이 아니라 아주 오래된 울부짖음입니다. 라디오를 끄고 과거에 귀를 기울여봅시다. 그리스 시대의 울부짖음이 들려옵니다. 그리스도는 아직 태어나지 않은 시대, 바울도 아직 태어나지 않은 시대입니다.

"한 남자를 왕으로 세웠다면 그 남자가 명령할 때 무조건 복종해야 한다. 명령이 크거나 작거나 옳거나 그르거나…… 악 중에 불복종보다 큰 악은 없다…… 우리가 받들어야 할 대의는 질서다. 무슨 일이 있더라도 여자에게 우위를 내주지 말라…… 여자들이 설치고 돌아다니면 안 된다…… 종들아, 여자들을 안에 가두라." 이것은 독재자 크레온의 목소리입니다. 이 소리를 들은 안티고네, 크레온의 딸이라고 할 수도 있었을 안티고네•는 "신들의 정의는 그런 법을 지키라고 하지 않습니다." 이렇게 대답했습니다. 하지만 안티고네의 편에는 그 어떤 자본도, 그 어떤 세력도 없었습니다. 크레온은 "저 여자를 그 황량한 곳으로 끌고 가 산 채로 바위 구덩이에 처넣으리라." 이렇게 말했습니다. 그러고는 안티고네를 할로웨이 감옥이나 집단 수용소에 가두는 대신 무덤에 가두었습니다. 크레온이 계속 그런 식으로 하다가 크레온 가문이 망하고 온 나라에 시체가 나뒹굴었다는 것은 책에 나오는 대로입니다. 과거의 목소리들에 귀를 기울일 때의 느낌은 지금 스페인 정부가 거의 매주 보내오는 시체들과 부서진 집들의 사진을 바라볼 때의 느낌과 비슷합니다. 이미 벌어졌던 일이 다시 반복되는 것만 같습니다. 지금의 사진들과 목소리들인데 2천 년 전과 똑같습니다.

자, 저희는 위에서 말했던 이 두려움(가정에서 자유를 불가능하

는 아이."

• 안티고네는 크레온의 조카딸이자 크레온의 아들과 약혼한 사이였다.

게 만드는 두려움)의 정체를 탐구하던 끝에 이러한 결론에 도달했습니다. 그 두려움(사소하고 하찮은 사적 두려움)은 또 다른 두려움(사소하지도 않고 하찮지도 않은 공적 두려움, 귀하가 전쟁을 막고자 하면서 저희의 도움을 구할 때 동기로 작용한 두려움)과 연결되어 있습니다. 그렇게 연결되어 있지 않다면 귀하와 저희가 또 이렇게 사진을 쳐다보고 있어야 할 이유도 없겠지요. 하지만 이것은 이 편지의 서두에서 우리에게 똑같은 감정(귀하가 "경악과 혐오"라고 불렀고 저희도 경악과 혐오라고 불렀던 감정)을 불러일으켰던 그 사진이 아닙니다. 이 편지 속에서 사실들이 하나하나 추가되는 과정에서 서서히 전경을 차지하게 된 것은 다른 사진이니까요. 한 사람의 형상figure of a man인데, 이 사람을 가리켜 "남자 중의 남자다,[48] 남자다움의 정수다, 다른 모든 남자들을 불완전한 그림자로 만들어버리는 완벽한 남자의 전형이다," 이렇게 말하는 사람들이 있습니다. (아니라고 하는 사람들도 있습니다.) 남자라는 것은 틀림없는 듯합니다. 두 눈은 게슴츠레하게 어딘가를 올려다보기도 하고 잔뜩 부라린 채 누군가를 내려다보기도 합니다. 몸통은 잔뜩 힘이 들어간 부자연스러운 자세로 군복 속에 욱여넣어져 있습니다. 군복에는 여러 개의 메달을 비롯한 정체 모를 상징들이 단추처럼 달려 있습니다. 한 손에는 검이 들려 있습니다. 이 남자의 이름은 독일어로는 퓌러Führer, 이탈리아어로는 두체Duce, 자국어로는 독재자•입니다. 바로 이 남자의 뒤에 부서진 집들과 시체들(남자들, 여자들, 아이들)이 있습니다. 하지만 저희가 귀하 앞에 이 사진을 내민 것은 또 한 번 증오라는 척박한 감정을 불러일으키기 위해서가 아니라, 이런 종류의 인간 형상

• 원문은 "Tyrant or Dictator."

human figure이 (이렇게 조잡한 컬러 사진 속의 형상이라 해도) 같은 인간인 우리에게 불러일으키는 감정들, 증오와는 다른 감정들을 풀어내기 위해서입니다. 모종의 연결, 우리에게 매우 중요한 연결이 존재한다는 것, 공적인 세계와 사적인 세계는 서로 불가분으로 연결돼 있다는 것, 어느 한쪽 세계의 압제와 굴종은 곧 다른 한쪽 세계의 압제와 굴종이라는 것을 이 사진은 일러주니까요. 하지만 이 인간 형상은 (그저 사진 속의 형상이라 해도) 그런 감정과는 또 다른 좀더 복잡한 감정들을 일러주기도 합니다. 우리 자신 또한 이 형상으로부터 분리될 수 없다는 것, 우리가 곧 이 형상이라는 것, 우리는 평생 저항 없이 복종할 수밖에 없는 수동적인 구경꾼이 아니라 우리 스스로의 생각과 우리 스스로의 행동을 통해 이 형상을 바꾸어나갈 수 있는 능동적인 존재라는 것을 이 형상은 일러주는 것입니다. 우리에게는 공동의 이해관계가 있으니, 귀하의 세계와 저희의 세계가 하나로 이어지고 귀하의 삶과 저희의 삶이 하나로 이어집니다. 그렇게 하나로 이어진다는 깨달음이 얼마나 중요한지를 시체들과 무너진 집들이 이렇게 증언해주고 있습니다. 귀하가 공적인 세계를 이루는 추상화된 사태들의 방대함 속에서 사적인 형상을 망각하거나 저희가 사적인 세계를 이루는 감정들의 격렬함 속에서 공적인 세계를 망각한다면, 귀하의 세계와 저희의 세계 양쪽 다에 파멸이 닥칠 것입니다. 국회라는 집과 가정이라는 집, 몸의 집과 마음의 집은 서로 긴밀하게 연결돼 있으니, 각자가 상대를 망각한다면 양자 모두에게 파멸이 닥칠 것입니다. 하지만 귀하의 편지가 저희 앞에 있으니, 희망을 간직할 이유 또한 저희에게 있습니다. 귀하는 저희에게 도움을 요청함으로써 그 연결을 인정한 셈이고, 저희는 귀하의 편지를 읽음으로써 또 다른 심층적 연결들, 표면적인 사실들보다 훨씬 더 심층적인 연결들을 떠올리게 되니까요. 심지어 여기에서도, 심지어 이 순간에도, 귀하의 편지를 읽으면 저희는 이 사소한 사실들, 이 하찮은 세목들에 귀를 막고 싶어지기도 하고, 포탄의 펑펑 소리나 축음기의 끽끽 소리 대신 시인들의 목소리(서로 화답하는 목소리, 귀하와 저희를 가르는 경계선을 그저 분필 자국인 듯 지워 없앨 어떤 연결성을 장담하는 목소리)에 귀를 기울이고 싶어지기도 하고, 사람의 마음이 각자의 울타리 너머로 흘러넘쳐 여러 개로 갈라진 것들을 하나로 연결할 수 있다는 것에 대해 귀하와 토론하고 싶어지기도 합니다. 하지만 그렇게 하는 것은 꿈(시간이 생겨난 이래로 인간의 마음을 찾아오고 또 찾아오는 꿈, 평화의 꿈, 자유의 꿈)을 꾸는 것일 뿐입니다. 귀하가 귓가에 울리는 포탄 소리 사이에서 저희에게 부탁해 온 것은 꿈꾸기가 아니었습니다. 귀하가 저희에게 질문해 온 것은 평화가 무엇이냐가 아니라 어떻게 해야 전쟁을 막을 수 있겠느냐였습니다. 그러니 그것이 어떤 꿈인지를 들려주는 일은 시인들에게 맡기고 저희는 다시 이 사진(사실)에 시선을 고정하도록 하겠습니다.

다른 사람들이 이 군복 차림의 남자에게 무슨 판결을 내리든(의견은 저마다 제각각입니다) 최소한 귀하는 이 남자를 유죄로 보고 있다는 것을 귀하의 편지는 증언해줍니다. 저희는 이 사진을 귀하와는 다른 각도에서 보고 있지만, 저희의 결론도 귀하와 마찬가지로 이 남자가 유죄라는 것입니다. 귀하가 귀하에게 주어진 수단으로 이 사진 속의 악을 제거하기 위해 최선을 다할 것이듯, 저희도 저희에게 주어진 수단으로 이 사진 속의 악을 제거하기 위해 최선을 다할 것입니다. 저희는 귀하와 다르기 때문에 저희의 도움도 다를 수밖에 없습니다. 어떻게 다른가, 그것을 지금껏 설명해보려고 했는데, 이것이 얼마나 불완전하고 피상적인 설명이었는지는 굳이 말할 필요도 없겠습니다.[49] 이렇게 결론이 난 이상, 어떻게 해야 전쟁을 막을 수 있겠느냐는 귀하의 질문에 대한 저희의 대답은 다음과 같이 정리될 수밖에 없습니다. 저희가 귀하의 전쟁 방지 노력에 도움이 될 최선의 방법은, 귀하가 사용하는 말을 반복하고 귀하가 동원하는 수단을 답습하는 것이 아니라 새로운 말을 찾아내고 새로운 수단을 만들어내는 것이고, 귀 단체에 가입하는 것이 아니라 귀 단체의 외부에 남아 있으면서 귀 단체의 목적을 위해서 협력하는 것입니다. 귀하와 저희는 같은 목적을 가지고 있습니다. 그것은 "남녀를 막론하고 모든 인간이 한 명 한 명 정의와 평등과 자유라는 대원칙에 따라 존중받을 권리"를 천명하는 것입니다. 저희는 귀하가 이 말을 저희와 똑같이 해석하실 것을 전적으로 확신하고 있는 만큼, 이 말을 여기서 자세히 설명할 필요는 없을 듯합니다. 또 저희는 귀하가 저희의 모자람(저희가 처음부터 예고했고 이 편지가 지금껏 다량으로 노출해온 그 모자람)을 양해하실 것이라고 믿고 있는 만큼, 굳이 더 변명할 필요는 없을 듯합니다.

그럼 이제 귀하가 저희더러 채워달라고 하신 입회서로 돌아오도록 하겠습니다. 저희는 앞에서 설명한 이유들에 따라 이 서식의 서명란을 비워두겠지만, 저희의 목표와 귀하의 목표가 같음을 최대한 실체적으로 증명하기 위해 이 1기니를 자유롭게 선물로 드리겠습니다. 귀하가 스스로 부과한 조건 이외에는 아무 조건 없이, 3기니 중 마지막 1기니를 드리겠습니다. 총 3기니를 받으시는 세 분의 대의는 밀접하게 연결되어 있는 동일한 대의이니만큼 3기니를 받는 분은 세 분이라 해도 3기니가 받드는 대의는 하나라는 것을 부디 알아주시기를 바랍니다.

자, 그럼 바쁘실 테니 이만 줄이겠습니다. 첫째, 편지가 이렇게 길어진 것에 대해, 둘째, 기부금이 이렇게 적은 것에 대해, 셋째, 애초에 이런 편지를 썼다는 것에 대해 이 편지를 받으시는 세 분에게 총 세 번에 걸쳐 사과드리겠습니다. 하지만 세 분이 제각각 답장을 달라고 하지 않았다면 애초에 이런 편지가 작성되지도 않았을 테니, 잘못은 여러분에게 있습니다.

Virginia Woolf

미주

하나

1. 스티븐 그윈, 『메리 킹즐리의 생애』,[1] p. 15. 고학력 남성의 딸에게 들어간 학비의 정확한 액수를 알아내기는 어렵다. 메리 킹즐리(1862~1900)의 학비로는 총 20~30파운드가 들어간 것 같다. 1백 파운드를 19세기의 (그리고 세기가 바뀐 뒤에도) 평균 정도라고 할 수 있을지도 모르겠다. 이런 방식의 교육을 받은 여자들은 배움의 부족을 매우 민감하게 느끼는 경우가 많았다. "나는 밖에 나갈 때면 항상 내가 받은 교육의 부실함을 통감한다." 뉴넘Newnham 초대 학장Principal 앤 J. 클러프의 말이었다(B. A. 클러프, 『앤 J. 클러프의 생애』,[2] p. 60). 미스 클러프와 마찬가지로 교양 있는 가문의 딸이었지만 무학이라는 점에서도 마찬가지였던

1) Stephen Gwynn(1864~1950), *The Life of Mary Kingsley*(1932).

2) Blanch Athena Clough(1861~1960), *A Memoire of Anne Jemima Clough*(1897).

엘리자베스 홀데인[1]은 이렇게 말했다. "처음에는 내가 무학자라고 생각하면서, 어떻게 해야 무학에서 벗어날 수 있을까를 생각했다. 나도 그때 대학에 진학할 생각을 했어야 했는데, 그때만 해도 여자가 대학에 진학하는 것은 드문 일이었고 격려하는 분위기도 아니었다. 학비도 비쌌다. 어쨌든 외동딸이 홀어머니를 떠난다는 것은 있을 수 없는 일이라고 생각되기도 했고, 진학 가능성을 구체화해주는 사람도 없었다. 우편 수업이라는 새로운 움직임이 있을 때였고……"(엘리자베스 홀데인, 『한 세기에서 또 다른 세기로』,[2] p. 73). 이렇게 못 배운 여자들은 많은 경우 자기의 무지를 열심히 감추었지만, 그런 노력이 항상 성공하는 것은 아니었다. "그런 여자들은 한창 유행하는 화제들로 기분좋은 담소를 이어나가면서 논란의 여지가 있는 주제들을 조심스럽게 피했다. 내가 느낀 그런 여자들의 인상적 특징은 자기 교제 범위 안에 들어오지 않는 모든 것에 대한 무지함과 무관심이었고…… 국회 하원 의장의 어머니라는 분이 캘리포니아를 대영 제국 영토라고 알고 있었다니!"(H. A. 바첼, 『먼 땅』,[3] p. 109). 19세기에는 여자들이 짐짓 무지한 척하는 경우도 많았다는 점, 그 이유는 고학력 남자들이 그런 무지함을 선호한다는 생각이 팽배해 있어서였다는 점은 토머스 기즈번이 『여성의 의무에 관하여』,[4] p. 278 중

1) Elizabeth Haldane(1862~1937).

2) *From One Century to Another*(1937).

3) Horace Annesley Vachell(1861~1955), *Distant Fields*(1937).

4) Thomas Gisborne(1758~1846), *An Enquiry into the Duties of the Female Sex*(1797).

"남편 앞에서는 자기의 능력과 실력을 모두 보여주고 싶은 마음을 최대한 참을 것"을 권고하는 사람들을 책망하는 대목("그것은 신중함이 아니라 속임수요, 위장이요, 의도적인 기만이니…… 그런 기만은 언젠가는 들통날 수밖에 없다")의 맹렬함을 통해 알 수 있다.

하지만 19세기에 고학력 남성의 딸이 삶에 무지한 정도는 책에 무지한 정도를 뛰어넘었는데, 다음 인용문을 읽어보면 그 무지함의 이유를 짐작해볼 수도 있다. "대개의 남자는 '덕성'이 결핍된 존재라서, 젊은 여자가 혼자 있는 모습을 보면 말을 걸면서 귀찮게 굴 수도 있고 아니면 더 심한 짓도 할 수 있다는 것이 상식이었다"(러브레이스 백작 가문의 메리, 「사교계와 사교철」, 『50년의 세월: 1882 ~ 1932』,[1] p. 37). 그래서 그렇게 협소한 교제 범위 안에 갇혀 있었던 것이니, 그 안에 들어오지 않는 모든 것에 대한 "무지함과 무관심"에도 변명의 여지는 있었다. 그런 무지함과 19세기적 남자다움(빅토리아 시대[2]의 남자 주인공hero을 보면 알 수 있듯, '덕성virtue'과 남성적 혈기virility의 양립을 불가능하게 만드는 개념)이 연결돼 있다는 데는 이론의 여지가 없다. 소설가 새커리는 한 유명한 대목에서 덕성과 남성적 혈기의 양립 불가능성이 소설의 한계로 작용한다는 불만을 토로하고 있다.[3]

1) "Society and Season," *Fifty Years: Memories and Contrasts: A Composite Picture of the Period 1882-1932 by Twenty-seven Contributors to the Times*(1932).

2) 공식적으로는 빅토리아 여왕(1819 ~ 1901)의 재위 기간(1837 ~ 1901)을 가리킨다.

3) 『펜더니스 이야기』의 「서문」 중 다음 대목을 가리킨다. "『톰 존스』의

2. 고급 사립 학교와 대학교를 나온 아버지를 둔 계급을 지칭하기 위해 이 어설픈 용어('고학력 남성의 딸')를 고안하는 일이 필요했던 것은 이 사회의 이데올로기가 인간이라는 이상으로 계급이라는 현실을 은폐하는 데 이골이 난 이데올로기이기 때문이다. '부르주아'가 부르주아 가정의 아들을 지칭하는 용어로는 적당하다 해도 부르주아 가정의 딸(부르주아 계급의 특징으로 가장 중요한 두 가지, 곧 자본과 환경에서 자기 오라비와 전혀 다른 존재)을 지칭하는 용어로 극히 부정확하다는 것은 자명하다.

3. 19세기에 영국에서 사냥을 즐기는 인간들에 의해 도살당한 동물들의 수는 헤아릴 수도 없을 것이다. 1909년에 챗스워스[1]에서 하루 평균 1,212마리였다는 기록이 있다(포틀랜드 공작, 『남자들, 여자들, 물건들』,[2] p. 251). 사냥꾼의 회고록에 총을 든 여자가 등장하는 경우는 거의 없다. 여자 사냥꾼은 수많은 독설의 과녁이기도 했다. 19세기에 말 타는 여자로 유명했던 '스키틀스Skittles'[3]는 고급 창녀였다. 19세기에는 사냥하는 여자와 품행이 나쁜 여자를 어떻게든 연결시키려고 했을 가능성이 높다.

저자가 세상을 떠난 이래, 남자를 그리는 데 최대의 기량을 발휘하는 일을 허락받은 소설가는 우리 중에 단 한 명도 없다. 우리는 남자의 타고난 천성을 가리고 남자가 모종의 관습적 헛웃음을 웃게 할 수밖에 없다. 사회는 우리의 작품이 타고난 천성을 그리는 것을 용납하지 않는다."

1) 영국 더비셔주의 유서 깊은 영지.

2) William John Arthur Charles James Cavendish-Bentinck(1857~1943), *Men, Women and Things*(1937).

3) Catherine Walters(1839~1920).

4. 존 버컨, 『프랜시스 & 리버스데일 그렌펠』,[1] pp. 189, 205.

5. 리턴 백작, 『앤터니(넵워스 자작)』,[2] p. 355.

6. 에드먼드 블런던 편집, 『윌프레드 오언 시집』,[3] pp. 25, 41.

7. 휴워트 경[4]이 카디프에서 열린 왕립 성 조지 협회Royal Society of St George 공식 만찬에서 '영국'을 위한 건배를 제안하면서.

8. 『데일리 텔레그래프』, 1937년 2월 5일.[5]

9. 『데일리 텔레그래프』, 1937년 2월 5일.

10. 물론 고학력 여성도 사회에 꼭 필요한 품목(후손)을 공급할 수 있다. 그러니 고학력 여성이 동원할 수 있는 전쟁 방지 협조법 가운데 하나는 출산을 거부하는 것이다. 미시즈 헬레나 노맨턴[6]도 이런 의견을 표명하고 있다. "어느 나라에 사는 여자든 여자가 전쟁을 막기 위해 할 수 있는 유일한 일은 '총알받이'의 공급을 중단하는 것뿐이다"(차별철폐연례회의Annual Council for Equal Citizenship 보도 기사, 『데일리 텔레그래프』, 1937년 3월 5일). 독자 투고란에서도 이런 관점을 지지하고 있다. "왜 이 시대의 여자들이 출산을 거부하는지를 내가 미스터 해리 캠벨[7]에게 알려줄 수 있다.

1) John Buchan(1875~1940), *Francis and Riversdale Grenfell: A Memoir*(1920).

2) Victor Bulwer-Lytton, 2nd Earl of Lytton(1876~1947), *Antony: A Record of Youth*(1935).

3) Edmund Blunden(1896~1974)(ed.), *The Poems of Wilfred Owen*(1931).

4) Gordon Hewart, 1st Viscount Hewart(1870~1943).

5) 실제로 이 기사에는 런던 주교의 발언만 인용돼 있다.

6) Helena Florence Normanton(1882~1957).

7) Harry Campbell(1860~1938).

지금 이 나라 저 나라를 다스리고 있는 남자들이 다스리는 법을 제대로 배워서, 전쟁이 일어나더라도 지금처럼 전쟁을 일으키지 않은 사람까지 다 죽게 하는 대신 전쟁을 일으킨 사람만 죽게 할 수 있는 날이 오면, 여자들도 다시 다자녀를 두고 싶어질지 모르겠다. 하지만 지금은 세상이 이 모양 이 꼴인데 여자들이 왜 굳이 아이를 낳겠는가?"(이디스 매튜린 포치,[1] 『데일리 텔레그래프』, 1937년 9월 6일). 고학력 계급의 출생률이 낮아지고 있다는 사실은 고학력 여성들이 미시즈 노맨턴의 충고를 따르고 있음을 보여주는 증거가 아닐까 싶다. 지금으로부터 약 2천 년 전에 지금과 대단히 비슷한 상황에서 나온 것이 리시스트라타[2]의 충고였다.

11. 물론 그 외에도 무수히 많은 종류의 영향력이 있다. 한편에는 다음 구절에서 거론되는 단순한 종류의 영향력도 있다. "그로부터 3년 뒤에…… 여자분[3]은 남자분[4]에게 보내는 편지에서 자기가 추천하는 목사가 왕실 성직록聖職祿을 받을 수 있도록 남자분이 각료로서 관심을 가져줄 것을 청하고 있는데……"(레이디 런던데리, 『헨리 채플린, 회고록』,[5]

1) Edith Maturin-Porch(1863 ~ 1945).

2) 아리스토파네스Aristophanes(기원전 446 ~ 기원전 385)의 『리시스트라타*Lysistrata*』(기원전 411)의 등장인물. 울프의 에세이 「왜?」가 실린 저널의 이름도 『리시스트라타』였다.

3) Lady Florence Paget(1842 ~ 1881).

4) Henry Chaplin, 1st Viscount Chaplin(1840 ~ 1923).

5) Edith Vane-Tempest-Stewart, Marchioness of Londonderry(1878 ~ 1959), *Henry Chaplin, A Memoir*(1926).

p. 57). 다른 한편에는 레이디 맥베스[1]가 남편에게 행사한 영향력 같은 지극히 미묘한 종류의 영향력도 있다. D. H. 로런스[2]가 거론하는 종류의 영향력은 그 둘 사이의 어딘가에 있다. "내 뒤에서 나를 받쳐주는 여자가 없다면 내가 하는 일이 성공할 가능성은 전혀 없습니다…… 내 뒤에서 나를 지켜주는 여자가 없다면 나는 이 사회의 일원으로 살아갈 용기를 낼 수 없습니다…… 나는 이 세상을 잘 모르지만, 내가 사랑하는 여자가 말하자면 나를 이 세상과 소통하게 해줍니다"(『D. H. 로런스의 서한집』,[3] pp. 93 ~ 94). 이 둘을 엮는 것이 이상하기는 하지만, 로런스가 여기서 내놓은 설명은 이해관계를 초월한 영향력이라는 점에서 에드워드 8세[4]가 국왕 퇴임사에서 내놓은 정의와 매우 비슷하다. 지금 외국의 정세는 이해관계에서 비롯된 영향력을 사용하는 방향으로의 선회를 조장하는 듯하다. 예를 들면, "빈에서 지금 여성들의 영향력이 어느 정도인가를 한 일화가 잘 보여주고 있다. 지난가을에 여성의 취업 기회를 지금보다 더 축소하는 안이 마련되었다. 반대 시위들, 반대 청원들, 반대 성명들은 어느 하나 효과를 거두지 못했다. 나중에는 시에서 명성을 누리는 일군의 귀족 여자분들이 지푸라기라도 잡는 심정으로…… 모여서 작전을 세웠다. 이분들 가운데 몇몇 분은 그로부터 두 주 동안 개인적

1) 셰익스피어의 『맥베스』의 등장인물.
2) David Herbert Lawrence(1885 ~ 1930).
3) *Letters of D. H. Lawrence*(1932).
4) Edward Ⅷ(1894 ~ 1972, 재위 1936).

으로 알고 지내는 장관들과 하루에 몇 시간씩 전화 통화를 했다. 자기 집 만찬에 초대하기 위해 전화를 걸었다고 하면서도 빈 사람의 강점인 매력을 십분 동원해 통화를 이어 나가면서 장관이 계속 말을 하게 만들었고, 이것저것 묻게 만들었고, 최종적으로는 이렇게 전화를 건 분을 괴롭히고 있는 현안을 언급하게 만들었다. 장관들은 전화를 건 분들의 기분을 상하게 하고 싶지 않았으니 이분들로부터 걸려 오는 전화를 모두 받아야 했고, 장관들이 시급한 국사를 처리하는 일은 이 작전으로 인해 불가능해졌다. 마침내 장관들이 타협하기로 결정하면서 여성의 취업 기회를 축소하는 안은 유보되었다"(힐러리 뉴위트, 『여자들은 선택해야 한다』,[1] p. 129). 참정권 확대 투쟁에서도 영향력이 이렇게 전략적으로 사용되는 경우가 많았다. 하지만 혹자는 여성에게 투표권이 생기면서 여성의 영향력이 오히려 약해졌다고 말한다. 예컨대 폰 비버슈타인 원수[2]는 "남자는 항상 여자의 뜻을 따랐지만…… 여자에게 투표권이 생기기를 원하지 않았다"는 의견이었다(엘리자베스 홀데인, 『한 세기에서 또 다른 세기로』, p. 258).

12. 영국 여성들은 참정권 확대 투쟁에서 폭력을 사용했다는 이유로 상당한 비판을 받았다. 1910년에 미스터 비렐[3]이 참정권 확대론자들suffragettes에 의해 모자를 "짓이김 당하

1) Hilary Newitt(1909 ~ 2007), *Women Must Choose: The Position of Women in Europe To-day*(1937).

2) Marschall von Bieberstein(1842 ~ 1912).

3) Augustine Birrell(1850 ~ 1933).

고" 정강이를 걷어차였을 때,[1] 앨머릭 피츠로이 경은 "조직적 '예니체리'[2] 폭력단이 힘없는 노인 한 명을 이런 형태로 공격했으니, 이 일을 목격한 많은 사람들이 이 운동의 얼빠진 무정부주의 정신을 깨달을 수 있으리라고 믿는다"는 논평을 남겼다(앨머릭 피츠로이 경, 『회상록』[3] 제2권, p. 425). 이런 논평들이 비판의 대상을 유럽전쟁의 폭력으로까지 확대하지는 않았던 것 같다. 사실 영국 여성들이 투표권을 얻을 수 있었던 가장 큰 이유는 영국 남성들이 유럽전쟁에서 폭력을 사용할 때 힘을 보태주었다는 것이었다. "[1916년] 8월 14일에는[4] 미스터 애스퀴스가 직접 [참정권 확대에 대한] 반대를 철회하면서 '[여자들이] 총을 들고 떠나는 식으로 싸울 수 없는 것은 사실이지만…… 이번에 전쟁 수행에서 여자들은 가장 효과적인 방식으로 협조해주었습니다'라고 말했다"[5](레이 스트레이치, 『대의』,[6] p. 354). 여자들이 투표권을 얻을 수 있었던 가장 큰 이유가 일부 여자들이 "전쟁 수행"에 "협조"했다는 것이라면, 전쟁 수행에 협조하지 않은 여자들, 오히려 전쟁 수행을 어

1) '정강이 걷어차기a kick in shins'에 '체벌'이라는 뜻이 있음을 이용한 말장난. 실제로 비렐은 일군의 참정권 확대론자와 마주치기 싫어서 급히 몸을 피하다가 무릎을 삐끗한 것뿐이라고 한다.

2) 오스만 제국의 근위대. 영국 주류 사회의 이슬람 혐오를 짐작할 수 있는 표현.

3) Sir Almeric Fitzroy(1851 ~ 1935), *Memoirs*(1925).

4) 1차대전 종반.

5) H. H. Asquith(1852 ~ 1928, 재임 1908~1916)의 국회 연설.

6) Ray Strachey(1887 ~ 1940), *'The Cause': A Short History of the Women's Movement in Great Britain*(1928).

렵게 만드는 일에 나섰던 여자들은 그런 투표권을 사용해야 할 것인가?, 라는 어려운 문제가 여기서 생긴다. 영국 여자들이 영국의 친딸이 아니라 영국의 의붓딸이라는 것은 결혼과 동시에 국적이 바뀐다는 사실을 통해 알 수 있다.[1] 독일인과 결혼한 여자는 독일군을 무찌르는 데 협조했든 안 했든 독일인이 된다. 독일인과 결혼하면, 정치관이 정반대로 뒤집히고 효심이 다른 대상에게로 옮겨 가는 모양이다.

13. 로버트 J. 블랙햄, 『어니스트 와일드 경, KC』,[2] pp. 174 ~ 75.

14. 투표권의 중요성을 의심할 수 없다는 점은 차별철폐전국연합National Union of Societies for Equal Citizenship의 비정기 간행물 『투표를 통해서 해낸 일들*What the Vote Has Done*』에 실린 사실들을 통해 알 수 있다. "원래 한 장짜리 리플릿이었던 이 책자는 올해(1927년) 6페이지짜리 팸플릿으로 늘어났다. 앞으로 더 늘려나가야 하겠다"(M. G. 포셋 & E. M. 터너, 『조지핀 버틀러』,[3] 주, p. 101).

15. 성별 생물학과 성별 심리학을 전개할 때 대단히 중요한 자료가 되어줄 만한 사실들을 검토하는 데 필요한 산술 자료들은 전혀 나와 있지 않다. 이렇듯 꼭 필요하면서도 이상하게 뒷전으로 밀려나 있는 예비 연구를 시작하고자 한다

1) 1914년 영국국적법British Nationality and Status of Aliens Act의 규정 중 하나.

2) Robert James Blackham(1868 ~ 1951), *Sir Ernest Wild, K.C*(1935).

3) Millicent Garrett Fawcett(1847 ~ 1929) & Ethel Margaret Turner (1884~?). 이런 책의 공동 저자의 사망 연도 검색조차 어렵다는 것도 징후적이다. *Josephine Butler: Her Work and Principles, and Their Meaning for the Twentieth Century*(1927).

면, 영국 대축척 지도 위에 남자가 소유한 부동산은 빨간색, 여자가 소유한 부동산은 파란색으로 표시하는 데서 시작해볼 수도 있다. 거기서 시작했다면 다음에는 남자와 여자가 먹는 양과 소의 마릿수를 비교해야 하고, 남자와 여자가 마시는 포도주와 맥주의 양을 비교해야 하고, 남자와 여자가 피우는 담배의 무게를 비교해야 하고, 그렇게 비교한 뒤에는 남자와 여자의 신체 활동량, 가사 참여도, 성교 수월성 등등을 상세히 검토해야 한다.

역사가들의 주된 관심사는 물론 전쟁과 정치지만, 때로는 역사가들의 작업이 인간의 본성을 설명하는 데 도움이 되기도 한다. 매콜리가 17세기 영국의 시골 젠틀맨gentleman[1]을 다루는 대목도 그런 경우다. "젠틀맨의 아내 또는 딸은 취향 수준이나 교양 수준에서 오늘날의 하녀장, 아니 그냥 하녀보다도 못했다. 직접 바느질과 물레질을 하고, 구스베리 와인을 담그고 금잔화 찻잎을 만들고 사슴고기 패스티를 구웠다." 이런 대목도 있다. "식사 차리기는 대개 집안의 레이디들[2]이 하는 일이었으니, 레이디들은 요리가 다 비워지자마자 자리를 피했고 젠틀맨들은 남아서 에일과 담배를 즐겼다"(매콜리, 『영국사*History of England*』, 제3장). 젠틀맨들은 퍼마시고 레이디들은 자리를 피하는 관행은 꽤 오랫동안 지속되었다. "어머니가 미혼이던 때

1) 유한계급 남성을 가리키는 용어. 단, 역사적으로 부르주아 계급이 득세한 이후로는 고학력 전문직 남성도 '젠틀맨'에 포함되었다. p.120 각주 ◆ 참조.
2) '젠틀맨'의 아내나 딸을 가리키는 용어. 역사적으로 외연이 확장되어 온 것은 '젠틀맨'과 마찬가지다.

만 해도 섭정 시대[1]와 18세기의 폭음 습성이 아직 없어지기 전이었다. 워번 애비[2]에서는 집안의 신임을 받는 늙은 집사가 밤에 거실에서 외할머니에게 식당의 상황을 보고하는 것이 관행이었다. '오늘 밤은 남자분들께서 꽤 많이 드셨습니다. 젊은 여자분들께서 이만 자리를 뜨시는 편이 좋겠습니다' 아니면 '오늘 밤은 남자분들께서 별로 드시지 않았습니다'가 이 충실한 하인의 상황별 보고 내용이었다. 그렇게 급하게 아래층에서 내쫓긴 젊은 여자들은 고함을 지르고 난동을 부리면서 식당을 나오는 무리를 위층 계단참에 서서 내려다보기를 좋아했다"(F. 해밀턴 경, 『어제보다 멀어진 날들』,[3] p. 322).

음주와 부동산이 염색체에 어떤 영향을 미쳐왔는가를 설명하는 일은 앞으로 등장할 과학자의 몫으로 남겨두는 수밖에 없겠다.

16. 남자나 여자나 차려입는 것을 좋아한다는 데는 차이가 없고 그저 어떻게 좋아하느냐에 차이가 있을 뿐이라는 사실을 남자라는 지배하는 성은 알아차리지 못한 것 같은데, 그 이유는 아무래도 지배하는 자리에 있으면 최면에 걸리

1) 조지 3세 재위 말에 아들 조지 왕자가 섭정을 맡은 시기를 가리킨다. 조지 왕자는 조지 3세가 사망한 뒤 조지 4세로 즉위했다. 공식적인 섭정 시대는 1811~20년이지만, 문화적 의미의 섭정 시대는 1795~1837년 정도로까지 연장될 수 있다.

2) 인용문 저자의 외가 대저택의 이름. 인용문에 등장하는 저자의 어머니와 외할머니는 각각 루이자 해밀턴Louisa Jane Hamilton, Duchess of Abercorn(1812~1905)과 조지애나 러셀Georgiana Russell, Duchess of Bedford(1781~1853)이다.

3) Lord Frederick Hamilton(1856~1928), *The Days Before Yesterday*(1920).

기 쉽기 때문이라고 생각해야 할 것 같다. 예컨대 고故 맥카디 판사라는 남자[1]는 '미시즈 프랭카우[2] 사건'[3]을 요약하면서 이렇게 말했다. "여자들이 여성성의 근본적 속성을 포기하리라고 기대하기란 불가능하고, 신체의 영원히 극복되지 않을 핸디캡을 무마하고 싶어 하는 타고난 천성을 저버리리라고 기대하기도 불가능하다…… 옷차림은 여자들의 중요한 자기표현 수단 가운데 하나다…… 옷차림에 관한 한, 죽을 때까지 어린아이 같은 면을 버리지 못하는 여자들도 많다. 이 사항에 있어서는 심리의 차원이 간과되어서는 안 될 것이다. 하지만 상기 사항들을 유념하면서도 법정은 검약과 적정의 법칙이 준수돼야 하리라는 공정한 판결을 내리는 바다." 진홍색 가운을 걸치고 담비 털 망토를 두르고 엄청나게 큰 꼬불꼬불한 가발을 쓴 판사의 판결이었다. 그때 그 판사도 "신체의 영원히 극복되지 않을 핸디캡을 무마하고 싶어 하는 타고난 천성"을 따르고 있었던 것인가, 그 판사 본인은 검약과 적정의 법칙을 준수하고 있었던 것이 맞는가는 의심스러울 수밖에 없다. 하지만 "이 사항에 있어서는 심리의 차원이 간과되어서는 안 될 것"이니, 해군 제독, 육군 장군, 전령관, 왕실 근위 장교, 왕실 귀족, 런던탑 경비병 등등의 특이한 외양과 더불어 그 판사 본인의 특이한 외양이 그 판사 본인의 눈에는 전

1) Henry Alfred McCardie(1869 ~ 1933).

2) Julia Frankau(1859 ~ 1916).

3) '마셜 대 프랭카우 사건'을 가리킨다. 이 사건의 법적 쟁점 중 하나는 남편이 아내를 위해서 사는 옷이 어느 정도까지 '필수품'인가 하는 것이었다.

혀 보이지 않았으며, 그 덕분에 그 판사는 본인에게도 그 여자분과 똑같은 약점이 있음을 전혀 의식하지 않은 상태에서 그 여자분을 상대로 설교를 늘어놓을 수 있었다는 사실은 심리의 차원에서 다음의 두 가지 의문을 불러일으킨다. 첫째, 어떤 일이 전통이 됨으로써 공경의 대상이 될 수 있으려면 그런 일이 어느 정도까지 빈번하게 행해져야 할까? 둘째, 본인의 복장이 특이하다는 것을 전혀 눈치채지 못할 수 있으려면 사회적으로 얼마나 명망이 높은 사람이라야 할까? 업무와 무관한 특이한 복장은 조롱을 피하기 어렵다.

17. 1937년 신년 수훈자 명단에 따르면 남자 수훈자는 147명인 데 비해 여자 수훈자는 7명이다. 이 차이가 남자와 여자의 과시욕 차이라는 것은 모종의 명백한 이유들로 인해 결코 받아들여지지 않는 주장이다. 하지만 주는 훈장을 안 받는 일이 심리적으로 남자에게보다 여자에게 더 쉬우리라는 것은 논박될 수 없는 사실인 듯하다. 미모가 여자의 가장 중요한 직업 자산이고 분과 연지는 그 자산을 과시할 수 있는 가장 중요한 수단이라면, 대충 지력이라고 부를 수 있는 것이 남자의 가장 중요한 직업 자산이고 별과 띠[1]는 그 지력을 과시할 수 있는 가장 중요한 수단이 아니겠는가. 그러니 남자에게 기사 작위를 받지 말라고 하는 것은 여자에게 차려입지 말라고 하는 것만큼이나 터무니없는 요청일 것이다. 1901년에 기사 작위 구입에 들어간 액

1) 훈장의 형태.

수는 꽤 잘 차려입을 수 있는 용돈 액수와 비슷했던 것 같다. "4월 21일(일요일). 메이넬[1]을 만난 덕에 오늘도 온갖 소문을 전해 들었다. 왕[2]이 진 빚을 왕의 친구들이 개인적으로 갚아주고 있는 모양인데, 왕에게 10만 파운드를 빌려주었다는 친구는 돈으로는 2만 5천 파운드만 돌려받고 나머지는 기사 작위 받는 걸로 상쇄하겠다고 한다"(윌프리드 스카웬 블런트, 『나의 일기』,[3] 제2부, p. 8).

18. 케임브리지의 수입이 정확히 얼마였는지를 외부인이 알기는 어렵다. 하지만 상당한 액수였으리라는 것은 몇 년 전에 미스터 J. M. 케인스[4]가 『네이션*The Nation*』[5]에 실은 케임브리지 클레어칼리지의 역사[6]에 대한 서평을 통해서 미루어 짐작해볼 수 있겠다. 그 명랑한 서평에 따르면, 그 책은 "제작에 6파운드가 소요되었다는 소문이 도는 책"이었다. 비슷한 시기에 역시 소문으로 돌던 믿기 힘든 이야기(밤새 어디서 놀다가 새벽에 돌아오던 한 무리의 학생들이 하늘에 떠 있는 구름 덩어리를 보게 되었는데, 그 구름이 학생들의 눈앞에서 한 여자의 형상으로 바뀌었다, 학생들이 그 여자

1) Alice Christiana Gertrude Meynell(1847 ~ 1922).

2) 에드워드 7세(1841 ~ 1910, 재위 1901 ~ 1910)를 가리킨다.

3) Wilfrid Scawen Blunt(1840 ~ 1922), *My Diaries: Being a Personal Narrative of Events, 1888 ~ 1914*(1919 ~ 20).

4) John Maynard Keynes(1883 ~ 1946).

5) 이 주간지의 정식 명칭은 *The Nation and Athenaeum*이었다. 케인스는 이 주간지의 소유주 중 한 명이자 자주 등장하는 필자였다. 그리고 당연히 케임브리지 졸업생이었다.

6) M. D. Forbes(ed.), *Clare College 1326-1926*(University Press Cambridge, 1928)를 가리킨다.

에게 징조를 보여달라고 했더니, 반짝이는 싸락눈이 내리면서 거기서 "쥐"라는 글자가 나타났다[1])는 『네이션』 같은 호 다른 면에 실린 믿을 만한 이야기(한 여학생 칼리지의 학생들은 "춥고 어두컴컴한 바닥 층 침실에 생쥐들이 들끓는" 것 때문에 고생하고 있다)를 가리킨다고 풀이되었다. 그 풀이에 따르면, 그 여자가 그런 방법으로 전하려고 했던 뜻은 클레어의 남자분들이 클레어 백작 부인에게 경의를 표하고 싶으면 "종이와 검은색 버크럼의 최고급 옷으로 차려입은" 책이 됐든, 무슨 책이 됐든, 책을 제작하는 것보다는 모 칼리지의 학장Principal에게 6천 파운드짜리 수표를 보내주는 편이 차라리 낫다는 것이었다. 하지만 『네이션』 같은 호에 실린 또 다른 사실("서머빌칼리지[2]는 전년도에 개교 50주년 기념 증여와 개인 유증으로 들어온 7천 파운드에 눈물겨운 감사를 전했다")은 그 어떤 풀이도 필요로 하지 않는다.

19. 한 탁월한 역사가[3]는 본인이 졸업한 대학교[4]를 포함한 두 대학교의 기원과 성격에 대해서 이렇게 말했다. "거짓

1) 성경 곳곳을 연상시키는 대목. 「마태복음」 24장 30절 참조. "그때에 인자가 올 징조가 하늘에서 나타날 터인데, 그때에는 땅에 있는 모든 민족이 가슴을 치며, 인자가 큰 권능과 영광에 싸여 하늘 구름을 타고 오는 것을 보게 될 것이다." 「출애굽기」 9장 18~19절 참조. "그러므로 내일 이맘때에 내가 매우 큰 우박을 퍼부을 것이니, 그처럼 큰 우박은 이집트에 나라가 생긴 때로부터 이제까지 한 번도 내린 적이 없다. / 그러니 이제 너는 사람을 보내어, 너의 집짐승과 들에 있는 모든 것을 안전한 곳으로 대피시켜라. 집 안으로 들어가지 않고 들에 남아 있는 사람이나 짐승은, 모두 쏟아지는 우박에 맞아 죽을 것이다."

2) 옥스퍼드의 여자 대학.

3) 에드워드 기번Edward Gibbon(1737~1794)을 가리킨다.

4) 옥스퍼드 대학교를 가리킨다.

되고 야만적인 학문이 만연해 있던 암흑시대에 설립된 옥스퍼드와 케임브리지는 그 최초의 부패로부터 지금까지도 벗어나지 못하고 있다…… 두 곳 다 교황들과 국왕들로부터 인가서를 받아 법인이 된 덕분에 공교육 독점권을 손에 넣은 업체인데, 독점 업자들의 정신은 편협하고 나태하고 강압적이라서 독점 업자들이 하는 일은 독립 작업자들이 하는 일에 비해 비용 면에서는 높고 생산성 면에서는 낮다. 경쟁자를 걱정하기에는 그 지위가 너무 높고 오류를 자인하기에는 너무 저열하니, 자유 경쟁에서 그토록 열렬히 환영하는 새로운 개선책들을 이 거만한 독점 업체들은 내키지 않는다는 듯이 느릿느릿 마땅찮게 겨우 인정하고 있다. 무슨 개혁 하나 자발적으로 이루어지지 않을 것이라고 생각해야 할 정도로 법체계와 편견 속에 깊이 뿌리박혀 있는 업체들인지라 국회의 무소불위함조차 이 두 대학교의 현황과 폐해에 대한 감사 업무 앞에서는 움찔 물러설 듯하다"(에드워드 기번, 『회고록』[1]). 하지만 시간이 흘러 19세기 중엽에 이르렀을 때는 "국회의 무소불위함"을 통해 "[옥스퍼드] 대학교의 현황, 곧 학과, 연구, 수입원 현황"에 대한 감사를 법제화하는 데 성공했다. "하지만 교내 칼리지들의 수동적 저항이 너무 강력했던 탓에 수입원 현황에 대한 감사는 흐지부지될 수밖에 없었다. 그럼에도 옥스퍼드 소속 칼리지에 재직하는 펠로 542명 가운데 비호관계, 지연 관계, 혈연관계라는 자격 조건 없이 실질적 경

1) *Memoirs of My Life and Writings*(1796).

쟁을 통해서 선출된 펠로는 22명뿐이라는 것이 확인되었다…… 본 조사단은 기번의 규탄이 허언이 아니었음을 확인하면서……"(로리 매그너스, 『모들린의 허버트 워런』,[1] pp. 47~49). 그럼에도 대학 교육의 위신이 떨어지거나 펠로의 위상이 낮아지는 일은 생기지 않았다. 푸지[2]가 오리엘[3]의 펠로가 되었을 때는 "푸지 교구의 교회 종이 푸지의 부친과 푸지 일가의 행복을 표현해주었다." 뉴먼[4]이 펠로로 선출되었을 때는 "뉴먼 자신의 주머니에서 나온 돈으로 세 종탑의 종이 일제히 울렸다"(제프리 파버, 『옥스퍼드의 사도들』,[5] pp. 131, 69). 하지만 푸지와 뉴먼 둘 다 비세속적인 것으로 유명한 사람들이었다.[6]

20. 메리 버츠, 『크리스털 캐비닛』,[7] p. 138. 이 인용문이 포함된 전체 문장은 이렇다. "여자들의 향학열은 하느님의 뜻에 어긋난다는 훈계를 들어야 했던 것을 포함해서, 나는 그 하느님이라는 존재의 이름으로 수많은 무해한 자유들, 무해한 재미들을 금지당하고 있었다." 그 존재의 이름으로 그런 참극이 벌어져왔다면, 하느님이라는 존재의 전기

1) Laurie Magnus(1872~1933), *Herbert Warren of Magdalen: President and Friend, 1853~1930*(1932).

2) Edward Bouverie Pusey(1800~1882).

3) Oriel College. 옥스퍼드의 남자 대학.

4) John Henry Newman(1801~1890).

5) Geoffrey Faber(1889~1961), *Oxford Apostles: A Character Study of the Oxford Movement*(1933).

6) 일단 두 남자 다 성직자였다.

7) Mary Butts(1890~1937), *The Crystal Cabinet: My Childhood at Salterns*(1937).

를 고학력 남성의 딸이 쓰는 것이 좋지 않을까, 그런 생각이 들게 만드는 문장이다. 종교가 여성의 교육에 여러 가지 방식으로 미치는 영향력에 대해서는 아무리 강조해도 지나치지 않다. 토머스 기즈번에 따르면 "예컨대 음악의 쓸모를 설명한다면 음악이 신앙심을 강화한다는 점을 간과하지 않도록 하자. 그림 그리기를 가르칠 때는 피조물의 세계에서 창조주의 강하심과 지혜로우심과 선하심을 관조하는 습관을 가르쳐야 한다"(토머스 기즈번, 『여성의 의무에 관하여』, p. 85). 미스터 기즈번, 그리고 그 비슷한 자들(수많은 무리)이 이렇듯 교육론을 설파하면서 바울의 가르침을 끌어들이고 있다는 것을 깨닫고 나면, 그자들이 여성이라는 성에게 가르치겠다고 하는 것이 하느님이라는 존재의 "강하심과 지혜로우심과 선하심"을 관조하는 습관이 아니라 미스터 기즈번의 "강하심과 지혜로우심과 선하심"을 관조하는 습관이겠구나 하는 생각이 든다. 그리고 그 생각을 더 밀고나가다 보면, 하느님이라는 존재의 전기는 결국 성직자들의 전기, 곧 '교회 인명사전Dictionary of Clerical Biography'[1]이 되겠구나 하는 결론에 이르게 된다.

21. F. M. 스미스, 『메리 애스텔』.[2] "불행히도 이 새로운 아이디어(여자들을 위한 대학)는 커다란 관심을 불러일으키는 대신 커다란 반대를 불러일으켰는데, 여기에는 풍자가들의 반대도 있었지만(예나 지금이나 재치를 뽐내는 사람들이

1) 울프의 부친 레슬리 스티븐이 책임 편집자로 참여한 『영국 인명사전 *Dictionary of National Biography*』을 빗댄 표현.

2) Florence Mary Smith(?~?), *Mary Astell*(1916).

모두 그러하듯 이 시대의 풍자가들 또한 진보적 여성을 웃음거리라고 여기면서 메리 에스텔을 『학식을 뽐내는 여자들』[1] 유형의 코미디에 상투적 익살의 소재로 등장시켰다), 성직자들의 반대도 있었다(이 시대의 성직자들은 여자 대학 설립 계획에서 교황파 복권의 시도를 보았다). 밸러드[2]의 주장에 따르면, 이 계획에 가장 강력하게 반대했던 유명한 주교는 지체 높은 여자분이 이 계획에 1만 파운드를 기부하려고 하는 것을 가로막기도 했다. 밸러드에게 이 유명한 주교의 이름을 알려준 사람은 엘리자베스 엘스톱[3]이었다. '내 문의에 대한 엘리자베스 엘스톱의 답장에 따르면, 기부하겠다는 여자분을 만류함으로써 그 훌륭한 계획을 방해한 사람은 버닛 주교였다'"(같은 책, pp. 21 ~ 22). 그 "여자분"은 앤 공주였을 수도 있고 레이디 엘리자베스 헤이스팅스[4]였을 수도 있지만, 앤 공주였으리라고 볼 근거가 있는 것 같다. 영국 교회가 그 돈을 꿀꺽했다는 것은 어디까지나 추측이지만, 영국 교회의 역사를 염두에 둔다면 정당한 추측인 듯하다.[5]

22. 「음악이 있는 송시」. 1769년 7월 1일에 케임브리지 교수 회관에서 공연되었다.

1) *Les Femmes savantes*(1672).

2) George Ballard(1706 ~ 1755).

3) Elizabeth Elstob(1683 ~ 1756).

4) Lady Elizabeth Hastings(1682 ~ 1739).

5) 반反엘리트 문학사를 쓰는 것이 울프의 미완성 기획 중 하나였다는 것을 염두에 둔다면, 이런 대목들은 울프가 써냈을 역사가 얼마나 미묘하면서도 성실하게 전복적이었을지를 짐작케 해준다.

23. "단언컨대 나는 여성의 적이 아닙니다. 나는 여자들을 **비숙련공**으로 고용하거나 기타 **잡역부** 자리에 고용하는 것에 크게 찬성하는 입장입니다. 그럼에도 나는 여자들이 사업에서 자본가로 성공할 가능성이 있느냐에 대해서는 의심하고 있습니다. 여자가 사업을 하게 되면 확신컨대 대개는 사업 걱정으로 신경 쇠약에 걸릴 것이고, 모든 종류의 협업에는 말조심 훈련이 필요한데 확신컨대 대부분의 여자들은 그 훈련이 전혀 안 돼 있습니다. 앞으로 2천 년 후에는 귀하가 상황을 완전히 바꾸어놓으셨을 수도 있겠지만, 지금 같은 여자들이라면 남자에게 수작이나 걸고 여자끼리 싸움질이나 하겠지요." 거턴칼리지를 설립 중이었던 에밀리 데이비스[1]가 도움을 청하는 편지를 보내왔을 때 월터 배젓[2]이 쓴 답장[3] 중에서. 미스터 볼드윈의 다우닝 스트리트 연설(1926년 3월 31일)과 비교해볼 것.

24. J. J. 톰슨 경, 『회고와 반성』,[4] pp. 86~88, 296~97.

25 "케임브리지 대학교에서 학업을 마친 여학생들은 아직 본교 학위 취득자로서의 온전한 권리를 인정받지 못하고 있다. 학위 취득이 유명무실하니 학위 취득자가 학사 운영에서 아무 목소리도 낼 수 없는 것이다"(필리파 스트레이치, 『영국 여성의 지위를 영국 남성의 지위와 비교한 보고서』,[5] p.

1) Emily Davies(1830~1921).

2) Walter Bagehot(1826~1877).

3) 울프는 에밀리 데이비스의 조카인 마거릿 데이비스Margaret Llewelyn Davies로부터 이 편지를 입수했다.

4) *Recollections and Reflections*(1936).

5) Philippa Strachey(1872~1968), *Memorandum on the Position of English*

26). 그럼에도 불구하고 영국 정부는 국고 보조금으로 케임브리지 대학교에 "후한 연구비"를 지원하고 있다.

26. "본교가 인정한 학과나 기관에 소속된 여자들, 곧 본교에 재학 중이거나 부속 연구소나 박물관에 재직 중인 여자들의 총인원이 5백 명을 초과하는 때가 없게 한다"(『케임브리지 학사 편람, 1934~1935년』, p. 618). 휘터커에 따르면, 1935년 10월 케임브리지 상주 남학생 인원은 5,328명이었다. 여기에는 그 어떤 인원 제한도 없었던 것 같다.

27. 1937년 12월 20일 『타임스』에 실린 케임브리지 남학생 장학금 목록은 약 31인치,[1] 케임브리지 여학생 장학금 목록은 약 5인치[2]였다. 하지만 그 길이에는 총 17개 칼리지 중 11개만 포함되어 있다. 그러니 총 길이는 31인치보다 더 늘어나야 한다. 여학생을 위한 칼리지는 2개뿐이고, 5인치라는 길이에는 두 칼리지가 다 포함되어 있다.

28. 레이디 스탠리 오브 앨덜리[3]가 살아 있는 동안에는 거턴에 채플이 없었다. "누군가가 채플을 짓자고 했을 때, 이분[4]은 쓸 돈이 있으면 전부 교육에 써야 한다는 이유로 반대했다. '내가 살아 있는 한, 거턴에 채플을 짓는 일은 없을 것'이라는 이분의 말을 내 귀로 들은 적도 있다. 지금의 채플

Women in Relation to That of English Men(1935).

1) 78.74센티미터.

2) 12.7센티미터.

3) Henrietta Maria Stanley, Baroness Stanley of Alderley(1807 ~ 1895). 거턴칼리지의 설립자 중 한 명이다.

4) 레이디 스탠리 오브 앨덜리는 버트런드 러셀Bertrand Russell(1872~1970)의 조모다.

은 이분이 세상을 떠난 직후에 지어졌다"(퍼트리샤 러셀 & 버트런드 러셀, 『앰벌리 문서』,[1] 제1권, p. 17). 그분의 육체가 가지고 있었던 영향력을 그분의 유령도 가질 수 있었더라면 좋았으련만! 하지만 유령은 수표를 끊어줄 수 없다고들 하잖은가.

29. "새 여학교들도 교육 노선을 정할 때는 옛 남학교들(내가 속한 성, 곧 상대적으로 약한 성을 위한 학교들)의 것을 답습하는 데 그치고 있다는 것도 나의 느낌이다. 이 문제를 공략하기 위해서는 모종의 독창적 천재가 나타나 완전히 새로운 노선을 개척해야 하리라는 것이 나의 개인적인 느낌이다"(C. A. 앨링턴,[2] 『옛것과 새것』,[3] pp. 216 ~ 17). 그 '노선'이 일단 상대적으로 저렴해야 하리라는 점은 천재성이니 독창성이니 하는 것 없이도 알 수 있다. 하지만 이 맥락에서 남성이 "상대적으로 약한" 성이라는 말을 우리가 도대체 어떻게 이해해야 할지 궁금해지기도 한다. 닥터 앨링턴은 전前 이튼 교장이니, 자기가 속한 성이 유서 깊은 이튼 재단의 어마어마한 재원을 창출했던 것은 물론이고 지금까지 그 재원을 관리하고 있다는 사실을 모를 리 없으니 말이다(남성이 이튼 재단을 관리한다는 것은 남성이 약한 성이 아니라 강한 성이라는 증거라고 여겨져야 했을 사실이잖은가). 최소한 물질적인 관점에서 볼 때 이튼이 결코 "약한"

1) Patricia Russell(1910 ~ 2004) & Bertrand Russell, *The Amberley Papers: the Letters and Diaries of Bertrand Russell's Parents*(1937).

2) p. 69 각주 참조.

3) *Things Ancient and Modern*(1936).

학교가 아니라는 것은 닥터 앨링턴의 책에 나오는 다음과 같은 대목을 통해서도 금방 알 수 있다. "내가 있던 시기의 프로보스트와 펠로들[1]은 총리 산하 교육위원회Prime Minister's Committees on Education 가운데 한 곳의 제안에 따라서 이튼의 장학금 일체를 고정 금액으로 하되 필요할 경우에 아낌없이 증액할 수 있게 한다는 결정을 내렸다. 그런 아낌없는 증액이 시행된 덕분에 지금 이튼에 재학 중인 학생 몇 명의 부모는 아들의 기숙사비와 학비를 전혀 부담하지 않고 있다." 장학금 후원자 가운데 한 분이 고故 로즈버리 경[2]이었다는 것을 닥터 앨링턴이 알려주고 있다. "이분은 이튼의 아낌없는 후원자였는데, 이분이 역사 과목 장학금을 기부했을 당시에 있었던 한 가지 일화는 이분의 성격을 단적으로 보여준다. 이분은 기부 금액이 적당하냐고 문의해 왔고, 나는 2백 파운드가 추가된다면 장학생 선발비까지 충당되리라고 답변했다. 이분이 보내온 수표는 2천 파운드짜리였고, 나는 금액 불일치 확인을 요청하는 조치를 취했다. 그 뒤에 이분은 한 쪼가리보다는 한 뭉텅이가 나으리라고 생각했다는 답신을 보내왔고, 나는 그 답신을 나의 스크랩북에 붙여놓았다"(같은 책, pp. 163, 186). 1854년에 첼트넘 여학교에서 봉급과 외래 교사 항목에 지출한 금액은 총 1,300파운드였고, "12월에는 4백 파운드

1) 이튼 이사회는 의장에 해당하는 프로보스트와 열 명의 펠로로 구성된다.

2) Archibald Philip Primrose, 5th Earl of Rosebery(1847~1929).

적자였다"(엘리자베스 레이크스, 『첼트넘의 도러시아 빌』,[1] p. 91).

30. 여기서 "허영과 부패"는 설명을 요하는 수식어다. "허영과 부패"가 모든 강사들과 모든 강의들을 가리키는 말이라고 주장할 사람은 아무도 없을 것이다. 도표와 시연이 있어야 가르칠 수 있는 과목들도 많다. 여기서 이 수식어는 고학력 남성의 아들딸들이 고학력 남성의 아들딸들에게 우리말로 된 문학을 가르치는 경우만을 가리킨다. 왜냐하면, 첫째, 그런 강의는 중세에 책이 희귀했을 때 시작된 낡은 관행이다. 둘째, 그런 낡은 관행이 지금껏 살아남아 있는 것은 돈벌이하려는 사람이 있기 때문, 또는 궁금해하는 사람이 있기 때문이다. 셋째, 그런 강의가 책의 형태로 출판된다는 것은 청중이 강사의 지력에 미치는 악영향을 보여주는 충분한 증거다. 넷째, 연단에 높이 세우는 것은 심리적으로 허영과 권위욕을 조장하는 관행이다. 나아가, 우리말로 된 문학이 그저 시험 과목 중 하나가 되어버린 지금, 글쓰기를 배운다는 것이 얼마나 어려운 일인가를 경험으로 알고 있는, 그래서 채점자가 매긴 점수의 가치가 얼마나 피상적인가를 경험으로 알고 있는 모든 사람들은 지금의 상황에 의혹의 시선을 보낼 수밖에 없고, 배움의 분야들 가운데 적어도 한 분야만이라도 중간상의 손아귀로부터 벗어나 있기를 바라는, 그 한 분야만이라도 경쟁과 엮이고 돈벌이와 엮이는 모든 사정들로부터 최대한 끝까지

1) Elizabeth Raikes(?~?), *Dorothea Beale of Cheltenham*(1908).

벗어나 있기를 바라는 모든 사람들은 지금의 상황에 깊은 유감을 표할 수밖에 없다. 아울러, 사고력 면에서 성숙한 강사는 미숙한 청중에게 특정한 의견을 불어넣을 수도 있고(일시적인 의견이라 하더라도 어쨌든 강력한 의견이다) 그 의견에 개인적 편견을 더할 수도 있는 만큼, 지금 문학 유파들이 이토록 과격하게 대립하고 있는 이유와 지금 예술 취향들이 이토록 급속도로 교체되고 있는 이유를 그런 강의들이 발휘하는 힘 속에서 찾아보는 것도 웬만큼 가능할 듯하다. 그런 강의들이 비평과 창작의 수준을 높여왔다고 주장하는 것은 가능하지 않다. 학생들이 그런 강의로 인해 사고력 면에서 고분고분해졌음을 안타깝게 증언해주는 사실 중 하나가 우리말로 된 문학을 가르치는 강의에 대한 수요가 꾸준히 증가하고 있다는 점(모든 작가들이 이 사실의 증인이다), 그리고 그런 증가세가 가정에서 읽기를 배웠어야 하는 계급, 곧 고학력 계급에서 나타나고 있다는 점이다. 학내 문학 모임들이 원하는 것이 문학적 지식이 아니라 작가들과의 친분이라면(이런 말이 때로 변명처럼 들려온다), 여러 작가 칵테일도 있고 한 작가 셰리주도 있다(둘 다 프루스트[1]와는 안 섞이게 하는 편이 좋다). 가정에서 필요한 책을 읽을 수 없는 노동 계급 사람들에게는 물론 전혀 해당되지 않는 이야기다. 우리말로 된 문학을 소화하려고 할 때 글로 읽는 것보다 말로 듣는 편이 더 쉬울 것 같다면, 노동 계급 사람들은 고학력 계급 사람들에게 그런 식으로

1) Marcel Proust(1871~1922). 프루스트는 울프가 매우 높이 평가한 작가 중 하나다.

도와달라고 할 온전한 권리를 갖고 있다. 하지만 고학력 계급의 아들딸이 우리말로 된 문학을 열여덟 살이 넘어서까지 그렇게 계속 빨대로 빨아 먹는 것은 허영과 부패라는 단어들로 수식돼 마땅한 습관인 듯하고, 그 습관을 돈벌이에 이용하는 사람들에게는 이 수식어가 당연히 더 강하게 적용될 수 있다.

31. 고학력 남성의 딸이 결혼 전에 받는 용돈의 정확한 액수를 알아내기는 어렵다. 중상 계급 아버지를 둔 소피아 젝스 블레이크[1]는 1년 용돈으로 30~40파운드를 받았다. 백작을 아버지로 둔 레이디 M. 라셀스[2]는 1860년에 용돈으로 대략 1백 파운드를 받았던 것 같다. 미스터 배럿[3]이라는 부유한 상인의 딸이었던 엘리자베스[4]는 "40~45파운드를…… 3개월마다 소득세 공제 후" 받았다. 하지만 이 돈은 용돈이라기보다는 8천 파운드("대략 그 정도일 텐데…… 대놓고 묻기는 어렵고")의 "채권"("두 가지 이자율로 계산되는 돈")에 대한 이자였던 것 같고, 엘리자베스의 돈을 배럿 씨가 관리하는 방식이었던 것 같다. 하지만 이 셋만 해도 미혼 여성들이었다. 기혼 여성들은 1870년에 기혼여성재산법Married Woman's Property Act이 통과되기까지 재산 소유가 금지돼 있었다. 레이디 세인트 헬리어에 따르면, 옛 법에 의거한 일련의 혼인 약정[5]이 마무리되자, "나의 소유였던

1) Sophia Jex-Blake(1840~1912).
2) Lady Mary Elizabeth Lascelles(1843~1866).
3) Edward Barrett Moulton Barrett(1785~1857).
4) Elizabeth Barrett Browning(1806~1861).
5) marriage settlement. 양가 부모가 공동으로 체결하는 재산 신탁 약정

돈이 전부 남편의 소유가 되었고, 내가 개인적으로 사용할 수 있는 재원은 전혀 남아 있지 않았다…… 수표책도 가질 수 없었으니, 돈을 얻을 방법은 남편에게 달라고 하는 것밖에 없었다. 남편은 친절하고 아량 있는 사람이었지만 여자의 재산이 남편에게 속한다는 기존의 태도를 굳이 바꾸려고 하지는 않았다…… 내 앞으로 오는 청구서를 모두 처리하는 것도 남편이었고, 내 통장을 관리하는 것도 남편이었고, 내가 개인적으로 사용할 수 있는 소소한 용돈을 주는 것도 남편이었다”(레이디 세인트 헬리어, 『50년의 기억』,[1] p. 341). 하지만 이분이 그 용돈의 정확한 액수를 말해주지는 않는다. 고학력 남성의 아들이 받는 용돈은 훨씬 많았다. 1880년경에 발리올[2](“검소한 생활의 전통들을 아직 간직하고 있던” 칼리지)의 대학생에게도 2백 파운드라는 용돈은 좀 빠듯한 액수라고 여겨졌다. 그 정도의 돈으로는 “사냥을 할 수도 없었고 노름을 할 수도 없었다…… 하지만 낭비하지 않는다면, 그리고 방학 때 의지할 집이 있다면, 적자는 면할 수 있었다”(C. 맬릿 경, 『앤서니 호프와 그의 책들』,[3] p. 38). 최근에는 필요한 액수가 훨씬 커졌다. 지노 왓킨스는 “1년에 학기 비용과 방학 비용 모두 포함해서 용돈으로 4백 파운드가 넘는 돈을 쓴 적이 없었다”(J. M. 스콧,

의 일종. 영국에서 중세 이전부터 존재했다.

1) Mary Jeune, Baroness St Helier(1845~1931), *Memories of Fifty Years* (1909).

2) 옥스퍼드의 남자 대학.

3) Charles Edward Mallet(1862~1947), *Anthony Hope and His Books: Being the Authorized Life of Sir Anthony Hope Hawkins*(1935).

『지노 왓킨스』,[1] p. 59). 케임브리지였고, 몇 년 전이었다.

32. 여성에게 열려 있는 유일한 직업을 얻기 위해 노력하는 여자들이 그렇게 노력한다는 이유로 19세기 내내 심하게 조롱당했다는 것을 소설 독자들은 알고 있다. (그런 노력의 이야기들이 소설 장사 밑천의 한 절반을 제공하고 있다.) 모든 여자들을 결혼하고 싶어 하는 미혼녀들이라고 보는 시각이 심지어 이 20세기에도 남자들에게는 지극히 자연스럽다는 것, 아무리 계몽된 남자도 마찬가지라는 것은 전기가 보여주고 있다. 예컨대 "[G. L. 디킨슨은] 야심은 있으나 매력은 없는 미혼녀들이 킹스 중앙뜰[2] 옆으로 끊임없이 흘러 다니는 모습을 내려다보면서 이런 혼잣말로 안타까워했다. '어쩌면 좋은가, 저들은 앞으로 무슨 일을 겪게 될까? 나도 모르고 저들도 모르네.' 그러고는 마치 자기 책장들이 자기 말을 엿듣고 있을지 모른다는 듯이 더욱 낮은 목소리로 이렇게 말했다. '어쩌면 좋은가! 저들이 원하는 것은 남편인데!'"(E. M. 포스터, 『골즈워디 로스 디킨슨』,[3] p. 106). "저들이 원하는 것"은, 만약 저들에게 선택권이 있었다면, 법조계였을 수도 있고 증권 거래소였을 수도 있고 깁스 빌딩[4]에 상주하는 것이었을 수도 있다.[5] 하지만 저

1) James Maurice Scott(1906 ~ 1986), *Gino Watkins*(1935).

2) the front court of King's. 킹스칼리지 중앙뜰.

3) Edward Morgan Forster(1879 ~ 1970), *Goldsworthy Lowes Dickinson* (1934).

4) Gibbs Building. 킹스칼리지 중앙뜰을 둘러싼 건물 중 하나. 건물명은 건축가 제임스 깁스James Gibbs(1682-1754)의 이름에서 따왔다. 건물 뒤쪽으로 캠강이 흐른다.

5) 깁스 빌딩은 펠로 빌딩Fellow Building이었으니 종신 펠로였던 미스터

들에게는 그런 선택권이 없었으니 미스터 디킨슨의 발언 은 지극히 자연스러운 발언이었다.

33. "비교적 큰 저택에서 열리는 파티들 중에는 오래전에 미리 엄선되어 초대받는 정예 손님들로 이루어진 파티도 있었다. 그런 파티에서 항상 숭배받는 존재가 있었으니 바로 꿩이었다. 사냥터가 손님을 불러 모으는 미끼로 사용되어야 했던 것이다. 그런 파티에서 누구를 부를까를 결정하는 쪽은 주로 아버지였다. 그 많은 손님들이 다 내 집에서 묵을 것이다, 그 손님들이 마실 그 많은 포도주가 다 내 것이다, 그 손님들에게 내가 최고의 사냥터를 제공할 것이다, 그러니 나는 그 사냥터에 최대한 명사수들을 불러 모으겠다, 하는 이야기였다. 어머니가 내심 가장 초대하고 싶어 하는 한 손님을 아버지는 서툰 사수라는 이유에서 절대 초대하지 않겠다고 하니, 딸들을 둔 어머니는 얼마나 낭패스러웠겠는가!"(러브레이스 백작 가문의 메리, 「사교계와 사교철」, 『50년의 세월: 1882 ~ 1932』, p. 29).

34. 남자들은 아내가 어떻게 말하고 어떻게 행동하기를 기대했는가? 적어도 19세기의 남자들이 무엇을 기대했는가에 대해서는 다음 글을 통해 어느 정도 짐작할 수 있다. 존 바우들러[1]가 "자기가 존경해 마지않는 젊은 여자분에게 그분의 결혼을 앞두고" 쓴 편지다. "무엇보다도, 기품과 예법을 조금이라도 해칠 수 있는 언행은 일절 삼가야 합니다. 여자의 언행이 **조금이라도** 그런 기미를 드러낼 때, 특히 그

디킨슨은 이 건물의 상주자였을 것이다.

1) John Bowdler(1746 ~ 1823).

여자가 자기가 사랑하는 여자일 때 남자는 엄청난 혐오감을 느끼는데, 그것이 얼마나 엄청난 혐오감인가를 거의 모든 여자들은 **짐작조차 못 합니다**. 아이를 돌보거나 병자를 간호하는 여자들은 보육이나 간병에 대한 대화에서 기품 있는 남자들을 경악케 만드는 언어 습관에 물들기가 너무 쉽습니다"(『존 바우들러의 생애』,[1] p. 23). 기품은 반드시 있어야 했지만, 결혼한 뒤에는 없는 척하는 것이 허용되었다. 1870년대에 미스 젝스 블레이크와 동료 의학도들은 여성의 의업계 진출을 위해 치열하게 투쟁 중이었고, 의사들은 여성이 기품을 저해할 내밀한 의료 문제들을 연구하고 논의해야 한다면 예법과 도덕이 땅에 떨어질 것이라고 주장하면서 여성의 의업계 진출을 가로막기 위해 더욱 치열하게 투쟁 중이었다. 그 무렵에 『브리티시 메디컬 저널』의 편집장 어니스트 하트[2]는 이 저널(기품을 저해할 내밀한 의료 문제들을 논의하는 매체)의 필자들이 자기에게 보내오는 대다수 원고가 의사 아내의 필체로 되어 있는 것을 보면 의사의 구술을 아내가 받아쓴 것으로 보인다고 나에게 말해주었다. 타자기나 속기사가 없던 시절이었다"(J. 크라이턴 브라운 경, 『의사의 반성』,[3] pp. 73~74).

하지만 기품이 이중적이라는 말은 더 오래전부터 있었다. 예를 들어 맨더빌은 『꿀벌의 우화』[4]에서 이렇게 말했다.

1) *Memoir of the Late John Bowdler, Esq., to Which Is Added, Some Account of the Late Thomas Bowdler, Esq. Editor of the Family Shakespeare*(1825).

2) Ernest Hart(1835 ~ 1898).

3) James Crichton-Browne(1840 ~ 1938), *The Doctor's Second Thoughts*(1931).

4) Bernard Mandeville(1670 ~ 1733), *The Fable of The Bees: or, Private Vices,*

"(……) 여기서는 두 가지가 먼저 논의되었으면 한다. 첫째, 여자들의 음전함은 관행과 교육의 결과다. 유행에 뒤처진 신체 노출 일체, 지저분한 언어 표현 일체가 여자들에게 경악과 혐오를 불러일으키는 것은 그 때문이다. 둘째, 그럼에도 불구하고, 이 세상에서 가장 음전한 아가씨라 하더라도, 그런 아가씨가 아무리 이를 악문다고 하더라도, 여자들의 상상에는 어떤 상념들과 어지러운 공상들이 종종 나타날 것이고, 그 상상을 여자들은 특정인들 앞에서는 누가 1천 개의 세계를 준다 하더라도 결코 밝히지 않을 것이다." 그러니 기품이란 과연 무엇인가, 순결이란 과연 무엇인가라는 질문에 대한 대답은 아직은 지극히 불확정적이다(결혼이 과연 무엇인가라는 질문에 대한 대답이 불확정적인 것은 두말할 필요도 없다).

293 *Public Benefits*(1714).

둘

1. 편지의 한 대목을 정확히 인용해보겠다. "쓸모가 없어진 의류를 본 위원회로 보내주시기를 부탁드립니다…… 양말은 어떤 종류든 얼마나 해졌든 환영합니다…… 본 위원회는 보내주신 의류를 할인가에 제공함으로써…… 업무상 깔끔한 외출복과 야회복을 마련해야 하는, 그러나 새 옷을 구입할 능력이 없는 여성들에게 실제로 쓸모가 있는 지원 업무를 수행하고 있습니다〔여성취업지원협회London and National Society for Women's Service에서 보내온 편지(1938)에서 발췌〕.
2. C. E. M. 조드, 『조드의 증언』,[1] pp. 210 ~ 11. 영국 여성들이 직, 간접적으로 운영하는 반전 단체들은 일일이 언급할 수 없을 만큼 많으니(예컨대 『무장 해제 선언 이야기』,[2] p. 15에는 전문직 여성, 사업가 여성, 노동자 여성의 반전 활동 목록이 실려 있다) 조드의 비판을 진지하게 받아들일 필요는 없지만, 조드의 비판이 심리학적으로 매우 흥미로운 것은 사실이다.
3. H. G. 웰스, 『자서전 실험』,[3] p. 486. "파시스트와 나치가 여성들의 자유를 실질적으로 말살하고 있지만, 그들에 맞서는 여성들의 저항 운동은 이때껏 한 번도 감지된 바 없

1) *The Testament of Joad*(1937).
2) *The Story of the Disarmament Declaration*(1932).
3) *Experiment in Autobiography*(1932).

다.” 반면에 남성들의 저항 운동은 감지되기로는 여성들의 저항 운동에 비해 많이 감지되었던 것 같다. 하지만 여성들의 저항 운동에 비해 성공적이었는지는 의심스럽다. 예컨대 “나치즘은 이제 오스트리아 전역을 장악했다”(일간지,[1] 1938년 3월 12일).

4. “여자들이 남자들과 한 식탁에 앉는 일은 없어야 한다는 것이 나의 생각이다. 식탁에 여자들이 있으면 대화가 사소하고 점잖은 수준에 머무는 경향이 있으며, 아무리 해도 재치 있는 잡담 수준을 넘지 못한다”(C. E. M. 조드, 『다섯 번째 갈비뼈 아래』,[2] p. 58). 미스터 조드는 자기의 의견을 이렇듯 감탄스러우리만치 솔직하게 표현하고 있다. 이런 견해를 가지고 있는 사람들이 모두 미스터 조드처럼 솔직하기만 하다면, 만찬 주최자의 난제(누구를 초대해야 할까, 누구를 초대하지 말아야 할까)와 수고가 상당 부분 덜어질 것이다. 동성들과 한 식탁에 앉기를 선호하는 사람들은 단색의 로제트를 꽂고(예컨대 남자는 빨간색, 여자는 하얀색) 양성이 섞인 식탁에 앉기를 선호하는 사람들은 부토니에르를 빨간색과 하얀색이 섞인 것으로 꽂음으로써 자기의 취향을 표시해준다면, 상당한 불편과 오해가 예방되는 것은 물론이고 우리 시대에 만연해 있는 사회적 위선의 한 가지 형태가 제거되는 것도 가능할 것이다. 한편, 미스터 조드의 솔직함은 최상의 평가를 받아 마땅하고, 만찬 식탁 구

1) 어느 고학력 여성의 책상 위에 놓여 있는 여섯 종의 신문 중 하나이리라고 짐작된다. p. 175 참조.

2) *Under the Fifth Rib*(1933).

성과 관련된 미스터 조드의 요구는 무조건 받아들여져야 한다.

5. 미시즈 H. M. 스완윅[1]에 따르면, 여성사회정치연맹[2]의 "수입 중 기부금은 1912년 한 해 동안 4만 2천 파운드"였다(H. M. 스완윅, 『나의 젊은 시절』,[3] p. 89). 여성자유연맹 Women's Freedom League의 1912년 총지출금은 2만 6,772파운드 12실링 9펜스였다(레이 스트레이치, 『대의』, p. 311). 두 단체의 수입을 합하더라도 6만 8,772파운드 12실링 9펜스였다. 물론 두 단체는 서로 대립 관계였다.

6. "예외가 없지는 않지만, 여성의 임금은 대체로 낮았다. 다년간 근속한 유능한 경력자 여성의 경우에도 연봉 250파운드는 성공 사례였다"(레이 스트레이치, 『여성들의 진로와 기회』,[4] p. 70). 그럼에도 불구하고 "여성 직업인의 수는 지난 20년간 급속도로 증가했고, 1931년에는 비서직이나 행정직에 종사하는 수를 제외하고 약 40만 명에 이르렀다"(같은 책, p. 44).

7. 노동당의 1936년 총수입은 5만 153파운드였다(『데일리 텔레그래프』, 1937년 9월).

8. 윌리엄 A. 롭슨, 『영국 공무원』, 「공무」,[5] p. 16.

1) Helena Swanwick(1864 ~ 1939).

2) 미시즈 스완윅은 『3기니』가 출판된 뒤 울프에게 보낸 편지에서 해당 단체명이 여성사회정치연맹WSPU이 아니라 전국여성선거권운동단체연합 National Union of Women's Suffrage Societies임을 지적했다.

3) *I Have Been Young*(1935).

4) *Careers and Openings for Women*(1935).

5) *The British Civil Servant*, "The Public Service"(1937).

어니스트 바커 교수[1]는 자선 활동과 봉사 활동에 경험이 있는 "중장년 남녀"를 대상으로 별도의 공무원 시험을 시행할 것을 제안하고 있다. "특히 여성 응시자들에게 혜택이 돌아갈 가능성이 높다. 현재의 공채 제도하에서는 여성 응시생의 합격률이 매우 낮은 것은 물론이고 여성 응시생 자체가 매우 적다.이 별도의 공채 제도하에서는 여성 응시생 비율이 대폭 증가할 가능성, 나아가 개연성이 있다. 여성들은 자선 활동과 봉사 활동에서 뛰어난 역량을 발휘할 수 있다. 이 별도의 경쟁 형식은 바로 그 역량을 증명할 기회가 될 것이다. 이 나라가 여성들의 재능과 활약을 필요로 하는 지금, 이 별도의 경쟁 형식은 여성들을 위한 새로운 응시 장려책이 될 것이다(어니스트 바커 교수, 『영국 공무원』, 「행정 업무」,[2] p. 41). 그렇지만 가사 업무[3]가 계속 이렇게 고된 업무로 남아 있는 상황에서 무슨 장려책이 있다는 것인지. 이런 상황에서 어떻게 여성들이 자신의 "재능과 활약"을 국가 업무에 쏟을 수 있다는 것인지. 국가가 나서서 연로한 부모의 수발을 들든지, 아니면 연로한 아비나 어미가 딸의 가사 업무를 요구하는 일을 형사 처벌할 수 있게 하든지 해준다면야 또 모르겠지만.

9. 미스터 볼드윈의 다우닝 스트리트 연설. 1936년 3월 31일 뉴넘칼리지 건축 기금 마련 행사에서.

1) Ernest Barker(1874~1960).

2) *The British Civil Servant*, "The Home Civil Service"(The British Civil Servant는 p. 296 각주 5와 같은 책. 윌리엄 A. 롭슨이 편집했음).

3) home service. 행정 업무home civil service(식민지 공무와는 구분되는 본국 공무)라는 표현을 염두에 둔 말장난.

10. 『여성과 성직: 대주교 2인의 위탁 연구』,[1] p. 24에서는 여성이 목사가 되어 설교단에 서게 될 때 무슨 일이 생길 것인가를 이렇게 정리하고 있다. "목사가 남자이고 교인이 거의 혹은 전부 여자인 경우에는 예배의 신성한 분위기가 훼손되는 일이 없는 반면, 여자가 목사가 된다면…… 바로 그런 일이 벌어지리라는 것이 우리의 주장이다. 이런 주장이 가능하다는 것은 여성 교인의 훌륭함에 대한 찬사이건만, 여성이라는 성의 경우에 본능적, 육욕적 생각과 욕구를 초월적, 종교적 생각과 욕구에 종속시키기가 남성의 경우에 비해 쉽다는 것이나 남성 목사의 목회 활동이 여성의 본성적 측면들 중에서 예배 시간 동안 얌전히 앉아 있어야 하는 측면을 자극하게 되는 일은 별로 없다는 것을 사람들은 그저 있는 그대로의 사실로 받아들일 듯하다. 반면에 우리는 여성이 영국 교회 평균 수준 회중을 상대로 예배를 이끌 경우 남성 교인들이 목사의 성을 지나치게 의식할 수밖에 없을 것이라고 생각하고 있다."

이런 것이 이 『위탁 연구』 필자들의 의견이라니. 여성 교인들의 심성이 남성 교인들에 비해 더 종교적이라는 것이 여성을 성직에서 배제해야 하는 이유라니. 놀라운 이유인데, 이 필자들이 보기에는 합당한 이유인 듯하다.

11. 『데일리 텔레그래프』, 1936년 1월 20일.

12. 『데일리 텔레그래프』, 1936년.

13. 『데일리 텔레그래프』, 1936년 1월 22일.

1) *Women and the Ministry, Some Considerations on the Report of the Archbishops' Commission on the Ministry of Women*(1936).

14. "내가 아는 한, 이 문제[공무원들 간의 성관계 문제]에 관한 일괄적 규정은 없지만, 관행적 규범을 지키는 것, 그리고 신문에 실려 '스캔들'이라는 비난을 살 가능성이 있는 처신을 삼가는 것이 남녀 불문 모든 중앙, 지방 공무원들에게 기대되는 바임에는 틀림없다. 최근까지 우체국 직원들 간의 성관계는 남녀 직원 양쪽 다의 즉각적 파면 사유였다…… 소송 관련 기사가 신문에 실리지 않게 하는 것은 그리 어렵지 않지만, 공식 규제 조항들은 여기서 한발 더 나아가 여성 공무원이 자의로 남자와 공개 동거하는 것을 금지하고 있다. (여성 공무원은 대개 결혼과 동시에 사직해야 한다.) 사태의 양상이 달라지는 것은 그런 까닭이다"(윌리엄 A. 롭슨,『영국 공무원』,「공무」, pp. 14~15).

15. 대부분의 남성 클럽에서는 특별히 지정된 별실이나 별관을 제외하고는 여성의 출입을 금지하고 있다. 여성은 너무 불순한 존재라는 성 소피아[1]의 원칙에 따른 조치인지 아니면 여성은 너무 순수한 존재라는 폼페이[2]의 원칙에 따른 조치인지 그것은 추측할 수밖에 없는 노릇이다.

16. 달갑지 않은 논의를 묵살하는[3] 언론의 힘은 예나 지금이

1) 이스탄불의 성 소피아Hagia Sophia(로마 시대에 건축되어 1453년부터 이슬람 모스크로 사용됨)를 의미한다면, 이슬람교의 특정 관행들을 염두에 둔 표현일 수 있다.

2) 폼페이가 남성성의 도시(남근 상징물이 유독 많은 도시)임을 염두에 둔 표현인지도 모른다.

3) 묵살to burke의 어원이 된 윌리엄 버크William Burke(1792~1829)는 의사에게 시체의 장기를 팔기 위해 살인을 저지른 연쇄 살인범이다. 희생자가 숨을 쉴 수 없게 하는 방식으로 살해함으로써 범죄의 증거를 남기지 않을 수 있었다.

나 엄청나다. 조지핀 버틀러가 전염병예방법 철폐 운동을 이끌 때도 언론은 '이례적 난관들' 중 하나였다. "1870년 초부터 런던의 언론은 이 문제에 대해 묵살의 방침을 채택하기 시작했고(이 방침은 여러 해가 지나도록 바뀌지 않았다), 여성연합[1]의 「묵살의 야합 앞에서 삼가 아뢰는 고언 Remonstrance against the Conspiracy of Silence」(서명자: 해리엇 마티노[2]와 조지핀 E. 버틀러)이라는 유명한 팸플릿은 바로 이런 상황에서 발행되었다. 다음은 이 팸플릿의 종결부다. '영국이 언론의 자유를 장려하면서 중대한 도덕과 법치의 문제에서 양편의 입장을 들을 수 있는 권리를 가진 나라라는 주장이 있지만, 주요 언론인들이 이렇듯 묵살의 야합을 자행할 수 있고 실제로 자행하고 있는 지금, 그런 주장은 우리 영국인들이 가진 자유 국민으로서의 특권을 크게 과장하는 주장입니다'"(조지핀 버틀러, 『한 개혁 운동에 대한 개인적 회고』,[3] p. 49). 여성 참정권 운동 중에도 언론은 보도를 보이콧해 상당한 효과를 거두었다. 그런 까닭에 불과 얼마 전인 1937년 7월에 미스 필리파 스트레이치가 『스펙테이터 *The Spectator*』에 기고한 「묵살의 야합 A Conspiracy of Silence」이라는 제목의 독자 편지는(『스펙테이터』는 이 글을 묵살하지 않음으로써 명예를 얻었다) 미시즈 버틀러의 말을 거의 그대로 되풀이하고 있다. "이번에 정부가 마련한 사

1) 정식 단체명은 전염병예방법 철폐를 위한 전국여성연합 Ladies' National Association for the Repeal of the Contagious Diseases Acts이었다.

2) Harriet Martineau(1802 ~ 1876).

3) *Personal Reminiscences of a Great Crusade*(1896).

무직 노동자 연금법 개정안[1]은 처음으로 남녀 가입자의 수령액 한도에 차등을 둔다는 조항을 넣었고, 수백, 수천 명의 남녀가 이 조항의 삭제를 위해 함께 노력해왔다…… 법안은 지난달에 국회 상원에 상정되었고, 이 조항은 여야 모두로부터의 강하고 단호한 반발에 부딪혔다…… 일간지들이 이런 흥미로운 일련의 사건을 보도하는 것은 당연하리라고 생각되겠지만, 『타임스』[2]에서 『데일리 헤럴드』[3]까지 모든 주요 신문들이 이런 사건들을 철저하게 묵살하고 있다…… 개정안의 이 여성 차별 조항 앞에서 여성들은 참정권 획득 이래 처음일 정도로 극렬하게 분노하고 있다…… 이 사실이 언론에 의해서 철저히 묵살당하고 있다는 것을 무슨 수로 설명하겠는가?"

17. 웨스트민스터 궁의 전투 중에도 당연히 부상자들이 있었다.[4] 그러고 보면, 참정권 확대 운동은 지금 사람들이 알고 있는 것보다는 치열한 싸움이었던 것 같다. 바로 그런 맥락에서 플로라 드러먼드[5]는 이렇게 말했다. "우리가 투표권을 얻은 것이 우리의 시위를 통해서였든 아니면 일부 사람들의 주장대로 다른 방편을 통해서였든,[6] 여성도 투표할 수 있어야 한다는 우리의 주장이 지금으로부터 채 30년도 지나지 않은 가까운 과거에 불러일으켰던 광분과 가

1) p. 112 각주 참조.
2) 기득권층을 대표하는 언론.
3) 노동당 기관지.
4) 「하나」의 미주 12.
5) Flora Drummond(1879~1949).
6) 「하나」의 미주 12.

혹 행위를 이후 세대의 많은 사람들은 좀처럼 믿을 수 없을지도 모르겠다"(플로라 드러먼드, 『리스너*The Listener*』, 1937년 8월 25일). 참정권 확대 운동 이후의 세대가 이 특정 운동에 별다른 감정을 느끼지 못하는 이유는 어쩌면 자유를 달라는 요구들이 불러일으키고 있는 광분과 가혹 행위에 이미 너무나도 익숙해져 있기 때문인지도 모른다. 하지만 영국이 자유의 집이 되고[1] 영국인이 자유의 수호자가 되기까지 여러 싸움들이 있었다고 할 때, 참정권 확대 운동이 그런 싸움들 중 하나로 자리 잡지 못하고 있는 것은 사실이다. 참정권 확대 운동을 지칭하는 표현에는 대개 심술궂은 멸시가 스며들어 있다. "……여자들이…… 불 지르기, 후려치기, 그림 찢기 운동을 통해 자기들에게 투표할 자격이 있음을 양쪽 프론트 벤치[2]에 증명하게 되는 것은 한참 뒤의 일이었다"(존 스콰이어 경, 『회상과 기억』,[3] p. 10). 그러니 유리창 몇 장을 깬 일, 정강이 몇 개를 깐 일, 사전트[4]의 헨리 제임스[5] 초상화를 칼로 훼손했지만 복원되지 못할 정도로까지 훼손하지는 못한 일 따위로 이루어진 운동에 영웅성 같은 것이 있었을 리가 없다는 운동 이후 세대의 믿음을 특별히 비난하고 싶지는 않다. 방화, 타격, 미술품 훼손은 기관총을 든 남자들에 의해 대대적으로 자행될

1) p. 19 "'자유'의 집은 영국에 있습니다" 참조.

2) 국회 하원의 맨 앞줄을 가리킨다. 한쪽에는 정부 각료들이 앉고, 한쪽에는 야당의 그림자 내각이 앉는다.

3) Sir John Squire(1884~1958), *Reflections and Memories*(1935).

4) John Singer Sargent(1856~1925).

5) Henry James(1843~1916).

때라야 비로소 영웅성을 띠게 되는 모양이니까.

18. 마거릿 토드, MD, 『소피아 젝스 블레이크의 생애』, p. 72.

19. "스탠리 볼드윈 경이 총리 재직 중에 거둔 성과와 업적에 대해서 최근 들어 많은 언급이 나오고 있는데, 더욱 많아지기를 바랄 뿐이다. 하지만 여기서 나는 레이디 볼드윈[1]이 거둔 성과를 이야기하고 싶다. 내가 본원 사무위원회에 처음 들어온 때가 1929년인데, 그때만 해도 일반 분만 입원자들이 무통약(진통제)을 처방 받는 경우가 거의 없었다. 하지만 이제 그런 처방이 상례로 자리 잡았고, 산모의 거의 100퍼센트에게 보급되고 있다. 다른 산부인과에서도 상황은 거의 비슷하다. 이렇게 단기간에 이런 엄청난 변화가 이루어질 수 있었던 데는 미시즈 볼드윈의 착상, 그리고 그분의 지칠 줄 모르는 수고와 독려가 있었다……"(시티오브런던 산부인과 병원[2] 사무위원장 C. S. 웬트워스 스탠리[3]가 『타임스』에 써 보낸 독자 편지, 1937년). 빅토리아 여왕은 1853년 4월에 레오폴드 왕자[4]를 출산하면서 최초로 클로로포름을 처방받았지만, "일반 분만 입원자들"이 이런 처방을 받을 수 있게 되기까지는 76년의 세월과 한 총리 아내의 노력이 필요했다.

20. 『디브렛 작위 연감』[5]은 대영 제국 최고 훈장 수훈자(나이

1) Lucy Baldwin(1869~1945).

2) City of London Maternity Hospital. 1750년에 개원해 1983년까지 운영되었다.

3) C. S. Wentworth Stanley(?~?).

4) Prince Leopold(1853~1884).

5) *Debrett's Peerage and Baronetage*. 1802년부터 발행된 영국 작위 연감.

트[1]와 데임[2])가 받는 훈장의 모양을 이렇게 설명하고 있다. "둘레 부분: 십자가 파톤스[3](형태), 에나멜을 칠한 진주(재질), 금테 장식(가장자리 처리). 중앙 부분: 적색[4] 테두리를 두른 황금 동그라미. 황금 동그라미 안에는 브리타니아[5]가 새겨져 있고 적색 테두리 안에는 '우리 하느님과 우리 제국을 위하여'라는 모토가 새겨져 있다." 대영 제국 최고 훈장은 여성도 받을 수 있는 극소수의 훈장 중 하나지만, 여성이 받는 메달 끈이 더 가늘다는 사실이 여성의 상대적 하위를 잘 보여주고 있다(데임 메달 끈의 폭은 불과 2와 4분의 1인치인 데 비해 나이트 메달 끈의 폭은 무려 3과 4분의 3인치다). 별[6]의 크기에도 차이가 있다. 하지만 메달에 새겨진 모토는 남녀 동일이다. 그렇다면 이 훈장의 수훈자들은 '우리 하느님'과 '우리 제국'이 이어져 있다고 믿으면서 자기가 '우리 하느님'과 '우리 제국'을 위해 싸워야 할 존재라고 믿는 사람들이라고 짐작해도 무방할 듯하다. 황금 동그라미 안에 가시화되어 있는 권위('우리 제국')와 그 어디에도 가시화되어 있지 않은 권위('우리 하느님')가 대립하는 경우에는 어떻게 되는지(그런 경우를 충분히 떠올

1) Knight. 대영 제국 최고 훈장의 다섯 등급 중 1등급과 2등급 훈장을 받은 남자를 가리킨다.

2) Dame. 대영 제국 최고 훈장의 다섯 등급 중 1등급과 2등급 훈장을 받은 여자를 가리킨다.

3) 문장紋章에 사용되는 십자가 문양의 하나. 십자가의 팔 부분이 끝으로 갈수록 넓어진다.

4) gules. 문장에 사용되는 적색을 가리키는 용어.

5) 영국을 의인화한 여전사.

6) 메달과 함께 수여되는 별 모양의 배지. 왼쪽 가슴께에 달게 되어 있다.

릴 수 있다), 『디브렛 작위 연감』은 아무 말도 해주지 않으니, 나이트와 데임이 스스로 판단할 수밖에 없다.

21. 로버트. J. 블랙햄, 『어니스트 와일드 경, KC』, p. 91.
22. 볼드윈 경의 연설, 『타임스』, 1936년 4월 20일.
23. G. L. 프레스티지, DD, 『찰스 고어의 생애』,[1] pp. 240~41.
24. M. E. 브로드벤트(딸) 편집, 『윌리엄 브로드벤트 경, KCVO, FRS의 생애』,[2] p. 242.
25. 데즈먼드 채프먼 휴스턴, 『역사에서 사라진 역사가: 시드니 로 경』.[3]
26. 윈스턴 처칠 각하, 『사유와 모험』,[4] p. 57.
27. 런던데리 경의 벨파스트 연설, 『타임스』, 1936년 7월 11일.
28. 윈스턴 처칠 각하, 『사유와 모험』, p. 279.
29. 『데일리 헤럴드』, 1935년 2월 13일.
30. 괴테, 『파우스트』,[5] 멜리언 스타웰[6] & G. L. 디킨슨 영어 번역.
31. 찰스 톰린슨의 조카 메리 톰린슨, 『찰스 톰린슨의 생애』,[7] p. 30.

1) Leonard Prestige(1889~1955), *The Life of Charles Gore*(1935).

2) Mary Ethel(1864~1954), *Life of Sir William Broadbent, bart., KCVO*(1909).

3) Desmond Chapman-Huston(1884~1952), *The Lost Historian: A Memoir of Sir Sidney Low*(1936).

4) *Thoughts and Adventures*(1932).

5) *Faust*(1829).

6) Florence Melian Stawell(1869~1936).

7) Mary Tomlinson, *The Life of Charles Tomlinson*(1900).

32. 에드워드 홀 편집, 『미스 위턴의 보모 일기, 1807~1811』,[1] pp. 14, xvii.

33. B. A. 클러프, 『앤 J. 클러프의 생애』, p. 32.

34. 조지핀 버틀러, 『한 개혁 운동에 대한 개인적 회고』, p. 189.

35. "교각을 받치는 기둥에는 보이는 부분이 있고 강바닥 깊이 박힌 부분이 있다는 것, 그리고 우리가 그 보이지 않는 부분이 되어야 한다면 그렇게 되어도 상관없다는 것을 당신과 나는 알고 있습니다. 후일 사람들이 그 보이지 않는 부분의 **존재 자체**를 잊는다고 해도 우리는 상관하지 않습니다. 교각을 세우는 최선의 방법을 찾는 과정에서 뭔가가 소모되어야 한다면, 우리는 기꺼이 그렇게 소모될 용의가 있습니다. 우리에게 중요한 것은 교각 자체이지 우리가 교각에서 어느 부분을 차지하느냐가 아니니, 교각을 세우는 것이 우리의 유일한 목표라는 것을 마지막까지 기억합시다"(옥타비아 힐[2])이 1874년 9월 20일에 미시즈 N. 시니어[3])에게 보낸 편지. C. 에드먼드 모리스, 『옥타비아 힐의 생애』,[4] pp. 307~308).

옥타비아 힐은 '빈민 주택 개선 및 공용 공간 확보'를 위한 운동의 시초가 된 인물이다...... '옥타비아 힐 시스템'은 (암스테르담) 시가지 확장 계획에 광범위하게 채택되어왔다. 1928년 1월에만 무려 2만 8,648개의 거주 공간이 마련되

1) *Miss Weeton's Journal of a Governess, 1807~1811*(1936).

2) Octavia Hill(1838~1912).

3) Jane Nassau Senior(1828~1877).

4) Charles Edmund Maurice(1843~1927), *Life of Octavia Hill as Told in Her Letters*(1913).

었다(편지 편집: 에밀리 S. 모리스, 『옥타비아 힐』,[1] pp. 10~11).

36. 시녀는 까마득한 옛날부터 1914년까지 대단히 중요한 역할을 담당하는 존재였으니[1914년에 '고매하신Hon.'[2] 모니카 그렌펠은 시녀를 데리고 부상병 간호의 길에 나서기도 했다(모니카 새먼드, 『빛나는 갑옷』,[3] p. 20)], 이제 시녀가 해준 일들에 조금은 감사를 표해야 할 것 같다. 시녀의 직무는 특이했다. 예컨대 여주인이 피커딜리("남성 클럽 회원들이 창밖으로 여주인을 바라보고 있을 가능성이 있는 지역")를 지날 때 동행하는 것은 시녀의 직무였지만, 여주인이 화이트채플("악한이 어디서 나타날지 모르는 위험한 지역")을 지날 때는 시녀가 꼭 따라다닐 필요가 없었다. 어쨌든 시녀의 직무가 고되다는 것은 분명한 사실이었다. 엘리자베스 배럿의 사생활에서 윌슨[4]이 얼마나 중요한 역할을 담당했는지를 그 유명한 편지[5]의 독자들은 익히 알고 있다. 같은 19세기에(1889~92년경) 거트루드 벨은 "전시회에 갈 때마다 시녀 리지를 데리고 갔고, 만찬 파티에 참석한 날에는 리지에게 자기를 데리러 오게 했고, 메리 탤벗[6]의 활

1) Emily Southwood Hill Maurice(1840~?), *Octavia Hill: Early Ideals*(1928).

2) P. 153 각주 ● 참조.

3) Monica Salmond(1893~1973), *Bright Armour: Memories of Four Years of War*(1935).

4) Elizabeth Wilson(1817~1902).

5) *Letters of Robert Browning and Elizabeth Barrett Barrett 1845-1846*(1899).

6) Mary Talbot(1865~1897).

동 무대였던 화이트채플 인보관[1]에 갈 때도 리지를 데리고 갔다"(서문과 편집: 엘사 리치먼드, 『거트루드 벨의 초기 편지』[2]). 리지의 하루가 거의 저물어가는 지금,[3] 그 하루가 이제 끝날 때가 되었다는 결론을 내리고 싶다면, 리지가 외투 보관실에서 기다린 시간, 리지가 전시회장에서 꾸역꾸역 지나다닌 넓이, 리지가 웨스트엔드에서 밟은 보도의 길이를 계산해보는 것만으로 충분하다. 본인의 직무를 다하는 것이 곧 바울의 명령(「디도에게 보낸 편지」[4]와 「고린도인들에게 보낸 두 편지」[5])을 실천에 옮기는 것이리라는 믿음이 그날 리지에게 힘이 되어주었기를. 본인은 장래의 남주인을 위해 여주인의 몸을 간수하는 직무[6]에 최선을 다하는 중임을 알고 있었다는 것[7]이 그날 리지에게 위로

1) 구빈 활동의 한 갈래였던 인보관 운동Settlement movement의 활동 본부.

2) *The Earlier Letters of Gertrude Bell*(1937).

3) 울프, 「미스터 베넷과 미시즈 브라운Mr. Bennet and Mrs. Brown」의 다음 대목 참조. "주인과 하인의 관계, 남편과 아내의 관계, 부모와 자식의 관계, 이 모든 인간관계가 바뀌고 있다. 인간관계가 바뀌는 시대는 종교, 품행, 정치, 문학이 바뀌는 시대이기도 하다. 대략 1910년을 이런 변화의 시기 중 하나라고 하자."

4) 『신약성경』에 포함된 「디도서」를 가리킨다.

5) 『신약성경』에 포함된 「고린도전서」와 「고린도후서」를 가리킨다.

6) master와 mistress에는 '남주인'과 '여주인'이라는 뜻과 함께 '남선생(학장)'과 '여선생(학장)'이라는 뜻이 있다. p. 57 등 참조.

7) 「로마서」 8장 28절, "하느님을 사랑하는 사람들, 곧 하느님의 뜻대로 부르심을 받은 사람들에게는, 모든 일이 서로 협력해서 선을 이룬다는 것을 우리는 압니다" 참조.

가 되어주었기를. 하지만 육신은 약하고[1] 바닥 층[2]은 벌레가 들끓는 어두운 곳이니, 리지에게도 바울의 순결을 욕했다가 피커딜리 남자분들의 정욕을 욕했다가 하는 순간들이 있었을 것이다. 『영국 인명사전』[3]에는 시녀들의 전기적 자료가 전혀 포함되어 있지 않으니, 이 책을 토대로 리지의 삶을 좀더 사실적으로 구성하기란 안타깝게도 불가능하다.[4]

37. 서문과 편집: 엘사 리치먼드, 『거트루드 벨의 초기 편지』, pp. 217 ~ 18.

38. 순결은 정신적 순결과 육체적 순결 둘 다 극히 흥미롭고 복잡한 문제다. 빅토리아 시대와 에드워드 시대[5] 내내, 그리고 조지 5세 시대[6] 들어서도 한참 동안 지배적이었던 순결 개념은 바울의 말을 그 근거로 삼고 있었다(바울 이전으로 더 거슬러 올라가지는 않겠다). 바울의 말이 무슨 뜻인지를 이해하기 위해서는 바울의 심리와 바울의 환경을 이해해야 하겠는데, 바울이 수시로 종잡을 수 없는 말을 던진다는 점과 바울에 대한 전기적 자료가 턱없이 부족하다는 점에 비추어 볼 때 결코 쉽지 않은 과제라 하겠다. 바울

1) 「마태복음」 26장 41절, "시험에 빠지지 않도록, 깨어서 기도하여라. 마음은 원하지만, 육신이 약하구나!" 참조.

2) 하인들의 사생활 공간.

3) p. 280 각주 1 참조.

4) 『3기니』와 쌍을 이룬다고 말할 수도 있는 『세월』은 울프의 소설들 중에서 하녀라는 인물이 본격적으로 등장하는 최초의 소설이기도 하다.

5) 공식적으로는 에드워드 7세의 재위 기간을 가리킨다. p. 276 각주 2 참조.

6) 공식적으로는 조지 5세(1865 ~ 1936)의 재위 기간(1910 ~ 1936)을 가리킨다.

의 말 자체를 가지고 추정해보자면, 바울이 시인이자 예언자였다는 것과 논리적인 사고력이 많이 부족한 사람이었다는 것은 확실해 보이고, (요새는 시인의 자질이나 예언자의 자질 같은 것이 전혀 없는 사람이라 하더라도 자신의 개인적 감정을 성찰하고 분석하는 심리 훈련을 피할 수 없는 데 비해서) 그런 식의 심리 훈련을 전혀 받아본 적이 없는 사람이었다는 것도 확실해 보인다. 그러니 바울의 유명한 베일 발언(여성의 순결에 대한 이론의 토대였을 것이라고 추정되는 발언)은 여러 각도에서 비판에 노출될 수밖에 없다. 여자가 기도를 하거나 예언을 할 때 반드시 베일을 쓰고 있어야 한다는 「고린도인들에게 보낸 편지」[1]에서의 주장은 베일을 쓰지 않았다는 것이 "머리를 밀어버린 것과 꼭 마찬가지"[2]라는 가설을 토대로 세워진 주장이다. 우리가 이 가설을 받아들였다면, 바울에게 '머리를 미는 것이 왜 부끄러운가?'라고 질문할 수밖에 없다. 하지만 바울은 이 질문에 대답하는 대신 "남자는 하느님의 형상이요, 하느님의 영광이니, 머리를 가려서는 안 됩니다"라고 말하고 있는데, 이 말로 미루어 짐작해보자면, 머리를 미는 것 자체가 잘못이 아니라 여자이면서 머리를 미는 것이 잘못인 듯하고, 그 이유는 여자가 "남자의 영광"이라서인 듯하다.[3] 만

1) p. 308 각주 5.

2) 「고린도전서」 11장 5절, "그러나 여자가 머리에 무엇을 쓰지 않은 채로 기도하거나 예언하는 것은, 자기 머리를 부끄럽게 하는 것입니다. 그것은 머리를 밀어버린 것과 꼭 마찬가지입니다" 참조.

3) 「고린도전서」 11장 7절, "그러나 남자는 하느님의 형상이요, 하느님의 영광이니, 머리를 가려서는 안 됩니다. 그러나 여자는 남자의 영광입니다"

약에 바울이 자기는 긴 머리를 한 여자의 모습을 좋아한다고 터놓고 말했더라면 우리들 중에도 그 말에 동의할 사람이 많았을 것 같고, 바울이 그렇게 말했다는 이유로 바울을 더 존경할 사람도 많았을 것 같다. 하지만 다음 말을 들어보면 바울에게는 다른 구실들이 좀더 그럴듯해 보였던 듯하다. "남자가 여자에게서 난 것이 아니라, 여자가 남자에게서 났습니다. 또 남자가 여자를 위하여 지으심을 받은 것이 아니라, 여자가 남자를 위하여 지으심을 받았습니다. 그러므로 여자는 천사들 때문에 그 머리에 권위의 표를 지니고 있어야 합니다."[1] 천사들이 긴 머리를 좋아하는지 어떤지 확인할 방법은 전혀 없다. 바울 자신조차 천사들이 자기의 취향을 지지해줄지 아닐지 확신할 수 없었던 것 같다. 확신할 수 있었다면 이렇게 자연nature[2]이라는 단골 공모자를 끌어들여야 할 필요성을 느끼지는 않았을 테니까 말이다. "자연 그 자체가 여러분에게 가르쳐주지 않습니까? 남자가 머리를 길게 하는 것은 그에게 불명예가 되

참조.

1) 「고린도전서」 11장 8~10절. 같은 대목이 『개역개정』에서는 이렇게 번역되어 있다. "만일 남자에게 긴 머리가 있으면 자기에게 부끄러움이 되는 것을 본성이 너희에게 가르치지 아니하느냐 / 만일 여자가 긴 머리가 있으면 자기에게 영광이 되나니 긴 머리는 가리는 것을 대신하여 주셨기 때문이니라. / 논쟁하려는 생각을 가진 자가 있을지라도 우리에게나 하느님의 모든 교회에는 이런 관례가 없느니라."

2) nature에는 '본성'이라는 뜻과 함께 '자연'이라는 뜻이 있다. '본성'과 '자연'이 상당 부분 겹친다는 것은 두말할 필요도 없다. 울프가 인용하는 『킹 제임스 성경』에 nature로 번역되어 있는 φύσις를 『새번역』은 '자연'으로, 『개역개정』은 '본성'으로 번역하고 있다.

지만, 여자가 머리를 길게 하는 것은 그에게 영광이 되지 않습니까? 긴 머리카락은 그의 머리를 가려주는 구실을 하는 것입니다. 이 문제를 두고 논쟁을 벌이려고 생각하는 사람이 있을지는 모르나, 그런 풍습은 우리에게도 없고, 하느님의 교회에도 없습니다."[1] 자연을 끌어들이는 주장은 그리 미덥지 않지만(예컨대 자연이 금전적 이득과 한편이 되면 천상의 영역과는 무관해진다), 주장의 근거가 미더운가 여부와는 상관없이 결론은 이렇듯 확고하다. "여자들은 교회에서는 잠자코 있어야 합니다. 여자에게는 말하는 것이 허락되어 있지 않습니다. 율법law[2]에서도 말한 대로 여자들은 복종해야 합니다."[3] 이렇듯 자기의 개인적 의견을 지지해줄 공모자로 천사, 자연, 율법이라는 언제 봐도 수상쩍은 삼위일체를 소환한 바울은, 우리가 사실은 내내 짐작하고 있던 바로 그 결론에 도달하고 있다. "배우고 싶은 것이 있으면, 집에서 자기 남편에게 물으십시오. 여자가 교회에서 말하는 것은, 자기에게 부끄러운 일입니다."[4] 이 편지를 계속 읽다 보면, 이 '부끄러움'이 순결 개념과 밀접한 관계가 있다는 것, 애초에 온갖 개념들의 혼합물이었다는 것을 알 수 있다. 우선 여기에는 특정 성별, 특정 개인의 편견들이 섞여 있다. 알다시피 바울은 독신남이었을 뿐

1) 「고린도전서」 11장 14~16절.

2) 울프가 인용하는 『킹 제임스 성경』에 law로 번역되어 있는 νόμος를 『새번역』과 『개역개정』 둘 다 '율법'으로 번역하고 있다.

3) 「고린도전서」 14장 34절.

4) 「고린도전서」 14장 35절.

아니라(바울과 루디아[1]의 관계에 대해서는 르낭, 『생 폴』,[2] p. 49를 볼 것. "그럼에도 불구하고 바울이 이 자매님과 그런 정도보다 조금 더 친밀한 관계를 맺고 있었다는 것이 절대 있을 수 없는 일일까? 절대 있을 수 없는 일이라고 말할 수는 없으리라"), 많은 독신남과 마찬가지로 여성을 불신하는 남자였지만, 그러면서도 시인이었으니 많은 시인들과 마찬가지로 남들의 예언을 듣기보다는 남들에게 예언해주기를 좋아했다. 게다가 바울은 남성적 혈기가 넘치고 남을 지배하기를 좋아하는 유형, 곧 다른 종족,[3] 다른 성별을 지배해야 직성이 풀리는 유형(요새 독일에서 흔히 볼 수 있는 유형)이었다. 그렇다면 바울이 정의한 순결은 긴 머리 취향, 지배 취향, 설교 취향, 율법 제정 취향에 토대를 두고 있으면서 무의식적으로는 여자의 정신과 육체가 오직 한 남자를

1) 「사도행전」 16장 14~15절, "그들 가운데 루디아라는 여자가 있었는데, 그는 자색 옷감 장수로서, 두아디라 출신이요, 하느님을 공경하는 사람이었다. 주님께서 그 여자의 마음을 여셨으므로, 그는 바울의 말을 귀담아들었다. 그 여자가 집안 식구와 함께 세례를 받고 나서 '나를 주님의 신도로 여기시면, 우리 집에 오셔서 묵으십시오' 하고 간청하였다. 그리고 우리를 강권해서, 자기 집으로 데리고 갔다" 참조.

2) Joseph Ernest Renan(1823~1892), *Saint Paul*(1869).

3) 「디도서」 1장 10~14절, "복종하지 아니하며 헛된 말을 하며 속이는 사람이 많이 있는데, 특히 할례를 받은 사람 가운데 많이 있습니다. 그들의 입을 막아야 합니다. 그들은 부정한 이득을 얻으려고, 가르쳐서는 안 되는 것을 가르치면서, 가정들을 온통 뒤엎습니다. 크레타 사람 가운데서 예언자라 하는 어떤 사람이 말하기를 '크레타 사람은 예나 지금이나 거짓말쟁이요, 악한 짐승이요, 먹는 것밖에 모르는 게으름뱅이다' 하였습니다. 이 증언은 참말입니다. 그러므로 그들을 엄중히 책망하여, 그들의 믿음을 건전하게 하고, 유대 사람의 허망한 이야기나 진리를 배반하는 사람들의 명령에 귀를 기울이지 못하게 하십시오" 참조.

위한 것이어야 한다는 매우 강력하고 본능적인 욕망에 토대를 두고 있는 복잡한 개념으로 볼 수 있다. 천사, 자연, 율법, 관습, 영국 교회가 이 개념을 지지해주고 이 개념이 통용될 때 상당한 개인적 이익을 얻을 수 있는 성별이 경제적 수단을 동원해 이 개념을 강화해주게 되면서부터는 이 개념에 확고한 위력이 생겼다. 바울로부터 거트루드 벨까지 역사책의 어느 페이지를 펼쳐보더라도, 백골의 손가락처럼 하얀 이 개념의 위력을 확인할 수 있다. 여자더러 의술을 배우지 말라고 하면서 그 구실로 삼은 것도 순결이었고, 여자더러 누드를 그리지 말라고 하면서, 여자더러 셰익스피어를 읽지 말라고 하면서, 여자더러 오케스트라에 들어가지 말라고 하면서, 여자더러 본드 스트리트를 혼자 걷지 말라고 하면서 그 구실로 삼은 것도 순결이었다. 1848년에 정원사의 두 딸이 핸섬으로 리전트 스트리트를 지나가는 것은 "용서할 수 없는 파격"이었고(바이올렛 마크햄, 『팩스턴[1]과 독신 공작[2]』[3]), 만약 그때 마차의 덮개가 열려 있었다면 그것은 단순한 파격이 아니라 범죄였을 것이고, 그 범죄의 형량을 결정하는 일은 신학자들의 몫이었을 것이다. 20세기 초까지도 휴 벨 경[4]이라는 제철업자[5](이제는 재산이 신분을 결정하는 가장 큰 요인이 되었다는

1) Joseph Paxton(1803 ~ 1865).

2) William Cavendish, 6th Duke of Devonshire(1790 ~ 1858).

3) Violet Rosa Markham(1872 ~ 1959), *Paxton and the Bachelor Duke*(1935).

4) Sir Hugh Bell(1844 ~ 1931).

5) 경Sir은 귀족 가문 남자를 부르는 존칭이었지만, 재산이 있으면 귀족에 준하는 가문으로 인정받을 방법이 있었다.

말을 무시할 수 없잖은가)의 딸 엘사는 "27세에 결혼했는데, 그때까지 피커딜리를 혼자 걸어본 적이 없었다…… 거트루드[1]는 그런 일은 꿈에도 생각지 않을 사람이었다." 웨스트엔드는 오염 지역이었다. "터부시해야 할 대상은 우리가 속한 계급의 남자들이었다……"(서문과 편집: 엘사 리치먼드, 『거트루드 벨의 초기 편지』, pp. 217~18). 그러나 순결은 대단히 복잡하고 모순적인 개념이었던 만큼, 같은 미혼 여성이 피커딜리에 갈 때는 베일(즉 남성 동반자, 또는 시녀의 동행)이 반드시 있어야 했지만, 화이트채플이나 세븐 다이얼스(그 당시에 범죄와 질병의 소굴이었던 지역들)에 갈 때는 혼자 가더라도 부모의 허락을 얻을 수 있었다. 물론 이런 비정상적인 관행을 비판하는 목소리도 없지는 않았다. 예컨대 그 당시에 미혼 남성이었던 찰스 킹즐리[2]에 따르면 "……게다가 미혼 여성들의 머릿속은 학교, 교구민 위로 방문, 기저귀, 페니 클럽[3]으로 꽉 차 있는데, 맙소사!! 가난한 사람들을 찾아가 성경을 읽어주겠다면서 불결하고 불쾌하고 불건전한 그 끔찍한 장소들을 돌아다니다니. 그런 곳은 미혼 여성들이 둘러보기에는 적절치 않다는 것, 미혼 여성들은 그런 장소들의 존재 자체를 알아서는 안 된다는 것이 내 어머니[4]의 말이었다"(마거릿 패런드 소프, 『찰스 킹즐리』,[5] p. 12). 하지만 미시즈 킹즐리는 예외적인 여성이

1) 거트루드 벨은 독신이었다.

2) Charles Kingsley(1819~1875).

3) penny club. 노동 계급 독서 모임의 일종.

4) Mary Lucas Kingsley(1792~1813).

5) Margaret Farrand Thorp(1891~1970), *Charles Kingsley*(1937).

었다. 고학력 남성의 딸들은 대부분 그런 '끔찍한 장소들'을 돌아다닐 수 있었고, 그런 장소들이 존재한다는 것도 잘 알고 있었다. 알면서 모르는 척했을 가능성이 높기는 하지만, 그런 식의 숨기기가 심리에 어떤 영향을 미쳤는지를 여기서 검토하기는 불가능하다. 순결이 자연스럽게 받아들여진 개념이었든 억지로 강제된 개념이었든, 순결 개념의 위력이 긍정적이었든 부정적이었든, 순결 개념이 한때 막강한 위력을 발휘했다는 것을 의심하기는 불가능하다. 오늘날까지도 여자가 남편이 아닌 남자와 관계를 가질 수 있으려면 먼저 바울의 유령과 치열한 심리전을 치러야 할 가능성이 높다. 사회적 낙인이 순결을 강하게 지지했을 뿐 아니라, 적서차별법[1])이 순결을 강제하기 위해 최대한의 경제적 압력을 동원했다. 여성에게 투표할 권리가 생긴 1918년 이후로는 달라졌지만, 그 전까지는 "1872년 적서차별법에 따라 생부의 재산과 상관없이 생부에게 요구할 수 있는 양육비가 주당 최대 5실링으로 규정돼 있었다"(M. G. 포셋 & E. M. 터너, 『조지핀 버틀러』, 주, p. 101). 베일에 가려져 있었던 바울의 실체, 그리고 그 제자들의 실체가 학문적으로 밝혀짐에 따라, 순결 개념도 상당히 약화되었다. 하지만 순결 개념을 적당히 가지고 있는 것이 남녀 모두에게 유익하다는 설도 있다. 순결 보호를 위한 시녀 고용은 부르주아 가정에서는 고비용 항목이니, 그런 설이 제기되는 데는 경제적 이유도 있을 것이다. 심리적 차원에서 순

1) Bastardy Act: The Bastardy Laws Amendment Act(1872)의 약칭.

결을 옹호하는 설은 미스터 업턴 싱클레어가 잘 정리해주고 있다. "최근에는 성 억압이 초래하는 정신 질환들에 대한 논의가 많다. 이 시대의 분위기다. 그러니 성 탐닉이 초래할 수 있는 콤플렉스에 대한 논의는 전혀 없다. 어쨌든 나는 성 충동에 전적으로 몸을 내맡기는 사람이 성 충동을 전적으로 억압하는 사람 못지않게 불행하다는 것을 관찰을 통해 알게 되었다. 대학생 시절에 한 동급생에게 이렇게 말했던 것이 기억난다. '입을 좀 닥치고 왜 입에서 이런 말이 나올까 생각해본 적이 너는 단 한 번도 없니? 어떻게 이렇게 모든 게 너한테만 가면 섹스로 변하니?' 그 친구는 내 말에 깜짝 놀란 것 같았고, 나는 그 친구가 단 한 번도 그런 생각을 해본 적이 없다는 것을 알 수 있었다. 그 친구는 잠시 생각해보더니 이렇게 말했다. '네 말이 맞는 거 같아'"(업턴 싱클레어, 『솔직한 회상』,[1] p. 63). 다음의 일화도 좋은 예다. "컬럼비아 대학교의 훌륭한 도서관에는 아름다운 보물들, 곧 인그레이빙 도판의 고가 도서들이 소장돼 있었다. 나는 1~2주 안에 르네상스 예술에 대해서 알아야 할 모든 것을 알아내겠다는 생각으로 평소대로 탐욕스럽게 뛰어들었다. 하지만 엄청난 분량의 나체에 감각을 강타당한 나는 곧 계획을 중단할 수밖에 없었다"(같은 책, pp. 62~63).

39. 여기서는 리처드 제브 경의 번역서 『소포클레스의 희곡들

1) Upton Beall Sinclair Jr.(1878~1968), *Candid Reminiscences: My First 30 Years*(1932).

과 남은 조각들』(논평과 각주가 포함된 산문 번역)[1]을 사용했다. 번역을 가지고 원본의 가치를 판단하는 것은 불가능한 일이지만, 『안티고네』가 극문학의 걸작 중 하나라는 것은 번역으로도 확실히 알 수 있다. 하지만 『안티고네』를 반反파시즘 프로파간다로 무대에 올려야 한다면 그것도 그것대로 가능하다. 그럴 경우 안티고네를 미시즈 팽크허스트[2](유리창 한 장을 깨뜨리고 할로웨이[3]에 수감된 여성)나 프라우 포머[4](프로이센의 에센 지방 광산 관리자의 아내)로 바꾸는 것도 가능할 것 같다. "'프로이센에 증오의 가시가 깊이 박혀 있는 것은 종교를 둘러싼 갈등 때문이다. 현대 남성들은 이제 사라질 때가 되었다.' ……이렇게 말한 뒤 체포된 프라우 포머는 국가와 나치를 모독하고 비방했다는 혐의로 기소되어 재판을 앞두고 있다"(『타임스』, 1935년 8월 12일). 안티고네의 죄도 그런 종류의 죄였고, 안티고네에게 내려진 벌도 그런 종류의 벌이었다. "신들을 향한 경외를 저버리지 않았다는 이유로 내가 어떻게 고통당하는지, 누구에게 고통당하는지 보라!…… 내가 신들의 법을 어겼다고? 신들에 대한 공경이 불경죄라는 낙인으로 돌아왔으니, 이 불행한 나는 이제 어디에 도움을 청해야 하는가?" 라는 안티고네의 대사는 미시즈 팽크허스트나 프라우 포머의 대사라고 해도 좋을 만큼 대표성이 있다. 대표성이

1) Sir Richard Claverhouse Jebb(1841 ~ 1905), *Sophocles, the Plays and Fragments*.

2) Emmeline Pankhurst(1858 ~ 1928).

3) 여성 참정권 운동가들이 수감되었던 감옥.

4) Frau[Mrs.] Pommer(? ~ ?).

있기로는 크레온도 마찬가지다. "빛의 자녀들을 암흑에 가두고 살아 있는 영혼을 무덤에 처넣은 자"이자 "불복종이 최대의 악행"이라고 믿고 아울러 "통치자가 명령하면 피통치자는 사소한 일에서건 중요한 일에서건 옳은 일에서건 그른 일에서건 그 명령에 복종해야 한다"고 믿은 자라는 점에서 과거의 이런저런 정치가들과 함께 현재의 헤어 히틀러와 시뇨르 무솔리니를 떠올리게 한다. 하지만 이 인물들에게 이렇듯 오늘날의 의상을 입혀보는 것이 쉬운 일이라고 하더라도, 그 의상 안에 고정하기는 불가능하다. 이 인물들은 너무 많은 것을 암시하니, 연극이 끝날 때 관객이 크레온에게까지 공감하는 결과가 초래되기도 한다. 프로파간다 연출가에게는 물론 달갑지 않은 결과겠지만, 이런 결과는 소포클레스가 (번역되었을 때조차) 한 작가에게 주어질 수 있는 모든 자질들을 자유롭게 사용하는 작가라는 사실에 기인하는 것 같다. 예술을 정치의 도구로 삼는 것은 곧 예술가의 재능을 값싼 일회성 과제에 억지로 동원하는 것임을 바로 이런 결과가 시사하고 있다. 노새[1]가 겪은 퇴화를 문학도 겪게 될 것이고, 준마는 멸종할 것이다.[2]

40. 안티고네의 다섯 마디 말은 οὔτοι συνέχθειν, ἀλλὰ συμφιλεῖν

1) 말horse과 당나귀donkey의 잡종.

2) 여기서 울프가 프로파간다 예술에 반대하는 것은 '예술을 위한 예술' 독트린을 설파하기 위함이 아니다. 울프, 「오늘날 예술은 왜 정치를 뒤쫓는가Why Art Today Follows Politics」 중 다음 대목 참조. "예술가는 결코 사회와 무관한 존재가 아니다…… 예술가는 정치적으로 어떤 편에 속할 수밖에 없다."

ἔφυν이다. “나의 타고난 천성은 사랑하는 것이지 증오하는 것이 아닙니다”(『안티고네』, 526행, 제브의 영어 번역). 안티고네의 말에 크레온은 이렇게 대꾸한다. “네가 정히 사랑하겠거든, 죽은 사람들의 세상으로 가서 죽은 사람들을 사랑하라! 내가 살아 있는 한 여자가 나를 지배하는 일은 없으리라.”

41. 지금 같은 엄청난 정치적 위기의 시기에도 여전히 여자들에게 엄청난 비난이 쏟아지고 있다는 것은 주목할 만한 사실이다. 신간 목록에는 “현대 여성에 대한 예리하고 재기 발랄하고 도발적인 연구”라는 소개말이 1년에 3회꼴로 등장한다. 이런 책의 저자를 보면, 문학 박사인 경우가 많고, 남자가 아닌 경우는 없다. 광고에는 “순진한 남자가 새로운 세상에 눈을 뜨게 해주는 책”(『타임스 문학 증보판』, 1938년 3월 12일) 등의 표현이 많이 사용된다. 이런 일이 벌어지는 가장 큰 이유는 희생양이 필요해서인 것 같다. 희생양은 전통적으로 여자들의 역할이다(「창세기」를 보라). 이른바 과도한 남성성(일반적으로 과도한 남성성과 연결되기는 하지만 실은 그렇지 않을 수도 있는 속성)이 제때 제어되지 못한다면 여성들의 자유가 ‘실질적으로 말살’되리라는 것이 확실시됨에도 불구하고 고학력 여성들이 이런 비난을 그저 순순하게 받아들이면서 맞비난을 시도하지 않는다니 참 희한한 노릇이다(신간 목록들은 고학력 여성들이 맞비난을 시도하지 않는다는 증거로 채용될 수 있다). 왜일까 생각해보면, 시인의 표현을 빌리면, 가난이 우리를 다 비겁자로

만들어버리기 때문일지도 모른다.[1)]

한편 얼마 전에 『타임스』(1937년 9월 1일)에 실린 "여자들은 지난 몇 년 새에 굴의 맛을 상당히 음미할 줄 알게 되었다"는 증언은 구매 능력 증가가 미각 능력의 발달과 아울러 비평 능력의 발달로 이어질 가능성을 시사하고 있다.[2)]

1) 셰익스피어의 『햄릿』 가운데 다음 대사 참조. "양심이 우리를 다 비겁자로 만들어버리는구나."

2) 실제로 울프는 맛있는 요리의 효과를 느끼는 생활인이자 맛 표현에 능한 작가였다. E. M. 포스터가 1941년 리드 강연Rede Lecture에서 울프를 추모하면서 '뵈프 앙 도브'의 추억을 언급했던 것도 그런 맥락에서였다. 다음 내용 참조. "우리는 커다란 카세롤의 빛나는 내벽 아래쪽을 들여다보면서 최상의 덩어리를 하나씩 꺼냈습니다." *Recollections of Virginia Woolf by Her Contemporaries*(1972, 1975), p. 237.

셋

1. 1936년과 1937년 사이에 발표된 다양한 성명서와 설문지를 체계적으로 수집해놓은 사람이 있을 것 같기도 하다. 개중에는 정치에 대해 전혀 모르는 문외한들에게 자국의 정부나 외국의 정부를 상대로 정책을 바꿀 것을 요청하는 청원서에 서명해줄 것을 요청하는 문건도 있었고, 예술가들에게 예술가와 국가, 예술가와 종교, 예술가와 도덕의 관계를 천명하는 칸을 채워 넣어줄 것을 요청하는 문건도 있었고, 작가들에게 자국어를 문법에 어긋나지 않게 사용할 것과 저속한 표현을 사용하지 않을 것을 맹세해달라고 요청하는 문건도 있었고, 꿈꾸는 사람들에게 자기 꿈을 분석해달라고 요청하는 문건도 있었다. 결과물을 일간, 주간 언론에 발표하겠다는 것이 일반적인 유인책이었다. 이런 문건들이 정부의 결정에 무슨 영향을 미쳤는가는 정치가들이 아니면 모를 것 같다. 이런 문건들이 문필업literature에 무슨 영향을 미쳤는가는 모르겠다. 책이 쏟아져 나오는 것을 막지는 못했고, 문법에 도움을 주지는 못한 것 같지만 그렇다고 문법에 해를 입힌 것 같지도 않다. 하지만 이런 문건들은 심리적, 사회적 차원에서 상당한 흥미를 불러일으킨다. 우선, 이런 문건들의 저변에는 잉게 주임 사제가 짐작케 해주는 모종의 정신 상태가 있었다(그의 '릭먼 고들

리 강연Rickman Godlee Lecture'이 1937년 11월 23일 『타임스』에 실려 있다). 이분에 따르면 "지금 우리가 가는 방향이 우리 자신에게 유익한 방향인가? 우리가 이 방향으로 계속 나아가면, 미래의 인간은 지금의 우리보다 나아져 있을 것인가?…… 생각을 하면서 사는 사람들이 깨닫기 시작한 것처럼, 빨리 가게 되었다고 좋아하기 전에 어디로 가고 있는지 알아야 한다." 사람들에게는 자기 자신에 대한 전반적 불만, 그리고 "다르게 살고 싶다는" 욕망이 있다는 뜻이다. 이어, 이런 문건들의 저변에는 무수하게 희화화되었고 주로 상류층이었던 세이렌(귀족 계급, 부호 계급, 유식자 계급, 무식자 계급 등등에게 저택을 개방함으로써 모든 계급에게 그 모두를 위한 비공식적인 대화의 장, 곧 정신과 예절과 모럴을 문지를 수 있는 스크래처 기둥[1])을 마련해주고자 했던 레이디)의 죽음이 있다. 역사가들은 세이렌이 18세기에 교양과 지성의 자유를 증진하는 데 어느 정도 중요한 역할을 했다고 평가하고 있다. 그 역할은 이 시대까지 이어졌다. 예컨대 W. B. 예이츠는 이렇게 말한다. "싱[2])이 좀더 오래 살아서 이렇게 한가하고 매력 있고 교양 있는 여성들과 교감하는 시간(발자크의 한 헌사를 빌리면, "천재에게 주어지는 최고의 위안")을 보낼 수 있었더라면 좋았을 텐데 하는 생각을 자주 하게 된다"(W. B. 예이츠, 『등장인물』,[3]) p. 127). 하지만 레

1) 울프가 에설 스미스에게 보낸 편지의 표현 참조. "내가 왜 당신에게 그렇게 중요한 존재인지 나도 잘 알아요. 내가 당신의 스크래처 기둥이기 때문이잖아요. 콘월 돼지를 위해 콘월 벌판에 세워져 있는 화강암 기둥."

2) John Millington Synge(1871~1909).

3) W. B. Yeats, *Dramatis Personae*(1935).

이디 존[1])으로서 18세기 전통을 지켰던 레이디 세인트 헬리어는 "지금(1909년) 훌륭한 만찬을 마련하겠다는 야심을 품을 사람이라면 개당 2실링 6펜스짜리 물떼새 알, 온실 딸기, 맏물 아스파라거스, 프티 푸생petits poussins을 거의 필수 메뉴라고 간주한다"는 것을 알려준다. "(만찬 날은) 매우 피곤하다…… 7시 30분이 가까워질 때는 이미 기진맥진이다. 드디어 8시가 되어 남편과 함께 평화로운 둘만의 tête-à-tête 만찬을 시작할 때가 제일 즐겁다"(레이디 세인트 헬리어, 『50년의 기억』, pp. 3, 5, 182)는 이분의 말은, 그런 저택이 지금까지 남아 있지 않은 이유, 그런 만찬을 여는 여성이 지금까지 남아 있지 않은 이유, 다시 말해, (누군가가 그런 만찬을 저렴하게 부활시켜주지 않을 경우)유식자 계급, 무식자 계급, 귀족 계급, 관료 계급, 부르주아 계급 등등이 공식적인 대화의 장을 찾아 나설 수밖에 없는 이유를 짐작케 해준다. 하지만 이렇게 다량으로 배포되어 있는 성명서와 설문지를 고려할 때, 이런 조사자들Inquisitors의 정신 상태와 조사 동기를 조사할 문건을 또 작성한다는 것도 어리석은 일이 아닐까 싶다.

2. "킹즐리는 퀸스칼리지로 5월 13일(1844년)부터 매주 강의를 나갔다. 퀸스칼리지는 모리스를 비롯한 킹스칼리지의 교수들이 그로부터 한 해 전에 주로 여학교 교사의 훈련과 인증을 목적으로 세운 학교였다. 킹즐리가 이 인기 없는 과업에 기꺼이 동참했던 데는 여성 교육이 확대되어야 한

1) 두 번째 남편 Francis Henry Jeune, 1st Baron St Helier(1843~1905)와 결혼한 것은 1881년이었다.

다는 신념이 있었다"(마거릿 패런드 소프, 『찰스 킹즐리』, p. 65).

3. 이 인용문으로도 알 수 있듯, 프랑스 남성들은 영국 남성들 못지않게 성명서를 발표하는 일에 적극적이다. 프랑스 여성들에게 투표권을 허용하지 않는 프랑스 남성들이 영국 여성들을 상대로 자유와 교양을 수호하는 일을 도와달라고 하다니 놀라울 수밖에 없다. 거의 중세적이라고 할 정도로 가혹한 법률이 프랑스 여성들을 괴롭히고 있다는 사실은 프랜시스 클라크의 『최근 프랑스에서의 여성의 지위』[1]에서 확인할 수 있다.

4. 운율과 음감에서의 거슬림을 감수하고 의미에 정확을 기하자면, 클라레라는 단어 대신 "포트"[2]라는 단어가 필요하다. 한 신문(1937)에 실린 「교수들은 정찬 후 휴게실에서」라는 표제의 사진에는 "트롤리 레일"이 나온다. 이 기구 덕분에 "정찬 참석자들 앞을 도는 포트 디캔터는 벽난로 앞에서 방향을 돌리지 않아도 된다." 또 다른 사진에는 "스콘스"[3]에 사용되는 잔이 나온다. "옥스퍼드의 이 유서 깊은 관행에 따르면, 교수회관에서 특정한 주제[4]에 대해서 발설한 사람은 맥주 3파인트를 한 번에 마시는 벌칙을 받는다." 이런 예를 통해서도 충분히 짐작할 수 있듯, 여자가 남자 대학의 생활상을 묘사하는 글을 쓰는 경우에는 모종

1) Frances Clark, *The Position of Women in Contemporary France*(1937).

2) 제임스 보즈웰James Boswell, 『새뮤얼 존슨의 생애*The Life of Samuel Johnson*』의 다음 문장 참조. "클라레는 애송이들의 술이고, 포트는 어른들의 술이다."

3) sconce. 옥스퍼드 대학교의 벌주 관행.

4) 구체적으로는 여자, 종교, 정치, 그리고 자신의 연구.

의 용서받지 못할 결례를 저지를 수밖에 없다. 이 남자분들의 관행이 그렇게 우스꽝스럽게 그려지는 경우가 자주 있을까 봐 우려스럽기는 하지만, 여자 소설가는 경의를 표하겠다는 의도에도 불구하고 심각한 물리적 제약 탓에 어쩔 수 없이 그렇게 그리는 것이니, 그분들도 그 점을 고려하신다면 널리 아량을 베풀어주실 것이다. 예컨대 여성 소설가가 케임브리지 트리니티칼리지의 연회를 묘사하고 싶다면, "트리니티칼리지에서 열리는 연회에서 어떤 말이 오가는지 미시즈 버틀러(학장[1]의 아내)의 방에 뚫려 있는 구멍을 통해서" 엿듣는 수밖에 없다. "전체적으로 중세적"이었다는 것이 미스 홀데인의 1907년 논평이었다(E. 홀데인, 『한 세기에서 다음 세기로』, p. 235).

5. 휘터커에 따르면, 왕립문인협회Royal Society of Literature라는 단체와 대영 아카데미British Academy라는 단체가 있는 것 같고, 둘 다 사무실이 있고 관리자가 있으니 공식 단체인 것 같지만,[2] 휘터커의 고지가 아니었다면 이런 단체들의 존재도 몰랐을 테니, 이런 단체에 어떤 권한이 있는지 알아내기란 불가능하다.

6. 18세기에는 여성의 대영 박물관 도서 열람실 출입이 금지돼 있었던 것 같다. "열람실 출입을 허용해달라는 미스 처들리[3]의 청원이 있습니다. 지금껏 출입을 허용받으셨던

1) Henry Montagu Butler(1833 ~ 1918).

2) 사무실office, 관리자officer, 공식official의 어간이 같음을 이용한 말장난.

3) Elizabeth Pierrepont, Duchess of Kingston-upon-Hull(1721 ~ 1788).

여성 열람인은 미시즈 매콜리[1]뿐인데, 그때 미시즈 매콜리의 섬세함delicacy을 해쳤던 그 불미스러운 사건에 대해서는 하윅 경[2]께서도 기억하시리라 믿습니다"(대니얼 레이[3]가 1768년 10월 22일에 하윅 경에게 보낸 편지. 니콜스, 『18세기 문단의 일화들』[4]). 편집자 각주에 따르면, "여기서 그 사건이란 미시즈 매콜리가 있는 자리에서 저질러진 어느 남자분의 무례함indelicacy을 가리킨다. 사건의 구체적인 내용은 차마 밝힐 수 없다."

7. 미시즈 해리 코그힐 정리 편집, 『미시즈 M. O. W. 올리펀트의 자서전과 편지』.[5] 미시즈 올리펀트(1825~1897)는 "두 아들을 기르면서 아내를 여윈 오라비의 자식들의 교육과 생계까지 책임져야 했던 탓에 평생 동안 곤란을 겪었다……"(『영국 인명사전』).

8. 매콜리, 『영국사』, 제3권, p. 278(표준판).

9. 최근까지 『모닝포스트』의 연극 비평 필자였던 미스터 리틀우드가 1937년 12월 6일 만찬의 주빈 연설 '저널리즘의 현황'에서 말했듯, 미스터 리틀우드 자신은 "런던 일간 신문 칼럼에서 연극의 지면을 좀더 확보하기 위해 성수기에나 비수기에나 피나게 싸운 남자였습니다. 플리트 스트리

1) Catharine Macaulay(1731~1791).

2) Philip Yorke, 1st Earl of Hardwicke(1690~1764).

3) Daniel Wray(1701~1783).

4) John Nichols(1745~1826), *Literary Anecdotes of the Eighteenth Century* (1812).

5) Anna(Annie) Louisa Walker(1836~1907), *The Autobiography and Letters of Mrs. M.O.W. Oliphant*(1907).

트는 11시와 12시 30분을 전후로 수천 가지 뛰어난 표현들과 사유들이 체계적으로 난도질당하는 곳이었습니다. 신문 지면에는 이미 중요한 뉴스가 가득 차 있으니 연극 글을 새로 토막 내서 실을 칸이 없다는 대답을 듣게 되리라는 것을 확신하면서도 매일 밤 그 도살장을 찾아가야 하는 것이 이 남자의 40년 이력 중 20년 이력의 운명이었습니다. 한때 괜찮았던 연극 평이었던 것의 토막 난 시체가 이 남자의 이름과 함께 실려 있는 것을 다음 날 조간신문에서 발견하게 되는 것이 이 남자가 누릴 수 있었던 최고의 행운이었습니다…… 신문사 사람들의 잘못이 아니었습니다. 개중에는 청색 펜[1]을 들고 눈물을 글썽거리는 사람도 있었습니다. 진짜 잘못은 연극에 대해서 아무것도 모르는, 연극에 관심이 있을 것 같지도 않은 엄청난 수의 신문 독자들에게 있었습니다"(『타임스』, 1937년 12월 6일).

미스터 더글러스 제럴드[2]는 언론이 정치를 대하는 방식을 이렇게 묘사하고 있다. "플리트 스트리트에서 진실이 사라진 것은 불과 몇 년 사이(1928~33년)였다. 그 전에도 항상 모든 것을 사실대로 말할 수 있는 것은 아니었다. 앞으로도 항상 모든 것을 사실대로 말할 수는 없을 것이다. 하지만 얼마 전까지만 해도 적어도 다른 나라들에 대해서만큼은 사실대로 말할 수 있었는데, 1933년부터는 다른 나라들에 대해 사실대로 말하는 것이 위험한 일이 되었다. 1928년까지만 해도 광고주의 정치적 압력이 직접 가해지

1) 편집 기자가 사용하는 원고 수정용 펜.
2) Douglas Jerrold(1893~1964).

는 일은 없었는데, 지금은 광고주의 정치적 압력이 직접적, 효과적으로 가해지고 있다."

문학 비평 또한 비슷한 이유로 비슷한 상황에 처해 있는 것이 아닌가 싶다. "지금 일반 독자들은 비평 필자 또한 전혀 신뢰하지 않고 있다. 다양한 성향의 북클럽이나 신문사의 이름을 건 추천 도서들이 그나마 신뢰를 받는데, 대체로 옳은 판단이다. 북클럽은 책 판매라는 목적을 숨기지 않는다는 점에서 신뢰할 만하고, 대형 전국지는 구독자가 의아하게 느낄 만한 책을 소개할 수 없으리라는 점에서 신뢰할 만하다. 북클럽과 신문사는 둘 다 일반 독자들이 많이 구매할 것 같은 책을 선택할 수밖에 없다는 뜻이다(더글러스 제럴드, 『조지 왕조 시대의 모험』,[1] pp. 282~83, 298).

10. 이러한 저널리즘의 현황하에서 만족스러운 문학 비평이 나올 수 없으리라는 것은 분명하지만, 사회의 경제 구조와 예술가의 심리 구조를 바꾸지 않으면 아무것도 바뀔 수 없으리라는 것 또한 분명하다. 서평자가 포고꾼[2]으로서 "모두 들으시오, 모두 들으시오, 모두 들으시오,[3] 이러저러한 책이 나왔소, 이러저러한 내용이 들어 있소"라고 큰 소리로 알리는 일은 경제적 차원에서는 필요한 일이다.

1) *Georgian Adventure*(1937).

2) 원문은 "town-crier." 왕이 내린 명령, 현지 지배자가 정한 규칙, 장이 열리는 날 장에서 파는 물건 등을 큰 소리로 알리면서 돌아다니는 일을 하던 사람. 문맹자가 많았던 시대에 필요했다. 종을 울리면서 돌아다녔기 때문에 벨맨bellman이라고도 했다.

3) 원문은 "O yez, O yez, O yez." oyez는 앵글로노르만어 to oir[듣다] 의 복수 명령형이다.

이런 서평이 없어진다면 많은 예술가들이 큰 타격을 입을 것이다.

예술가들에게는 아직 강한 허영과 '인정' 욕구가 있기 때문에 그들의 작품을 선전해주지 않는 일이나 빈번하고 오락가락하는 칭찬과 비난으로 그들을 자극해주지 않는 일은 오스트레일리아에 토끼를 풀어놓는 일(곧 자연의 균형을 깨뜨림으로써 재앙을 초래할 수 있는 일)에 못지않게 경솔한 일이다.[1] 본문에서 비공개 비평을 제안한 의도는 기존의 독자용 비평을 없애자는 것이 아니라 기존의 비평에 의료직을 모범으로 삼는 새로운 형태의 비평을 추가하자는 것이다. 서평가들이 비평 패널을 꾸린다면(그들 중 다수가 진짜 취향과 진짜 학식을 갖춘 유능한 비평가들이라면) 마치 의사가 의료를 행하듯 철저한 비공개 비평이 행해질 것이다. 이런 비공개 비평이 행해진다면, 최근의 비평이 작가에게 쓸모없어질 수밖에 없는 이유인 산만함과 혼탁함을 거의 제거할 수 있을 것이고, 칭찬하거나 비난해야 하는 사사로운 이유들을 제거할 수 있을 것이고, 작품의 판매나 작가의 허영에 영향을 미치지 않을 수 있을 것이고, 작품의 저자는 비평이 일반 독자들이나 가까운 사람들에게 미치는 영향에 신경 쓰지 않고 비평의 내용에 집중할 수 있을 것이고, 비평가는 편집장의 청색 펜이나 독자의 취향에 신경 쓰지 않고 비평할 수 있을 것이다. 꾸준한 비평 수

1) 영국이 죄수 유배용 식민지 오스트레일리아로 보낸 최초의 죄수 수송선단 제1선단the First Fleet에는 토끼들도 타고 있었다. 유럽 토끼의 유입으로 인한 농작물 피해는 그 후 오랫동안 오스트레일리아의 골칫거리였다.

요가 증언해주듯 생존 작가는 비평을 절실히 원하고 있고, 비평가의 몸에 신선한 고기가 들어와야 하듯 비평가의 정신에는 신선한 책이 들어와야 하니, 비공개 비평은 작가와 비평가 모두에게 이로울 것이고, 어쩌면 문학 자체에도 이로울 것이다. 현재와 같은 일반 독자용 비평 체계의 긍정적 영향은 주로 경제적 차원에 한정돼 있다. 심리적 차원에서의 악영향은 두 편의 유명한 『쿼털리』 서평을 통해 확인할 수 있다. 한 편은 키츠, 또 한 편은 테니슨을 다룬 서평인데, 키츠는 이 서평으로 깊은 상처를 입었고, "테니슨이 입은 상처는…… 날카로웠고, 좀처럼 낫지 않았다. 테니슨이 가장 먼저 한 일은 출판 예정이던 『연인의 이야기*The Lover's Tale*』 원고를 돌려받은 것이었다…… 테니슨은 아예 영국을 떠나 외국 생활을 할까 고민하기도 했다"(해럴드 니콜슨, 『테니슨』,[1] p. 118). 에드먼드 고스 경[2]도 미스터 처턴 콜린스[3]의 서평으로부터 비슷한 영향을 받았다. "자신감이 무너졌고 개성이 희미해졌다…… 모두가 그의 고투를 지켜보면서 그의 실패를 내다보는 듯했다…… 에드먼드 고스 경 자신이 밝힌 그때의 심경은 산 채로 껍질이 벗겨지는 느낌이 든다는 것이었다"(에번 차터리스, 『에드먼드 고스 경의 생애와 편지』,[4] p. 196).

11. "종을 울리고 도망가는 자." 남에게 말로 상처를 주되 처

1) Harold Nicolson(1886 ~ 1968), *Tennyson*(1823).

2) Edmund Gosse(1849 ~ 1928).

3) John Churton Collins(1848 ~ 1908).

4) Evan Charteris(1864 ~ 1940), *The Life and Letters of Sir Edmund Gosse*(1931).

벌을 면하고 싶어 하는 자를 정의하기 위해 만들어낸 단어다. 많은 속성에서 가치의 변동이 일어나는 이행기에는 새 가치를 표현할 새 단어에 대한 수요가 높을 수밖에 없다. 예컨대 허영vanity이라는 이름의 단어를 보자. 다른 나라에서 제공된 증거로 판단할 때, 허영은 잔인과 포학의 중증 합병증을 초래할 가능성이 높은 악덕인데, 사소한 것들을 연상시키는 이 이름 덕분에 자신의 정체를 감추고 활보하고 있다. 『옥스퍼드 영어 사전』[1]의 부록이 있어야 할 때다.

12. B. A. 클러프, 『앤 J. 클러프의 생애』, pp. 38, 67. 윌리엄 워즈워스, 「참새 둥지The Sparrow's Nest」.

13. 19세기에 고학력 남성의 딸 계급이 노동 계급을 위해서 많은 가치 있는 일을 행한 것은 자기 계급에게 주어진 유일한 수단[2]을 통해서였다. 하지만 이제는 고학력 남성의 딸들 중 적어도 일부가 비싼 유료 교육을 받게 된 만큼, 고학력 남성의 딸들이 상당한 개혁을 필요로 하는 노동 계급을 개혁하는 데 기여할 수 있는 더 효과적인 방법은 자기의 계급적 테두리 안에서 자기 계급에게 주어진 수단을 사용하는 것이라고 말할 수 있게 되었다. 만약에 고학력 계급이 기껏 유료 교육으로 사들인 자질들(이성, 관용, 지식)을 내던지고 노동 계급을 흉내 내면서 노동 계급의 대의를 차용한다면, 그것은 노동 계급의 대의를 고학력 계급의 조

1) *Oxford English Dictionary*. 1884년에 출간이 시작돼 1927년에 초판이 완성된 권위 있는 영어 사전.

2) 빈민 구제 계열의 일을 가리킨다.

롱거리로 만드는 짓일 뿐, 고학력 계급의 대의를 개혁하는 데는 아무 도움도 되지 않는다(고학력 계급이 노동 계급을 흉내 내는 경우가 실제로 많다). 최근에 고학력 계급에 의해서 집필되는 노동 계급 관련 저서의 숫자로 미루어보자면, 20년 전의 중간 계급에게 귀족 계급의 후광이 거부할 수 없는 매력으로 작용했던 것과 마찬가지로(『잃어버린 시간을 찾아서』[1]를 보자), 최근의 중간 계급에게는 노동 계급의 후광이, 그리고 노동 계급의 대의를 차용할 때 얻어지는 감정적 위안이 거부할 수 없는 매력으로 작용하고 있는 것 같기도 하다. 정작 '적출' 노동자들은 자기가 가지고 있는 중간 계급의 자본을 내놓으려고 하지도 않고 자기에게 없는 노동 계급의 경험을 얻으려고 하지도 않은 채로 노동 계급의 대의를 차용하고 있는 고학력 계급의 한량 남녀[2]를 어떻게 생각할까, 그것을 알아보는 것도 재미있을 듯하다. 브리티시 커머셜 가스 어소시에이션의 '가정용 서비스 책임자' 미시즈 머피에 따르면, "평균 수준의 가정주부는 1년에 1에이커의 접시를 닦고, 1마일의 잔을 헹구고, 3마일의 옷을 빨고, 5마일의 바닥에 걸레질을 했다"(『데일리 텔레그래프』, 1937년 9월 29일). 노동 계급의 삶에 대한 보다 상세한 설명을 보려면, 여성 조합 노동자들이 쓰고 마거릿 르웰린 데이비스가 편집한 『우리가 알았던 대로의 삶』[3]

1) Marcel Proust, *À la Recherche du Temps Perdu*(1927).

2) 원문은 "playboys and playgirls."

3) Margaret Llewelyn Davies(1861~1944)(ed.), *Life as We Have Known It* (1931).

을, 친親프롤레타리아적 안경 너머로 바라본 노동 계급의 삶이 아닌 직접 겪은 노동 계급의 삶에 대한 훌륭한 설명을 보려면, 『조지프 라이트의 생애』[1]를 보라.

14. “어제 전쟁부War Office는 육군최고회의Army Council에 여군을 창설할 의도가 없음을 밝혔다”(『타임스』, 1937년 10월 22일). 남자와 여자의 가장 큰 차이가 여기 있다. 여자들에게는 반전론 외에는 선택의 여지가 없지만, 남자들에게는 선택의 여지가 있다.

15. 하지만 다음의 인용문이 보여주듯, 상황이 긍정적으로 바뀌면 전쟁 본능도 쉽게 만들어진다.

“돌격대를 지휘하는 여전사가 말 잔등에 꼿꼿하게 앉아 있다. 두 눈은 움푹 꺼졌고, 이목구비는 날이 서 있다…… 영국에서 온 의원 다섯 명이 이 지휘관을 경이롭게 바라보고 있다. 그 경이의 시선에는 미지의 ‘야수’를 만났을 때 느낄 법한 존경심과 일말의 불안감이 깃들어 있다……

‘아말리아, 앞으로 나와라’라고 사령관이 명령한다. 말을 몰고 나온 지휘관은 검으로 사령관에게 경례한다.

‘아말리아 보닐로 중사입니다.’ ‘나이는?’ ‘서른여섯 살입니다.’ ‘고향은?’ ‘그라나다입니다.’ ‘왜 입대했나?’ ‘두 딸이 민병이었습니다. 작은 딸이 알토 데 레온에서 전사했습니다. 죽은 딸을 대신하고 복수하기 위해 입대했습니다.’ ‘지금까지 적군을 몇 놈이나 죽였나?’ ‘확실히 죽인 것은 다섯 놈입니다. 나머지 한 놈은 안 죽었을 수도 있습니다.’ ‘그래도

1) *The Life of Joseph Wright*(1932).

그놈에게서 말을 포획했잖나.' 지휘관 아말리아는 얼룩무늬가 있는 멋진 회색 말을 타고 있었다. 퍼레이드에 나온 말처럼 털이 반짝반짝했다…… 영국 하원 사절단은 다섯 남자 아니면 여섯 남자를 죽였다는 이 여자를 통해 스페인 전쟁의 진상을 이해하기 시작했다"(루이 들라프레, 『마드리드의 순교자: 미공개 증언들』,[1] pp. 34~36).

16. 이 말을 증명할 한 가지 방법은 대략 1870년[2]부터 1918년[3]까지 각 부처의 각료들이 의회에서 내놓았던 선거권 확대법 반대 사유들을 검토해보는 것이다. 그런 검토 작업으로 유력한 성과를 낸 사람이 미시즈 올리버 스트레이치다(『대의』 중 「정치권의 속임수The Deceitfulness of Politics」).

17. "우리가 국제연맹에 여성의 시민적, 정치적 처지를 알리기 시작한 것은 겨우 1935년부터다." 아내, 어머니, 주부로서의 여성의 처지를 알리는 한 보고서에 따르면, "대영 제국을 포함한 여러 나라에서 여성의 경제적 지위가 불안정하다는 유감스러운 사실이 발견되었다. 여성에게는 수행해야 할 의무는 있는데, 봉급이나 임금을 받을 권리는 없다. 영국의 경우, 여성이 남편과 자녀에게 평생 헌신했고 남편이 대단히 부유했다 해도, 남편을 여의면 극빈자로 전락할 가능성이 있고, 실제로 그렇게 되었을 때 그 상황을 시정

1) Louis Delaprée(1902~1936), *Le Martyre de Madrid, témoignages inédits de Louis Delaprée*, Madrid(1937).

2) National Society for Women's Suffrage가 만들어진 것이 1860년대 후반, Central Committee of the National Society for Women's Suffrage가 모인 것이 1870년대 후반이었다.

3) Representation of the People Act가 통과된 해.

할 방법은 없다. 바꾸어야 한다. 입법을 통해서……"(린다 P. 리틀존,[1] 『리스너』, 1937년 11월 10일).

18. 여자의 과업에 대한 이 특정 정의가 인용되어 있는 곳은 이탈리아 텍스트가 아닌 독일 텍스트다. 이런 식의 정의는 너무 많이 나와 있고 내용도 비슷비슷해서 일일이 확인할 필요도 없을 것 같지만, 그중에서 단연 돋보이는 정의들을 자국어 텍스트 속에서 매우 쉽게 발견할 수 있는 것도 신기한 일이다. 예컨대 미스터 거하디에 따르면, "나는 지금껏 여성 작가들을 진지한 동료 예술가로 여기는 실수를 범한 적이 없다. 천재성으로 고통받는 우리 극소수의 예술가가 자신의 십자가를 흔쾌히 짊어질 수 있도록 해주는 예민한 심미안을 가진 정신적 조력자, 그것이 내가 그들에게 부여하는 역할이다. 다시 말해 그들에게 진정 알맞은 역할은 우리가 피를 흘릴 때 우리의 이마에 차가운 수건을 대주는 것이다. 그들이 우리로 하여금 그 공감 어린 이해력을 좀더 로맨틱한 방식으로 이용할 수 있게 해준다면, 우리도 그들을 그만큼 소중히 여기게 되련만!"(윌리엄 거하디, 『어느 다중 언어자의 회상록』,[2] pp. 320~21). 여자의 역할에 대한 이 생각은 본문에 인용돼 있는 여자의 과업에 대한 정의와 정확하게 일치한다.

19. 정확한 표현은 이렇다. "독일 제국의 수리[3]를 본뜬 대형

1) Emma Linda Palmer Littlejohn(1883~1949).

2) William Gerhardie(1895~1977), *Memoirs of a Polyglot*(1934).

3) 라이히스아들러Reichsadler(국가 수리)를 가리킨다.

은제 명판…… 힌덴부르크 대통령[1]이 과학자를 비롯한 민간인을 위해 고안했다…… 착용은 아니다. 주로 책상에 올려놓는다"(1936년 4월 21일자 신문).

20. "사무직 여성이 번빵이나 샌드위치 한 조각으로 점심을 때우는 모습은 흔히 볼 수 있는 광경이다. 자기가 좋아서 선택한 메뉴라는 가설도 있지만,…… 사실을 확인해보면, 제대로 식사할 수 있는 형편이 아닌 경우가 많다"(레이 스트레이치, 『여성들의 진로와 기회』, p. 74). 이 대목은 미스 E. 터너의 다음과 같은 주장과 연결된다. "……왜 오후 업무가 오전 업무만큼 매끄럽게 진행되지 못하는가라는 의문이 많은 사무실에서 제기되었다. 이 의문에 대한 답은 점심을 사과 한 개와 샌드위치 한 조각으로 때울 수밖에 없는 하급 타자수들이 오후에 기력을 잃는다는 것이었다. 생활비 상승분만큼 봉급이 인상돼야 한다"(『타임스』, 1938년 3월 28일).

21. 울위치구 구청장 부인(미시즈 캐슬린 랜스)의 연설. 어느 바자회에서(『이브닝 스탠더드』, 1937년 12월 20일).

22. 미스 E. R. 클라크(『타임스』, 1937년 9월 24일).

23. 『데일리 헤럴드』, 1936년 8월 15일.

24. F. R. 배리 참사원 사제의 연설. 옥스퍼드의 영국교회사제단Anglican Group이 주최한 컨퍼런스에서(『데일리 헤럴드』, 1933년 1월 10일).

25. 『여성의 성직에 관한 대주교 2인의 위탁 연구』 중에서

1) Paul von Hindenburg(1847~1934).

「VII: 중등학교와 대학교」, p. 65.

26. "아일스워스의 그린 스쿨 교장 미스 D. 카루더스에 따르면, 지금 상급생들 사이에는 기성 종교의 운영 방식에 대한 '대단히 심각한 불만'이 있다. '지금 기성 교회들은 젊은이들의 정신적 요구를 따라가지 못하는 듯하다. 이것은 교파를 초월한 문제인 것 같다'"(『선데이 타임스』, 1937년 11월 21일).

27. G. L. 프레스티지, DD, 『찰스 고어의 생애』, p. 353.

28. 『위탁 연구』, 곳곳.

29. 예언의 재능과 시의 재능이 원래 같은 것이었는지는 알 수 없다. 이 두 재능이 두 직업으로 구분돼 있었던 것은 수 세기 전부터였다. 다만 「아가」[1](시인의 작품)가 성스러운 책 사이에 포함돼 있기도 하고 시와 소설의 형태를 띤 프로파간다들(예언자들의 작품들)이 세속적인 책 사이에 포함돼 있기도 하다는 사실은 그 구분에 약간의 혼동이 있음을 시사한다. 영문학 애호가들은 셰익스피어가 너무 늦게 태어난 탓에 교회의 성인으로 추대받지 못했다는 것에 아무리 감사해도 지나치지 않다. 셰익스피어의 희곡들이 성스러운 책 사이에 포함되어 있었다면, 구약이나 신약처럼 받아들여졌을 것이고, 우리는 일요일마다 사제들에게 그 희곡들을 한 구절씩 얻어듣는 수밖에 없었을 것이다. 지금 영국 교회 예배 중에 구약과 신약이 얇게 썰려서 찬송가 사이에 끼워져 있듯, 『햄릿』의 독백 하나, 졸린 기록자가 잘

1) 구약 텍스트 중 하나.

못 옮겨 적은 대목 하나, 외설적인 노래 하나, 『안토니와 클레오파트라』의 2분의 1페이지 등등이 예배에 끼워져 있었을 것이고, 셰익스피어는 성경 못지않게 생경한 텍스트가 돼버렸을 것이다. 하지만 어린 시절부터 매주 그렇게 얇게 썰린 성경을 억지로 들어야 했던 경험이 없는 사람들은 성경이 극히 흥미롭고 매우 아름답고 의미 깊은 작품이라고 말하고 있다.

30. 『위탁 연구』 중에서 그렌스테드 교수, DD, 「부록 I: 몇 가지 심리적, 생리적 고려 사항」, pp. 79 ~ 87.

31. "현재 기혼 남성 사제가 '세속을 돌보는 생활을 일절 포기' 해야 한다는 서품직의 자격 요건을 충족시킬 수 있는 가장 큰 이유는 아내가 가사와 가족을 돌보는 일을 전담한다는 데 있다"(『위탁 연구』, p. 32).

『위탁 연구』가 여기서 표명하고 승인하는 원칙은 독재자들이 수시로 표명하고 승인하는 바로 그 원칙이다. 헤어 히틀러와 시뇨르 무솔리니 둘 다 "이 나라에는 남자들의 세계와 여자들의 세계 이렇게 두 세계가 있다"는 의견을 매우 비슷한 말로 표현해왔고, 남녀의 의무도 매우 비슷한 말로 정의해왔다. 이 분업이 여자에게 미친 영향(사소하고 사사로운 것에 관심을 가지는 경향, 실리적 차원을 벗어나지 못한다는 한계, 이상이나 모험 같은 것을 추구하지 못하는 모습)이 이미 수많은 소설의 소재가 되거나 수많은 풍자의 과녁이 되어왔고, 아울러 이미 수많은 이론가들을 위해 여자가 남자에 비해서 정신적 측면이 부족하다는 이론을 더욱 확실하게 뒷받침해주었으니, 여성이 기꺼이든 억지로든 이 분업 계약을 성실히 이행해왔음을 입증하기 위해 다른 말을 새로 보탤 필요는 없겠다. 반면에 이 분업 덕분에 "세속을 돌보는 생활을 일절 포기"할 수 있게 된 사람들의 사고력과 사고방식에 이 분업이 미친 영향에 대한 논의는 아직 거의 없는 실정이다. 하지만 첨단 무기와 첨단 전법이 어마어마하게 정교해질 수 있었던 것, 신학이 놀라울 정도로 복잡해질 수 있었던 것, 그리스어 텍스트와 라틴어 텍스트는 물론이고 자국어 텍스트에까지 엄청난 분량의 주석이 달릴 수 있었던 것, 우리가 흔하게 사용하는 가구와 도기에 무수한 카빙과 체이징과 쓸모없는 장식이 더해질 수 있었던 것, 『디브렛 작위 연감』과 『버크 작위 연감』[1] 속의 무수한 서열이 생길 수 있었던 것, "자기 가족, 자기 집안"을 돌보는 일에서 벗어난 사고력이 그렇게 수많은 무의미하면서 지극히 절묘한 꼬부랑길에 빠져들 수 있었던 것이 바로 이 분업 덕분이었다는 데는 의심의 여지가 전혀 없다. 사제들과 독재자들이 두 세계의 필요성을 그토록 강조한다는 사실은 이 분업이 그들의 권세에 필수적이라는 확실한 증거다.

32. 지배하는 자가 지배하는 데서 얻는 만족감 속에는 여러 가지 감정이 복합돼 있다는 사실을 다음과 같은 신문 기사가 증언해준다. 어제 브리스틀 치안법원에 부양 명령을 청

1) *Burke's Peerage, Baronetage and Knightage*(1826~).

구한 한 여성은 "남편이 나에게 자기를 '경Sir'[1]이라고 부르기를 요구한다"고 했고, "나는 평화를 지키기 위해 남편의 요구를 따른다, 나는 남편의 구두를 닦아야 하고, 남편이 면도할 때 면도칼을 대령해야 하고, 남편이 묻는 말에 바로바로 대답해야 한다"고 덧붙였다. 같은 신문 같은 호에는 E. F. 플레처 경Sir[2]이 "하원 연설에서 독재자들에게 저항할 것"을 촉구했다는 기사가 실려 있다(『데일리 헤럴드』, 1936년 8월 1일). 이런 기사들을 통해 짐작할 수 있듯, 남편과 아내와 하원을 포함한 보편적 의식은 지배욕, 평화를 지키기 위한 양보심, 지배욕을 지배해야 한다는 의무감이라는 세 가지 감정을 동시에 느끼고 있다(최근 여론에서 나타나는 모순과 급변을 이 심리적 상충이 상당 부분 설명해준다). 물론 지배하고 있다는 데서 느껴지는 만족감의 복잡함은 여기서 그치지 않는다. 고학력 계급의 경우, 지배하고 있다는 데서 오는 만족감은 재력과 사회적, 직업적 특권에서 오는 만족감과 긴밀하게 결합되어 있는 복잡한 감정으로서 비교적 단순한 종류의 만족감(예컨대 시골길을 산책하는 즐거움)과는 구분된다. 소포클레스 같은 위대한 심리학자들은 지배자의 심리에서 조롱 공포증을 간파해내기도 한다. 이런 권위 있는 심리학자들에 따르면, 지배하는 남성은 특히 여성의 조롱이나 저항에 민감하게 반응

1) 가정에서는 주로 하인이 주인을 부를 때 이 경칭을 사용한다.

2) 브리스틀에 사는 한 여자가 남편을 '경'이라고 불러야 하듯, 『3기니』 시대의 남녀는 E. F. 플레처라는 남자를 '경'이라고 불러야 함을 떠올리게 하는 배치.

한다. 요컨대, 지배하고 있다는 데서 오는 만족감에서 가장 중요한 차원은 자기가 느끼는 감정의 차원이 아니라 자기가 상대에게 유발한 감정이 자기에게 되돌아오는 차원이 아닐까 싶다. 그렇다면 지배하고 있다는 데서 오는 만족감은 지배당하고 있는 상대가 느끼는 감정의 변화에 영향을 받을 수 있겠다. 지배의 해독제로서의 웃음을 제안해 본다.

33. 미시즈 개스켈, 『샬럿 브론테의 생애』.[1)]

34. 마거릿 토드, 『소피아 젝스 블레이크의 생애』, pp. 67 ~ 72.

35. 외부에서 관찰해보면 여자가 남자로부터 음탕하다고 놀림 받을 때 특히 모욕을 느끼는 것과 마찬가지로 남자는 여자로부터 비겁하다고 놀림 받을 때 특히 모욕을 느끼는 것 같다. 미스터 버나드 쇼의 다음과 같은 말은 이 관점을 뒷받침해준다. "전쟁이 여자들의 강한 본능, 곧 싸움 본능과 용기를 찬양하는 본능을 만족시켜준다는 것을 나는 잊지 않고 있다…… 영국에서 전쟁이 났다 하면 문명 시대의 젊은 여성들이 우르르 달려 나가서 군복을 입지 않은 젊은 남성들에게 닥치는 대로 흰색 깃털을 나누어 준다." 미스터 쇼는 이 말 뒤에 "야만 시대로 거슬러 올라갈 수 있는 모든 풍습이 그렇듯, 꽤 본성에 어울리는 풍습"이라는 말을 덧붙이면서, "그 옛날에는 여자의 생사와 여자가 낳은 자식들의 생사가 짝짓기 상대의 용기와 살상력에 걸려 있었음"을 지적한다. 사무실에서 일하면서도 전쟁이 끝날 때

1) Elizabeth Gaskell(1810 ~ 1865), *The Life of Charlotte Brontë*(1857).

까지 그런 장식물을 얻지 못한 젊은 남성들이 대단히 많았고, "문명 시대의 젊은 여성들" 중에서 그런 장식물을 나누어 주면서 돌아다닌 사람들의 수는 그런 종류의 풍습을 따르지 않은 사람들의 수에 비해 극히 적었을 것이니, 미스터 쇼의 과장은 깃털 50개, 아니면 60개(확인 가능한 통계 자료는 없다)가 지금도 엄청난 심리적 파장을 미칠 수 있음을 보여주는 충분한 증거다. 이런 식의 과장을 통해 짐작할 수 있듯, 남자는 여전히 비겁하다는 놀림에 비정상적으로 민감하고, 이로써 짐작할 수 있듯 용기와 싸움은 여전히 남자다움의 주요 속성이며, 이로써 짐작할 수 있듯 남자는 여전히 용감하고 싸움을 잘한다는 칭찬을 원하며, 이로써 짐작할 수 있듯 비겁하고 싸움을 못한다는 조롱은 남자에게 그만큼 타격을 미친다. "남자다움의 감정"이 경제적 자립과 연결돼 있으리라는 짐작에도 개연성이 있다. "자기에게 여자(누이든 애인이든)를 부양할 능력이 있음을 겉으로든 속으로든 자랑스러워하지 않는 남자는 아무도 없었던 것 같다. 한 고용주 밑에서 경제적으로 자립한 처지에서 한 남자에게 경제적으로 의존하는 처지로의 변화를 명예로운 승진으로 여기지 않은 여자는 아무도 없었던 것 같다. 이 점에 대해서 남녀가 서로에게 거짓말하는 것이 어디에 도움이 되겠나? 우리가 원해서 그렇게 생각하게 되는 것도 아니고"(필립 마이렛, 『A. R. 오리지[1]』,[2] vii). 흥미로운 발언이다. A. R. 오리지가 이런 말을 했다고 알려준 사람은

1) Alfred Richard Orage(1873~1934).

2) Philip Mairet(1886~1975), *A. R. Orage*(1936).

G. K. 체스터턴[1]이다.

36. 마거릿 토드, 『소피아 젝스 블레이크의 생애』, pp. 67 ~ 70.

37. R. B. 홀데인[2]의 누이였던 미스 홀데인에 따르면, 1880년대 초까지만 해도 레이디가 일을 한다는 것은 불가능했다. "나도 그때 공부해서 전문직에 종사할 생각을 했어야 했지만, '일을 해야 먹고살 수 있는' 궁핍한 처지가 아닌 다음에는 그런 생각을 하기가 불가능했고, 그런 처지가 아니었던 것은 다행이었다. 오빠까지도 랭트리 부인[3]이 나오는 연극을 보고 나서는 '그분은 레이디였고, 그분의 연기도 레이디다운 연기였지만, 그분이 연기를 해야 하는 처지라는 것이 참으로 서글프더구나!'라는 편지를 보내왔다"(엘리자베스 홀데인, 『한 세기에서 다음 세기로』, pp. 73 ~ 74). 같은 세기 초반의 해리엇 마티노가 자기 일가가 재산을 잃었을 때 기뻐한 이유는 재산과 함께 "젠틀맨 신분gentility"[4]을 잃은 덕분에 일을 할 수 있게 되었기 때문이었다.

38. 미스터 리 스미스에 대한 설명을 보려면, 바버라 스티븐, 『에밀리 데이비스와 거턴칼리지』[5]. 바버라 리 스미스는 마담 보디숑이 되었다.

39. 어느 정도로 유명무실한 허용이었는지는 1900년경 왕립예술원에서 여자들이 실제로 어떤 처지에서 공부했는지

1) Gilbert Keith Chesterton(1874 ~ 1936).
2) Richard Burdon Haldane(1856 ~ 1928).
3) Emilie Charlotte Langtry(1853 ~ 1929).
4) p. 120 각주 ◆, p. 272 각주 1 참조.
5) Barbara, Lady Stephen(1872 ~ 1945), *Emily Davies and Girton College* (1927).

에 대한 다음과 같은 설명을 통해 알 수 있다. “인간이라는 종의 경우에 왜 암컷이 수컷과 똑같은 혜택을 누려서는 안 되는지 이해하기가 어렵다. 왕립예술원에서 우리 여학생들은 매년 그 모든 상과 메달을 걸고 남학생들과 경쟁해야 했는데, 우리가 들어갈 수 있는 수업은 개설 수업 전체의 절반에 불과했고, 우리에게 주어지는 기회는 남학생들에게 주어지는 기회의 절반에도 미치지 못했다…… 왕립예술원의 여학생 회화 수업에서는 누드모델을 허용하지 않았다…… 남학생들은 정규 수업에서 남녀 불문 누드모델로 작업할 수 있었을 뿐 아니라, 야간 수업에서도 왕립예술원 교사의 지도하에 인체화를 연습할 수 있었다.” 여학생들의 입장에서는 “정말이지 너무 불공평한” 처사였다. 용기가 있었고 사회적 지위도 있었던 미스 콜리어[1)]가 여학생들은 결혼할 사람들이니 여학생에게 학비를 들이는 것은 낭비라고 주장하는 미스터 프랭크 딕시[2)]와 담판을 짓고 이어서 레이턴 경[3)]과 담판을 지은 덕분에 겨우 천을 걸치지 않은 모델이라는 작은 혜택 하나가 허용되었다. 하지만 “야간 수업이라는 혜택을 누리는 데는 끝내 실패했고……” 여학생들은 클럽을 꾸려 베이커 스트리트의 사진관 공간을 임대했다. “운영진으로서 돈을 마련해야 했던 우리의 식사는 거의 아사 식단으로 축소되었다”(마거릿 콜리어,

1) Margaret Collyer(1872 ~ 1945).
2) Frank Dicksee(1853 ~ 1928).
3) Frederic Leighton(1830 ~ 1896).

『어느 화가의 삶』,[1] pp. 79 ~ 82). 똑같은 규칙이 20세기에 노팅엄 미술학교에도 있었다. "여학생들에게는 누드 스케치가 허용되지 않았다. 남학생들이 실물로 작업하는 동안, 나는 고대 인물 두상 작업실Ancient Room로 가야 했다…… 그 석고상들에 대한 증오심은 이날 이때까지 내 마음에 남아 있다. 나는 그 작업에서 아무것도 배우지 못했다"(미시즈 로라 나이트, 『유화 물감과 분장용 화장품』,[2] p. 47). 이처럼 여자들에게 유명무실하게 허용돼 있기는 의료직도 마찬가지다. 여자들에게도 의료직이 "허용"돼 있지만, "런던 병원 부속 학교들은 거의 여학생 입학을 불허한다. 런던의 여학생들은 주로 런던 의학전문학교[3]에서 공부하고 있다"[필리파 스트레이치, 『영국 여성의 지위를 영국 남성의 지위와 비교한 보고서』(1935), p. 26]. "케임브리지 대학교의 일부 여성 '의학도'는 단체를 조직해 불만을 표했다"(『이브닝 뉴스』, 1937년 3월 25일). 1922년에 컴턴타운 왕립 수의학 칼리지가 여성의 입학을 허용했다. "……그때부터 수의사가 되는 여자들이 많아지면서 최근에는 여학생 인원이 50명으로 제한되었다"(『데일리 텔레그래프』, 1937년 10월 1일).

40, 41. 스티븐 그윈, 『메리 킹즐리의 생애』, pp. 18, 26. 메리 킹즐리가 쓴 편지의 한 대목[4]에 이런 말이 있다. "나의 그런 점

1) *Life of an Artist*(1935).

2) Laura Knight(1877 ~ 1970), *Oil Paint and Grease Paint*(1936).

3) London School of Medicine for Women을 가리킨다. 1874년에 젝스 블레이크 등이 세웠다.

4) 본문에 인용된 부분의 바로 앞 대목.

이 가끔 다른 사람에게 도움이 되기도 하지요. 제가 얼마 전에 한 사촌을 방문했을 때는 나의 그런 점이 꽤 큰 도움이 되었고요. 그 애가 저더러 자기 방에 올라가서 새로 산 모자를 품평해달라고 했을 때는 정말 깜짝 놀랐어요. 그 애가 그런 문제에서 제 평가를 어떻게 평가하는지를 너무나 잘 알고 있었으니까요." 미스터 그윈은 이 편지를 인용한 뒤 이런 말을 덧붙이고 있다. "어느 공인받지 못한 피앙세의 모험이 어떤 결말을 맞았는지 이 편지가 알려주고 있지는 않지만, 분명 메리 킹즐리는 그 남자를 지붕에서 끌어 내리면서 즐거운 한때를 보냈을 것이다."

42. 안티고네에 따르면 법에는 성문법과 불문율 이렇게 두 종류가 있고, 미시즈 드러먼드에 따르면 성문법을 개혁하기 위해 성문법을 위반해야 하는 경우가 있을 수 있다. 하지만 성문법 위반은 19세기 고학력 남성의 딸들이 행했던 다종다양한 활동들의 유일한 목적이 아니었던 것은 물론이고 주요한 목적도 아니었다. 그 활동들이 실험적인 방식으로 시도했던 것은 오히려 불문율(특정한 본능, 또는 감정, 또는 정신적, 육체적 욕구 등을 통제하는 역할을 하는 비공식 관행)을 폭로하는 것이었다. 그런 불문율이 존재하고 있고 문명 시대의 사람들도 그런 불문율을 따르고 있다는 점은 꽤 보편적으로 받아들여지고 있지만, 그런 불문율을 정한 것이 '신'이나 자연이 아니라는 점, 그런 불문율은 각 세대에 의해 때마다 새롭게 폭로돼야 한다는 점, 그런 불문율

을 폭로하기 위해서는 각 세대가 때마다 새롭게 지력과 상상력을 발휘해야 한다는 점은 이제 겨우 받아들여지기 시작하고 있다. (신이란 가부장제에서 유래한 개념으로서 특정 시대, 특정 단계에 처해 있는 특정 인종에게만 의미가 있는 개념이라는 것이 이제 널리 받아들여지고 있고, 자연법칙이 작용하는 방식은 매우 다양하다는 것과 자연의 상당 부분이 통제하에 있다는 것이 이제 널리 알려지고 있다.) 하지만 지력과 상상력은 어느 정도까지는 육체의 산물이고, 육체에는 남자의 육체와 여자의 육체라는 두 육체가 있는데, 이 두 육체의 근본적 차이가 바로 2~3년 전부터 증명되고 있는 만큼, 남녀가 동일하게 감지하고 준수하는 불문율도 성별에 따라 서로 다르게 해석될 수밖에 없다. 예컨대 줄리언 헉슬리 교수에 따르면 "……남자와 여자는 수정되는 순간부터 각 세포의 염색체 수가 다르다…… 아직 일반인들에게 생소한 이야기겠지만, 지난 10여 년간의 연구는 염색체가 유전 매체이자 우리의 성격과 소질을 결정하는 요인임을 밝혀냈다." 그러니 "지적 생활과 실제 생활의 상부 구조에서 남녀가 사실상 차이가 없다는 것"이 사실이고, "최근에 『중등학교 교과 과정 남녀별 차이를 조사한 위원회가 교육부에 제출한 보고서』[1]가 남녀 간의 사고력 차이가 통념에 비해서 훨씬 미미함을 밝혀냈다는 것"이 사실이기는 하지만(줄리언 헉슬리, 『통속 과학』,[2] pp. 62~63), 남자

1) *Report of the Consultative Committee on Differentiation of the Curriculum for Boys and Girls Respectively in Secondary Schools*(London, 1923).

2) Julian Huxley(1887~1975), *Essays in Popular Science*(1926).

와 여자가 지금도 다르고 앞으로도 다르리라는 것은 분명하다. 남과 여가 각각 자기 성의 불문율을 확실하게 제시하고 상대 성의 불문율을 존중하는 것이 가능해진다면, 그리고 거기서 한발 더 나아가 그렇게 알게 된 것들의 결과물을 공유하는 것이 가능해진다면, 남과 여가 각자의 고유한 특징을 그대로 간직한 상태로 온전하게 성숙하고 질적으로 개선되는 것도 가능해지지 않을까 싶다. 그때쯤이면 남자라는 성이 여자라는 성을 "지배"하는 것이 불가피하다는 관념이 단순히 낡은 관념을 넘어 역겨운 관념이 돼 있을 것이니, 지배 권력이 실무를 위해 불가피하게 어떤 결정을 내려야 하는 경우가 생긴다면, 마치 오늘날의 태형과 사형이 깊은 음지에서 복면을 쓴 형리들에 의해 집행되고 있는 것과 마찬가지로 지배 권력의 강압coercion[1]과 진압dominion[2]이라는 역겨운 과제는 어느 하급 음지 기관으로 이관돼 있을 것이다. 하지만 그것은 아직은 먼 미래의 이야기다.

43. 『타임스』의 1933년 2월 6일 부고. H. W. 그린은 옥스퍼드 모들린칼리지의 펠로였고, '그루거Grugger'는 그의 애칭이었다.

44. "미들젝스 병원Middlesex Hospital[3]은 1747년 분기 회의quarterly court에서 임산부 입원을 허용하기로 결정하면서 여자를 조산 업무에서 제외한다는 조항을 두었다. 이런

1) 국내 피지배 계급을 겨냥한 강제력.

2) 국외 피지배 국가를 겨냥한 강제력.

3) 영국 최초로 임산부 입원을 허용한 병원.

여성 배제 경향은 지금껏 이 이 병원의 전통적 태도로 자리 잡아왔다. 미스 개릿[1](결혼 후 이름 닥터 개릿 앤더슨)은 1861년에 수강 허가를 얻었고…… 의사 회진 동행 허가도 얻었지만, 의대생들이 반발하면서 회진 의사들이 한발 물러났다. 여자 의대생들을 위해 장학금을 기부하겠다는 미스 개릿의 제안은 본원 이사회에서 거절당했다(『타임스』, 1935년 5월 17일).

45. “현대 사회에는 전문가에 의해 확실히 검증되었다고 하는 수많은 지식이 존재한다…… 하지만 감정은 판단을 왜곡하게 마련이다. 무슨 과학적 장비가 동원되었든 감정이 끼어들었다면 전문가의 판단은 신뢰를 잃게 된다”(버트런드 러셀, 『과학의 미래』,[2] p. 17).

46. 물론 여성 신기록을 수립하는 데는 존중받아 마땅한 이유도 없지 않다. 여성 신기록 수립자 가운데 한 명이 그 이유를 이렇게 설명하고 있다. “때로는 남자가 이미 한 일이라도 여자가 새로 해야 하고, 어떤 경우에는 남자가 아직 하지 못한 일을 여자가 먼저 해야 한다. 그렇게 새로운 일을 해낸 여자는 한 인간으로서 자기의 자리를 확보할 수 있다. 그리고 어쩌면 다른 여자들의 보다 자립적인 생각과 행동을 독려할 수 있을지도 모르겠다…… 누군가가 도전해서 실패한다 해도 그 실패를 목격한 다른 도전자들이 나타나게 마련이다”(어밀리아 에어하트, 『마지막 비행』,[3] pp. 21, 65).

1) Elizabeth Garrett Anderson(1836~1917).

2) *The Scientific Outlook*(1931).

3) Amelia Mary Earhart(1897~1937), *Last Flight*(1937).

47. “사실을 들여다보자면, 여성의 실제 산후 조리 시간은 한평생을 놓고 볼 때 극히 미미하다. 아이 여섯을 낳은 여자의 경우, 반드시 누워 있어야 하는 기간은 한평생 중에서 열두 달에 불과하다”(레이 스트레이치, 『여성들의 진로와 기회』, pp. 47 ~ 48). 물론 오늘날의 양육에는 훨씬 오랜 시간이 든다. 모가 양육을 전담하는 대신 부모가 양육을 분담하는 것이 모두에게 이롭다는 과감한 제안도 나왔다.[1)]

48. 이탈리아 독재자와 독일 독재자는 종종 남자다움이란 무엇인가, 여자다움이란 무엇인가에 대한 정의를 내놓는다. 둘 다 전쟁에 나가는 것이 남자의 본성, 나아가 남자다움의 본질임을 거듭 주장한다. 예컨대 히틀러는 “반전론자들의 나라와 남자들의 나라”가 별개로 존재한다고 말하기도 한다. 또한 둘 다 부상병을 치료하는 것이 여자다움의 본질임을 거듭 주장한다. 한편 남자는 본질적으로 싸우는 존재라는 오래된 “본성적, 영구적 법natural and eternal law”[2)] 으로부터 남자를 해방시키는 것을 목적으로 하는 대단히 강력한 움직임도 한창 진행 중이다. 예컨대, 최근에 남성 진영에서 반전론이 확산되는 것을 목격할 수 있다. 넵워스 경의 발언(“언젠가 영구 평화가 성취되어 육군과 해군이 소멸되는 날이 온다면, 전쟁을 통해서 길러진 남자다움은 출구를

1) 미국판 문장은 다음과 같다. “실제로 영국의 한 국회 의원은 자녀들 옆에 있어주기 위해 사임하기도 했다.”

2) 『3기니』를 위한 스크랩북에는 히틀러의 1933년 여성 전문직 박탈 조치를 옹호한 독일 외교 자문 닥터 뵈어만Dr Woerman의 말(“여성의 주요 업무가 가정생활이라는 생각은 본성적, 영구적 법을 되살리는 것일 따름”)을 인용한 『타임스』 기사가 포함돼 있다.

잃어버릴 테고 인간의 기골과 기개는 퇴화할 텐데 어쩌면 좋은가")을 같은 계급 청년의 몇 달 전 발언("……모든 남자아이가 내심 전쟁을 바라고 있다는 말은 사실과 다르다. 우리는 총과 칼을 선물 받고 졸병들을 선물 받고 장교복을 선물 받음으로써 전쟁을 바라는 것이 우리의 본심이라고 배운 것뿐이다")을 비교해볼 수도 있다(뢰벤슈타인의 후베르투스 대공, 『과거의 정복: 자서전』,[1] p. 215). 지금 파시스트 국가들이 최소한 젊은 세대에게 남성적 혈기라는 낡은 관념으로부터 해방돼야 할 필요성을 절감하게 하고 있다고 한다면, 지금 남자들이 이 국가들로부터 배우고 있는 것이 과거에 여자들이 크림전쟁과 유럽전쟁으로부터 배웠던 것과 같은 것일 가능성이 있다. 헉슬리 교수가 "유전적 체질이 웬만큼 바뀌는데 걸리는 시간은 수십 년이 아니라 수천 년"임을 알려주고 있기는 하지만, 과학은 인류의 생명이 "수십 년이 아니라 수천 년"이라는 것도 함께 알려주고 있으니, 유전적 체질을 웬만큼 바꾸어보려는 시도가 쓸데없지만은 않을지 모른다.

49. 하지만 콜리지는 아웃사이더들의 관점과 목표를 다음과 같은 대목에서 그런대로 정확하게 표현하고 있다. "인간은 자유로워야 한다. 인간이 본능의 기계가 아닌 이성의 정신으로 창조된 목적이 달리 어디 있겠는가? 인간은 복종해야 한다. 인간에게 양심이 있는 이유가 달리 어디 있겠는가? 인간의 가동 능력은 이 딜레마의 원인이기도 하지만 이 딜

1) Hubertus Prinz zu Löwenstein-Wertheim-Freudenberg(1906~1984), *Conquest of the Past: An Autobiography*(1938).

레마의 해결책 또한 품고 있다. 그도 그럴 것이 인간의 가동 능력은 완벽한 자유를 섬긴다. 다른 것을 섬길 것을 강요하는 규율은 우리의 본성을 비천하게 하고, 동물의 속성과 결탁해 신의 속성을 공격하고, 우리에게 내재하는 행복하고 바람직한 삶의 원칙 그 자체를 말살하고, 휴머니티를 손상시킨다…… 합당한 정부, 이성을 가진 개체들에게 참되고 의로운 복종의 의무를 부과할 수 있는 정부를 세우려면, 합당한 원칙에 기초한 사회, 각자가 자신의 이성을 따르는 것이 곧 헌법을 준수하는 것이 되고 국가의 의지를 행사하는 것이 곧 각자의 이성의 명령을 따르는 것이 되는 사회가 만들어져야 한다. 루소는 이 점을 확실히 밝히는 대목에서 완벽한 정부를 세우는 문제를 이렇게 정리하고 있다. "우리가 찾아내야 하는 사회Association의 형태는 각자가 전체와 연결되어 있는 형태, 각자가 자기 자신에게만 복종하는 형태, 각자의 자유가 축소되지 않는 형태다"(S. T. 콜리지, 『친구』,[1] 제1권, 1818년 판본, pp. 333~35).

이런 맥락에서 월트 휘트먼의 한 대목을 추가할 수 있다. "평등에 대한 단상. 남들에게 나와 똑같은 기회와 권리를 주는 것이 나에게 해가 되기라도 한다는 것인가. 내가 나의 권리를 누릴 수 있으려면 다른 사람들도 나와 똑같은 권리를 누릴 수 있어야 하는 것 아닌가."

마지막으로, 거의 잊힌 소설가 조르주 상드의 이런 말을 인용해보아도 좋겠다. "실존하는 모든 것은 서로 밀접하게

1) *The Friend: A Series of Essays to Aid in the Formation of Fixed Principles in Politics, Morals, and Religion, with Literary Amusements Interspersed*(1818).

연결되어 있다. 어느 한 사람이 자기의 실존을 다른 사람들의 실존과 연결되어 있지 않은 고립된 형태로 제시했다면 그것은 그저 한 개의 수수께끼를 낸 것이나 마찬가지일 것이다…… 그런 개체 자체에는 그 어떤 의미도, 그 어떤 의도 없다. 나라는 개체는 다른 사람들의 개체적 삶에 녹아들어 총체적 삶의 일부가 되었을 때라야 비로소 어떤 의미를 가지게 된다. 나라는 개체는 총체적 삶의 일부가 됨으로써 이야기l'histoire의 일부가 된다"(조르주 상드, 『나의 인생 이야기』,[1] pp. 240~41).

1) *Histoire de ma Vie*(1855).

옮긴이의 말

『3기니』,
가장 현실적이고 가장 실험적인 에세이

울프는 1934년에 『파지터가 사람들』의 초고를 끝냈다. 엄청난 분량이었고(단어로는 약 2만 단어, 페이지로는 약 900페이지), 엄청난 야심의 구현물이었다.•

● 울프는 『파지터가 사람들』을 집필 중이었던 1933년 4월 25일 일기에 이렇게 적었다. "일단은 『파지터가 사람들』. 엄청난 게 나올 거 같은데. 그러려면 용감해야겠고, 모험해야겠지. 전체를 그리고 싶은데. 현 사회 전체를. 한 부분이 아니라 전체를. 사실들과 함께 그 비전을 그리고 싶은데. 그리고 그 둘을 결합하고 싶은데. 『파도』를 쓰면서 동시에 『밤과 낮』을 쓰고 싶다는 뜻. 그게 가능할까? 지금까지는 '현실적인' 삶의 단어 5만 개를 모아놓았고, 이제부터는 단어 50개로 거기에 무슨 논평을 해야 하는데, 그러면서 사건의 흐름도 놓치지 말아야 하는데, 방법은? 엘비라 그리기 어렵네. 너무 중요한 인물이 되면 안 되는데. 다른 것들과의 관계 속에서만 보이는 인물이 되어야 하는데. 그렇게 된다면 두 현실 모두에 날카로움이 생길 거 같은데. 그 대비가 잘된다면. 지금은 사건의 흐름이 너무 유동적이고 가변적인 듯. 열다는 느낌이지만, 생동감은 있네. 짙어지면서도 생동감을 잃지 말아야 하는데, 방법은? 나는 이런 문제들이 좋아. 어쨌든 이렇게 자연스러우니까 바람도 느껴지는 거고 힘도 느껴지는 거잖아. 엄청난 폭넓음과 엄청난 치열함을 겨냥하는 작품이어야 할 텐데. 풍자를, 희극을, 시를, 이야기를 포함하는 작품이어야 할 텐데. 그걸 다 아우르려면 어

『파지터가 사람들』는 당시 유행하던 대하소설을 패러디하는 형식이었다. 한 가문의 연대기를 따라가는 것이 대하소설의 형식이라면, 『파지터가 사람들』은 그런 형식의 소설 한 편이 존재한다고 치고, 어느 여성 소설가가 여성들의 삶에 대해 강의하는 중에 그 소설로부터 일련의 일화를 발췌, 인용한다는 설정이었다. 하지만 이 액자 형식은 끝내 폐기되었다. '소설'은 '강연'으로부터 분리되어 나왔고, 그렇게 『세월』이 완성되었다.

『파지터가 사람들』에서 남은 부분, 곧 '강연' 부분이 『3기니』의 바탕이 되었다. 『3기니』는 아웃사이더 여성 작가가 고학력 전문직 남성을 상대로 당대 사회를 비판하고 조롱하는 작품이니 『파지터가 사람들』의 여성 소설가가 여성 청중을 상대로 과거 여성들의 삶에 대해 들려주는 강연 기조와는 한참 멀겠지만, 『3기니』에서 왜 울프가 편지 속 편지라는 번거로운 형식을 끌어왔을까를 생각하다 보면 『파지터가 사람들』의 강연 틀이 어떠했을까와 왜 그 틀이 폐기되었을까가 얼핏 짐작되기도 한다.

『3기니』는 여성 작가가 남성 법조인에게 보내는 한 통의 긴 편지이고(편지는 세 부분으로 나뉘어 있지만 세 부분 전체가 한 통이다), 이 편지에 상당한 분량의 주석이 달려 있다(주석의 성격은 단순한 서지 정보에서부터 소논문의 완성도를 갖춘 비교적 긴 텍스트에 이르기까지 다양하다). 픽션 vs 논픽션이라는 영업·유통 범주에 익숙한 우리

떤 형식이어야 할까? 연극의 설정을, 등장인물들의 편지를, 시인들의 작품을 집어넣어야 할까? 이제 전체가 손에 잡히기 시작하는 듯. 평범한 일상의 압박이 계속되는 것으로 마무리되는 결말까지. 오만 가지 의견들이 펼쳐질 것. 하지만 그 어떤 설교도 없을 것. 역사, 정치, 페미니즘, 예술, 문학…… 내가 머리로 알고 몸으로 느끼는 모든 것들, 내가 조롱, 경멸, 애정, 숭배, 혐오하는 것들과 그 밖의 것들의 요약일 것."

는 『3기니』 앞에서 약간의 번민을 느낀다. 『3기니』는 소설이 아니라 에세이이니 픽션이 아니라 논픽션일 텐데, 이렇게 긴 편지가 현실적으로 가능할까? 편지에 이런 식으로 주석을 단다는 것이 현실적으로 가능할까? 발신자는 울프일 텐데, 수신자는 누구일까? 편지 속 편지의 수신자들은 또 누구일까? 모두가 울프의 지인 부류였을 텐데, 그들은 『3기니』를 어떤 마음으로 읽었을까?

이런 의문들 속에서 『3기니』라는 에세이의 탁월함이 문득 감지되기도 한다. 한편으로, 『3기니』의 내용은 당대의 사회적 현실에 매우 강도 높게 밀착되어 있다. 당대 공론장에서 가장 큰 권위를 휘두르고 있는 유력 인사들에 대한 실명 비판, 실명 조롱까지 서슴지 않는다. 그런 의미에서 『3기니』는 울프의 에세이 중에서 가장 현실적인 축에 든다고도 할 수 있다. 하지만 다른 한편으로 『3기니』의 형식은 대단히 복잡 미묘하다. 저널리스트 울프는 평생 수많은 작가의 에세이 작품에 대한 서평을 쓰면서 에세이 형식을 성찰했고, 작가 울프는 그런 성찰을 바탕으로 그야말로 어마어마한 스펙트럼의 에세이들을 써내고 펴냈다. 『3기니』는 그런 울프의 에세이 중에서도 가장 실험적인 축에 든다. 『3기니』가 상세하고 구체적인 논거를 가지고 당대 사회에 대한 과격하고 급진적인 비판을 펼치고 있는 것은 사실이지만, 독자가 그것을 단순한 정치적 구호로 환원하기는 불가능하다. 울프의 현 상태 비판이 여성주의적 프로파간다로 전환되기를 바라는 독자에게는 『3기니』가 실망스러운 텍스트일지도 모르겠다. 울프의 최종적 비전은 반전, 평화, 비폭력이고, 그 비전에는 고학력 전문직 여성의 입지에 대한 거의 자폭적인 자기반성이 수반되어 있다.

아니다. 『3기니』를 그렇게 읽는 것은 그저 한 독자의 주관일 뿐이다. 어쨌든 『3기니』에는 "그 어떤 설교도" 없다. 역자의 주관이 번역에 개입하지 않았을까 하는 뒤늦은 걱정이 생기는 동시에, 역자가 이 책에 지나치다 싶게 많은 역주를 단 것이 어쩌면 그런 걱정 때문이었을지 모른다는 의심도 생긴다. 하지만 역주를 만들어 달던 때는 모든 역주들이 『3기니』를 파악하는 데 유용한 정보이리라는 확신이 있었다. 특히 인명과 생몰 연도만을 밝힌 역주들은 그 시대에 대단히 유명했던(울프에게는 미안하지만 이 시대에도 위인으로 추앙받고 있는) 사람들과 그때도 지금과 마찬가지로 무명이었던 사람들을 평등하게 취급하겠다는 무모한 제스처였다. 생몰 연도를 끝내 확인하지 못한 경우도 있었다. 역자의 게으름 때문이었지만, 지식의 불평등 구조를 보여주는 증거라고 우기면서 각주에 빈칸을 남겼다.

끝까지 『3기니』라는 위험한 텍스트의 책임편집자로 버텨주신 엄정원 선생님께, 그리고 역자의 수정벽 탓에 너무 오래 너무 많은 고생을 하시고 마지막으로 『3기니』에 아주 잘 어울리는 옷을 디자인해주신 박미정 선생님께 감사드린다. 『3기니』 원고를 마지막으로 함께 읽어주시고 '아웃사이더 협회'라는 울프의 꿈을 공유해주신 김건우, 박상희, 이다울, 황희수 선생님들께도 감사드린다. 끝으로, 역자가 『3기니』라는 전쟁터를 통과할 때 지도로 삼았던 『버지니아 울프라는 이름으로』를 써서 펴내주신, 그리고 역자가 텍스트 과몰입 증세로 힘들어할 때 위로와 격려를 보내주신 알렉산드라 해리스Alexandra Harris 선생님께 감사드린다. 여기서 알렉스 선생님의 메시지를 공유하는 것은 혹시라도 비슷한 증세로 힘들어하는 독자가 있을지도 몰라서다.

> 한 경험이 다른 경험과 똑같을 수는 없겠지만, 당신의 말 속에 내가 아는 감각이 있다는 강한 느낌이 든다. VW 속에 병病이 너무 많이 섞여 있다는 느낌 때문에 VW를 더는 읽지 못할 것 같았던 시기가 내게도 있었다. 하지만 달라지더라. 우리는 책들과 새로운 관계를 맺는다. 목소리들과도 새로운 관계를 맺는다. 부디 잘 버티기 바란다.

버지니아 울프 연보

1882년	1월 25일 런던 하이드 파크 게이트에서 버지니아 스티븐Virginia Stephen이 태어난다. 아빠 레슬리Leslie와 엄마 줄리아Julia 둘 다 재혼이고, 어린 버지니아는 언니 버네사Vanessa, 오빠 토비Thoby, 동생 에이드리언Adrian과 유아방을 함께 쓴다.
1892년	언니 버네사와 함께 주간지 『하이드 파크 게이트 뉴스*Hyde Park Gate News*』를 제작해 부모에게 배달하기 시작한다.
1895년	엄마 줄리아가 세상을 떠난다.
1895~1896년	첫 번째 신경 쇠약을 겪는다.
1897~1904년	어머니 역할을 하던 스텔라Stella(줄리아의 딸)가 세상을 떠나고, 조지George(줄리아의 아들)의 성적 괴롭힘이 시작된다. 버지니아의 표현을 빌리면, '7년간의 불

행기'였다.

1902년 아빠 레슬리가 세상을 떠난다. 열일곱 살 연상의 바이올렛 디킨슨Violet Dickinson과 친구가 된다.

1904년 바이올렛의 주선으로 『가디언*The Guardian*』으로부터 처음 원고 청탁을 받는다.

1905년 보통의 청중을 대상으로 역사와 작문을 강의하면서 역사가로서의 야심을 키운다. 노련한 서평 전문 저널리스트로 이름을 알리기 시작한다.

1906년 사랑하는 오빠 토비가 세상을 떠난다.

1907~1908년 언니 버네사가 결혼하고 조카 줄리언Julian Bell이 태어난다.

1909년 친구 리턴 스트레이치Lytton Strachey로부터 청혼을 받고 급하게 승낙했다가 하루 만에 생각을 바꾼다.

1911년 브런즈윅 스퀘어로 이사해 친구들을 위한 하숙집을 운영한다. 한 여자(버지니아 본인)와 네 남자(존 케인스John Maynard Keynes와 덩컨 그랜트Duncan Grant 커플, 동생 에이드리언, 그리고 레너드 울프Leonard Woolf)가 함께 사는, 관습에 심하게 어긋나는 주거 형태였다.

1912년 레너드 울프와 결혼한다.

1914년 1차대전이 터진다.

1913~1915년 인생 최악의 신경 쇠약을 겪는다.

1915년 첫 소설 『출항*The Voyage Out*』이 출간된다. 스물네 살의 여주인공이 이모의 에스코트를 받으며 영국에서 남아 메리카로 여행하면서 자신의 내면을 여행하는 이야기.

1918년 1차대전이 끝난다.

1919년 형식 면에서 관습적이고 내용 면에서 희망적인 소설 『밤과 낮*Night and Day*』이 출간된다. 스물일곱 살의 여주인공이 자유롭고 현명하게 결혼 상대를 선택하면서 비혼 여성에게 존경을 표하는 이야기.

1921년 신체적 질환에 시달린다. 인플루엔자, 심장병, 결핵 등 다양한 진단을 받으며 기이한 치료를 받는다.

1922년 『제이콥의 방*Jacob's Room*』이 출간된다. 과감한 실험적 형식, 한 청년의 죽음을 애도하는 내용. 울프는 이 작품을 통해 자기가 하고 싶은 말에 가까워졌음을 느낀다.

1924년 울프의 열성 팬이자 서른 살의 작가였던 비타 색빌웨스트Vita Sackville-West를 만나 특별한 친구가 된다.

1925년 서평 모음집 『보통의 독자*The Common Reader*』가 4월에 출간되고, 소설 『댈러웨이 부인*Mrs Dalloway*』이 그로부터 3주 후에 출간된다.

1927년 소설 『등대로*To the Lighthouse*』가 출간된다.

1928년 『등대로』 탈고 후에 '휴식용 소설'로 시작된 『올랜도*Orlando*』가 출간된다.

1929년 에세이 『혼자 쓰는 방*A Room of One's Own*』이 출간된다.

1930년 여성 참정권 운동의 투사였던 에셀 스미스Ethel Smyth를 만나 특별한 친구가 된다.

1931년 소설 『파도*The Waves*』가 출간된다.

1932년	『보통의 독자』 제2권이 출간된다.
1933년	『파도』 탈고 후에 '휴식용 소설'로 시작된 『플러시*Flush*』가 출간된다.
1934년	친구 로저 프라이Roger Fry가 세상을 떠난다. 프라이의 가족들로부터 전기 집필을 의뢰받는다. 『파지터가 사람들*The Pargiter Family*』의 첫 번째 초고를 완성한다.
1935~1936년	『파지터가 사람들』의 두 번째 초고를 완성한 직후에 인생에서 두 번째로 심한 신경 쇠약을 겪는다. 『파지터가 사람들』을 최종적으로 완성하고 제목을 『세월*The Years*』로 바꾼다.
1937년	『세월』이 출간된다. 울프 생전에 나온 마지막 소설이다.
1938년	6월에 영국에서, 8월에 미국에서 『3기니*Three Guineas*』가 출간된다. 『애틀랜틱 먼슬리*Atlantic Monthly*』 5월 호, 6월 호에 『3기니』 축약본이 실린다.
1939년	2차대전이 터진다.
1939~1940년	「과거의 스케치A Sketch of the Past」로 묶일 자전적 기록을 남긴다.
1940년	『로저 프라이: 한 전기*Roger Fry: A Biography*』가 출간된다.
1941년	『막간*Between the Acts*』을 탈고한다. 남편 레너드에게 '내가 써놓은 것들을 부디 다 없애'달라는 유언을 남기고 3월 28일 우즈강에서 자살로 생을 마감한다.
1953년	레너드의 편집으로 울프의 일기 선집 『작가의 일기*A Writer's Diary*』가 출간된다.

1972년	조카 퀜틴 벨Quentin Bell이 울프의 전기를 펴낸다.
1976년	「과거의 스케치」가 포함된 자전적 기록물 모음집 『존재의 순간들*Moments of Being*』 초판이 출간된다.
1977~1984년	조카 벨의 아내 앤 올리비에Anne Olivier Bell의 편집으로 울프의 다섯 권짜리 일기 선집이 출간된다.
1980년	비타의 아들 나이절 니컬슨Nigel Nicolson의 편집으로 울프의 여섯 권짜리 편지 선집이 출간된다.
1985년	새로 발견된 원고를 토대로 『존재의 순간들』 재판이 출간된다.
2002년	청년기 울프의 일기장이 발견된다.